A Inquisição

Obras do autor publicadas pela Galera Record:

Série *O Conjurador*

O aprendiz
A inquisição
O mago de batalha

TARAN MATHARU

A Inquisição

—LIVRO DOIS—

Tradução
Edmo Suassuna

3ª edição

Galera
RIO DE JANEIRO
2022

CIP-BRASIL. CATALOGAÇÃO NA FONTE
SINDICATO NACIONAL DOS EDITORES DE LIVROS, RJ

Matharu, Taran
M378i A inquisição / Taran Matharu; tradução de Edmo Suas-
3ª ed. suna. - 3ª ed. - Rio de Janeiro: Record, 2022.
(O conjurador; 2)

Tradução de: The inquisition
ISBN 978-85-01-07735-6

1. Ficção inglesa. I. Suassuna, Edmo. II. Título. III. Série.

16-36199 CDD: 823
CDU: 821.111-3

Título original:
The Inquisition

Ilustração de mapa por Małgorzata Gruszka

Publicado originalmente na Grã-Bretanha em 2016 por Holder Children's Books.

Texto revisado segundo o novo Acordo Ortográfico da Língua Portuguesa.

Direitos exclusivos de publicação em língua portuguesa somente para o Brasil adquiridos pela
EDITORA RECORD LTDA.
Rua Argentina, 171 - Rio de Janeiro, RJ - 20921-380 - Tel.: (21) 2585-2000,
que se reserva a propriedade literária desta tradução.

Impresso no Brasil

ISBN 978-85-01-07735-6

Atendimento e venda direta ao leitor:
sac@record.com.br.

Para Rob, o homem mais corajoso que já conheci.

1

Fletcher abriu os olhos, mas só viu escuridão. Grunhiu e cutucou Ignácio cuja pata estava espalmada sobre seu queixo. O demônio reclamou com um choramingo sonolento antes de descer para a pedra fria sob os dois.

— Bom dia. Se é que ainda é dia — resmungou Fletcher, acendendo um fogo-fátuo, que pairou no ar como um sol em miniatura, girando suavemente.

O aposento foi banhado em uma fria luz azul, revelando a minúscula cela sem janela, pavimentada com lajes de pedra lisa. No canto havia uma latrina, um simples buraco no chão coberto com um pedaço serrilhado de ardósia. Fletcher fitou a grande porta de ferro engastada na parede à frente.

Como se tivesse sido combinado, um barulho crepitante soou quando a pequena portinhola na base da porta foi levantada e mão enluvada em cota de malha se enfiou pela abertura. Tateou ao redor, buscando o balde vazio colocado ao lado da porta. Seguiu-se o som de água sendo despejada, e o balde foi devolvido, cheio até a boca. Fletcher observou a portinhola com esperança, depois grunhiu ao ouvir o eco de passos se afastando.

— Nada de comida de novo, parceiro — anunciou o garoto a Ignácio, acariciando o queixo do demônio abatido.

Não era incomum; às vezes o carcereiro simplesmente não se dava o trabalho de trazer comida. O estômago de Fletcher roncou, mas o rapaz o ignorou e catou a pedra solta, que ele guardava ao lado da cama, para riscar mais um traço na parede. Mesmo que fosse difícil medir a passagem do tempo sem luz natural, Fletcher presumia que recebia comida e água — ou, às vezes, como hoje, só água — uma vez por dia. Não precisava contar as centenas de riscos na parede para saber quanto tempo fazia que estava aprisionado; já sabia de cor.

— Um ano — suspirou Fletcher, deitando-se de volta na palha. — Feliz aniversário.

Fletcher ficou ali deitado, contemplando o motivo do próprio encarceramento. Tudo começara naquela noite, quando seu inimigo de infância, Didric, o encurralara numa cripta e tentara assassiná-lo, depois de se gabar do plano do pai de transformar toda a vila de Pelego numa prisão.

E então surgira Ignácio, vindo do nada, queimando Didric quando o rapaz investira, e dando a Fletcher tempo para escapar. O demoninho tinha arriscado a própria vida para salvar a do garoto, mesmo nos primeiros momentos do vínculo entre eles. Em consequência, Fletcher tinha se tornado um fugitivo, pois sabia que a família de Didric mentiria descaradamente para incriminá-lo por tentativa de assassinato. O único consolo era que, se aquilo tudo não tivesse acontecido, ele talvez jamais tivesse entrado para a Academia Vocans.

Teriam se passado mesmo dois anos desde que Ignácio entrara em sua vida e ele pisara pela primeira vez no ancestral castelo? Lembrava-se de seus últimos momentos lá com tanta clareza. Seu melhor amigo, Otelo, havia conquistado o respeito dos generais e convencido seu povo a não se rebelar contra o Império de Hominum. A elfa Sylva tinha cimentado a paz entre as raças e provado que ela e os outros elfos poderiam ser valiosos aliados. Até mesmo Serafim, o primeiro plebeu a ser elevado à nobreza em mais de mil anos, chegara a impressionar os colegas nobres no Torneio. De tudo, talvez o mais satisfatório fosse o completo desmonte do plano dos Forsyth de fomentar uma nova guerra com os anões e elfos para lucrar com a venda de armas. Tudo fora tão perfeito.

Até o passado de Fletcher voltar para assombrá-lo.

Como uma coruja, Ignácio piscou para o dono; os olhos da cor do âmbar sentindo o desalento do mestre. Esfregou o focinho na mão de Fletcher, que tentou lhe dar um tapinha amigável, porém desanimado. Mas o demônio se esquivou e deu uma mordida leve na ponta de seu dedo.

— Tudo bem, tudo bem. — Fletcher sorriu para o demônio empolgado, sentindo a dor que o distraía da tristeza. — Vamos voltar ao treinamento. Então, que feitiço deveríamos praticar hoje?

Ele enfiou a mão embaixo da pilha de palha que lhe servia de cama e pegou os dois livros que haviam preservado sua sanidade ao longo daquele ano. Fletcher não sabia quem escondera os tomos ali para ele, mas sabia que a pessoa tinha corrido um sério risco ao fazê-lo. Sentia-se eternamente grato a tal misterioso benfeitor; sem os livros, teria rapidamente enlouquecido de tédio. O número de brincadeiras que poderia fazer com Ignácio no espaço confinado da cela, afinal, era bastante limitado.

O primeiro era o livro-texto padrão de feitiçaria, o mesmo que todos usaram nas aulas de Arcturo. Era fino, pois continha apenas poucas centenas de símbolos e as técnicas apropriadas para se entalhá-los. Antes, Fletcher tinha apenas se familiarizado vagamente com eles de modo a passar nas provas, preferindo se concentrar em aperfeiçoar a execução dos quatro principais feitiços de batalha. Agora, era capaz de visualizar cada um de cabeça e de entalhá-los com os olhos fechados.

O segundo livro era grosso, tão grosso que quem quer que o tivesse escondido fora forçado a remover a capa de couro para ocultá-lo mais facilmente na palha. Era o diário de James Baker, o estopim que levara Fletcher ao caminho para se tornar um mago de batalha treinado. Dentro das páginas, o garoto encontrou uma dúzia de novos feitiços, copiados com diligência pelo finado conjurador das paredes de antigas ruínas órquicas. Além disso, Baker tinha estudado dezenas de demônios inimigos, detalhando seu poder relativo, habilidades e estatísticas. Agora Fletcher era um especialista nisso também. Talvez o mais fascinante de tudo fosse o fato de Baker ter compilado tudo que sabia sobre a cultura dos orcs, incluindo suas armas e estratégias. Era um verdadeiro tesouro de conhecimentos, que Fletcher devorou em alguns dias, apenas para imediatamente voltar ao começo e caçar detalhes que poderia ter ignorado.

Os dois volumes eram tudo que ele tinha para se distrair do silêncio ensurdecedor do mundo exterior. Todas as noites, ele sonhava com os amigos, perguntando-se onde poderiam estar. Talvez batalhando nas linhas de frente enquanto ele apodrecia nas entranhas da terra? Talvez mortos por uma lança órquica ou uma adaga Forsyth?

Mas o pensamento mais torturante era saber que seu pai adotivo, Berdon, estava perto, na vila logo acima dele. Fletcher se lembrou de quando o transporte da prisão o trouxera de volta a Pelego na calada da noite. Ele espiara pelas frestas da carruagem blindada, desesperado para captar algum relance do lar de sua infância. Antes que pudesse dar uma boa olhada, porém, os carcereiros jogaram um saco sobre sua cabeça e o arrastaram para longe.

Quando Fletcher enfim se deixou cair mais uma vez em um silêncio deprimido, Ignácio rosnou inquieto até fungar uma labareda que chamuscou a palha abaixo.

— Uau, você está impaciente hoje! — exclamou Fletcher, energizando um dedo tatuado com uma onda de mana. — Tudo bem, foi você quem pediu. Vamos ver se você gosta do feitiço de telecinese!

O menino permitiu que uma fina torrente de mana passasse pela ponta do dedo, e o símbolo espiral brilhou num tom violeta até que uma tira de ar tremeluziu acima. Ignácio começou a recuar, mas Fletcher golpeou com a mão contra ele, enrolando a tira de energia na barriga do demônio brincalhão e o atirando para cima. A criatura abriu as patas e cravou as garras no teto, salpicando Fletcher com poeira. Antes que o conjurador tivesse tempo de reagir, Ignácio se lançou para baixo, girando no ar, como um gato, com as garras e o aguilhão da cauda apontados contra o rosto de Fletcher. Foi só com um rolamento desesperado que conseguiu escapar do ataque, girando em seguida nos calcanhares para se deparar apenas com a escuridão que envolvia a cela. Ignácio tinha rompido o fogo-fátuo durante o ataque, apagando-o como uma vela.

— Então é assim que você quer brincar! — exclamou Fletcher, energizando o dedo indicador, o que não tinha tatuagens. Dessa vez ele entalhou no ar, usando um dos símbolos raros aprendidos com o diário de Baker. Virou o dedo para que apontasse direto para o próprio rosto.

O símbolo de olho de gato era bem parecido com o nome, um oval fino dentro de um círculo. Por tentativa e erro, Fletcher tinha descoberto o feitiço não teria efeito até que sua luz fosse lançada sobre as retinas.

O símbolo reluzente revelou sua posição, assim como o clarão amarelo que se seguiu, mas Fletcher rolou para o lado a fim de despistar Ignácio na escuridão. Sentiu os olhos se alterando lentamente, as pupilas se alongando em fendas felinas. Não demorou muito para que a visão de Fletcher clareasse e ele pudesse distinguir o vulto de Ignácio se esgueirando na direção da posição anterior do rapaz, como um leão perseguindo uma gazela. Mesmo que o demônio tivesse uma visão noturna muito melhor que a de Fletcher, no breu absoluto da cela até mesmo ele tinha dificuldades em se orientar.

— Peguei você! — gritou Fletcher, mergulhando pela cela e embrulhando o demônio em seus braços. Eles rolaram de volta à palha, e Fletcher caiu na gargalhada com os latidos de protesto da criatura.

A porta foi aberta num rompante, e a cela se encheu de luz, cegando os olhos sensíveis de Fletcher. Ele correu para esconder os livros debaixo da palha, mas uma bota o chutou, acertando a lateral da cabeça e o jogando contra a parede.

— Alto lá — disse uma voz rouca.

Fletcher ouviu o clique inconfundível de um mosquete sendo engatilhado e sentiu o metal frio do cano da pistola encostado em sua testa. Conforme os efeitos do feitiço passaram, o rapaz distinguiu um vulto vago e encapuzado agachado ao seu lado, com uma arma elegante na mão.

— Um suspiro seu, e eu te mando pro inferno — afirmou a voz. Era árida como a de um homem morrendo de sede.

— Tudo bem — respondeu Fletcher, erguendo lentamente as mãos.

— Nã-não — advertiu o vulto, pressionando o cano com ainda mais força. — Você é surdo? Já ouvi falar do que você pode fazer com esses dedos tatuados. Mantenha as mãos junto ao corpo.

Fletcher hesitou, ciente de que aquela provavelmente seria sua melhor chance de fuga. O pistoleiro soltou um suspiro de irritação.

— Rubens, dê a ele um gostinho do seu ferrão.

Fletcher captou um bater de asas nas profundezas do capuz do sujeito, e então um Caruncho vermelho-vivo saiu zumbindo e pousou no pescoço do prisioneiro. O garoto sentiu uma dor aguda, e uma sensação fria se espalhou pelo seu corpo.

— Agora eu sei que você não vai aprontar nenhuma gracinha — grasnou o vulto, levantando-se de modo a ficar com a silhueta marcada pela luz de tocha da porta aberta. — Por falar nisso, cadê aquela sua Salamandra?

Fletcher tentou virar a cabeça, mas parecia estar com o pescoço travado. Com a menção da palavra "Salamandra", Ignácio se agitou embaixo de Fletcher, que sabia que o demônio se preparava para atacar. Ele reprimiu as intenções de Ignácio com pulso firme, usando a conexão mental dos dois. Mesmo que eles conseguissem sobrepujar o homem, Fletcher não estaria em condições de rastejar para fora da cela, quanto mais fugir da prisão.

— Ah, ele está na palha, ali. Bem, mantenha-o quieto se quiser continuar com o cérebro dentro do crânio. Seria uma pena matar você depois de todos os preparativos que fizemos.

— Pr-pr-preparativos? — Fletcher conseguiu gaguejar, a língua desajeitada e dormente com o veneno do Caruncho.

— Para o seu julgamento — respondeu o vulto, estendendo a mão para Rubens se encarapitar. — Nós o adiamos o máximo possível, mas parece que seus amigos têm sido muito persistentes nas petições ao rei. Uma pena.

O vulto guardou o Caruncho de volta nas profundezas do manto, como se não pudesse suportar ficar separado dele. A pele da sua mão era lisa, quase feminina, com unhas cuidadosamente feitas. As botas eram de couro de bezerro costurado a mão, e as calças justas acima eram elegantes. Até mesmo a jaqueta com capuz era feita do melhor couro negro. Fletcher deduziu que o estranho devia ser um jovem muito rico, provavelmente o primogênito de um nobre.

— Permitirei mais uma pergunta, então vou levá-lo ao tribunal. Demore, se quiser, para dar tempo da paralisia passar. Não quero ter que carregá-lo até lá.

A mente de Fletcher se voltou aos amigos, a Berdon e ao estado da guerra. Mas ele não tinha como saber se o estranho teria as respostas que queria. Será que eles se conheciam? Fletcher rememorou os outros conjuradores que tinha encontrado em Vocans, mas nenhum deles tinha voz rouca. Poderia ser Tarquin, pregando uma peça cruel? Uma coisa era certa: o oponente teria a vantagem enquanto permanecesse anônimo.

— Quem. É. Você? — indagou Fletcher, forçando cada palavra por entre lábios dormentes.

O simples fato de ele conseguir falar significava que a ferroada de Rubens só lhe transmitira uma pequena dose de toxina. Ele ainda tinha chance de lutar.

— Você ainda não deduziu? — perguntou o homem. — Mas *que* decepção. Achei que você já teria adivinhado a esta altura. Ainda assim, estou bem diferente de como eu era quando nos falamos pela última vez, então não posso mesmo culpá-lo.

O sujeito se agachou de novo e se inclinou para a frente até que as profundezas sombrias do capuz preencheram a visão de Fletcher. O homem então puxou o capote para trás, revelando o rosto.

— Me reconhece agora, Fletcher? — sibilou Didric.

2

Didric encarou Fletcher com um olhar maldoso e um sorriso torto. Inclinou-se para trás a fim de iluminar o rosto. O lado direito era ceroso e manchado de vermelho, e o canto do lábio direito fora completamente queimado, revelando dentes brancos. As sobrancelhas e cílios tinham desaparecido, deixando seu olhar arregalado, como se estivesse constantemente alarmado. Partes do couro cabeludo estavam quase calvas, cobertas apenas por mechas esparsas de cabelo, que abriam caminho pela carne derretida que cobriam.

— Bonito, né? — comentou Didric, acariciando a pele arruinada com um dedo longo e fino. — Na noite em que você fez isso comigo, meu pai pagou os olhos da cara para que um conjurador fosse trazido e executasse o feitiço de cura. Lorde Faversham, aliás. Engraçado que ele estivesse consertando a cagada do filho sem saber, não acha?

Fletcher ficou sem palavras, se por conta da paralisia ou do choque, não saberia dizer. Como Didric teria ouvido falar do suposto parentesco de Fletcher com os Faversham? Muita coisa havia mudado em um ano.

— Na verdade, eu provavelmente deveria lhe agradecer — continuou Didric, escovando os longos cabelos do lado ileso do rosto para cobrir o crânio queimado. — Foi por sua causa que tanto coisas maravilhosas quanto detestáveis aconteceram comigo neste último ano.

— Como? — perguntou Fletcher, sufocado, observando Rubens perambular sobre o peito de Didric. Ele não era um conjurador... haveria alguém mais controlando o Caruncho para enganá-lo?

— Foi tudo graças a você, Fletcher. — Didric abriu um sorriso torto e acendeu um fogo-fátuo, banhando a cela em luz azul. — É um fenômeno que só aconteceu uma vez antes na história registrada, por mais que algumas lendas a respeito sempre tenham persistido no mundo dos conjuradores. Um ataque mágico que deixa a vítima à beira da morte muito raramente transfere o dom a ela. Tem a ver com algo sobre como o mana do demônio interage com o corpo. As chamas da sua Salamandra podem ter torrado minhas cordas vocais e arruinado meu rosto, mas também me concederam um presente sem preço. Por isso, eu lhe agradeço.

— Não pode ser. — A mente de Fletcher girava com a implicação.

— É verdade — afirmou Didric, acariciando a carapaça de Rubens. — Aconteceu a outra família nobre, séculos atrás, numa trágica discussão entre irmãos. Veneno de Mantícora, direto na corrente sanguínea do irmão mais novo. Uma dose letal que deveria ter matado o rapaz. Em vez disso, ele herdou o dom.

Didric sorriu ante ao horror no rosto de Fletcher. Estava se divertindo.

— Venha, está na hora do seu julgamento. Não se preocupe, você estará de volta à sua cova esquálida muito em breve. Mal posso esperar para trancá-lo aqui outra vez e jogar a chave fora.

Fletcher se levantou, cambaleante, balançando de leve enquanto seus músculos tremiam e se contraíam com o veneno. Um julgamento... justiça, afinal? Ele sentiu a mais tênue fagulha de esperança, pela primeira vez no que parecia toda uma vida.

Apontou a palma tatuada à palha, onde Ignácio se escondia. O pentagrama na pele brilhou violeta, e o demônio se dissolveu em filamentos de luz branca, que flutuaram até sua mão. Era melhor manter o demônio infundido dentro de si para que ninguém pudesse separá-los. Não queria imaginar como seria ficar preso sem o pequeno companheiro.

— Você primeiro — comandou Didric, acenando com a pistola na direção da porta aberta.

Fletcher cambaleou cela afora. Por um momento, ficou encantado com a nova liberdade e curtiu a sensação de andar mais que alguns passos na mesma direção. Então a boca fria do cano da pistola foi pressionada em sua nuca.

— Tente não fazer nenhum movimento súbito. Não quero ser obrigado a estourar sua cabeça antes da diversão começar — rosnou Didric, enquanto os dois seguiam por um longo corredor de pedra. Havia portas idênticas à da cela de Fletcher engastadas nas paredes. Um silêncio mortal pairava, rompido apenas pelo eco de seus passos.

Didric o deteve diante de uma escadaria embutida na parede. De ambos os lados, o corredor seguia por dezenas de metros, até desaparecer nas trevas densas.

— Mantemos os prisioneiros mais perigosos aqui. Gente da sua laia: rebeldes, assassinos, estupradores. O rei nos paga muito bem para mantê-los aqui, e só nos custa o preço de um balde de água e uma refeição por dia. É lindo de se ver.

Fletcher teve um calafrio, imaginando como seria estar sozinho na cela, sem Ignácio, livros ou feitiços para mantê-lo são, e a consciência de que nunca mais deixaria aquele lugar. Sentiu uma pontada de pena das almas perdidas presas ali dentro, por mais horrendos que fossem seus crimes. Então percebeu que muito em breve poderia estar entre eles, para sempre encarcerado nas profundezas da montanha. Tentáculos gélidos de medo agarraram seu coração.

— Continue andando — cuspiu Didric, cutucando-o para que subisse as escadas. Galgaram numa espiral ascendente, como Fletcher fizera num lar enânico, só que, a intervalos, havia portas de barras, mantidas abertas por guardas. Eles subiram e subiram, até que os joelhos de Fletcher começaram a doer com o esforço. Ele tinha feito o possível para se exercitar na cela minúscula, mas tantos meses sem caminhar ou comer direito o deixaram fraco e malnutrido. Não sabia se conseguiria sobreviver a mais um ano naquelas condições, que diria uma vida inteira.

Didric o empurrou por um grande par de portas no alto de uma escadaria, que dava para um pátio lotado. Ao redor deles, guardas enfileirados praticavam manobras de mosquete e baioneta. O uniforme era de um amarelo e preto de vespa, uma mistura de cota de malha e couro leve. Havia soldados suficientes para que fossem um exército particular de Didric.

Fletcher engoliu enormes golfadas de ar fresco. Deleitou-se na luz do céu aberto mais uma vez, sentindo o calor gentil do sol no rosto. A cabeça girou de vertigem com todo o espaço aberto acima, mas, ainda assim, ele abriu bem os braços e sentiu a brisa fresca na pele. Era divino.

Didric empurrou Fletcher adiante, e os dois passaram por enormes portões de ferro e saíram para a rua. O garoto ficou surpreso ao descobrir que sabia onde estavam. Deu meia-volta e contemplou a prisão, reconhecendo algumas das características originais. Era a antiga mansão de Didric.

— Amei o que você fez com o lugar — comentou Fletcher secamente.

— É, o meu velho território. Estava na hora de dar uma aprimorada, sabe, considerando minha nova posição social. O que você achou dos novos alojamentos?

Didric apontou para cima. A vila de Pelego ficava no sopé do maior pico da cordilheira Dente de Urso, que sombreava a cidadezinha ao pôr do sol, erguendo-se sobre as casas, como um vasto monólito. Fletcher seguiu o dedo de Didric e viu que a ponta do pico não existia mais. Em seu lugar, um castelo fora construído, cheio de ameias, torres e seteiras. Havia canhões por todas as muralhas, os bocais negros dos canos apontados e ameaçando a vila, como se pudessem abrir fogo a qualquer momento. Era mais uma fortaleza que um lar.

— O lugar mais seguro de Hominum, com um estoque de suprimentos grande o bastante para aguentar um cerco de dez anos. Os elfos poderiam nos trair, os orcs poderiam invadir Hominum; os prisioneiros poderiam até tomar a aldeia, e nada disso importaria. Nem o maior exército do mundo conseguiria romper aquelas muralhas, mesmo que chegassem a escalar os penhascos verticais dos dois lados.

— Você soa paranoico, Didric — retrucou Fletcher, apesar de ter sido pego despreparado pelas palavras do rival. — Como se tivesse alguma coisa a esconder.

— Só nossa imensa riqueza, Fletcher. Meu pai não confia em bancos. Ele tem bons motivos, tendo sido banqueiro também.

— Um agiota desonesto não é um banqueiro — afirmou Fletcher. O outro rapaz enrijeceu, mas o cutucou para que seguisse em frente e ignorou a alfinetada.

Enquanto os dois caminhavam pelas ruas desertas, Fletcher viu pobreza por todas as partes.

Muitas das casas e lojas eram cascas vazias, enquanto outras tinham sido transformadas em prisões. Rostos ásperos e sujos eram pressionados contra as barras, observando silenciosamente e com ódio no olhar a silhueta arrogante de Didric. A vila inteira fedia a miséria e desespero; era muito diferente do vilarejo diligente em que Fletcher crescera.

O pai de Didric, Caspar Cavell, havia se tornado o homem mais rico da vila emprestando dinheiro aos necessitados e desesperados; forçando-os a assinar contratos blindados, que acabariam lhe custando muito mais do que o que fora pago em primeiro lugar. Parecia que os Cavell tinham cobrado tudo que lhes era devido, tomando as economias dos devedores e expulsando a maioria dos cidadãos de Pelego de seus lares para poder construir a prisão.

Enojado, Fletcher reduziu o passo e flexionou os dedos, lutando contra a tentação de socar a cara do outro.

— Ande — rosnou Didric, dando um tapa na nuca de seu prisioneiro com a mão livre.

Fletcher sentia a raiva arder, mas as mãos ainda estavam dormentes. A paralisia atrapalhava suas reações. Mesmo que estivesse em melhor forma, duvidava de suas chances de tomar a arma que tinha pressionada contra as costas. Teria que esperar.

Quando chegaram aos portões frontais da vila, o estômago de Fletcher gelou. A cabana de Berdon tinha sumido! Mas aquela não era a única coisa fora do normal na cena. A área ao redor dos portões fora demolida, com estantes de piques, baionetas e espadas substituindo as casas. Ainda mais estranho era o fato de haver uma fila de homens junto aos portões, em frente a uma longa e baixa mesa com pilhas de uniformes vermelhos.

Não. Não eram homens.

— Anões! — exclamou Fletcher.

Centenas deles, ainda mais do que tinha visto no Conselho de Guerra Enânico. Vestiam trajes tradicionais: couro pesado com camisas de lona. Pareciam mais rústicos que os anões que Fletcher encontrara antes, com tranças frouxas e irregulares, roupas manchadas de lama, fuligem e suor. Os rostos eram severos e taciturnos, e eles conversavam entre si em vozes graves e irritadas.

— Vieram marchando pela Dente de Urso para coletar o novo equipamento — explicou Didric, sorrindo —, depois de dois anos protegendo a fronteira setentrional dos elfos. Levou um bom tempo para a guerra élfica acabar, mas eu bem queria que ela durasse mais. As conversas de paz foram atrasadas quando os líderes dos clãs élficos viram o estado daquela elfa depois do Torneio em Vocans. Ela era sua amiga, não era?

Imagens de Sylva ferida e quebrada surgiram sem convite na mente de Fletcher, mas ele se manteve calado. Sabia que não poderia confiar em nada que Didric dissesse sobre ela.

— Milorde! — gritou um guarda, trazendo Fletcher de volta à realidade. — Esse marginal já tentou matá-lo. Não é seguro. Permita que nós o escoltemos para o senhor.

— E eu pedi sua opinião, seu lambe-botas? — retrucou Didric, brandindo a pistola. — Não se atreva a falar comigo sem que lhe seja dirigida a palavra. Volte ao trabalho.

— Como desejar, milorde — respondeu o homem, curvando-se profundamente. Didric o empurrou com a bota, e o sujeito se esparramou na lama.

O comportamento do inimigo deixou Fletcher enojado, era como se ele estivesse acima de todos os outros. Virou-se para Didric, sentindo os vestígios finais da paralisia se dissipando.

— Mandou os guardas chamarem você de "milorde"? — caçoou Fletcher, carregando no tom de desprezo. — Aposto que eles riem de você pelas costas. Você não passa de um carcereiro metido a besta, seu asno pomposo.

Por um momento Didric o encarou, o rosto lentamente corando. Fletcher desconfiava de que fazia muito tempo que ninguém falava assim com ele. Então, para sua completa surpresa, Didric caiu na risada. O gargalhar rouco ecoou pelo pátio, virando cabeças enquanto o jovem se dobrava de rir.

— Quer saber por que eles me chamam de milorde, Fletchy? —Didric ofegou, enxugando uma lágrima. — É por que eu *sou* um lorde. Lorde Cavell.

3

Fletcher fitou Didric, horrorizado. Subitamente, pequenos detalhes que tinha deixado passar ficaram claros. O pesado sinete no mindinho de Didric. Os uniformes dos guardas, de coloração tão específica e blindagem tão pesada; eles *eram* o exército particular de Didric, um privilégio que o rei concedia apenas à nobreza.

Havia até um brasão d'armas costurado no peito da jaqueta do rapaz, exibindo as barras de uma cadeia, com duas espadas cruzadas atrás, blasonadas no mesmo amarelo e negro ostentado pelos soldados. Um emblema apropriado.

Didric inclinou a cabeça, obviamente se deleitando com o horror de Fletcher. O garoto, por sua vez, tentou permanecer inexpressivo, embora fosse quase impossível. Estava tomado pela repulsa.

— Enquanto você apodrecia numa cela de prisão, frequentei Vocans, na minha própria suíte de luxo. Nada de alojamento de plebeus para mim — gabou-se Didric, alargando o sorriso torto. — Lorde Forsyth foi gentil em me conceder Rubens, um demônio que já está na família dele há gerações. Claro, não é meu único, mas me serviu bem no início. Aliás, acho que você gostaria de saber que o Torneio começará em poucos dias. Eu deveria estar treinando, mas não perderia esse momento por nada no mundo.

— Então vamos logo com isso — rosnou Fletcher, olhando em volta em busca do tribunal. — Você fala demais.

— Ah, muito bem. Estou surpreso que esteja com tanta pressa de voltar à sua cela. Se eu fosse você, aproveitaria bem as próximas horas de ar fresco e luz do sol, Fletcher. Porque serão as últimas. — Didric indicou o caminho e pressionou a pistola nas costas do conjurador.

O tribunal havia sido convertido a partir da velha prefeitura, uma grande construção oval, completa com campanário e uma grande porta de carvalho. As paredes tinham acabado de ser pintadas de branco, e o brasão dos Juízes fora montado acima da porta; martelo e bloco de juiz, ambos negros, se erguiam, agourentos, enquanto os dois atravessavam as largas portas abertas.

O interior lembrava a Fletcher de uma igreja, com bancos baixos cheios de gente de ambos os lados. No fim do corredor central, dois guardas aguardavam com correntes e grilhões. Atrás deles, um juiz de expressão severa, resplandecente em toga negra e peruca branca empoada, o encarava de uma mesa alta.

— Foi uma ideia de gênio converter este lugar num tribunal — sussurrou Didric pelo canto da boca. — Agora podemos levar os acusados direto da sentença à prisão. Claro, nunca fica assim tão cheio. Você atraiu uma bela plateia!

Fletcher tentou ignorar os rostos que o encaravam dos dois lados, esmagado pelo constrangimento no silêncio solene do salão. Percebeu que as roupas que pendiam do corpo eram pouco mais que trapos fedidos, pois havia pouco que ele pudera fazer para lavá-las com a água limitada que recebia na prisão. O cabelo pendia em mechas sebosas, e a barba e o bigode de adolescente se espalhavam em tufos ralos e esparsos pelo rosto. Imaginou que mal reconheceria o próprio reflexo.

Didric o levou pelo corredor, como se fosse parte de uma festa de casamento macabra, exibindo com orgulho seu prisioneiro. Fletcher lançou olhares rápidos para os lados na esperança de ver Berdon, mas, se ele estava lá, o garoto não o encontrou. Finalmente chegaram ao púlpito.

— Acorrentem-no — ordenou o juiz, com uma voz aguda e esganiçada. Fletcher permitiu que os guardas o acorrentassem ao chão, como se fosse um urso servindo de isca numa arena. Logo soltariam os cães.

Ficou parado em silêncio, esperando pelo que aconteceria em seguida. Não tinha cartas na manga, nenhuma rota de fuga. A melhor aposta seria tentar escapar depois de sentenciado. As coisas poderiam se complicar se o próprio Didric o levasse de volta à cela, mas, mesmo assim, Fletcher tinha certeza de uma coisa: preferia morrer lutando a ser deixado para apodrecer naquela cela.

— Tragam a defesa. — O juiz fez um gesto para a esquerda. Um guarda bateu duas vezes e, em seguida, abriu as portas com um floreio cerimonial. Um homem alto, com cicatrizes de batalha e vestindo um uniforme azul de oficial, entrou no recinto.

— Arcturo! — gritou Fletcher, esquecendo todo o senso de decoro. Arcturo lhe lançou um sorriso severo e acenou de leve com a cabeça, como se mandasse o rapaz se calar.

— Silêncio! — ordenou o juiz, apontando um longo dedo ossudo para Fletcher. — Mais uma explosão dessas e vamos lhe colocar uma mordaça.

— Minhas desculpas, meritíssimo — disse Fletcher, enquanto Arcturo parava ao seu lado. — Não foi minha intenção desrespeitar o tribunal.

— Hum, muito bom — respondeu o juiz, erguendo os óculos e espiando Fletcher por trás de um longo nariz aquilino. Parecia surpreso com a civilidade do rapaz; talvez estivesse acostumado a tratamento muito menos cortês dos réus. — Seja como for, mas terei ordem no meu tribunal, está claro?

— Sim, meritíssimo — declarou Arcturo, cortando Fletcher antes que ele pudesse dizer qualquer outra coisa. A mensagem era clara: o garoto não deveria mais falar.

— Quem vai falar pela acusação? — indagou o juiz, arrumando alguns papéis na mesa.

— Eu falarei, meritíssimo — anunciou Didric, virando-se para encarar a multidão.

— Hum. Isso não é muito... ortodoxo — comentou o juiz, enquanto Didric desfilava até uma cadeira e mesa do lado esquerdo da sala. — Porém, não está fora do domínio da lei. Tenho que lhe lembrar de que você ficará impossibilitado de testemunhar para a acusação, caso decida se representar. Está entendido?

— O caso já está vencido, meritíssimo. O depoimento oficial das duas testemunhas será mais que suficiente para condenar este vilão, quer eu suba ao púlpito ou não — respondeu Didric, sorrindo confiante para a assembleia reunida.

— Muito bem — disse o juiz, balançando a cabeça em reprovação. — Acusação e defesa, sentem-se. Guardas, tragam a primeira testemunha!

Arcturo e Didric se sentaram nos respectivos lados do tribunal, deixando Fletcher acorrentado ao chão diante do juiz. O guarda esperou até que todos tivessem se sentado para abrir a porta lateral com uma mesura cerimoniosa. Por um momento, Fletcher não reconheceu a jovem que entrou pela passagem. Quando ela lhe lançou um olhar de desprezo, porém, o rapaz entendeu de quem se tratava.

Calista tinha mudado desde que o garoto a vira pela última vez, avançando contra ele na cripta. O cabelo, antes uma maçaroca mal cortada, tinha crescido e sido penteado numa elegante cabeleira negra. Ela escolhera um vestido azul-bebê, com bainha de renda e babados, que lhe dava uma aparência quase de boneca. O rosto continuava contraído e severo como sempre fora, mas ela — ou um profissional — tinha feito um grande esforço em pintá-lo e empoá-lo, suavizando suas feições e pele.

Até a forma como andava havia mudado, o passo de cavaleiro de sempre aparentemente não existia conforme assumia o lugar no pódio ao lado do juiz. Agora que estava à vista da multidão, Calista mordeu o lábio e se afastou de Fletcher, como se o temesse.

Fletcher entendeu que estava encrencado. Eles tinham transformado a guarda irreverente numa vítima assustada e inocente. Como ele seria capaz de convencer o juiz de que na verdade fora Calista, acompanhada de Didric e Jakov, quem tentara *o* assassinar? Os espectadores já murmuravam entre si, fitando Fletcher com acusação no olhar.

— Lembrarei a todos vocês de que a decisão final está em minhas mãos, assim como todas as questões de lei criminal. Não haverá júri ou julgamento por pares; isso é reservado às cortes militares. Assim, não haverá discussões ou conversas paralelas entre os ouvintes. Se algum de vocês desejar agir assim, sugiro que deixe o meu tribunal. — O juiz lançou um olhar sério a todos antes de se virar para o pódio ao seu lado.

— Agora, minha cara, está pronta para começar?

Calista concordou com a cabeça, torcendo as mãos no colo. Didric se levantou e foi até ela, encostando-se causalmente no pódio.

— Vou manter as coisas simples para não segurar Calista aqui mais tempo do que o estritamente necessário. É só se concentrar em mim, Calista, e ignorar todo o restante. Não há nada a temer. Basta dizer ao bom juiz o que aconteceu na noite em que fui atacado, e tudo logo acabará.

Calista baixou a cabeça numa afetação de modéstia, escondendo o rosto do restante do tribunal sob uma cortina de cabelos negros. Era uma performance magistral, que quase teria convencido o próprio Fletcher, se não fosse pelo sorriso sádico que ela lhe lançou por trás das madeixas.

— Didric, Jakov e eu estávamos de guarda nos portões da aldeia, naquela noite — começou Calista, com um leve tremor na voz. — Vimos Fletcher saindo da cabana dele, carregando um livro pesado. Um soldado estivera vendendo um igual na feira um dia antes, então presumimos que Fletcher o tinha roubado e estava prestes a esconder a prova do crime. Então o seguimos pela noite, até o cemitério, de todos os lugares possíveis. Quando o confrontamos, ele alegou ter comprado o livro...

Didric a interrompeu com a mão erguida.

— Por favor, tome nota de que a investigação encontrou uma quantia considerável de dinheiro no quarto do réu na noite do incidente. É improvável que ele tenha comprado o livro. Podemos acrescentar furto à lista de crimes.

— Uma... acusação... de furto... — rabiscou o juiz em sua escrivaninha com uma pena de cisne. — Mas que marginalzinho temos aqui.

— De fato, meritíssimo. Nós confiscamos os fundos, naturalmente — continuou Didric, piscando para Fletcher. — Peço desculpas pela interrupção, Calista. Por favor, continue.

— Muito obrigada, lorde Cavell — respondeu Calista, com um novo tremor teatral na voz. — Tolamente, nós decidimos acreditar na história de Fletcher. Ele então nos disse que usaria o livro para tentar conjurar um demônio, e perguntou se ficaríamos para assistir. Pensamos que seria engraçado, então topamos...

Ela tremia agora, lançando breves olhares de medo para Fletcher. Ele tinha que admitir, ela era uma ótima atriz.

— Eu não sei como, mas ele conseguiu. Houve tanto barulho e luz... Foi como se o mundo estivesse prestes a acabar! E, então, aconteceu.

Uma lágrima solitária escorreu pelo rosto dela. O juiz lhe entregou um lenço do alto da mesa e murmurou:

— Continue. Diga-nos o que ele fez.

Calista engoliu em seco e apertou o maxilar enquanto enxugava a lágrima.

— Ele se virou contra nós, tentou nos matar! — gritou ela, levantando-se num salto. — Ele nos odiava, nos culpava por tudo de ruim que tinha acontecido em sua vida. Era como se tivesse enlouquecido! Lembro-me de como ele ria enquanto nos encurralava na capela, nossas espadas inúteis contra as chamas do demônio. E, quando comecei a chorar, ele se concentrou em mim, dizendo que eu seria a primeira a morrer.

Ela desceu do púlpito e avançou contra Fletcher, mantendo o dedo apontado como uma pistola.

— *Primeiro as damas*, não foi o que disse? — sibilou. — Seu monstro!

Calista se virou e enterrou o rosto no peito de Didric. O rapaz lhe dava tapinhas no ombro enquanto a jovem chacoalhava com acessos de soluços, cada um mais dramático que o anterior. Fletcher não conseguiu evitar revirar os olhos de repulsa, o que atraiu um olhar zangado do juiz. Calista se afastou de Didric e fez um último discurso fervoroso.

— Foi só quando Didric, o corajoso Didric, entrou na minha frente que Fletcher me deixou em paz. Ele tentou argumentar com esse monstro, mas foi inútil. De repente, o demônio atacou o rosto de Didric com chamas. E, mesmo enquanto o próprio cabelo queimava, ele conseguiu afastar a criatura, assustando Fletcher para a passagem sob a capela. Foi então que Didric tombou, inconsciente, e rachou a cabeça. Nós o carregamos de volta à casa do pai. E o restante vocês já sabem.

O juiz juntou as pontas dos dedos, contemplando Calista. Apesar dos soluços, seu rosto estava seco como osso, e as bochechas, infladas de empolgação, bem coradas. Por um momento, Fletcher acreditou que o juiz tivesse captado a falsidade, mas então o velho sorriu gentilmente para ela e lhe agradeceu pelo testemunho. Calista fez uma profunda mesura para Didric e partiu do salão sem olhar para trás.

— Tragam a próxima testemunha! — ordenou o juiz.

4

Jakov crescera nos dois anos de ausência de Fletcher. Agora sem os últimos vestígios de puberdade, o que restava era um gigante hercúleo. Os braços eram feitos de imensos músculos que se moviam como as pernas de um cavalo, e ele andava com o bambolear pesado de um gorila da selva. O guarda agora vestia o uniforme amarelo e negro de Didric, e as listras horizontais acentuavam o peito largo e avantajado.

— Por favor, sente-se, sargento Jakov — instruiu Didric, puxando a cadeira para ele. — Minha primeira pergunta é: você pode confirmar que a história de Calista é inteiramente verídica e precisa?

— Posso, milorde. Ouvi-la falar foi como reviver toda aquela noite outra vez.

— Ótimo. Sei que você é um homem ocupado, então não precisamos que a reconte com suas próprias palavras. Por favor, explique o que aconteceu depois da tentativa de assassinato de Fletcher.

— É claro, senhor — disse Jakov, ajeitando a franja. Ele respirou fundo. — Depois que entregamos Didric ao pai, fui acordar os demais guardas. Encontramos a porta da casa de Fletcher obstruída. Depois que a derrubamos, encontramos resistência do pai adotivo dele, Berdon. Aquele homem quase nos matou; é praticamente tão grande quanto eu, sabe; mas fui capaz de desarmá-lo. Alguns dos rapazes ficaram meio... empolgados a essa altura. Vamos dizer que Berdon não pôde mais colocar muitas ferraduras por um tempo depois daquela noite. Ossos demoram a curar.

— Seu animal! — rosnou Fletcher, com o ódio borbulhando dentro de si, cáustico e fervente. Ele sabia que aquela gente queria deixá-lo com raiva para que perdesse a cabeça diante do juiz. Mas as palavras tinham escapado antes que ele pudesse se conter.

— Só mais uma palavra sua, Sr. Fletcher! — exclamou o juiz, batendo o martelo na mesa para enfatizar. — Só mais uma palavra, e eu o despacho de volta às celas, onde poderá esperar para ouvir o veredicto.

Fletcher mordeu o lábio até sentir o gosto de sangue quente, tentando não gritar contra a injustiça daquilo tudo. Imagens deles espancando o corpo inconsciente de Berdon inundaram a mente de Fletcher, que não conseguiu afastá-las dos pensamentos.

— Depois disso confiscamos todas as posses na propriedade como provas. Na luta, o fogo da forja de Berdon de alguma forma se espalhou, e a cabana queimou até não sobrar nada.

Fletcher sentiu lágrimas quentes correndo pelo rosto. Ele caiu de joelhos. Numa só noite, o homem que ele mais amava no mundo perdeu tudo. E por causa dele.

— Meritíssimo, não entendo o que isso tem a ver com a acusação contra o réu. Podemos ir direto ao ponto, por favor? — A voz de Arcturo soava forçada, raivosa.

— De acordo. Obrigado, capitão Arcturo. — O juiz assentiu. — Lorde Cavell, a não ser que você tenha alguma prova real a oferecer, considero esta linha de questionamento inteiramente irrelevante. Há algo a acrescentar?

— Não, meritíssimo. Acho que Jakov já disse o que tinha a dizer — respondeu Didric.

— Muito bem. Você está dispensado, sargento Jakov.

— Obrigado, milorde.

O homenzarrão se levantou do pódio e passou pela porta lateral. Logo antes de sair de vista, lançou um aceno sarcástico para Fletcher. O rapaz olhou para o outro lado, mas seu estômago se revirou com fúria renovada. Fletcher a guardou para si, sabendo que toda a intenção do testemunho de Jakov era meramente fazê-lo agir de forma impensada.

— Isso é tudo, então, lorde Cavell? — indagou o juiz, arrumando as anotações.

— É sim, meritíssimo. A acusação encerra. Como disse mais cedo, creio que verá que este é um caso vencido. Recomendo uma sentença mínima de prisão perpétua.

— Obrigado, lorde Cavell. Levarei isso em consideração — assegurou o juiz, mas franzia as sobrancelhas com irritação.

Um burburinho suave de conversas permeou o tribunal enquanto Arcturo se levantava e organizava suas anotações.

— Acho que toda a minha preparação para o juizado valeu a pena, não é, Fletcher? — comentou Didric, enquanto voltava para seu lugar. — Se bem que, vendo essa antiguidade aí, fico feliz em ter acabado seguindo outro caminho.

— Como se eles jamais fossem deixar um monstro como você virar juiz — retrucou Fletcher, com ódio permeando cada palavra.

Os ombros de Didric se enrijeceram, e ele se virou de volta, apesar de uma tossida severa do juiz.

— Lembre-se, Fletcher, esta é a *minha* prisão — sibilou Didric, com um brilho desvairado no olhar. — Se você acha que lhe negar comida é o pior que posso fazer, sua imaginação é severamente limitada.

— Lorde Cavell, tenho que lhe pedir que volte ao seu assento — ordenou o juiz.

— Na verdade, meritíssimo, eu preferiria que Didric ficasse. — Arcturo se adiantou e ergueu Fletcher, pondo-o de pé. As mãos firmes em seus ombros acalmaram o bater errático do coração do rapaz, que respirou fundo e encarou o olhar do juiz.

— Muito bem. Lorde Cavell, por favor, suba ao púlpito — pediu o juiz, acenando para que Didric voltasse.

— Seria incomum se eu trouxesse o sargento Jakov e a soldado Calista de volta também? — propôs Arcturo.

— Sim, seria, mas ainda assim aceitável pela lei. Porém, deixe-me perguntar primeiro: pelo que entendo, você não é um advogado qualificado, capitão Arcturo. Por que está defendendo o rapaz? — indagou o juiz.

— Eu o defendo porque ninguém mais o faria, por medo de represálias do Triunvirato. Covardes, todos eles. — Arcturo balançou a cabeça, com voz amargurada.

— Lamento, não estou familiarizado com esse termo "*triunvirato*" — comentou o juiz, franzindo o cenho.

Fletcher estava curioso; também não o conhecia.

— Lorde Cavell, lady Faversham e lorde Forsyth nutrem laços estreitos na política e nos negócios. É por esse nome que as três famílias ficaram conhecidas — explicou Arcturo.

Então Didric estava em conluio com os Faversham e os Forsyth. Fletcher quase sorriu consigo mesmo. Que apropriado. Todas as pessoas que mais o odiavam no mundo, trabalhando juntas para derrubá-lo. Ele devia ter adivinhado.

— Talvez não defendessem Fletcher porque é muito óbvio que ele é culpado — comentou Didric em voz alta. — Nenhum advogado seria maluco de aceitar um caso desses.

— Calado! — exclamou Arcturo, virando-se para Didric. — Não falei durante a sua argumentação. Agradeceria se você me concedesse a mesma cortesia.

Didric revirou os olhos e ergueu as mãos, fingindo rendição.

— Tragam a soldado Calista e o sargento Jakov — ordenou o juiz. — E busquem cadeiras para eles também.

Levou apenas alguns segundos para os guardas voltarem com os dois. Fletcher suspeitou que ficaram ouvindo por trás da porta.

— Vamos logo com isso, então? — disse o juiz. Ele fungou irritado, quando o guarda arrastou duas cadeiras ao lado do pódio, provocando um ranger alto no chão. — Apresente seu argumento e irei declarar meu veredicto.

Fletcher observou os três no tablado, perguntando-se que jogo Arcturo estaria jogando.

Ele nunca tinha contado ao capitão, nem a mais ninguém, toda a história do que acontecera naquela noite. Arrependendo-se amargamente por isso, Fletcher se sentiu mergulhar ainda mais no desespero enquanto Arcturo começava a falar.

— Eu gostaria inicialmente de apontar ao meritíssimo juiz que não há prova alguma que confirme as histórias da soldado Calista e do sargento Jakov além do próprio testemunho de cada um. Assim sendo, temos que concluir que, caso se comprove que tais histórias são inconsistentes, o juiz terá que absolver Fletcher de todas as acusações. Estou correto, meritíssimo?

— Bem, essa é uma interpretação muito simplista da lei — resmungou o juiz. — Caso lance dúvida suficiente sobre a história deles, sim, estarei mais inclinado a considerar a inocência de Fletcher. Entretanto, também terá que ser oferecida uma versão alternativa dos eventos, com prova que a sustente.

— Obriga... — começou Arcturo.

— Tenha em mente que o testemunho idêntico de três indivíduos é muito poderoso — interrompeu o juiz. — Há que se estabelecer uma dúvida significativa, capitão Arcturo. Significativa de fato.

— Muito bem, meritíssimo — respondeu Arcturo, baixando respeitosamente a cabeça. — Neste caso, começarei propondo uma sequência de eventos muito diferente para aquela noite.

Segurando as mãos detrás das costas, Arcturo se virou de volta às três testemunhas.

— Numa noite fria há dois anos, Fletcher fez amizade com um velho soldado. Pelo que sei, seu nome era Rotherham, também conhecido como Rotter pelos companheiros nas linhas de frente. Este era o homem que estava inicialmente de posse do livro do conjurador. Os dois estavam bebendo na taverna local quando foram abordados por Didric, acompanhado de Jakov, que exigiu o livro em troca de um valor mísero que em primeiro lugar não tinha nem sido acordado. Você nega esses eventos, Didric?

— Acredito que a forma de tratamento adequada seja lorde Cavell — retrucou Didric, cruzando os braços e desafiando Arcturo com um olhar raivoso e obstinado.

— Lorde Cavell — recomeçou Arcturo, forçando as palavras por entre os dentes cerrados. — Você nega as acusações? Encontrei várias testemunhas que as confirmariam sob juramento. Parece que nem todos na vila aceitariam seu dinheiro; inclusive aqueles que seu pai faliu.

Didric corou de raiva, mas manteve a fúria sob controle, respondendo numa voz neutra.

— Não nego as acusações. Nós nos encontramos na taverna naquela noite, mas eu debateria com você a questão de a venda ter sido acordada ou não.

— De qualquer forma — continuou Arcturo, virando-se para o público e falando mais alto —, houve uma altercação entre os quatro cavaleiros, resultando em Didric tentando matar Fletcher com uma lâmina oculta. Eu lhe pergunto de novo, *lorde* Cavell: você nega?

— Foi em legítima defesa. O louco estava me esganando — argumentou Didric, acenando com a mão como se o evento mal merecesse menção. — Na verdade, isso só prova que ele já tinha a intenção de matar, sem falar num motivo ainda maior para fazê-lo, considerando o que aconteceu naquela noite.

— Fico feliz que você tenha mencionado legítima defesa — disse Arcturo, andando até o outro lado do salão. — Pois isso será muito relevante mais tarde, neste caso. Agora, considerando que Rotherham e Fletcher eram amigos e inclusive lutaram lado a lado, por que você ficaria tão surpreso ao encontrar Fletcher de posse do livro mais tarde?

— Eu não disse isso, foi Calista. Ela não tinha se envolvido na luta, então não sabia. Acho que esse foi o motivo dela para segui-lo, não o nosso — respondeu Didric suavemente, o lado bom do rosto meio torcido por um sorriso confiante.

— Então por que *você* o seguiu? — indagou Arcturo.

— Curiosidade. Um garoto seguindo para um cemitério no meio da noite é suspeito, você não acha?

— Não tinha nada a ver com tentar se vingar da surra que você levou naquela luta na noite anterior? — pressionou Arcturo. Fletcher tentou conter uma risada amarga, mas o fungar enrolado resultante lhe valeu um olhar severo do juiz.

— Não — respondeu Didric, reclinando-se e cruzando os braços de novo.

— Muito bem, então. Acho que teremos que confiar em você quanto a isso. Considero curioso que você e Jakov não tenham mencionado a luta a

Calista, dadas as várias horas que vocês devem ter passado juntos, mas deixarei isso para a consideração do meritíssimo juiz — argumentou Arcturo.

O juiz bufou e, depois de dar de ombros, rabiscou alguma coisa nas anotações.

— Continuando, no cemitério — disse o capitão, tocando o queixo com a ponta dos dedos. — Apesar de quase o ter estripado na noite anterior e de vocês dois se detestarem mutuamente, Fletcher o convida para assistir enquanto ele tenta conjurar um demônio? Não houve discussão, desconfiança, nenhum atrito quando você o flagrou lá?

— Sou uma pessoa que acredita no perdão, Capitão. Eu não o ameacei, e ele certamente não me ameaçou, não com dois guardas armados às minhas costas. Obviamente ele planejava atiçar o demônio contra nós, então agiu todo simpático até estar com a criatura sob seu controle.

— Ah. Controle. Que bom que você tocou nesse assunto. Diga-me, qual é a primeira coisa que se aprende nas aulas de conjuração na escola, depois da infusão e da introdução ao éter? — indagou Arcturo.

— Controle demoníaco... — admitiu Didric, com um lampejo de dúvida surgindo em seu rosto pela primeira vez. Fletcher não pôde deixar de sorrir. Essa linha de questionamento obviamente não era uma que o valentão tivesse esperado.

— Você realmente acredita que, meros minutos depois de evocar um demônio, um noviço como Fletcher poderia fazê-lo atacar? Sem provocação, ainda por cima? — inquiriu Arcturo, acenando para Fletcher como se ele fosse um incompetente.

Pela primeira vez, o rapaz ficou feliz com a própria aparência imunda. Certamente não o pintava como um habilidoso conjurador.

— Como o juiz certamente está ciente, controlar um demônio é quase impossível para alguém que acabou de evocar o seu primeiro, especialmente se essa pessoa não tiver conhecimento prévio da arte — continuou Arcturo, erguendo as sobrancelhas.

— Sim, isso é verdade — concordou o juiz, depois de um momento. — É *de fato* algo digno de atenção.

— Talvez houvesse alguma coisa no livro que o ensinasse como fazê-lo corretamente — sugeriu Didric, mas seu rosto empalideceu.

— Eu tenho aqui uma cópia do mesmo livro, como prova — afirmou Arcturo, voltando para a sua mesa e tirando uma grande resma de papéis de um alforje que trouxera consigo. Bateu com eles na mesa com um baque pesado, soltando uma nuvem de poeira. — Eu asseguro ao juiz que não há instruções sobre controle demoníaco dentro dessas páginas. O meritíssimo gostaria de declarar um recesso para poder lê-lo?

O juiz encarou o tomo com horror; levaria dias para ler aquilo tudo. Fletcher não conseguiu evitar um sorrido diante da expressão abatida de Didric. O rapaz arrogante tinha dado um tiro no pé ao não deixar que um advogado o representasse. Só um conjurador da experiência de Arcturo teria pensando naquela linha de argumentação.

— Aceito sua palavra, Capitão — decidiu o juiz, pigarreando. — Concordo que isso lança alguma dúvida sobre a versão dos eventos da acusação, mas também poderíamos argumentar que Fletcher é naturalmente talentoso. Entretanto, levarei isso em consideração. Por favor, prossiga com o argumento.

— Certamente, meritíssimo. Agora irei interrogar cada uma das testemunhas. Também peço que elas não falem a não ser que lhes seja dirigida a palavra — continuou Arcturo, segurando as mãos atrás das costas e parando diante do trio no tablado. — Vejam, quero que vocês descrevam o máximo de detalhes possível. Vamos começar com você, soldado Calista. Diga-me, o que aconteceu no cemitério? O que Fletcher usou para conjurar o demônio?

— Eu... não consigo lembrar— respondeu Calista, pega momentaneamente de surpresa. — Foi há dois anos, sabe.

— Sei, sim. Assim como você sabe exatamente o que ele disse e como ele o disse, naquela noite. Mas você não se lembra das ferramentas que ele usou? Testemunhou uma conjuração demoníaca, mas isso não lhe pareceu um evento memorável? — indagou Arcturo.

Calista olhou para Didric em busca de ajuda, mas ele olhava para a frente obstinado, o olhar fixo em Fletcher.

— Eu acho... que ele só fez ler do livro.

Fletcher manteve o rosto sério, mas estava comemorando por dentro. Didric obviamente nunca lhes contara como os noviços costumavam conjurar o primeiro demônio.

— Mais alguma coisa? — perguntou Arcturo.

— Eu não lembro... — repetiu Calista, com voz vacilante.

O rosto de Didric não revelava emoções, mas Fletcher viu os músculos da mandíbula dele enrijecendo.

— Que estranho. Você descreveu tudo mais em tantos detalhes. Isso não lhe parece incomum, meritíssimo? — indagou Arcturo, cujo rosto era a imagem da inocência.

— De fato, é mesmo — concordou o juiz com gravidade, registrando uma anotação no papel à sua frente.

— Talvez Jakov possa iluminar a questão — considerou Arcturo, levando o dedo aos lábios.

Jakov ficou boquiaberto, com os olhos dardejando pelo salão, como se procurasse pistas.

— Pelos céus! — exclamou Didric. — Ele usou um pergaminho e um quadrado de couro com um pentagrama, como todos os outros conjuradores antes dele. Por que continuamos com essa linha de questionamento absurda?

— Lorde Cavell! — ralhou o juiz, batendo o martelo na mesa. — Você vai se calar!

— Minhas desculpas, meritíssimo — respondeu Didric, erguendo as mãos em rendição. — Eu estava só impaciente para contar o meu lado da história.

— Nem. Mais. Uma. Palavra — ordenou o juiz, pontuando cada palavra com uma estocada do dedo.

Fletcher sentiu uma pontada de esperança, pois finalmente entendeu o que Arcturo tentava fazer. Didric já tinha caído na armadilha.

Arcturo continuou se dirigindo a Jakov.

— Foi isso mesmo? Ele leu de um pergaminho e usou um quadrado de couro para conjurar o demônio?

— Foi como Didric falou — respondeu Jakov lentamente, olhando com desespero para o amigo em busca de confirmação. — Eu me lembro agora.

— Ah, ótimo. Que bom que isso foi esclarecido — concluiu Arcturo, assentindo para si mesmo. Ele começou a voltar ao pódio, depois fez uma pausa, como se tivesse acabado de se lembrar de uma coisa.

— Lorde Cavell. Onde você acha que ele arranjou os dois itens? Achei que ele só tivesse recebido um livro do velho soldado?

Didric olhou com raiva para Arcturo, e Fletcher via a mente do rapaz trabalhando enquanto ele considerava o que dizer. Didric não estava preparado para aquilo.

— Eu não faço ideia — respondeu o rapaz, olhando para o teto como se perdido em pensamentos. — Se eu fosse especular, diria que Fletcher recebeu esses itens também. O soldado roubou o alforje de um conjurador, que certamente conteria um couro de conjuração de algum tipo. O mesmo vale para o pergaminho.

— Você pode descrever o pergaminho? — perguntou Arcturo. — Talvez descrever qual era a cor da tinta usada para inscrevê-lo. Qual era o tamanho dele? Quão branco era o papel?

— Você não está testando a validade da minha história, Capitão. Está só testando minha memória — argumentou Didric, reclinando-se e sorrindo como se tivesse marcado um ponto.

— Mesmo assim, por favor, faça essa gentileza — insistiu Arcturo, abrindo um sorriso inocente.

— O pergaminho era obviamente órquico, escrito na língua deles. Disso me lembro claramente.

Fletcher se perguntou por um momento como Didric poderia saber sobre o dono original do pergaminho. Então ele lembrou que tinha contado ao inquisidor Rook que o pergaminho era de origem órquica, diante da turma inteira. Qualquer um poderia ter lhe contado isso. Ele só esperava que Didric não soubesse de mais nada.

— A tinta era escura, é tudo que lembro. O tamanho também era difícil de julgar, já que as duas pontas estavam enroladas. O cemitério estava escuro demais para ver quão branco o papel era. Isso responde às suas perguntas?

— Responde. Porém, dizer que a tinta era escura... certamente qualquer escrita teria que ser escura para poder ser lida. Você tem certeza absoluta de que não pode nos dar mais detalhes sobre a cor da tinta?

— Você realmente acha que pode provar a inocência de um assassino por eu não me lembrar da cor exata da tinta num pergaminho? O senhor deveria se ater à guerra, Capitão; é um mau advogado. O papel estava coberto com tinta escura, e isso é tudo que eu posso lhe dizer.

— Você tem certeza absoluta? — insistiu Arcturo.

— Sem dúvida — declarou Didric, cruzando os braços de forma desafiadora.

— E você, Jakov, corrobora a história dele? — indagou Arcturo, caminhando até ele.

— Sim, senhor — resmungou Jakov.

— Calista, essa descrição lhe fez lembrar alguma coisa?

— Acho que havia um pergaminho e um couro assim — murmurou Calista.

— Então, para resumir, Didric e Jakov viram Fletcher usando um rolo de papel enrolado de tamanho indeterminado, escrito em tinta escura para conjurar o demônio, assim como um couro com um pentagrama. Calista agora corrobora a história — anunciou Arcturo.

— Sim, capitão, está bem claro — admitiu o juiz, relendo as anotações. — Você poderia, por favor, me dizer aonde quer chegar com isso tudo?

— É claro — disse Arcturo. Ele foi até a mochila e retirou um item, brandindo-o no ar para que todos o vissem.

— Eu lhes apresento... o pergaminho.

5

Depois de um ano inteiro, Fletcher tinha quase esquecido como o pergaminho de conjuração era horripilante.

Tratava-se de uma única folha de material amarelado e coriáceo. As letras órquicas eram formadas por linhas grosseiras em alto-relevo, de modo que até um cego poderia lê-las usando apenas o toque. Traços levíssimos da tradução de Baker estavam marcados abaixo, mal visíveis ao olho nu.

— Este pergaminho, se é que podemos chamá-lo assim, não é nada como o objeto que Didric descreveu. Não tem nenhuma tinta que se possa mencionar, nenhuma borda enrolada em nenhum lado, nem é feito de papel ou nada parecido — anunciou Arcturo, um dedo acusador apontado para Didric. — Na verdade, é feito com a pele de alguém. A vítima teria as letras marcadas nas costas, e, uma vez que os ferimentos tivessem se curado e formado cicatrizes, a pele seria esfolada e curtida para formar este objeto repugnante.

Houve exclamações de horror do público. Um homem saiu correndo do tribunal, com as mãos sobre a boca. Enquanto os sons de vômito permeavam o aposento, outros seguiram, atropelando-se em busca de ar fresco. Nem todos saíram a tempo.

— Guardas, arranjem alguém para limpar aquilo — comandou o juiz cujo próprio rosto estava ficando esverdeado. — Vamos fazer um breve recesso. — Ele desceu apressado do pódio e desapareceu por uma porta lateral.

Didric tinha ficado pálido, mas se manteve completamente calado. Ao encarar Fletcher, a cor voltou ao rosto e o choque tornou-se raiva.

— Fletcher — disse Arcturo, agachando-se ao lado dele. — Você está ferido? Eles machucaram você?

— Estou bem. É... é bom ver você.

De repente, Fletcher se sentiu desajeitado, as palavras tropeçando na língua. Não estava acostumado à gentileza... não mais. Seu corpo estremeceu, e ele sentiu lágrimas salgadas descendo pelo rosto. Não tinha percebido como estivera solitário até aquele exato momento.

Arcturo apertou o ombro de Fletcher.

— Vamos tirar você daqui. Sentimos muito a sua falta.

— Como estão os outros?

— Não vemos Sylva desde o Torneio. Ela foi levada voando de volta para casa assim que o rei Harold soube dos ferimentos. Ele ficou furioso, assim como os elfos, obviamente. — Arcturo fez uma pausa, depois respirou fundo. — Berdon foi jogado na cadeia com acusações falsas. Eles só podem segurá-lo por umas poucas noites, então não se preocupe. Didric só não queria que você o visse. Negou a você até esse mísero conforto.

— Aquela víbora — rosnou Fletcher, moendo os nós dos dedos nas tábuas do chão. — Vou me vingar dele, nem que seja a última coisa que eu faça.

— Cuidado — avisou Arcturo, olhando em volta para o caso de alguém ter ouvido. — Lembre-se que estamos num julgamento de homicídio.

— E quanto a Otelo? — indagou Fletcher.

— Otelo está em Vocans. Átila e uma jovem anã, Cress, entraram para a academia este ano. De fato, estão se preparando para seu primeiro Torneio enquanto conversamos. Otelo ficou para garantir que a transição será tranquila; rejeitou uma comissão para tanto. Isso quer dizer que ele poderá liderar os recrutas anões, o que nos é ideal.

Arcturo olhou para trás ao perceber o juiz voltando ao seu lugar, com o rosto livre do tom esverdeado.

— Otelo sente muito a sua falta. É graças à família dele que este julgamento está acontecendo. Eles peticionaram ao rei para garantir que você teria uma audiência, e conseguiram assegurar um juiz que não estava de conluio com o Triunvirato. Pode acreditar em mim quando lhe digo que não restam muitos.

— Espere... sobre o Triunvirato... — Fletcher começou a perguntar.

O juiz martelou a mesa, silenciando novamente o aposento.

Arcturo lhe lançou um olhar que dizia *mais tarde*.

— Capitão, está claro que há algumas discrepâncias na história apresentada pelas testemunhas e a acusação. Você tem mais alguma prova a apresentar?

— Tenho sim, meritíssimo — respondeu Arcturo, caminhando de volta ao púlpito das testemunhas. — Porém, antes eu gostaria de fazer mais algumas perguntas às testemunhas. Por favor, respondam em ordem; primeiro Jakov, depois Calista e por fim lorde Cavell. Há alguma coisa que vocês gostariam de mudar em seu testemunho?

Os olhos de Jakov dispararam para Didric, que balançou a cabeça quase imperceptivelmente.

— Não — disse Jakov.

— Não me lembro. Não — murmurou Calista, contemplando as mãos.

Didric se levantou e declarou à audiência, em voz alta e confiante:

— Eu gostaria de dizer que este pergaminho órquico não prova nada. A memória é uma coisa fugaz; sua linha de questionamento apenas me levou a descrevê-lo assim.

— Sim, porque você nunca viu o pergaminho antes. Não era sua memória que eu estava testando, era a sua mentira — retrucou Arcturo, erguendo a voz para que todos pudessem ouvir. — Agora responda à minha pergunta.

— *Obviamente* eu não vi o pergaminho tão bem quanto eu pensava — admitiu Didric com voz entediada. — Mas a minha história ainda se sustenta. Não se pode conjurar um demônio sem um pentagrama feito de, ou inscrito em, material orgânico. Ele tinha um couro de conjuração. Eu vi.

Arcturo sorriu, juntando as mãos deliberadamente.

— Você está parcialmente correto, Lorde Cavell. Realmente *é* necessário um pentagrama formado de material orgânico para conjurar um demônio. Você pode pensar no que Fletcher poderia ter em mãos que se encaixaria nessa descrição?

— Espere... — gaguejou Didric, e seus olhos se iluminaram com reconhecimento. Só que era tarde demais.

— Era, na verdade, o próprio livro! — anunciou Arcturo, abrindo a mochila e retirando a capa do livro com um floreio.

Era a mesma que fora removida do diário que Fletcher tinha deixado na cela. O couro estava empoeirado e envolvendo aquilo que deveria ser uma cópia do original, mas ele reconheceu o pentagrama na frente.

— Outra mentira — prosseguiu Arcturo, meneando a cabeça. — Posso solicitar que testemunhas sejam trazidas por via aérea, a dama Fairhaven e o próprio lorde Cipião, para corroborar que Fletcher lhes contou que usou estes dois itens para conjurar o demônio. Será necessário, meritíssimo?

— Não, Capitão, acredito em você. Por favor, nos dê a versão dos eventos conforme seu ponto de vista.

Arcturo deu as costas à audiência, dessa vez dirigindo sua linha de argumentação ao juiz.

— Uma noite, anterior à noite em questão, Didric atacou Fletcher e sofreu uma derrota embaraçosa nas mãos deste, perdendo muito do respeito de seus pares. Na noite seguinte, ele ou um de seus companheiros viu Fletcher a caminho do cemitério. Didric reuniu seus cúmplices e o seguiu, chegando *depois* de Fletcher ter conjurado seu demônio. Em busca de vingança, eles atacaram o garoto cujo demônio reagiu instintivamente para defender o mestre. Como vítima, em vez de agressor, Fletcher fugiu. Se ele realmente quisesse assassinar Didric e seus amigos, teria ficado para terminar o serviço, já que tinha a vantagem. — Arcturo fez uma pausa, como se algo tivesse acabado de lhe ocorrer. — Isso foi nada mais que uma repetição dos eventos da noite anterior. Didric ataca Fletcher e é derrotado quando Fletcher age em legítima defesa. Há um padrão, aqui. Considere isso, meritíssimo, quando decidir seu veredicto.

O juiz piscou devagar para Arcturo, como se estivesse profundamente imerso em pensamentos. Reclinou-se na cadeira e esfregou a cabeça com o martelo. O salão ficou completamente silencioso, todos fitando o velho que fechava os olhos. Os minutos se passaram, o silêncio pesando sobre o cômodo. Por um momento, Fletcher chegou a pensar que o juiz havia caído no sono, então pulou de susto quando o magistrado subitamente falou, de olhos ainda cerrados.

— Cheguei a uma decisão. Fletcher Wulf, você é acusado da tentativa de homicídio do lorde Didric Cavell. Por favor, levante-se para receber seu veredicto.

Fletcher se levantou com dificuldade, obrigado a ficar desajeitadamente curvado, pois a corrente presa aos seus grilhões era curta demais para que ele ficasse ereto.

Aquilo tudo acontecia rápido demais; ele mal tinha começado a processar tudo. Seu futuro estava no fio da navalha, um abismo de desespero de um lado, um destino desconhecido do outro. O rapaz sentia a pulsação palpitando nos ouvidos enquanto seu coração martelava, os sons eram tão altos que mal ouviu as palavras vindas do juiz.

— Considero o réu... inocente de todas as acusações.

Fletcher desabou de joelhos. Sentiu Arcturo dando tapinhas animados em suas costas, ouviu o rugido da multidão atrás de si. Era tão surreal. Não tinha percebido antes, mas jamais acreditara de verdade que seria considerado inocente. Porém, de alguma forma, pelos esforços da família de Otelo e dos professores em Vocans, ele acabava de ser resgatado de uma vida inteira de cárcere e de coisas muito piores.

Fletcher encarou Didric por entre as lágrimas, piscando para clarear a visão. Era estranho, mas sua nêmese não parecia furioso. Na verdade, parecia apenas franzir o cenho, como se estivesse levemente aborrecido com o veredito.

— Ordem, ordem! — berrou o juiz, enquanto os espectadores continuavam a gritar no fundo. O silêncio voltou conforme o ruído morria a cada martelada do juiz.

Só que um som permanecia. Um bater de palmas lento, vindo do fundo do aposento. O barulho continuou, mais alto conforme se aproximava. O juiz não fez nada para interromper as palmas, franzindo as sobrancelhas e observando com interesse.

— Muito bem feito; mas que interessante — disse uma voz sardônica.

O inquisidor Rook surgiu com um sorriso torto no rosto. Vestia o uniforme da Inquisição, um longo casaco negro, similar a uma batina, com decoração militar. Fletcher sentiu o estômago se revirar de repulsa ao ver o homem. Rook era racista e preconceituoso, e nutria um ódio profundo por ele.

— Tenho que admitir, você se superou desta vez, Arcturo. Uma performance magistral. Por um momento ali eu achei que você tinha perdido, mas, ah, minha nossa, você virou o jogo no fim. — Rook continuou batendo palmas devagar enquanto sorria e acenava com a cabeça para o público.

— Ahm, inquisidor Rook. Por favor, sente-se para que eu possa soltar o rapaz. Você não tem jurisdição sobre um julgamento civil. Este não é um tribunal militar. — O juiz falava com voz firme, mas que tinha um tom de medo de que Fletcher não gostou.

Rook assentiu, pensativo, enquanto passava pelos pódios e arrastava os dedos neles.

— Eu entendo, meritíssimo. Perdoe minha intrusão, mas eu não removeria os grilhões ainda. Tenho outra acusação a fazer contra o senhor Wulf aqui. — Os olhos de Rook faiscaram ameaçadoramente às palavras, por mais que seu rosto continuasse a imagem da inocência.

— Isto é ridículo — rosnou Arcturo, parando diante de Rook. — Que acusação você poderia trazer contra o rapaz?

Rook voltou enquanto um grupo de soldados marchava tribunal adentro, carregando um conjunto de correntes pesadas.

— O pior crime de todos — rosnou ele, agarrando Fletcher pela nuca. — Alta traição.

6

Eles levaram Fletcher para uma cela temporária, completa com mesa, cadeiras e até mesmo uma bacia com água e sabão. Removeram as correntes, segurando o nariz devido ao odor, e foram embora no instante que Fletcher se viu livre. Assim que as portas se fecharam, o rapaz começou a esfregar o rosto e lavar os longos cabelos sebosos. Era incrível ter mais que um pequeno balde de água potável para usar.

Depois de dez minutos lutando contra os cabelos, ele passou ao resto do corpo, lançando olhadelas à porta para o caso de alguém entrar. Enquanto pulava para se secar, botou a túnica e os culotes de molho na bacia, de forma a lavar um ano inteiro de sujeira e fuligem. No fim, a água ficou com uma nojenta tonalidade amarronzada, mas Fletcher, por sua vez, se sentiu renovado.

Ele conjurou Ignácio e puxou o diabrete num abraço. Sua pele molhada estava toda arrepiada, mas a Salamandra quente se achatou contra o peito do rapaz, soltando uma agradável baforada de ar quente no seu rosto.

— Ainda não escapamos dessa, Ignácio, mas pelo menos você não terá o meu destino. Se eu morrer, você se desvanecerá de volta ao éter, são e salvo.

Ignácio miou, tristonho, e enrolou a cauda na barriga de Fletcher.

— Não se preocupe, vamos dar um jeito de sair dessa. — Ele tentou se soltar da Salamandra, mas, teimoso, Ignácio continuou se agarrando.

— Vamos, camaradinha, eu sei que você fica feliz em andar peladão o dia inteiro, mas eu não. Os guardas teriam um belo show se entrassem agora.

Ignácio se afastou, relutante, e se contentou em explorar a nova cela, farejando desconfiado as cadeiras, como se elas pudessem atacá-los de repente.

Enquanto Fletcher tentava se enfiar nas roupas encharcadas, ouviu uma batida na porta, e Arcturo entrou, com expressão severa e marcada de preocupação.

Abriu um sorriso forçado para Fletcher e disse:

— Você parece um rato afogado. Só Deus sabe o que Berdon vai pensar quando o vir.

— Ele está vindo? — indagou Fletcher, mal conseguindo acreditar.

— Está. O caso dele foi logo depois do seu. Após o showzinho de Rook, o juiz estava disposto a soltar Berdon temporariamente para que se encontrasse com você hoje, mesmo que tenha que passar os próximos dois dias na cadeia. Um lado bom para uma situação muito ruim. — Arcturo puxou uma cadeira e se sentou diante dele.

— Arcturo, obrigado — disse Fletcher, segurando as mãos do capitão. — Por tudo. Você me devolveu a vida.

Arcturo abriu um sorriso fugaz, mas o rosto logo ficou soturno e agourento outra vez.

— Eu não agradeceria tão cedo. A situação está feia, Fletcher. Você foi acusado de matar as tropas do lorde Forsyth, ao apoiar uma rebelião enânica malsucedida. Eles têm provas — testemunhas que dizem que tanto você quanto Otelo estavam presentes — e até evidências de que nutrem simpatias antimonárquicas. Soube que Otelo foi preso há algumas noites... Não sabia nem que ele estava aqui. Lamento, Fletcher, foi tudo culpa minha. Eles nos distraíram com o julgamento de Didric enquanto preparavam esse.

Fletcher desabou numa cadeira e enterrou o rosto nas mãos. De alguma forma, não lhe tinha caído a ficha dessa acusação até aquele momento. Ignácio cutucou a perna do rapaz, grunhindo de preocupação.

— Saí da frigideira para o fogo — murmurou Fletcher, tomado pelo pavor de voltar à cela. — Eu me lembro daquela noite. Nós estávamos lá, Arcturo.

— E isso não é o pior. A Inquisição conduz todos os julgamentos militares e, como um cadete de oficial do exército real, você está apto a receber um. Sem falar no fato de que vai haver um júri, e desconfio de que eles todos terão ouvido falar na acusação de assassinato, isso se já não tiverem sido subornados pelo Triunvirato...

— Espere, me conte mais sobre o Triunvirato — interrompeu Fletcher.

— Como eu disse, é lorde Forsyth, lady Faversham e Didric — respondeu Arcturo com severidade. — Didric os conheceu quando lorde Faversham veio curar as queimaduras dele e descobriu nessa ocasião que detinham o contrato exclusivo de armamentos para a fronteira norte. Faversham apresentou a família de Didric aos Forsyth; eles já eram aliados desde o começo, antes mesmo de você botar o pé em Vocans. Juntas, as três famílias agora controlam a maior parte das prisões e fábricas de armamentos em Hominum, motivo pelo qual são agressivamente antienânicos. Estão determinados a fazer qualquer coisa para expulsar os anões do negócio de armas de fogo. Infelizmente, eles têm a Inquisição e os Pinkertons bem no fundo do bolso, além da amizade do velho rei Alfric.

— Uma aliança maligna como nenhuma outra — murmurou Fletcher.

— Sim, e muito poderosa. Eles também promovem uma vendeta em particular contra você. De algum jeito, você conseguiu ofender as três famílias, considerando o que aconteceu ao rosto de Didric, sua participação na derrocada das tramoias dos Forsyth e a possibilidade de você ser filho bastardo do lorde Faversham.

— E como é que nós vamos sair dessa? — indagou Fletcher, passando as mãos pelos cabelos molhados.

— O único jeito de vencermos é provar, além de toda e qualquer dúvida, que você é inocente, de modo que o júri considere impossível condená-lo. Agora, me diga, que argumentos eles têm contra você?

Mas Fletcher não teve uma chance de responder. A porta se abriu de súbito, revelando a forma parruda de Berdon. O menino mal teve tempo de se levantar antes de ser embrulhado num abraço de urso, perdido no cheiro de couro e pó de carvão do pai adotivo.

— Filho... meu filho... — soluçou Berdon.

O ferreiro se afastou e segurou o rosto de Fletcher, examinando-o com olhos faiscantes.

— Você cresceu. Está quase batendo na minha barba — comentou ele, meio rindo e meio chorando. — Já é um homem. Mas ainda não tem um bigode decente.

Fletcher sorriu e o abraçou de novo, sem saber direito o que dizer. Não encontrava palavras para descrever o quanto sentira saudades do gigante amistoso.

— Eu tenho tanta coisa para lhe contar — murmurou Fletcher.

— Seu amigo, Otelo, me contou tudo — respondeu Berdon, bagunçando o cabelo de Fletcher. — Um ano é muito tempo, e trabalhei com a família dele para conseguir um julgamento justo para você. Ouvi dizer que é um baita guerreiro.

Fletcher arrastou os pés e balançou a cabeça, envergonhado.

— O pai de Otelo, Uthred, é um ferreiro decente — continuou Berdon, preenchendo o silêncio depois de uma breve pausa. — Você é um bom juiz de caráter, filho.

— Eles são boa gente — concordou Fletcher, assentindo com olhos marejados. — Eu não teria durado em Vocans sem eles.

Berdon se sentou atrás de Fletcher e começou a cuidar dos emaranhados no cabelo do rapaz com um pente que tirou do bolso. Ignácio farejou os pés dele, desconfiado, sem saber o que pensar daquele homenzarrão. Berdon olhou para baixo e improvisou um cafuné brincalhão na cabeça de Ignácio, que fez uma cara de ofendido. Cuspiu uma baforada de fumaça, e Berdon riu quando a Salamandra se afastou, altiva e com o focinho no ar.

— Faz tempo que eu não via esse bichinho. Espero que você tenha cuidado bem dele — comentou Berdon.

— Acho que ele é quem está cuidando de mim — respondeu Fletcher, mandando Ignácio se comportar com um pensamento.

Arcturo, que permanecia sentado ao lado deles, meio constrangido, tossiu educadamente.

— Lamento interromper, mas o julgamento logo vai começar e nós não tivemos tempo de preparar sua defesa. Otelo e o pai também estarão presentes. Eles me contaram o que aconteceu na noite do conselho enânico.

— Melhor eu dar um jeito em você enquanto conversa com o capitão Arcturo aqui — murmurou Berdon. — Você nunca foi muito fã de ficar se arrumando.

— Obrigado... pai. — A palavra soava pouco familiar na própria voz, mas o enorme sorriso de Berdon confirmou que havia dito a coisa certa.

— Posso? — indagou Berdon a Arcturo, apontando para uma faca estreita que o capitão trazia numa bainha atada ao cinto.

— Por favor. — Arcturo sorriu e entregou a faca.

Berdon sentiu o peso da faca, depois deu um fim no bigodinho e nos fiapos de barba do rapaz com movimentos hábeis da lâmina. Considerou os cabelos longos de Fletcher por um momento, então deu de ombros e devolveu a faca a Arcturo.

— Cuidamos dessa cabeleira mais tarde — decidiu Berdon, pegando o pente de novo.

Arcturo pigarreou, e, por um instante, Fletcher pensou ter visto uma lágrima no olho do capitão. O oficial se virou para embainhar a faca, e Fletcher se perguntou se por acaso se enganara, pois, quando Arcturo se virou de volta, não havia mais nada lá.

— Vou recapitular, e você me conta qualquer coisa que Otelo e Uthred possam ter deixado de fora — disse Arcturo.

— Vá em frente — concordou Fletcher.

— Você e Sylva seguiram Otelo quando ele saiu escondido para participar da reunião do conselho enânico. Alguém delatou o local da reunião, e os homens do lorde Forsyth se reuniram do lado de fora para emboscar os anões, sob o pretexto de impedir uma rebelião. Vocês conseguiram avisar os anões antes que os soldados pudessem atacar, mas mataram cinco homens quando você, Sylva, Otelo e Átila fugiram da área. Átila foi ferido, e você o carregou até a enfermaria em Vocans, guiado pela capitã Lovett por meio do seu Caruncho, Valens. No caminho, um jovem soldado abordou vocês, mas foi incapacitado, graças ao Caruncho. Isso resume tudo?

— Acredito que sim... — respondeu Fletcher, fazendo um esforço para lembrar. Era difícil pensar claramente com Berdon penteando seu cabelo. Trazia memórias de quando Berdon fazia a mesma coisa enquanto os dois se sentavam diante do brilho caloroso da lareira na velha cabana, escutando o crepitar das chamas.

Sentindo o humor de Fletcher, Ignácio voltou e deu uma lambida relutante nos dedos de Berdon. Depois fungou e cuspiu, limpando a língua com as patas.

— É pó de carvão — explicou Berdon, sorrindo para o demoninho. — Vai fazer crescer cabelo no seu peito.

Ignácio enterrou a cabeça na bacia de água para lavar a boca, depois deu uma cambalhota de costas e quase vomitou com o gosto do líquido marrom turvo.

Fletcher riu das macaquices do demônio, mas a expressão séria de Arcturo o trouxe de volta à realidade.

— Você consegue pensar em mais alguma coisa? Qualquer coisa mesmo — insistiu o capitão.

— Grindle e quatro de seus homens podem ser testemunhas — disse Fletcher, pensando no enorme capanga que tentara matar Sylva e depois atacar a reunião do conselho dos anões. — Mas duvido que sejam chamados; são um bando muito mal encarado. Não tem mais nenhuma prova de que eu consiga me lembrar. Só vamos saber quando chegarmos lá.

Arcturo balançou a cabeça e esfregou os olhos enquanto tentava pensar.

— Não tive tempo para preparar nosso caso. Eles vão executar você e Otelo por isso, Fletcher. É a única punição possível para traição: enforcamento ou decapitação.

O estômago de Fletcher se revirou com a lembrança. Percebeu que estava esfregando o pescoço e forçou as mãos de volta ao colo. O suor frio se materializou nas costas, e, de repente, o peito ficou apertado.

— Eles querem acabar com você e os anões com um só golpe, disso tenho certeza — continuou Arcturo. — Mesmo o mais leve sussurro de rebelião resultará na prisão do conselho dos anões e no confisco de todas as armas e forjas enânicas. Os negócios de armamentos do Triunvirato perderiam seu maior competidor, restando apenas Serafim e sua família na concorrência. Vão dedicar todos os recursos contra vocês. Só precisamos do tempo para criar um plano.

Enquanto ele falava, um dos guardas bateu à porta.

— Fletcher Wulf. Estão prontos para você.

7

O tribunal estava ainda mais cheio que antes, mas, apesar disso, o silêncio pairava pesado no ar. Uma fila dupla de bancos tinha sido montada perto da mesa elevada do juiz, onde dez homens e mulheres estavam sentados com seus resplandecentes robes vermelhos. Observavam Fletcher com hostilidade, como se o rapaz pudesse atacá-los a qualquer momento.

Atrás de Fletcher, generais e nobres adornados em seus paramentos militares formavam as fileiras dianteiras. Uma nuvem de fumaça pairava acima deles, pois muitos davam baforadas em longos charutos, sussurrando uns para os outros, como se estivessem no teatro.

Lorde e lady Faversham estavam sentados no banco da frente. Lorde Forsyth, ali perto, ocupava dois lugares do banco com seu físico volumoso e imponente. Ao seu lado, sentava-se uma elegante dama loira que Fletcher só poderia presumir que seria sua esposa. Didric e o pai ocupavam os lugares mais próximos de Fletcher, trajando veludo e com grossos anéis de ouro pesando nos dedos.

Todos estes fitaram Fletcher e Arcturo com olhares de puro ódio enquanto os guardas mais uma vez agrilhoaram o rapaz ao chão. Fletcher resistiu ao impulso de estremecer, e ergueu o queixo; não daria a eles a satisfação de ver o seu medo. Arcturo retribuiu o olhar sem demonstrar emoção, mas Fletcher notou que as mãos do capitão tremiam.

— Todos de pé para os inquisidores Damian Rook e Charles Faversham! — gritou um guarda.

Rook adentrou o aposento, seguido por um homem de nariz adunco, olhos escuros e cabelos negros. Tinha a pele tão pálida quanto a de Rook era amarelada, e era magérrimo, a ponto de parecer esquelético. Os dois inquisidores tomaram seus assentos à mesa alta e contemplaram regiamente o salão.

— Não fico no mesmo aposento que meu pai e meio-irmão desde os meus 15 anos— murmurou Arcturo, indicando o inquisidor de cabelos negros com a cabeça.

Fletcher encarou Charles, comparando o rosto do sujeito ao seu. Se a teoria de Arcturo estivesse correta, Fletcher era um filho ilegítimo do lorde Faversham, tal qual o próprio Arcturo, o que fazia dele meio-irmão de Charles. Viu pouca semelhança com o próprio rosto, mas os cabelos de Charles eram tão espessos e negros quanto os seus.

— Tragam o coconspirador! — exclamou Charles numa voz aguda e débil.

As portas se abriram violentamente, e Jakov entrou no tribunal, puxando Otelo. O anão estava embrulhado em correntes, tantas que só podia arrastar os pés alguns centímetros de cada vez. Tinha um trapo sujo enfiado na boca e um dos olhos não se abria de tão inchado, num roxo feio, como uma ameixa que passara do ponto.

Uthred veio em seguida, o rosto escurecido pela raiva. Caminhava com os punhos cerrados e o passo gingado de um homem pronto para brigar.

— O que vocês fizeram com ele? — inquiriu Arcturus, enquanto Jakov agrilhoava Otelo ao lado de Fletcher.

— Ele foi insubordinado. — O sargento sorriu. — Então a gente deu uns tapas amigáveis e uma mordaça para lhe calar a boca. É a única coisa que esses meios-homens entendem.

— Não crie caso, capitão — grunhiu Uthred em voz baixa, puxando Arcturo para o lado. — Não há como dialogar com esses animais. Deixe que o júri veja; talvez isso cause alguma simpatia.

— Duvido — sussurrou Arcturo de volta, enquanto Jakov acenava para um dos membros do júri e partia.

— Só um de nós pode falar em defesa dos rapazes. Acredito que você esteja melhor equipado para isso, dado o seu trabalho no último julgamento — afirmou Uthred, dando um beijo no cocoruto de Otelo. — Não vou assistir; duvido que consiga me manter calmo. Já gastei toda a minha paciência para não arrancar a cabeça daquele gorila. Boa sorte... vejo vocês quando tiver acabado.

Antes que Arcturo pudesse responder, Rook pigarreou; o aposento passou de um burburinho suave ao silêncio. Fletcher deu uma última olhada em Uthred, que partia, e então as portas laterais foram fechadas.

— Senhoras e senhores, obrigado pela presença — declarou Rook, gesticulando de forma teatral. — Não é sempre que nós, inquisidores, temos a oportunidade de presidir um julgamento de traição. Afinal, é o mais hediondo dos crimes, cuja pena é a morte.

Dessa vez, Fletcher sentiu um entorpecimento estranho perante a ameaça. De alguma forma, parecia um destino melhor que passar a vida aprisionado naquela cela.

— Quero um julgamento rápido, hoje; sei que todos temos mais o que fazer — proclamou Rook, magnânimo. — Nós, a Inquisição, agiremos como acusadores e árbitros neste caso. Caberá ao júri decidir a culpa dos acusados. Se vocês não se importarem, vamos direto ao ponto. Inquisidor Faversham, por favor, declare os fatos.

Charles espiou Fletcher por sobre o nariz, ajeitando as anotações.

— Durante um exercício de treinamento noturno, cinco dos homens de lorde Faversham foram assassinados. Um deles tinha queimaduras no rosto, consistente com um ataque de Salamandra, um raro demônio possuído exclusivamente por Fletcher. Acreditamos que ele estava acompanhado de Otelo Thorsager, que ajudou a perpetrar o massacre. — Charles apontou o anão agrilhoado, incapaz de qualquer resposta além de encará-lo de volta. — Foi um ataque motivado pelo desejo de destronar o rei Harold, o primeiro passo em direção a uma rebelião enânica. Se Fletcher não tivesse sido preso pela tentativa de assassinato do lorde Cavell, poderíamos estar no meio de uma guerra civil neste exato instante.

— Uma prisão injustificada — argumentou Arcturo. — Fletcher foi inocentado de todas as acusações. Lorde Cavell tem sorte de não ter sido ele mesmo acusado de tentativa de homicídio.

— Ah, Arcturo, finalmente toma a palavra — zombou Charles, que ergueu a mão quando Rook tomou fôlego para gritar com o capitão. — Conceda-nos a cortesia de segurar essa sua língua até que tenhamos terminado de apresentar todas as nossas provas.

— Ande logo com isso, em vez de ficar falando em acusações que já foram retiradas.

Charles o ignorou e desceu da mesa alta.

— Temos três provas diferentes. A primeira, a arma que Otelo Thorsager usou no ataque. A segunda é a prova da afiliação de Fletcher com os dissidentes enânicos. A terceira e final, o depoimento de testemunhas. Acredito que essas três peças comprovarão a culpa de ambos. Logo em seguida os criminosos serão rapidamente decapitados. Sei que o inquisidor Rook está muito interessado em sugerir a morte mais... tradicional, por meio de enforcamento seguido de esquartejamento, mas o método de execução será decidido pelo júri, algo talvez afortunado para os réus.

Fletcher viu os punhos cerrados de Otelo, que lançou um olhar arregalado ao amigo. Era uma morte terrível, cujo mero pensamento lhe era insuportável. Mudou de ideia: a prisão já não lhe parecia mais tão ruim.

— Capitão Arcturo, você tem alguma prova ou testemunha para apresentar? — indagou Charles com inocência, enquanto os olhos faiscavam de malícia.

— Já que as acusações só foram apresentadas contra Fletcher há apenas uma hora e eu não estava ciente da prisão de Otelo, creio que não ficará surpreso ao saber que não estou preparado — respondeu Arcturo, sarcasmo escorrendo da voz.

— Se eu bem me lembro, era você quem estava peticionando ao próprio rei Harold para que Fletcher tivesse um julgamento rápido. Achei que ficaria feliz! — apontou Charles, igualmente sarcástico.

— Há uma grande diferença entre um ano e uma hora, como você bem sabe, Charles. Felizmente, testemunhas e amigos virão voando e não estão muito longe. — Arcturo encarou o inquisidor com raiva. — Pelo menos uma dessas pessoas falará a favor de Fletcher e Otelo se tiverem recebido minha mensagem a tempo.

— Excelente! — exclamou Charles, juntando as mãos. — Então você não se incomodará se a acusação for a primeira a apresentar as provas. Antes de começarmos, gostaria de prestar meus respeitos ao rei Harold.

Houve aplausos esparsos, e Fletcher se pôs a ouvir atentamente. Charles sorriu e continuou:

— E, é claro, não posso esquecer seu ilustre pai, o fundador da Inquisição, líder dos Pinkertons e patrono dos Juízes; o velho rei Alfric.

Fletcher se virou e viu dois homens na plateia, sentados ao lado do Triunvirato. Mal os tinha notado antes, pois se vestiam de forma muito semelhante aos outros nobres ao redor, mas agora entendia os aros metálicos que repousavam em suas cabeças.

— Nem tão velho assim — comentou Alfric num tom amalucado, que provocou uma risada agradecida na plateia.

O filho de Alfric, rei Harold, parecia estar na faixa dos 30 anos, a mesma idade de Arcturo. O aro dourado estava pousado num manto de cabelos muito loiros, acima de um rosto elegante e olhos cinzentos penetrantes. Em contrapartida, o velho rei Alfric tinha um aro prateado, com uma longa juba de cabelos brancos e nariz aquilino. Contemplou, impassível, o salão inteiro, mas estreitou os olhos ao fitar Fletcher.

— Agora, vou chamar os sargentos Murphy e Turner, investigadores-chefes, para apresentar a primeira prova — anunciou Charles, acompanhado por uma ordem gritada por Rook.

Otelo rosnou sob a mordaça quando os dois Pinkertons entraram no tribunal, brandindo um pequeno objeto embrulhado em pano branco. Entregaram-no a Charles e lançaram sorrisos desagradáveis a Otelo e Fletcher. Não se demoraram muito, limitando-se a tirar os quepes para o júri e, em seguida, saindo pela porta lateral.

Charles esperou até que tivessem deixado a sala para levantar o pano branco com os dedos em pinça.

— Nossa primeira prova — exclamou Charles, removendo a cobertura com um floreio. — Uma machadinha pertencente a Otelo Thorsager!

8

O salão desandou em conversas esparsas, e a fila da frente se inclinou para ver melhor. Otelo gritava pela mordaça, a barba e bigode tremendo enquanto tentava roer o pano.

— Isso é mentira! — gritou Fletcher em seu lugar, apesar das tentativas de Arcturo de silenciá-lo. — Essa machadinha foi roubada de nós semanas antes, quando esses dois monstros quebraram as costelas de Otelo.

— Semanas antes do quê? — indagou Rook, erguendo a mão para que todos se calassem. O burburinho cessou quase imediatamente, e Fletcher se viu sob o escrutínio de todo o salão.

— Semanas. Antes. Do quê? — repetiu Charles.

— Antes... do ataque — respondeu Fletcher, com a cabeça funcionando à toda. O que tinha acabado de fazer?

— Então você sabe que o ataque aconteceu? Você admite que estava lá? — inquiriu Charles, detectando a fraqueza.

— Não foi isso o que eu falei — respondeu Fletcher, sem convicção.

Arcturo pousou a mão no ombro do rapaz, apertando com tanta força que o rapaz teve que fazer um esforço para não se encolher.

— Eu contei a Fletcher onde e quando o incidente supostamente aconteceu. Isso responde a sua pergunta? — afirmou Arcturo, encarando Charles. Os dois se fitaram por alguns momentos, como dois lobos lutando pela supremacia. Foi Charles quem rompeu o contato visual primeiro, mas partiu para o ataque no instante seguinte.

— A arma do crime traz o emblema dos Thorsager, então só poderia pertencer a um dos homens da família. Tanto o pai de Otelo, Uthred, quanto o irmão, Átila, forneceram álibis para onde estavam naquela noite. Mesmo que Otelo seja aluno em Vocans, os funcionários não puderam comprovar um álibi por ele. Assim sendo, está claro que foi Otelo quem massacrou os soldados.

O júri examinou o objeto com interesse, alguns deles sussurrando entre si. Fletcher sabia que não era um bom sinal.

— Obrigado, inquisidor Faversham, muito convincente. Por favor, apresente a próxima prova — disse Rook, escrevendo alguma coisa no papel diante de si.

Dessa vez, Charles não chamou ninguém. Tirou um simples cartão de um bolso do uniforme, brandindo-o bem alto para que todos vissem.

— Este é um cartão de membro dos Bigornas. Foi encontrado dentre as posses de Fletcher após sua prisão. Tivemos sorte de encontrá-lo; o aposento havia sido vasculhado por um benfeitor misterioso — afirmou Charles, erguendo a sobrancelha para Arcturo. — Depois de assistir ao julgamento anterior e ver o pergaminho de posse da defesa, acho que podemos seguramente afirmar que sabemos quem foi.

Fletcher sentiu uma pontada de confusão. O cartão lhe fora dado muito tempo antes, no seu primeiro dia em Corcillum. Sabia muito pouco sobre os Bigornas, só que eram um grupo de humanos simpatizantes dos anões que fazia campanhas pelos direitos destes.

— O que isso tem a ver com qualquer coisa? Eu recebi isso há dois anos — argumentou Fletcher, apesar de um sibilo de frustração de Arcturo.

— Inquisidores, os senhores me concederiam um breve recesso para falar com meus clientes? — indagou Arcturo, e sem espremer o ombro de Fletcher dessa vez.

— Sim, por que não? — decidiu Rook com voz animada. — Talvez isso ensine o jovem Fletcher a ficar de boca fechada. Não que faça muita diferença; ele se calará para sempre até o fim da semana.

Arcturo fez uma mesura rígida e se agachou ao lado de Otelo e Fletcher. Esperou até que as conversas tomassem conta do recinto para começar a falar.

— Fletcher, no ano que se passou desde sua prisão, ocorreram explosões e ataques contra Pinkertons e civis. Todas as vezes, as provas apontaram a participação dos Bigornas.

Otelo grunhiu alto, agitando a cabeça.

— Desculpe-me, Otelo. Vou tirar a mordaça, mas você tem que me prometer que não vamos ter mais explosões, de nenhum de vocês. Terão uma chance de se defender depois que a Inquisição apresentar o caso.

Otelo cuspiu e soprou quando a mordaça foi cortada.

— Aquilo tinha gosto de tanga de gremlin — reclamou o anão, cuspindo a mordaça para longe.

— Por que você não explica a ele a significância do cartão dos Bigornas? — sugeriu Arcturo, entregando a Otelo um frasco tirado do cinto. Otelo tomou alguns goles profundos, depois se virou para Fletcher.

— É bom ver seu rosto, Fletcher. Só queria que nosso reencontro tivesse acontecido em outras circunstâncias. — Otelo pegou o braço do amigo e o puxou para perto. — Aconteceu muita coisa enquanto você esteve... longe. A tensão entre humanos e anões nunca esteve tão alta, tudo por causa desses supostos ataques dos Bigornas. Participar da organização agora é ilegal, e muitos dos líderes tiveram que se esconder.

— Por que os Bigornas estão fazendo isso? — indagou Fletcher. — Certamente só está piorando as coisas.

— Acreditamos que há um traidor entre eles, a mesma pessoa que contou aos Forsyth sobre a reunião do conselho e nos meteu nessa confusão em primeiro lugar — sussurrou Otelo.

Rook pigarreou.

— Achei que você tinha dito "breve", Capitão — comentou o inquisidor.

— Escutem bem, agora que os dois estão aqui comigo — sussurrou Arcturo, ignorando o olhar de Rook. — Não há tempo ou motivo para inventar uma história. Vocês não sabem nada sobre o que aconteceu e vão ficar calados, entenderam?

— Agora, Capitão — ordenou Rook, acenando para os guardas avançarem. Arcturo se afastou, mãos erguidas em rendição.

— Viu, não foi tão difícil. — Rook riu e liberou os guardas. — Acredito que o cartão fala por si mesmo, vocês não concordam?

Fletcher tentou ignorar os gestos de concordância do júri. Seriam ele e Otelo já culpados aos olhos deles ou ainda haveria uma chance?

— Tragam a testemunha. Ele dará seu depoimento, e então eu interrogarei os acusados — ordenou Rook, antes de se virar para Arcturo.

— Você apresentará sua defesa pela manhã, Capitão; contudo, se quiser colocar qualquer pessoa para depor, ele ou ela terá que falar hoje. Vamos adiantar logo todo o interrogatório para chegarmos a um veredito rápido amanhã.

Arcturo tensionou o queixo, mas ficou calado. Fletcher se perguntou quem poderia ser a testemunha de defesa. Serafim, talvez?

Jakov voltou conduzindo um soldado que vestia o uniforme cor de carvão dos Forsyth. Fletcher não o reconheceu, mas não achou que fosse um dos homens de Grindle. Eles tinham sido durões e musculosos, enquanto aquele ali era jovem e magricelo, pouco mais velho que o próprio Fletcher. Ele se sentou num dos pódios de testemunhas.

— Diga seu nome para o júri — ordenou Charles.

— Sou o soldado John Butcher, dos Fúrias de Forsyth — afirmou o soldado com voz confiante. Ele olhava adiante, ignorando Fletcher e Otelo.

— Diga-me, John, o que você viu na noite em questão?

— Estávamos num exercício de treinamento noturno quando ouvimos tiros. Cinco homens estavam mortos quando meu esquadrão chegou, então começamos a procurar os atacantes. Acabei me separando do grupo na escuridão. Foi então que eu os vi. — John finalmente olhou para Fletcher e Otelo, apontando cada um deles com um dedo firme. — Eu os rendi com o mosquete, na esperança de que os reforços chegariam a tempo, mas fui paralisado por uma ferroada de Caruncho e eles fugiram. Foi a última vez que eu os vi. Meu esquadrão me encontrou várias horas mais tarde.

— Obrigado, John. Isso é tudo — disse Rook.

John se levantou e prestou continência; em seguida, foi embora marchando. Fletcher observou as costas eretas do rapaz com coração pesado. Reconhecia o soldado agora. A pior parte era que o relato era verdadeiro.

— Isso conclui as provas da acusação — declarou Rook, erguendo as anotações para lê-las em voz alta. — Em sumário: temos a motivação. Fletcher era membro dos Bigornas, e Otelo... — Hesitou e ergueu outra folha de papel. — Bem, Otelo tem uma ficha criminal longa como meu braço. Agressão a um Pinkerton, resistência à prisão, apologia anti-humanista. Um encrenqueiro conhecido.

— Circunstancial! — exclamou Arcturo, olhando para o júri.

— Ainda assim, motivação! — rosnou o inquisidor, desafiando Arcturo a discordar. Fletcher ficou ainda mais desanimado quando Rook entregou a folha de papel ao júri para que a passassem entre si. Otelo não tinha culpa de nenhuma daquelas acusações. Ele simplesmente assumira a responsabilidade, e as surras, pelo irmão gêmeo, Átila.

— Conhecemos as armas do crime, das queimaduras nos corpos causadas pela Salamandra de Fletcher à descoberta da machadinha Thorsager — continuou Rook, indicando a arma na mesa. — Por fim, temos uma testemunha confiável que os coloca na cena do crime. Agora, vamos interrogar os réus. Guardas, tragam o anão ao pódio das testemunhas!

Otelo fez um esforço para se levantar enquanto os grilhões eram retirados, depois arrastou os pés até o pódio. Olhou com raiva para Rook, o bigode eriçado ao franzir os lábios, enojado.

— Onde você estava na noite do ataque? — inquiriu Rook, juntando as pontas dos dedos.

Otelo encarava Rook, desafiador. Cruzou os braços com um tilintar de correntes.

— Por que você atacou aqueles homens? — perguntou Rook, inclinando-se para a frente. — Foi um crime premeditado ou simplesmente improviso?

O olhar de Otelo nunca vacilou. Ele era como uma estátua, sem piscar e imóvel, afora o subir e descer constante do peito.

— Bem, parece que a sua mordaça funcionou bem demais, Jakov — comentou Rook, entre risos. — Ele acabou engolindo a língua!

Uma risadinha soou atrás de Fletcher, que se virou e viu o velho rei Alfric sorrindo.

— Ainda assim, ele me encara de uma forma claramente desrespeitosa, você não concorda, Charles? — comentou Rook, subitamente sem humor nenhum na voz.

— Sem dúvida alguma. Incrivelmente desrespeitosa. Aparência desleixada, também. Barba desgrenhada, cabelo por todo lado — respondeu Charles, esfregando o queixo. — O trato pessoal não demonstra o respeito devido ao tribunal.

Eles estavam encenando agora, percebeu Fletcher. Era como assistir a uma pantomima mal-ensaiada, e aquilo enchia o rapaz de terror; fora tudo planejado.

— Jakov, por que você não vem até aqui e dá uma aparadinha? — chamou Charles, acenando para que o guarda grandalhão viesse.

Otelo empalideceu. Tentou se levantar, mas Charles o segurou pelos ombros, mantendo-o na cadeira. Normalmente, o anão musculoso não teria dificuldades em escapar das mãos do Inquisidor, mas as correntes o impediam, deixando apenas que ele balançasse.

— Vocês não podem! — gritou Fletcher, forçando os grilhões. — É sacrilégio cortar o cabelo de um anão!

Ele puxou e forçou até que o metal feriu a pele e fez o sangue escorrer em finas torrentes por entre seus dedos.

Arcturo se virou para o rei Harold, mas o monarca ficou apenas sentado em silêncio, de braços cruzados. Lorde Forsyth, Didric e lady Faversham sorriam com empolgação selvagem, e o velho rei Alfric sussurrava animado no ouvido de Didric.

— Isso fere os direitos civis de Otelo — afirmou Arcturo, apelando ao júri. — É ilegal!

— Anões não têm direitos — riu Rook, enquanto Jakov se aproximava do pódio. — Vamos deixá-lo apresentável ao tribunal. Um corte de cabelo nunca fez mal a ninguém.

— Vocês não farão isso! — urrou Arcturo, erguendo o indicador que faiscava em azul. O clique dos mosquetes o fez hesitar, e os guardas avançaram, com armas apontadas para seu peito. O capitão caiu de joelhos ao lado de Fletcher enquanto Jakov sacava uma lâmina curva e se postava entre Charles e Otelo. — Não olhe — sussurrou Arcturo, agarrando o pulso de Fletcher para que ele parasse de forçar as pulseiras afiadas das correntes. — Eles querem vê-lo sofrer.

Fletcher contemplou Otelo enquanto este lutava, debatendo-se da esquerda para a direita e tentando morder as mãos. A cena fazia com que ele parecesse um animal, e o júri balançou a cabeça em desgosto.

— Estou além do sofrimento — respondeu Fletcher, afinal, com olhos secos. Tudo que sentia era raiva, ardendo furiosamente dentro de si. Mal conseguia se conter para não explodir os grilhões das mãos e atacar o pódio. Só que ele sabia que seria suicídio, além de exatamente o que os inimigos queriam.

A palma musculosa de Jakov manteve Otelo no lugar enquanto a lâmina era erguida.

— Fique quieto — rosnou ele, agarrando a barba do anão. — Não queremos um corte de cabelo torto, queremos?

Otelo baixou a cabeça, derrotado, sem forças para lutar conforme o primeiro corte foi feito, o soar da faca afiada no silêncio do tribunal. Ele olhou nos olhos de Fletcher enquanto um tufo de cabelo flutuava até o chão.

Uma lágrima lenta escorreu pelo rosto, mas Otelo não chorou em voz alta. A lâmina faiscou repetidamente, e, a cada vez, era como se fosse cravada no peito de Fletcher. Aquela lágrima foi a última. Otelo aguentou o restante do ataque num silêncio estoico, e Fletcher buscou canalizar toda a força e coragem que ainda lhe restavam ao amigo.

— Está bom agora, inquisidores? — indagou Jakov, afastando-se para admirar o próprio trabalho. A barba estava aparada agora, quase tão curta quanto a de Rook.

— Humm. O rabo de cavalo. Vou guardar de suvenir — decidiu Charles, erguendo-o. Otelo fechou os olhos conforme a faca cortava uma última vez.

— Talvez eu o transforme num pincel de barbear — riu Charles, balançando a mecha de cabeça de um lado para o outro, como um rabo de cavalo de verdade.

— É sujo demais para isso — respondeu Rook, franzindo o nariz com nojo. — Agora o bigode. Cortem-no inteiro; sempre me perguntei como seria a cara de um anão sem...

Mas ele não chegou a terminar a frase. As portas no fundo do tribunal foram abertas violentamente, deixando entrar uma tempestade de chuva e vento uivante. Um Grifo atravessou as portas, emergindo das trevas com um grito. Trazia uma oficial uniformizada nas costas, os cabelos negros colados no rosto pálido. Ela ergueu os óculos de voo e revelou um par de olhos cinzentos que esquadrinharam a cena com fúria gélida.

— Capitã Lovett — sussurrou Fletcher, mal acreditando em seus olhos. Da última vez que a vira, Lovett estivera em coma, capaz de se comunicar apenas por meio de seu Caruncho, Valens.

Lovett avançou até o centro do tribunal, deixando uma trilha de pingos e ignorando os olhares chocados da plateia de ambos os lados. Ainda montada na fera elegante, ela parou ao lado de Jakov e arrancou a faca de sua mão. Rook, que ficara momentaneamente mudo, de repente reencontrou as palavras.

— Capitã Lovett. Como você ousa entrar montada num tribunal! Desmonte imediatamente ou será presa por desacato!

Lovett deixou a faca cair no chão, desprezo estampado claramente no rosto.

— Não posso.

— Não pode ou não quer? — rosnou Rook, levantando-se atrás da grande mesa.

— Não posso — repetiu Lovett, jogando o cabelo pelo ombro. — Estou paralisada da cintura para baixo.

9

Enquanto Rook gaguejava, sem saber como responder, Lovett voltou o olhar a Fletcher. Lançou o mais leve aceno de cabeça ao rapaz e, em seguida, fez o Grifo, Lisandro, aproximar-se do júri.

— Estou aqui para contar a vocês que Fletcher e Otelo *não* foram cúmplices no crime. Estavam se defendendo ao serem atacados por dez homens, e mal escaparam com vida. O anão tinha levado um tiro, e Fletcher o carregava para um lugar seguro. Meu próprio Caruncho, Valens, ferroou um soldado que os tinha capturado, permitindo que os dois escapassem.

— Você os ajudou a fugir? — rugiu Rook, socando a mesa com os punhos cerrados. — Depois do assassinato de cinco soldados?

— Eu os salvei de serem executados a sangue-frio, depois de meramente se protegerem de um grupo de soldados que estava caçando anões por esporte. — A voz dela soava clara e confiante, e os olhos fitavam o júri com firmeza.

Charles ergueu a mão e fez que não com o dedo, sorrindo e balançou a cabeça.

— Calma lá, capitã Lovett. Eu soube por fontes seguras que você esteve em choque etéreo até poucos meses... Daí a infeliz paralisia. Como poderia ter presenciado os eventos daquela noite?

— Por meio de Valens, meu Caruncho. Eu consegui aprender a enxergar pelos olhos dele sem uma pedra de visão, como outros antes de mim. — Ela ficou de queixo empinado e o encarou de volta em desafio.

— Absurdo. Só os mais habilidosos dos conjuradores são capazes de dominar tal técnica — retrucou Charles, dispensando a ideia com um aceno.

— Sim — respondeu Lovett, simplesmente.

Charles franziu os lábios, mas não conseguiu pensar em nada.

— Bem, se isso for verdade, então podemos testar agora mesmo — riu Rook.

— Por favor — concordou Lovett.

Rook hesitou por um momento, fitando o rosto de Lovett sobre mãos unidas. A capitã o encarava de volta agressivamente, provocando-o a desafiá-la.

— Mesmo presumindo que você seja capaz de visualizar sem a ajuda de um cristal de Corundum — começou Rook, examinando as unhas —, seu depoimento é inútil, apesar dessa habilidade. Ou, deveria dizer, precisamente por causa dela.

— E por que diz isso? — indagou Arcturo. — Já houve outros casos com provas fornecidas por meio de visualização remota.

— Sim, mas só porque nesses casos os conjuradores viram com os próprios olhos, na própria pedra. Lovett afirma ter visto na mente, por assim dizer. Não há precedente para tal, e eu considero tal evidência inadmissível no tribunal. Você está dispensada, capitã Lovett.

— Isso é ridículo — gritou Arcturo, caminhando até o pódio.

— É a *lei*, capitão. Eu a faço, você a segue. — Rook não conseguiu conter um sorriso ao ver o rosto de Arcturo ficando vermelho de raiva.

— Júri, por favor, desconsiderem as declarações da capitã Lovett — ordenou Charles, empurrando Arcturo de volta à mesa. — E, Arcturo, se você falar assim de novo, vamos prendê-lo por desacato, deixando os criminosos sozinhos para se defenderem.

Arcturo ficou parado, rígido no lugar, torcendo os braços como se mal conseguisse conter a vontade de se atirar contra Charles e derrubá-lo no chão.

Com esforço visível, Arcturo deu meia-volta, segurou Otelo pelo ombro e o guiou de volta até Fletcher. O anão contemplava os pés em silêncio, evitando os olhos do amigo. Ele parecia menor, de alguma forma; reduzido. O estoico anão, que tinha aguentado tanta coisa, fora submetido.

O ódio por seus algozes fervilhava dentro do rapaz. Eles tinham todo o poder, e Fletcher não tinha nenhum. O julgamento era uma farsa, o veredito uma conclusão já alcançada. Mesmo em toda aquela fúria, seus pensamentos estavam ocupados com uma percepção aterrorizante: ele ia morrer, e não havia nada que ninguém pudesse fazer quanto a isso. Berdon... Sylva... Jamais os veria de novo.

— Não vou ficar parada e aceitar isso — declarou Lovett, cruzando os braços.

— Sim... dá para ver — comentou Rook.

Ele sorriu, e Fletcher ouviu lorde Forsyth fungando de rir.

A capitã Lovett os ignorou e se virou para o júri.

— Escutem suas consciências, não esses charlatões — afirmou ela, apontando para os dois inquisidores. — Esses rapazes são vítimas das circunstâncias e nada mais.

— Você já passou dos limites, capitão — exclamou Rook. — Minha paciência está se esgotando. Só mais uma palavra sua... — Ele acenou para o guarda mais próximo, que ergueu o mosquete. O cano da arma tremia sob o olhar férreo do Grifo, Lisandro.

— Agora, você tem mais alguma testemunha que gostaria de convocar ou podemos encerrar a audiência? — perguntou Charles.

Capitã Lovett se virou para Arcturo, e Fletcher a ouviu sussurrar.

— Sir Caulder foi barrado pelos guardas lá fora.

Arcturo fez uma pausa momentânea, depois balançou a cabeça.

— Não; isso é tudo — anunciou, virando-se então para Lovett e dizendo em voz baixa: — Não fará a menor diferença, não importando o que ele tenha a dizer.

Rook sorriu ao ouvir as palavras de Arcturo e ergueu o martelo.

— Bem, é ótimo ver que estamos de acordo nesse ponto. A audiência está suspensa até amanhã de manhã, quando vamos ouvir sua defesa.

Provavelmente alcançaremos um veredito depois do almoço... e os condenados já devem estar mortos à noite.

Eles não deixaram Fletcher ficar com Otelo, mas o rapaz sabia que o amigo não estava longe quando foi jogado de volta na cela; podia ouvir os urros furiosos de Uhtred pela parede. As palavras soavam abafadas, mas dava para ouvir mobília quebrando e gritos dos guardas. Alguns momentos depois, Jakov irrompeu cela adentro, e Uhtred foi atirado no chão aos pés de Fletcher.

— Você pode se acalmar aí dentro — rosnou Jakov, limpando um filete de sangue do rosto. O lábio estava cortado, e um hematoma vermelho brotava no canto do queixo. — Levante a mão para os guardas de novo, e eu lhe darei o mesmo tratamento de beleza que dei ao seu filho.

Fletcher avançou contra o guarda, criando uma bola de fogo no movimento.

— Caia fora daqui — rosnou Fletcher. — Ou *eu* darei *a você* o tratamento de beleza que dei a Didric.

A porta se fechou antes que Fletcher terminasse de falar. A bola de fogo girava sobre seu dedo, e, por um momento, o rapaz se sentiu tentado a explodir a porta. Ao contrário da porta de aço da cela subterrânea, aquela era feita de madeira.

— Obrigado, Fletcher — grunhiu Uhtred, arrastando-se para sentar-se na cadeira. Segurou o flanco e estremeceu, dando as costas à porta.

— Ele é um monstro, por dentro e por fora — rosnou Fletcher, absorvendo o mana da bola de fogo de volta pelos dedos. Precisaria de todo mana que pudesse para o caso de ter uma chance de escapar, mas aquela não era a hora.

— Venha cá, tenho algo para lhe contar.

As palavras de Uhtred saíam entrecortadas; seus ferimentos deviam ser piores do que Fletcher tinha imaginado. A barba escondia o estrago causado pela briga com Jakov. Fletcher puxou uma cadeira e se sentou ao lado dele.

— Não vou deixar você e meu filho morrerem aqui. Eu tenho um plano — murmurou Uhtred. — Vamos tirar vocês daqui.

Fletcher não conseguiu pensar numa resposta, mas ficou muito preocupado. Nada de bom poderia resultar daquilo.

— Os recrutas anões não estão longe daqui. Vou buscá-los, e juntos atacaremos a vila.

— Nem pense nisso — sibilou Fletcher em voz baixa, olhando assustado para a porta. — As consequências seriam catastróficas. Toda boa vontade que vocês conquistaram junto ao rei Harold se esgotaria. Seria o fim da paz entre anões e homens. Vocês jogariam o país numa guerra civil e perderiam.

— Não, Fletcher. Nossos soldados agora estão armados e treinados. Temos Otelo a fim de capturar demônios para que nosso povo conjure...

— E daí?! — exclamou Fletcher, cortando-o. — Você está esquecendo que eu escutei o debate no conselho de guerra. Nada mudou desde então.

— Mudou sim, Fletcher. Vamos tomar o castelo de Didric. Lá existe suprimento suficiente para durar uma década, e o rei não desperdiçaria suas tropas num cerco. Os canhões bastarão para desencorajar um ataque dos magos de batalha alados de Hominum, o Corpo Celestial, e poderemos usar o dinheiro escondido na fortaleza para comerciar com os elfos. Vamos criar nosso próprio reino.

Os olhos de Uhtred estavam desfocados, mas suas palavras impressionaram Fletcher profundamente. O anão fora partidário da paz, como Otelo, mas alguma coisa havia se partido dentro dele. Fletcher só esperava ser capaz de reparar o dano.

— E quanto a Thaissa e Briss, e todos os outros anões em Corcillum? Você considerou o que aconteceria a eles?

Uhtred ficou calado, torcendo as mãos calejadas no colo. Fletcher prosseguiu:

— Arcturo e Lovett estão aqui. Acha que eles ficariam quietos durante uma rebelião declarada? Ou você os mataria também? O rei e seu pai também estão presentes, sem falar de dúzias de nobres, cada um deles um poderoso conjurador. Quanto ao castelo, é defendido pesadamente noite e dia por causa dos presidiários. Se você diz que o Corpo Celestial não poderia vencer os canhões, que esperança teriam os anões?

Seus soldados morreriam bravamente, mas seria apenas sangue enânico manchando o solo amanhã.

Uhtred piscou, lágrimas correndo pelo rosto. A raiva que o dominara com tanta força se fora, restando apenas dor.

— Fracassei com meu povo! — exclamou Uhtred, os ombros largos tremendo com os soluços. — Fracassei com meu filho.

Fletcher passou o braço pelos musculosos ombros do anão. O rapaz ficava furioso ao ver os Thorsager tão humilhados, mas pôs o sentimento de lado. Era de compaixão que todos precisavam agora.

— Não deixe que as coisas que aqueles canalhas fizeram a Otelo destruam tudo que vocês conquistaram. É isso que eles querem. Lembre-se, o rei...

— O rei nos abandonou! — urrou Uhtred, socando a mesa. — Ele assistiu! Só ficou olhando enquanto faziam aquilo com o meu menino. Meu menino corajoso e generoso.

Uma tosse educada soou na entrada atrás deles. Fletcher congelou, e os cabelos da nuca ficaram arrepiados. Se fosse um guarda, aquela conversa bastaria para que Uhtred fosse executado por traição do nosso lado. Fletcher energizou o dedo da telecinese, mantendo as costas para a porta. Um impacto seria rápido e inesperado o bastante para incapacitar quem quer que fosse.

— Ora, Fletcher. Se me atacasse agora, aí estaria realmente cometendo traição. Infelizmente para você, um jovem mago de batalha teria pouquíssima chance contra um rei.

Fletcher girou e viu o rei Harold encostado à porta. Ele trazia o cenho franzido de consternação, mas havia um brilho em seu olhar que Fletcher não conseguia identificar.

— Sinto muito pelo que aconteceu ali. Se pudesse tê-lo evitado eu o teria feito. Entenderão tudo se me deixarem explicar.

— Então, por favor, explique — respondeu Fletcher, fazendo um esforço para manter um tom cortês. A autoridade do monarca mal merecia seu respeito, se sob aquela autoridade ações como aquela podiam ocorrer livremente, que diria sem punição.

— Não pode haver explicação para a sua indiferença — retrucou Uhtred. Ele se levantou e passou mancando pelo rei.

— Uhtred... — começou Harold.

— Você pode falar comigo amanhã, depois que o julgamento tiver acabado. Eu gostaria de ouvir a explicação com a morte desses meninos inocentes na sua consciência — grunhiu o anão, batendo a porta.

Um silêncio constrangido pairou na cela enquanto Harold mantinha os olhos na direção em que o anão seguira. Finalmente, o rei respirou fundo e puxou uma cadeira ao lado de Fletcher. Tirou o aro dos cachos dourados e o colocou na mesa antes de esfregar as têmporas.

— Vou lhe contar uma história, Fletcher. Uma história da qual você pode ter ouvido parte, mas não tudo — começou o rei, de olhos fechados.

Ele falava em voz baixa, como se não quisesse que outras pessoas escutassem.

— Quando eu era apenas um menino, Hominum estava em crise. Meu pai havia elevado tanto os impostos que os pobres mal conseguiam se alimentar, e até os nobres tiveram que apertar os cintos. Ele gastava o dinheiro em frivolidades: grandes banquetes, estátuas, pinturas... chegou até a construir um palácio suntuoso no centro de Corcillum. O povo estava infeliz, e os nobres, mais ainda. A questão não era mais *se* uma revolta aconteceria, mas *quando*. Assim sendo, ele abdicou do trono em meu favor assim que me formei em Vocans. Os impostos foram reduzidos, o povo comum tinha um novo rei, e a paz se estabeleceu de novo.

Fletcher estava vagamente ciente da história, mas não entendia o que nada daquilo tinha a ver com o julgamento.

— Mas, veja bem, sou um rei apenas em nome. Meu pai detém todo o poder. Ele controla as leis por meio dos Juízes e administra o exército e a nobreza através da Inquisição. Pode acabar com qualquer encrenqueiro com seus Pinkertons. Quando ele me deu o trono, foi acreditando que eu obedeceria às ordens dele, mas já tinha instalado esses três braços do governo caso isso não acontecesse. Foi uma jogada de relações públicas, nada mais.

Fletcher ficou atordoado. Naquele instante, o rei tinha se diminuído de alguma forma. Sua presença pesava menos naquela cela.

Harold abriu os olhos e fitou Fletcher com seriedade.

— Meu pai é preconceituoso, racista e sádico. Porém, eu... eu cresci em meio a tutores e acadêmicos, e fui criado pelas minhas babás anãs.

Fletcher tinha ouvido falar no velho rei Alfric e as leis antienânicas que existiram em seu governo. Porém, ouvir o próprio filho do monarca falar assim era chocante. O velho rei devia ser mesmo um monstro.

Enquanto Harold torcia as mãos, Fletcher não pôde evitar certa inquietação. Por que o rei lhe contava tudo aquilo? Ele não tinha a menor intenção de se tornar um peão no jogo de outra pessoa.

— Cheguei a passar um bom tempo com os elfos em missões diplomáticas, quando ainda estávamos em paz — prosseguiu o rei. — Sou completamente diferente daquele homem, mesmo que partilhemos o mesmo sangue. Às vezes me pergunto se foi a morte da minha mãe que o deixou tão odioso...

A voz de Harold diminuiu até parar, e os dois ficaram sentados em silêncio por algum tempo.

— Lamento muito por tudo isso, de verdade — disse Fletcher, incapaz de se conter. — Mas acho difícil de acreditar. E quanto ao acordo com os anões e a paz com os elfos? E quanto à guerra? Dizem que tudo isso foi política sua.

— O conselho do rei. Foi meu método para reconquistar algum poder. Convenci meu pai a criá-lo, dizendo que o conselho ajudaria a lidar com as tediosas tarefas administrativas relacionadas ao governo de Hominum. — Harold riu baixinho consigo mesmo e bateu os nós dos dedos na mesa. — Introduzimos um sistema de votação que meu pai, Alfric, acreditou poder controlar, considerando a amizade dele com a maior parte do conselho. Mas eu tinha meus próprios aliados. Conforme os pais foram morrendo de velhice ou protegendo as próprias fronteiras, meus amigos mais jovens foram herdando as posições. Consegui emplacar as novas leis a partir desse método. Por isso que o Torneio do ano passado foi tão importante; foi ideia do meu pai oferecer um assento no conselho como prêmio. Se um dos filhos de Zacarias Forsyth tivesse vencido, o equilíbrio de poder teria pendido a favor dele, pois os Faversham e os Forsyth continuam ao seu lado. Devo a você minha gratidão por ter evitado isso.

— E o que isso tem a ver com Otelo e nosso julgamento?

— Meu pai ainda acredita que sou tão odioso quanto ele e seus amigos, que as leis que introduzi foram emplacadas para atender fins práticos, e não por moralidade, mesmo que discorde delas. Se ficasse sabendo o quanto estou contra ele... começaria uma guerra civil para tomar o poder de volta. Estou tentando manter Hominum unida, e a segurança dos povos que a habitam está por um fio. Mal conseguimos fazer frente aos orcs. Se houver uma guerra civil entre meu pai e eu, ou se os anões se rebelarem, ou se os elfos decidirem invadir, nossos exércitos tombariam e os orcs saqueariam o império, massacrando todos em seu caminho.

— Então você não pode se envolver no nosso julgamento, porque nesse caso seu pai ficaria desconfiado. Não poderia nos conceder um perdão real?

— Só posso conceder perdões à nobreza, mas, sim, mesmo que *fosse* possível, eu não o faria, não sem um bom motivo — explicou Harold. — Mas não estou aqui só para explicar minhas ações. Preciso contar o que vai acontecer se Otelo for executado amanhã. Os generais, a nobreza e os soldados rasos serão informados de que um oficial anão foi considerado culpado do homicídio de cinco homens e de ter cometido traição. Já os recrutas anões ouvirão que um anão inocente, o filho do próprio grande Uhtred Thorsager, foi executado por ter se defendido contra um grupo de soldados racistas. Você pode imaginar o que aconteceria em seguida?

— Motins... e tumultos... humanos e anões massacrariam uns aos outros! — exclamou Fletcher, horrorizado. Estivera tão preocupado consigo mesmo e com Otelo que não percebera as consequências mais vastas do julgamento.

— Os anões seriam exterminados, mas não sem antes causar um estrago que incapacitaria o nosso exército — continuou Harold, soturno. — Os elfos poderiam encerrar a aliança depois de ver o que foi feito com os anões. E, enquanto isso, o orc albino estaria reunindo suas forças, pronto para despachar hordas contra o nosso exército sitiado e distraído. Tudo isso a partir da morte de um anão. Mas o Triunvirato só consegue pensar nos próprios malditos negócios de armamentos e em vingança. Tudo que interessa ao meu pai é colocar os anões e os elfos no lugar deles. Estou condenado se ajudar vocês, e condenado se não ajudar. As opções são guerra civil contra meu pai ou uma rebelião enânica.

— Não há nada que você possa fazer? — indagou Fletcher, desesperado, segurando a mão de Harold.

O rei olhou com tristeza para Fletcher e o segurou como se estivesse se afogando.

— Não há nada que eu possa fazer. Mas *há* uma coisa que você pode fazer. — Os olhos dele se cravaram nos de Fletcher, ardendo de esperança.

— Faço qualquer coisa. Já sou um homem morto, mesmo — decidiu Fletcher. Era uma sensação boa, ter um propósito, um plano de qualquer natureza. Por um momento, ele se permitiu uma pontada de esperança.

Harold respirou fundo.

— Confesse a traição amanhã. Garantirei que sua morte seja rápida.

10

Fletcher não recebeu mais nenhuma visita naquela noite. Quando o sono não veio, ele conjurou Ignácio, e os dois brincaram de um jogo bobo de pique-pega em volta da mesa; deixou Fletcher com as canelas cheias de hematomas, mas foi uma distração bem-vinda frente ao que viria.

Chegou uma hora, porém, em que Fletcher não tinha mais nada a fazer além de ficar sentado em silêncio, observando Ignácio dormir, feliz porque o demônio adormecido não podia sentir o desespero que o tomara.

Jakov e os guardas chegaram cedo, fazendo um estardalhaço e gritando ao entrar na cela, esperando ter que arrastar um condenado aterrorizado da cama. Em vez disso, encontraram Fletcher parado sozinho ao lado da porta, pronto para o que a manhã traria.

Apesar do horário, o tribunal estava lotado, com mais nobres e generais na plateia, e até mesmo alguns soldados. Nada disso ajudou a tranquilizar os nervos de Fletcher, mas a lembrança das consequências da inação reforçou sua determinação.

O que ele estava prestes a fazer inocentaria Otelo de todos os crimes. Deixaria o Triunvirato sem sua vitória e evitaria uma guerra que despedaçaria o Império.

E só lhe custaria a vida.

Arcturo parecia exausto ao sentar-se à mesa da defesa. Ele segurava uma grande pilha de anotações e papéis junto ao peito. A capitã Lovett não parecia nada melhor, sentada atrás dele no banco da frente, espremida de forma desconfortável entre Zacarias Forsyth e o velho rei Alfric, com uma cadeira de rodas de aparência frágil por perto.

Enquanto Rook e Charles esperavam que a plateia se acomodasse, Otelo foi arrastado tribunal adentro até ser agrilhoado ao lado de Fletcher. Dessa vez, ele se manteve altivo, de cabeça erguida e olhos faiscando em desafio.

Fletcher ficou preocupado com a possibilidade de Uhtred ter contado seus planos a Otelo. Com a possibilidade de ainda levarem a revolta adiante. A ameaça contra a vida do filho tinha desgastado muito o bondoso anão; seria melhor que Fletcher agisse logo, por via das dúvidas.

— Otelo, preciso que você me prometa uma coisa — murmurou ele. — O rei veio falar comigo ontem à noite. Ele está do nosso lado e tem um plano. Não tenho tempo para explicar, mas, aconteça o que acontecer, você precisa seguir a deixa.

Otelo ergueu as sobrancelhas e lançou um sorriso confiante para Fletcher. Era estranho ver tanto do rosto de Otelo. A mandíbula era forte e quadrada como o contorno de uma bigorna.

— Que bom que alguém tem um plano — sussurrou Otelo de volta. — Depois da... *explosão* de meu pai ontem à noite, eles nos puniram proibindo Arcturo e Lovett de nos ver... Ouvi os dois discutindo com os guardas diante da minha cela. Meu pai não pode nem comparecer ao julgamento.

Otelo franziu os lábios com raiva, lançando um olhar pesado de ódio para Jakov. Murmurou pelo canto da boca:

— Você tem certeza de que podemos confiar no rei?

— Não temos outra escolha — respondeu Fletcher. — Duvido de que Arcturo e Lovett possam dizer qualquer coisa que faça alguma diferença.

Otelo deu uma olhada na mesa da defesa e balançou a cabeça.

— Eles parecem ter passado a noite inteira acordados. Estou disposto a correr o risco.

Fletcher sorriu com tristeza para Otelo, imaginando se teria uma chance de se explicar antes da execução. Respirou fundo.

— Eu tenho algo a dizer! — gritou, torcendo o corpo de forma desconfortável contra as correntes para se virar para o público.

— Fletcher, fique quieto — rosnou Arcturo, os olhos cansados se arregalando de surpresa.

Rook batia o martelo conforme a plateia iniciava uma discussão murmurada. Muitos da multidão se levantaram, para ver melhor qual prisioneiro havia falado.

— Lamento dizer que concordo com o capitão Arcturo — escarneceu Rook. — Não temos tempo para discursos passionais ou últimas palavras grandiosas. Fique de boca fechada ou Jakov vai amordaçá-lo como fez com o anão.

— Eu quero confessar — afirmou Fletcher, virando-se de volta para Rook.

— Não faça isso! — gritou Arcturo. — Ainda podemos vencer, ainda podemos ven... — A voz do capitão foi abafada quando ele foi atirado no chão; Jakov estava montado no peito de Arcturo, com a mão musculosa tapando-lhe a boca.

Outro guarda avançou decidido contra Lovett, mas não foi necessário. Fletcher viu Zacarias Forsyth sussurrando no ouvido dela, e o reluzir de algo metálico e afiado pressionado contra as costelas da capitã. Isso só reforçou a decisão de Fletcher. Ele odiava aqueles homens cruéis e indiferentes; não passavam de recipientes vazios, escravos dos próprios desejos.

— Diga de novo — comandou Charles, ansioso e sem fôlego. — Diga de novo para que todos possam ouvir.

O salão estava barulhento de novo, e Fletcher sentiu o olhar combinado dos homens e mulheres mais poderosos de Hominum. Ele não estremeceu; tinha que parecer convincente.

— Confesso o assassinato dos cinco homens — urrou Fletcher, calando a multidão em choque. — Sim, é isso mesmo, fui *eu* quem fiz. Só eu e mais ninguém. Roubei a machadinha de Otelo naquela noite e saí procurando encrenca. Só que eu não sabia que Otelo tinha me visto pegar a arma, e me seguiu.

Fletcher gaguejou. As palavras que tinha ensaiado com tanto cuidado pareciam carvões quentes na boca. Com cada sílaba, ele ficava mais perto da morte.

— De-depois de ele ter me seguido por quase uma hora, os soldados em patrulha o viram e decidiram que um anão seria um bom alvo para treino de tiro. Ouvi o disparo e fui investigar. Quando cheguei, vi que tinham acertado a perna dele.

Fletcher respirou fundo, sabendo que as próximas palavras o condenariam. Porém, nesse ato final, sua coragem voltou, e ele falou com convicção mais uma vez.

— Matei todos enquanto Otelo estava quase inconsciente no chão. Fiz tudo a sangue-frio; eles nem me viram chegar. Otelo não teve nada a ver com isso. Sou eu o culpado.

As palavras ecoaram no tribunal silencioso.

Rook escrevinhava furiosamente, mal erguendo os olhos da mesa. Só que a alegria no rosto de Charles desapareceu assim que ele percebeu o que estava acontecendo.

— O... anão. Ele também... — gaguejou Charles.

Alguém praguejou no fundo, e Fletcher se permitiu um sorriso cruel, reconhecendo a voz rouca de Didric.

— Temos que conferenciar — anunciou Charles, pegando o martelo na mesa alta e batendo na lateral dela. Apressou-se degraus acima, e houve uma conversa sussurrada entre os dois inquisidores, mas Fletcher não conseguiu ouvir nada com os sussurros das pessoas na plateia. Percebeu muitas olhadelas ao Triunvirato e o velho rei Alfric, o que apenas confirmou suas suspeitas. Otelo era o verdadeiro alvo do julgamento. A morte do próprio Fletcher era só a cereja no bolo, e agora seria uma sobremesa bem indigesta.

Subitamente, uma nova voz irrompeu em meio à multidão:

— Temos nosso veredicto.

Era uma participante do júri, uma mulher alta e imperiosa, com cabelos grisalhos bem presos e óculos de aro de tartaruga. Ela segurava uma pequena pilha de papéis rasgados, e o coração de Fletcher se apertou por um segundo ao vê-la. O júri tinha votado enquanto os inquisidores estavam distraídos.

— Um momento, se nos dão licença — pediu Charles, erguendo um dedo.

— *Não* damos licença — ralhou a jurada. — Vocês fariam bem em lembrar que é a vez da defesa falar, e Fletcher claramente dispensou o representante e se declarou culpado. Somos nós que tomamos as decisões neste tribunal, e podemos tomar nossa decisão quando bem quisermos. Pergunto apenas se o anão tem alguma coisa a dizer, antes que eu leia o veredicto.

Otelo hesitou e contemplou o rosto de Fletcher, buscando respostas. Depois de um momento, ele afastou o olhar, o cenho franzido com indecisão. Por dez segundos, o futuro de Hominum repousou nas mãos de um único anão. Então Otelo balançou a cabeça, incapaz de dizer as palavras em voz alta.

— Nesse caso, nosso primeiro veredicto é o seguinte: consideramos Otelo Thorsager... inocente. Ele é uma vítima das circunstâncias e nada mais.

Otelo mal reagiu. Em vez disso, agarrou o pulso de Fletcher e o puxou para perto.

— Qual era o plano? — sussurrou Otelo. — Isso não faz o menor sentido.

O anão olhou nos olhos de Fletcher com súbita intensidade. Eles contaram a verdade que o rapaz não conseguiu pronunciar.

— Não... — disse Otelo, segurando mais forte quando Fletcher começou a lacrimejar.

Ele não precisava mais ser forte. Seu amigo estava salvo.

— Você me disse que havia um plano — grasnou Otelo, agarrando as roupas de Fletcher com o desespero de um homem se afogando. — O rei ia salvar você.

— Este era o plano — confirmou o rapaz, sorrindo amargamente para o anão por entre olhos borrados. — Você vai entender um dia. Isso é maior do que nós dois.

O veredicto do júri atingiu seus ouvidos, cada palavra uma martelada em seu peito.

— Fletcher Wulf foi considerado culpado de todas as acusações. Ele será enforcado até a morte.

11

O veredicto ecoou nas vigas do tribunal como sinos fúnebres, e Fletcher pensou que bem poderia ter sido. O silêncio pesou no salão; algumas pessoas estavam chocadas, outras esperavam para ver a reação do rapaz.

Então uma sequência de xingamentos irrompeu bem no fundo do tribunal. Fletcher virou e se deparou com o vulto familiar e torto de Sir Caulder pisando duro para atravessar o tribunal. A perna de pau martelava o piso de pedra conforme o homem se aproximava, sem nunca cessar as ofensas.

— O que você está fazendo? — gritou Rook, batendo o martelo. — Guardas, expulsem-no deste tribunal imediatamente.

— Diabos, eu tenho algo a dizer e vou jarretar o primeiro guarda que chegar perto de mim — rosnou Sir Caulder, tirando uma espada curta da bainha do cinto. Vestia o velho uniforme, de cota de malha com o tabardo azul e prateado da casa nobre à qual servira um dia. Os guardas hesitaram, então ergueram os mosquetes.

Zacarias Forsyth balançou a cabeça, enojado, levantou num salto e se virou ao dirigir-se à multidão.

— Vocês dariam a esse velho boca-suja um palco para despejar suas maluquices? O julgamento acabou; vamos deixar esse louco sozinho com seus pensamentos desvairados.

Estava claro, porém, que Zacarias não avaliara bem a multidão. Ansiosos por mais entretenimento, eles o ignoraram, e alguns até gritaram para que se sentasse. O rei Harold se levantou e olhou feio para a audiência até que o silêncio reinou de novo.

— Estou inclinado a concordar com Zacarias — anunciou o rei.

Fletcher ficou chocado. Por que Harold tomaria o partido de Forsyth? Será que tudo aquilo fora uma tramoia para que ele confessasse?

— Porém... — continuou o rei. — Eu pessoalmente fiz de Sir Caulder um cavaleiro e o nomeei mestre de armas da Academia Vocans. Ele é um bom homem, de mente sadia. Por respeito a um cavaleiro do reino, devemos ouvi-lo.

O rei sentou, encerrando o assunto, e Zacarias foi forçado a fazer o mesmo, incapaz de contradizer seu monarca em público. Fletcher suspirou de alívio e voltou-se para o velho mestre de armas.

— Muito obrigado, meu rei — disse Sir Caulder, inclinando a cabeça.

Ele pigarreou e começou numa voz alta e clara:

— Há vinte e um anos, comecei a servir a família Raleigh, protegendo suas terras ancestrais de Raleighshire. A propriedade da família ficava nas cercanias de uma vila à beira da selva e sofria com incursões frequentes dos orcs, mas era fácil de defender. Só havia uma forma de os orcs penetrarem nosso território: uma passagem pela montanha, onde meus cinquenta homens poderiam conter um exército órquico inteiro se fosse necessário. Por anos defendi aquela passagem, com nada mais que algumas poucas escaramuças como resultado.

Ele engasgou e fez uma pausa, levando um momento para se recompor. Fletcher não estava entendendo. Sir Caulder estava ganhando tempo, mas, para quê, o rapaz não saberia dizer. Será que o guerreiro os estava enrolando para que Uhtred pudesse posicionar seus anões? Ele olhou na direção das portas de entrada, torcendo para que não tivessem levado adiante aquele plano imbecil.

— Era uma noite como qualquer outra. As sentinelas estavam acordadas, com suas tochas acesas. Não havia movimento algum na linha das árvores. Não sabíamos o que estava acontecendo até que um servo moribundo cambaleou pela entrada dos fundos do nosso acampamento da montanha com uma lança na barriga. Ele nos disse que os orcs tinham aparecido do nada e estavam massacrando todo o condado. Quando chegamos, era tarde demais. A família e aldeões estavam mortos ou morrendo, e uma centena de orcs investia contra nós. Fui o único sobrevivente do ataque.

Sir Caulder brandiu o gancho que tinha no lugar da mão para que todos vissem.

— Perdi uma das mãos e uma perna, mas isso não foi nada comparado a perda de vidas naquela noite. Todos os homens, mulheres e crianças na aldeia foram decapitados, e seus crânios empilhados na praça central. A família Raleigh e seus servos foram empalados em estacas e deixados para apodrecer à margem da selva, um aviso ao Império para que ficasse fora das terras órquicas. Quando foram retirados das estacas e postos para repousar, estavam irreconhecíveis.

O inquisidor Rook grunhiu em voz alta e olhou para o teto, exasperado.

— Todos já ouvimos essa história antes, Sir Caulder; foi o evento que serviu de estopim para a guerra, depois de oito anos de atritos. Não tenho paciência para um velho relembrando suas falhas passadas. Ande logo com isso.

Sir Caulder olhou furioso para o pálido inquisidor, mas, com visível esforço, virou-se para a plateia novamente.

— Aquela passagem que defendíamos era o único caminho óbvio para Raleighshire. Mas havia outra. Uma passagem secreta sob a montanha, conhecida apenas pelos Raleigh e seus amigos. Alguém os havia traído. Provavelmente alguém que está neste aposento neste exato momento.

As palavras foram ditas com calma, sem acusação, mas fizeram o salão ser tomado pelo zumbido de conversas aos sussurros.

Zacarias se levantou num salto, com o dedo apontado para Sir Caulder, como uma pistola carregada.

— Você ousa manchar a memória de Edmund e da família dele com suas mentiras? — sibilou, com a ponta do dedo brilhando azul. — Eu deveria matá-lo agora mesmo!

O rei Harold pousou a mão no ombro do lorde furioso e o empurrou gentilmente para que voltasse a se sentar.

— Por favor, Zacarias, deixe o homem terminar. Ele foi a única testemunha da morte do nosso amigo. — O rei se virou para a audiência. — O que Sir Caulder diz é verdade. Muitas crianças nobres brincavam no túnel secreto. Eu me lembro de nos desafiarmos para ver quem ousaria ir mais longe na selva até correr de volta para a segurança da entrada oculta. Edmund sempre vencia.

Harold sorriu com a memória, e Fletcher viu alguns outros nobres assentindo em concordância. Não parecia ser um grande segredo para eles.

— Foi culpa minha que não tivéssemos homens suficientes para proteger o local — lamentou Sir Caulder, esfregando os olhos como se buscasse conter lágrimas. — Diabos, ela deveria ter sido bloqueada anos antes. Foi por isso que eu jamais neguei as acusações contra mim, de que eu tinha sido negligente no meu dever.

Houve um murmúrio de solidariedade pelo velho homem, e Fletcher não teve como não sentir pena. Era um erro fácil de se cometer.

— Fico feliz que tenha conseguido desabafar seus fracassos... Espero com sinceridade que isso torne sua vida miserável mais suportável — comentou Rook, abrindo as mãos. — Mas nada disso tem a ver com o julgamento. Agora saia daqui antes que eu mande meu Minotauro arrastar você para fora pelos cabelos.

— Ah, mas isso tem *tudo* a ver com Fletcher. Este julgamento foi uma farsa desde o começo — retrucou Sir Caulder, avançando até o pódio das testemunhas. — A Inquisição não tem autoridade alguma sobre o menino. Um júri não pode condenar um nobre de um crime; só o rei pode julgá-los.

O cavaleiro assumiu seu lugar e olhou com expectativa para Charles, que já se aproximava do velho esguio e começava a falar.

— Você está, se não me engano, referindo-se às alegações de que Fletcher seria o filho ilegítimo do meu pai e meu...

— Nunca aleguei nada disso! — berrou Fletcher.

— ...meio-irmão. Uma afirmação absurda que, mesmo verdadeira, não faria de Fletcher um nobre. Apenas um bastardo.

Sir Caulder balançou a cabeça e riu, depois estapeou contra Charles com o lado chato da espada, fazendo o inquisidor cambalear para fora do alcance.

— Por mais que fosse um prazer expor as indiscrições de seu pai, Fletcher *não* é um dos bastardos de lorde Faversham; se me perdoa o termo, capitão Arcturo.

Arcturo, que finalmente tinha conseguido se libertar das garras de Jakov, apenas balançou a cabeça, o rosto pálido.

— Não. Vou admitir que, por algum tempo, acreditei que Fletcher pudesse muito bem ter sido seu meio-irmão, Inquisidor. Porém, foi só depois que eu falei com o pai adotivo dele, Berdon, que descobri sua verdadeira origem — afirmou Sir Caulder, erguendo a voz para que todos pudessem ouvir. — Foi-me dito ontem à noite que encontraram Fletcher nu na neve, logo ao lado dessa exata vila. Não havia bilhete, cobertor ou cesta. Que pai ou mãe deixaria sua criança assim, para morrer na mata? Por que ao lado de uma vila tão remota quanto Pelego, tão distante que se encontra junto à fronteira élfica? O que vou lhes contar explicará tudo isso e muito mais.

Pela primeira vez, Sir Caulder fitou Fletcher. Havia tristeza em seus olhos, até uma pontada de arrependimento.

— Enquanto eu jazia com meus membros destroçados na lama ao lado da mansão Raleigh, um demônio saiu voando da janela do quarto do lorde. O Griforuja de lorde Raleigh, segurando algo nas garras.

Ele olhou para Fletcher com expectativa, mas o rapaz só conseguiu devolver um abano confuso da cabeça.

— E o que seria? Uma carta? Dinheiro? Um Griforuja é só um pouco maior que a ave que lhe deu o nome; não poderia carregar nada de muito diferente — zombou Charles.

Sir Caulder abriu um sorriso lamentoso para Fletcher.

— Um bebê. Com apenas uma semana de vida e nu como no dia em que nasceu.

12

Fletcher mal conseguia pensar com todo ruído que irrompeu ao seu redor, os gritos de homens e mulheres raivosos afogando-lhe os pensamentos. Caiu de joelhos e cobriu os ouvidos, tentando entender a história de Sir Caulder. Com o coração acelerado, repassou cada fato, ignorando o matraquear do martelo e os rugidos de Zacarias.

Ele sabia que aquilo não passava de uma tentativa desesperada de salvá-lo, mas não pôde deixar de sorver a ideia por um momento. Se ele *fosse* o filho de Raleigh, isso explicaria sua habilidade de conjurar, encontrada tão raramente dentre os plebeus não aparentados à nobreza. As datas se encaixavam, mais ou menos. Só que isso era tudo. Assim como a teoria de Arcturo de que ele seria seu meio-irmão, havia enormes lacunas que precisavam ser explicadas... tal como Rook estava ansioso para apontar.

— Isso é risível — afirmou o inquisidor, quando o burburinho começou a morrer sob o olhar severo do rei Harold, que tinha se levantado novamente para silenciar a multidão. — Mesmo que acreditássemos em você, e temos motivos para suspeitar de que mentiria para proteger Fletcher, por que o tal bebê teria acabado na fronteira norte, quando Raleighshire fica no extremo sul de Hominum? Que motivo poderia Edmund Raleigh ter para mandar seu filho para tão longe?

— Ele não sabia em quem confiar! — rosnou Sir Caulder, socando o púlpito. — Alguém queria a família dele morta; algum aliado havia levado os orcs até a porta da sua casa. Lorde Raleigh sabia que o filho não estaria seguro em nenhum lugar de Hominum, então o mandou ao único lugar onde ele sabia que nem o rei poderia encostar no menino: aos elfos.

— E então? O demônio o deixou em Pelego porque se perdeu no caminho? — escarneceu Charles.

— Lorde Raleigh tinha morrido. O Griforuja estava se esvaindo de volta ao éter, como acontece a todos os demônios quando seus mestres morrem, sem ter mais uma conexão ao nosso mundo. Ele não conseguiria alcançar a fronteira élfica; aposto que teve sorte de chegar tão longe quanto as montanhas do Dente de Urso — declarou Sir Caulder. Fletcher percebeu que vários nobres concordavam com acenos de cabeça. — Então ele deixou o menino o mais perto que pôde da fronteira, num lugar onde seria descoberto; logo diante dos portões de Pelego. Nu e sozinho, mas chorando alto o bastante para que o ferreiro local o encontrasse.

Fazia sentido, percebeu Fletcher, se alguém estivesse disposto a acreditar. Mas o menino poderia ter sido mandado a qualquer lugar: um orfanato, a casa de um amigo. Teria mesmo lorde Raleigh mandado o filho para os elfos? E isso se Sir Caulder estivesse contando a verdade, em primeiro lugar. Fletcher balançou a cabeça. Aquilo não bastaria, mesmo que ele torcesse no fundo do coração para que fosse verdade.

— Por quê?! — exclamou Charles. — Por que você não contou isso a ninguém? Sobre o bebê, a entrada secreta, tudo!

Sir Caulder suspirou e deixou os ombros caírem, evitando o olhar de Fletcher. Baixou a cabeça, completamente drenado de coragem.

— Eu tive medo. Medo de que, se eu tentasse contar a alguém, o traidor me mataria para evitar suspeitas e encobrir seu crime. Medo de que, se descobrissem que o menino tinha escapado, saíssem procurando por ele. Foi por isso que assumi minha posição em Vocans, na esperança de que ele, de alguma forma, acabasse chegando à academia. E foi o que aconteceu.

Houve gritos alarmados quando Zacarias se levantou de repente, livrando-se da mão do rei Harold ao avançar contra Sir Caulder.

— Não acredito numa palavra. Você tramou essa história para salvar a pele do seu amigo, à custa da memória do meu amigo morto! — Ele urrou as últimas palavras na cara de Sir Caulder, socando as mãos dos dois lados do pódio. Sir Caulder nem piscou, limitando-se a limpar calmamente um pouco de cuspe do rosto.

— Isso quem vai decidir é o rei. Ele pode acreditar que Fletcher é um nobre e perdoá-lo destas acusações falsas em honra aos pais do jovem... Ou pode não fazer nada e deixá-lo morrer — afirmou Sir Caulder. Ele sustentou o olhar de Zacarias até que o nobre lhe deu as costas, enojado.

— Você acredita nisso, Harold? — indagou Zacarias, incrédulo. — O sujeito está claramente louco. Não corrompa a memória de Edmund e Alice para que este velho louco possa salvar a vida de um assassino.

Fletcher percebeu a esperança nos olhos do rei enquanto ele se levantava e, com um suspiro profundo, juntava-se a Zacarias diante da mesa alta. Fletcher sentiu aquela esperança refletida no próprio coração.

Mas, antes que Harold pudesse falar, Sir Caulder fez um último apelo, com a voz tremendo de emoção.

— Meu rei. Eu amava os Raleigh como se fossem meu próprio sangue. Devo a eles minha vida e mais, devido ao meu fracasso como protetor. Faço o que faço pela família, para que o filho deles possa viver, não por lealdade a um estudante.

Harold ergueu a mão, calando o velho cavaleiro.

— É uma história difícil de acreditar, uma história que eu queria ter ouvido há muitos anos — censurou o rei Harold. — Declaramos uma guerra devido aos eventos daquela noite. Ter contado uma versão incompleta dos acontecimentos é quase traição.

— Isso mesmo! — exclamou Zacarias, concordando com a cabeça.

— Porém... não posso mandar o rapaz para a morte em sã consciência, mesmo que não haja como provar a ascendência dele. Você, Zacarias, mais que qualquer outra pessoa, deveria entender. Considero o menino um nobre e lhe concedo o perdão completo, em honra à memória de Edmund e Alice Raleigh.

Era o fim. O estratagema de Sir Caulder funcionara. Fletcher sentiu uma onda de alívio e a mão de Otelo batendo em suas costas. O primeiro pensamento foi sobre Berdon. Havia tanto que Fletcher queria lhe contar. Sentiu-se tonto de felicidade. De alguma forma, tinha vencido.

Até que uma voz fria e trêmula cortou o ar.

— Só que *há* como provar a ascendência.

Era o velho rei. Fletcher observou enquanto ele se levantava com ajuda de lady Faversham. Agora que tinha visão completa da senhora, Fletcher notou que ela deve ter sido muito bonita quando jovem, com delicadas maçãs do rosto e uma cascata de cabelos prateados descendo até a cintura. Os olhos, porém, demonstravam que a beleza era só superficial, pois estavam carregados de ódio.

— Os Raleigh tinham um demônio único, entregue de geração a geração, até que acabou morrendo há alguns séculos. É por isso que o emblema no uniforme de Sir Caulder traz a imagem de uma Mantícora, não é, meu filho? — continuou o velho rei Alfric. Ele pegou uma longa bengala ao lado do assento e mancou até se colocar ao lado dos outros. Era esse o homem que o rei Harold tanto temia? O velho franzino diante dele não parecia um oponente tão formidável. — Você se lembra daquela velha história, aquela do segundo filho que foi ferroado pela Mantícora do irmão mais velho e herdou o dom por meio do veneno? Bem parecido com nosso amigo lorde Cavell, que se tornou um conjurador ao ser queimado pelas chamas da Salamandra do criminoso — disse o velho rei Alfric, indicando Didric com um aceno da cabeça.

— Rei Alfric, eu lhe imploro... — começou Arcturo, mas foi silenciado por um chute que Jakov lhe acertou nas costelas.

— Por fim, o irmão mais velho morreu na primeira rebelião enânica, deixando o segundo filho como herdeiro — continuou Alfric, ignorando Arcturo. — Daí em diante, todos os descendentes primogênitos dele, os Raleigh, tornaram-se imunes ao veneno de Mantícora.

— Isso é uma fábula, uma lenda — argumentou Harold, sorrindo para o pai. — Nem Edmund acreditava nela. Um dedal de veneno de Mantícora basta para matar dez homens. Só o mestre de uma Mantícora poderia sobreviver a tal ferroada e, mesmo assim, só se fosse aplicada pela própria Mantícora, da mesma forma que o dono de um Caruncho ou Arach é imune ao veneno do próprio demônio.

Fletcher notou que Harold falava aquilo para que a plateia entendesse. O rapaz já sabia tudo aquilo das aulas de demonologia, quando acreditara que não passassem de informações inúteis. Como estivera enganado!

— Não ouse me dar uma aula como se eu fosse uma criança incompetente — ralhou Alfric.

O velho rei, então, mancou até Fletcher e lhe examinou o rosto. Tinha olhos frios e calculistas, que faiscaram com sadismo.

— O moleque claramente deve ser executado, um castigo bem justo para seu crime hediondo. Não vou admitir sua fantasia. É absurdo acreditar que esse pivete imundo seja o filho dos grandes Edmund e Alice Raleigh. Para mim, o fedor dele já mais do que basta como prova. — Alfric riu consigo mesmo e se virou para o filho.

O sorriso do rei Harold se apagou um pouco, e ele lançou um olhar preocupado para Fletcher.

O desespero agarrou o coração do rapaz novamente, apertando cada vez mais, como um torno. Os joelhos vacilaram, e ele teria caído se não fosse a mão firme de Otelo.

— Tenho uma proposta — anunciou Alfric, tocando o queixo e contemplando as vigas do teto. — Vamos aplicar a ferroada. Se o moleque morrer, bem, ele nunca foi o filho de Raleigh e mereceu a morte decretada pelo júri. Se ele sobreviver... você terá minha permissão para perdoá-lo.

Harold ficou vermelho ao ser tratado com tamanho desrespeito. Afinal de contas, ele era o rei, além de um homem adulto. Não precisava da permissão do pai para fazer nada. Por um momento, Fletcher observou Harold lutando contra a indecisão, até, por fim, deixar os ombros caírem em derrota e lançar um curto aceno de cabeça ao pai. Não podia desafiar abertamente o velho rei, não tão publicamente e não ainda

— Sou obrigada a me opor — declarou a capitã Lovett, ainda sentada no banco. — O ferrão de uma Mantícora é uma morte terrível. Pode demorar horas, horas de completa agonia.

— Então lhe daremos uma dose completa! — rosnou Alfric. — Assim ele morrerá bem rápido.

— Não foi isso que eu quis dizer... — começou Lovett, mas foi interrompida pela mão erguida do velho rei.

— Felizmente há um conjurador neste aposento que possui uma Mantícora. Não é verdade, Charles? — afirmou Alfric, apontando para o inquisidor de cabelos negros.

— Um presente que minha mãe me deu quando entrei para a Inquisição — disse Charles Faversham, baixando a cabeça. — Creio no entanto que Vossa Majestade lhe presenteou com o demônio.

— De fato, eu o dei à minha prima — confirmou o velho rei Alfric. — Não posso negar que sinto falta de Xerxes; foi um dos meus favoritos por alguns bons anos. Por que não o conjura? Aposto que faz um bom tempo que ele não ferroa nada.

— Sim, Majestade — respondeu Charles, ajoelhando-se. Estalou os dedos para um dos guardas, que foi atrás da mesa alta e trouxe de volta um longo tubo. Com habilidade vinda da experiência, Charles tirou um rolo de couro de dentro e o abriu no chão.

Pousou as mãos no pentagrama gravado no couro e fechou os olhos. Franziu a testa, concentrado. O pentagrama zumbiu ao ganhar vida, emitindo uma tênue luz azul que brilhava até no tribunal bem-iluminado. Filamentos de luz branca surgiram, tecendo-se e fundindo-se numa massa amorfa que lentamente tomou forma. Em momentos, uma enorme criatura tinha se materializado, e Fletcher ficou sem fôlego.

Xerxes era tão grande quanto um cavalo puro-sangue, muito mais alto que Fletcher. Seus membros e corpo tinham a musculatura de um leão, coberto num grosso pelame violeta-escuro. A juba era negra e cheia e, entre os pelos, havia espinhos assustadores que chocalhavam quando a criatura balançava a cabeça leonina. Ele tinha um focinho curto com boca larga, e os olhos pareciam quase humanos, com íris azuis que se cravaram nos olhos de Fletcher com uma curiosidade voraz.

Só que nada disso se comparava a cauda negra de escorpião que se erguia da base da coluna vertebral, oscilando hipnoticamente, como uma cobra prestes a investir. Uma gotícula se formava no ferrão reluzente, amarela como pus e muito mais viscosa.

— Ah, eis aí o danadinho! — exclamou Alfric, chegando mais perto e acariciando a cauda da Mantícora. — Um belo espécime. Fico feliz de você ter cuidado tão bem dele.

— *Danadinho*? — comentou Otelo. — É um monstro!

Alfric fixou o olhar em Otelo.

— Guardas, levem o anão daqui, e um de vocês segure o mestre Wulf. Quero mosquetes apontados para os capitães Arcturo e Lovett. Os sentimentos dos dois pelo rapaz podem motivá-los a fazer algo de que se arrependeriam.

Fletcher ouviu o clique de pederneiras sendo engatilhadas quando os guardas ergueram as armas. Otelo praguejou ao ter os cabelos pegos por Jakov e ser arrastado para fora, as correntes raspando o chão. Mas Fletcher não conseguia registrar nada além daqueles olhos estranhos e hipnóticos da Mantícora que se aproximava.

— Sugiro que todos observem atentamente — disse Charles jovialmente. — Não é sempre que se vê veneno de Mantícora em ação, especialmente não uma dose completa. Por outro lado, talvez seja melhor que aqueles que têm estômago fraco saiam do aposento.

O ferrão balançou, dobrando-se como um arco completamente distendido. Então parou, perfeitamente imóvel, enquanto Xerxes esperava pelo comando do mestre. Charles ergueu a mão, pronto para dar a ordem.

A Mantícora ronronou de empolgação, e Fletcher sentiu que alguém lhe segurava o braço. Didric rosnou em seu ouvido:

— Fique bem parado. Nós não queremos que ele erre, não é?

Outra mão, esta maior, passou por sobre o ombro e abriu a veste de Fletcher com um puxão, rasgando o tecido desgastado e expondo o peito.

— Seu sacrifício será em vão, Fletcher — sibilou Zacarias, e Fletcher sentiu seu bafo quente na nuca. — Você não fez nada além de adiar o inevitável. Os anões estarão no seu lugar mais cedo ou mais tarde. É uma pena que você não estará aqui para ver.

Os dois nobres puxaram os braços de Fletcher, até parecer que eles se soltariam dos ombros. O rapaz se ajoelhou, e a Mantícora deu um último passo adiante.

— O prisioneiro está pronto, Majestade! — bradou Charles, a voz aguda de empolgação. — Podemos começar o *teste*?

— Sim — respondeu Alfric, simplesmente.

Charles baixou o braço, e o ferrão desceu junto, sibilando no ar. Houve um estalo grotesco quando a ponta rompeu a pele abaixo do esterno de Fletcher, que gritou, pois teve a sensação de ser trespassado por uma espada. Então o ferrão bulboso pulsou ao injetar o veneno.

Fletcher desabou para o chão, sentindo o líquido se infiltrar em seu corpo, como ácido no sangue. A dor o dominou então, como se a carne dentro dele fosse assada por dentro. Os nervos berraram de agonia, e os músculos enrijeceram e sofreram espasmos, fazendo o rapaz se debater no chão frio do tribunal.

Ele sentiu as trevas se aproximando e as recebeu de braços abertos. Qualquer coisa seria preferível àquele tormento. Até a morte.

Conforme o alívio abençoado da inconsciência o levou, Fletcher ouviu Didric gargalhando, como se estivesse muito longe.

— Adeus, Fletcher Wulf!

13

A dor tinha quase passado, um mero latejar nas trevas. Seria tão fácil se render. Ser infinito e nada, tudo ao mesmo tempo. Ser livre.

Mas algo o chamou, nas trevas infinitas. Outra alma, perdida como ele. Ignácio.

Havia amor ali, que impediu Fletcher de se deixar cair, por mais que ele se inclinasse sobre o abismo. Ignácio o chamava. O rapaz sentiu que a conexão entre eles se desenredava, enfraquecia. Só que Ignácio não o soltava. O filamento final se manteve forte e o puxou de volta do limite. Fletcher abriu os olhos.

As paredes e o teto do aposento eram feitos de madeira lisa e sem verniz, decorada com os padrões rodopiantes das fibras da lenha. Não havia exatamente uma porta; apenas uma abertura que levava a um corredor escuro. O mais estranho era a iluminação do quarto: jarras com bolinhas amarelas, fulgurantes de luz, que esvoaçavam aleatoriamente em seu interior, como fogos-fátuos.

Ele estava deitado num tipo de cama. Grossos pelames de cervo o envolviam como a um bebê, encasulando-o numa crisálida de calor.

— Você acordou — disse uma voz suave e musical.

Um rosto dotado de um par brilhante de olhos azuis surgiu acima de Fletcher, e ele descobriu que a própria cabeça repousava no colo de alguém. Cabelos da cor de ouro branco faziam cócegas no seu queixo, e ele entendeu que estava olhando para Sylva, de cabeça para baixo.

— Sylva! — exclamou Fletcher, então se encolheu de dor ao sentar. O corpo doía, como se tivesse acabado de acordar de uma luta de boxe que perdera. E feio.

— Relaxe — aconselhou a elfa, empurrando-o de volta com um toque suave. — Você recebeu uma dose completa de veneno de Mantícora. Deixe que eu fale por enquanto.

Fletcher se deitou de volta, relaxando na suavidade do colo da elfa. Sentiu os dedos de Sylva afastando as madeixas rebeldes do rosto, seguidos por uma esponja macia a limpar-lhe a testa.

— Você deu sorte de estar tão perto da nossa fronteira. Usamos medicamentos élficos para purgar o veneno do seu corpo. Algo que nem o feitiço de cura de que vocês tanto dependem em Hominum poderia consertar.

Fletcher sorriu para a amiga, que desta vez permitiu que ele se sentasse devagar e colocasse as pernas para fora da cama. Estavam numa estranha protuberância em formato de prateleira, que parecia ter brotado da própria parede. Uma espessa camada de musgo verde e macio lhe servia de colchão.

Por um momento, Fletcher corou ao perceber que vestia apenas um simples gibão e calças azuis, com chinelos macios de feltro nos pés. Ele se perguntou distraidamente quem o teria vestido, esperando que não tivesse sido Sylva.

— É bom te ver — disse ele, finalmente, abraçando-a. Ela retribuiu o gesto, e os dois ficaram ali por um tempo, curtindo o reencontro.

Fletcher contemplou a velha amiga. Sylva vestia uma túnica de veludo verde, com bordas de pelo e bordada com cervos saltitantes, detalhados tão intrincadamente quanto as mais belas pinturas.

Fletcher não sabia bem se era porque fazia mais de um ano que ele não via uma garota da sua idade, mas Sylva lhe parecia mais linda do que nunca, especialmente vestindo o tradicional traje élfico. Evitando o olhar franco do rapaz, ela saltou da cama e assoviou bem forte com os dedos.

Sariel chegou saltando pela porta. A Canídea de pelos dourados, que estava maior do que quando ele a vira pela última vez, farejou seus pés com animação. Fletcher evitou a tentação de tocá-la, pois sabia das implicações de acariciar o demônio de outro conjurador. Em vez disso, estendeu a mão para que Sariel cheirasse, e ela lhe tocou os dedos carinhosamente com o focinho molhado.

O breve contato demoníaco o lembrou de conjurar Ignácio, e a Salamandra se materializou com um trinado alegre. Fletcher o abraçou, apertando o demônio contra o peito.

— Então... seu remédio me salvou. Não sou um nobre, afinal — comentou Fletcher, rompendo o silêncio constrangido.

Sentiu uma pontada de decepção. Por um momento, pensou ter descoberto quem eram seus verdadeiros pais.

— Não exatamente. Sei que é muita coisa para processar. O rei Harold está esperando e vai explicar tudo quando o encontrarmos. Acha que já consegue andar?

— Posso tentar.

Balançou meio sem jeito ao se levantar, então Sariel passou o focinho por baixo do braço dele, de modo que Fletcher se apoiou nas costas do demônio como a uma muleta. Ignácio assumiu sua posição de costume no pescoço do mestre. Fletcher se apoiou em Sylva, e eles saíram.

A jovem elfa tomou a dianteira, pegou uma das jarras da parede e agitou. Minúsculos vagalumes flutuaram enquanto outros ficaram no fundo, alimentando-se de um líquido gosmento.

— Néctar — explicou Sylva ao notar Fletcher espiando a jarra com curiosidade. — Usamos para prendê-los ao anoitecer, depois os soltamos de manhã. Nada de tochas fumarentas para nós.

Mas Fletcher mal escutava, pois agora tinham saído para a luz. Ele cambaleou de novo, dessa vez um gesto sem relação com seu estado frágil. Viu que estavam a centenas de metros de altura, num galho tão grosso quanto um enorme tronco de árvore.

Por todos os lados, havia uma rede de estruturas semelhantes, com largas folhas de carvalho, grandes o bastante para servir de telhado a uma casa. Fletcher se virou para ver que eles tinham saído de uma imensa árvore, com tronco mais espesso que o mais alto prédio de Corcillum. Por toda volta, outras árvores, tão grandes quanto aquela onde ele se encontrava, estendiam-se para o céu. A cena inteira estava banhada em luz crepuscular alaranjada, pois o sol já se punha.

— A Grande Floresta. Nosso lar — declarou Sylva com orgulho. Ela o guiou por uma trilha larga.

Nos galhos cobertos por musgo acima e abaixo, Fletcher via outros elfos caminhando serenamente de um lado para o outro. Vários pararam e o encararam de longe, alguns acenando, outros balançando a cabeça. O rapaz se perguntou quando teriam visto um humano pela última vez. Ele mesmo nunca vira outro elfo além de Sylva, e considerou fascinante que todos compartilhassem da mesma delicada estrutura óssea e cabelos claros.

— Cuidado por onde anda — avisou Sylva, indicando uma ponte que conectava um galho ao outro. Fora construída com estranhas raízes similares a cipós, torcidas juntas para criar um caminho completo com corrimãos dos dois lados. Pareciam sólidas sob os pés, como se esculpidas em pedra.

Caminharam em silêncio por algum tempo, enquanto a luz dourada do sol poente era filtrada pelas copas das árvores. A jornada os levou para mais perto do solo, por mais que Fletcher desejasse poder subir até o topo, para olhar por sobre a Grande Floresta e captar um relance das montanhas Dente de Urso.

Finalmente, eles pararam e Sylva chamou um elfo próximo quando eles alcançaram o galho seguinte, usando uma linguagem musical. O elfo se curvou respeitosamente, depois saltou para o galho abaixo, ágil como um esquilo.

— Perdoe meu élfico — disse Sylva, corando. — Fui educada em várias línguas, até mesmo nas runas órquicas, mas os outros elfos não tiveram a mesma sorte. Eu o mandei para buscar seu rei.

— Não se preocupe — respondeu Fletcher, com um sorriso. — Gostei de ouvir.

Eles estavam num galho liso e plano, a meras dezenas de metros do chão. Sylva o levou até a beirada, onde se sentaram juntos, contemplando o piso da floresta.

— Eu queria que você visse isso — disse Sylva, indicando a planície abaixo com um aceno.

Rebanhos de cervos se moviam lentamente, uma procissão incontável de cascos. Nas beiradas, grandes machos travavam batalhas com os chifres, investindo e se esquivando, lutando pela atenção das fêmeas que pastavam por perto.

Uma mistura de manchinhas cinzentas, castanhas e brancas; cervos pequenos, cervos grandes e enormes alces com passos fortes e rápidos.

O chão estava coberto de uma grossa camada de musgo verde brilhante, o mesmo que tinha lhe servido de colchão em seu leito de convalescença. Os cervos pareciam gostar, aparando a camada superior, como se fosse grama, e mastigando até lentamente transformá-la numa polpa que manchava os cantos da boca de verde.

— Este é o tesouro do nosso povo. Os Grandes Rebanhos da floresta. Criamos todas as espécies de cervo que existem — contou Sylva, com a mão estendida para os cervos abaixo.

Fletcher olhou atrás de si e viu uma hoste sem fim de cervos, desaparecendo nas profundezas da floresta. Deveria haver milhares deles, de todos os tamanhos e raças, desde os muntiacus, que latiam com seus longos dentes superiores, aos veados-vermelhos, que corriam de um lado para o outro, cruzando as pesadas galhadas em justas violentas.

— Veja aqueles corcinhos, tem pelo menos uns cem — comentou Fletcher, apontando um grupo de cervos na beira da manada. Eles eram minúsculos, só pouco maiores que uma lebre selvagem. — Onde estão as mães deles?

— Aqueles não são corços, são pudús — riu Sylva. — Está vendo as duas pontas nas cabeças de alguns deles? São os chifres dos machos.

— Ah! — exclamou Fletcher, maravilhado com as criaturas minúsculas. — Vocês realmente têm todas as espécies.

— Os rebanhos nos dão tudo de que precisamos: pele e couro para roupas e cobertores, carne e leite para nossas mesas, ossos e chifres para entalhar, tendões e couro cru para nossas cordas de arcos e para costurar. Nós até usamos a gordura para fazer sebo, sabão, velas e colas.

Ela apontou as os limites distantes dos rebanhos, onde Fletcher conseguia avistar elfos montados nos mesmos alces que tinham aparecido na memória de Ignácio, grandes quanto cavalos, só que com largas galhadas usadas para jogar e empurrar uns aos outros. Ignácio ganiu ao reconhecê-los, assustando os cavaleiros abaixo.

Os elfos traziam arcos nas costas, além de longas varas flexíveis com laços na ponta, que agitavam gentilmente para conduzir cervos errantes de volta ao rebanho. O cabelo deles era longo, caindo nos ombros em ondas negras, ruivas e douradas, ao contrário dos elfos que Fletcher vira nas árvores. Vestiam mantos de pele de lobo, com a mandíbula superior das feras pousadas sobre a cabeça, como elmos.

— Nossos elfos silvestres mantêm os rebanhos em segurança, cuidam dos ferimentos e ajudam a parir as crias, guiam todos pelas trilhas seguras e os protegem dos predadores da floresta.

Enquanto Fletcher observava, uma enorme ave mergulhou do alto e pousou no pulso de um dos elfos. Cravou as garras numa grossa munhequeira de couro, e o elfo lhe ofereceu um pedaço de carne crua como recompensa.

— Vocês usam águias como animais de estimação? — indagou Fletcher. — Por quê?

Por um momento, o rapaz se perguntou se estaria sendo inquisitivo demais, mas Sylva respondeu prontamente. Ela parecia feliz que ele se interessasse tanto pela cultura de seu povo.

— Usamos raposas também, como vocês fazem com cachorros. Só que uma águia é suficientemente grande para espantar um lobo, se for necessário, e ficam de olho nas centenas de alcateias que vagueiam eternamente atrás dos rebanhos. Nós nunca podemos manter todos os cervos seguros, porém; é simplesmente comida demais num lugar só.

Fletcher observou um elfo silvestre próximo golpear o cajado para baixo, a fim de passar o laço pelas pernas de um corço errante e puxá-lo de volta à segurança do rebanho, amarrado como uma galinha.

O rapaz queria perguntar mais, porém ouviu um pigarro atrás de si.

— Obrigado por trazê-lo, Sylva — disse o rei Harold. — Nós nos vemos na reunião do conselho.

— Reunião do conselho? — indagou Fletcher, mas Sylva apenas sorriu e lhe deu um apertão no ombro enquanto se levantava.

Então ela havia partido, e Fletcher se viu sozinho com o rei.

14

— Então, Fletcher, você ainda está conosco — comentou Harold. Os dois estavam sentados, observando os rebanhos de cervos abaixo. O sol tinha quase se posto, lançando sombras malhadas no solo lotado, e Fletcher ouviu o uivo lamurioso de um lobo ao longe.

— Parece que sim — respondeu Fletcher, evitando o olhar do rei.

— Você ficou em estado crítico por um tempo. Não achei que sobreviveria. Se contorceu de dor quase a noite inteira.

— Eu devo muito aos elfos. E à Vossa Majestade também, aparentemente. Não posso imaginar como o senhor convenceu todo mundo a me mandar para ser tratado pelos elfos, depois que descobriram que eu não era imune — disse Fletcher, sem emoção na voz.

— Ah, não. Você é imune, sim. Só que, quando se injeta tanto líquido ácido e tóxico no corpo de alguém, essa pessoa não vai simplesmente sair andando feliz, imune ou não. Você deveria ter morrido minutos após aquela dose, mas depois da sua primeira hora estremecendo no chão, entendemos a verdade. Os elfos só ajudaram a expulsar o veneno do seu sistema.

Fletcher estava atordoado. Ele era imune. Ele era um Raleigh. Parecia irreal. Impossível.

— Eu lhe concedi o perdão, mas você também precisa saber que sua culpa ainda é debatida pelos outros nobres. Ou seja, é bem possível que você ainda sofra certa hostilidade no futuro — continuou Harold. — A maioria concorda que você estava apenas defendendo seu amigo anão. E já pode adivinhar de que lado seus primos estão, é claro.

— Primos? — indagou Fletcher, ainda tonto com a notícia.

— Os Forsyth. Sua finada mãe e a mãe de Tarquin e Isadora eram gêmeas idênticas, Alice e Josefina Queensouth; gêmeos são uma tendência na família, pelo jeito. Seu pai, Edmund, se casou com Alice, enquanto Zacarias desposou Josefina. Éramos todos amigos de infância, naqueles tempos; todo mundo sabia que eles iam se casar... Mas não foi disso que eu vim falar com você. Quero conversar sobre a sua herança, ou, na verdade, a falta de uma.

Fletcher continuou calado, tanto feliz quanto entristecido pelas novidades. Os pais o *quiseram* de verdade. Não o tinham abandonado para morrer... mas para viver. Por outro lado, ele jamais os conheceria nem ouviria suas vozes.

— Eu não ligo para minha herança — resmungou Fletcher. — Eu já estava muito bem antes.

— Seja como for, você merece saber o que aconteceu ao patrimônio da sua família. Como parentes mais próximos, os Forsyth herdaram todo dinheiro, terras e propriedades. — Harold fez uma pausa desajeitada e pigarreou. — Dado o seu suposto crime, eles afirmaram que você não deveria estar vivo e, assim sendo, não merece receber nada de volta. Eu me opus. Então chegamos a um acordo. Eles ficam com todo o dinheiro e as terras férteis no centro de Hominum. Em troca, devolveram-lhe sua terra natal: Raleighshire.

Fletcher arregalou os olhos.

— O que isso quer dizer? — Ele sabia tão pouco sobre as terras de Hominum, praticamente nada sobre os Raleigh.

— Depois que seus pais e o povo deles morreram, as construções caíram em decadência e as aldeias próximas foram abandonadas — contou Harold, balançando a cabeça com tristeza. — Afora as tropas que protegem a passagem montanhosa e a entrada não-tão-secreta, não há vivalma num raio de centenas de quilômetros. É uma terra deserta, sem dúvida. Mas é sua, para que você faça o que quiser dela. É o mínimo que posso fazer, depois do sacrifício que você fez por mim. Não me esquecerei disso tão cedo.

Fletcher assentiu. Não parecia real para ele. Era terra; algo que já estava lá antes, e lá estaria muito tempo depois que ele morresse. Que diferença faria quem a possuía? Ninguém nem vivia lá.

— Tenho mais uma coisa para você. Como posso explicar...? — continuou Harold, esfregando os olhos. — Você já se perguntou alguma vez como os demônios são passados de geração a geração, nas famílias nobres, mesmo quando o pai ou mãe morrem longe de casa? O demônio deveria evanescer de volta ao éter com a morte do mestre, correto?

Fletcher fez que sim com a cabeça.

— Nós, conjuradores, sabemos o risco que corremos, sempre lutando em guerras por aí. Por isso, um conjurador sempre deixa os pergaminhos de conjuração dos seus demônios com um amigo de confiança, para que, no caso de sua morte precoce, o filho possa receber o pergaminho e conjurar o demônio de volta do éter. No caso do seu pai, esse amigo de confiança era eu.

Harold se levantou, e Fletcher fez o mesmo, inseguro de como reagir. O rei pôs a mão no bolso e tirou um rolo de pergaminho, firmemente amarrado com uma fita vermelha. Do outro bolso, tirou um couro de conjuração, completo com um pentagrama chaveado marcado no centro, e o abriu com cuidado no meio do galho.

— O Canídeo de Edmund morreu no ataque, tal como o Vulpídeo de sua mãe. Mas o Griforuja que o levou até Pelego ainda pode estar vivo, em algum lugar do éter. Aqui está seu pergaminho. O couro de conjuração tem um pentagrama chaveado; como você bem sabe, um destes é necessário para conjurar um demônio do éter.

As mãos de Fletcher tremeram enquanto ele desamarrou a fita, tomando cuidado para não rasgar o material poeirento enquanto o desenrolava. A tinta estava esmaecida, quase marrom, mas as palavras eram claramente legíveis.

— Eu infundiria sua Salamandra primeiro — sugeriu Harold, antes que Fletcher começasse a ler. — Não é incomum que um demônio recém-conjurado ataque um demônio desconhecido antes de estar completamente sob o controle do mestre.

Fletcher assentiu, lembrando-se de como Ignácio tinha atacado Didric por conta própria. Relutante, infundiu Ignácio num clarão de luz roxa.

— Comece — instruiu, indicando aprovação com um aceno da cabeça.

— Doh rah go si mai lo go. — A voz de Fletcher foi ficando mais confiante com cada palavra, ficando mais e mais alta até que os cervos abaixo se dispersaram, confusos. — Fai lo go di ai lo go.

O pentagrama fulgurou com luz roxa, e a visão de Fletcher se saturou com cores, tal como acontecera anos antes no cemitério de Pelego. Um orbe violeta apareceu logo acima da estrela, expandindo-se até ficar largo como uma roda de carruagem, girando lentamente. Houve um som de rugido, e Fletcher ouviu os gritos de elfos silvestres quando todo o rebanho de cervos começou a trotar pelas planícies, assustados com as luzes e barulhos.

— Lei go si mai doh roh!

Quando as últimas palavras foram ditas, o orbe desapareceu, deixando uma criatura esvoaçante no lugar.

— Minhas desculpas! — riu o rei enquanto os elfos silvestres abaixo lançavam contra eles dois o que só poderiam ser ofensas élficas.

Mas Fletcher ignorava tudo ao seu redor, pois a nova consciência em sua mente não era como nada que ele jamais encontrara. Enquanto a psique de Ignácio era uma mistura gentil de emoções e intenções, a mente daquela criatura era tão afiada quanto rápida, saltando de pensamento em pensamento com claridade absoluta.

O demônio se parecia muito com uma coruja-das-torres, com um rosto em forma de coração, plumagem branca na barriga e penas castanho-amareladas no dorso. Porém, ao contrário de uma coruja, tinha quatro pernas felinas, completo com um rabo, orelhas e garras de gato, além de pelo misturado à plumagem fofa. O mais adorável eram os expressivos olhos redondos, tão azuis quanto os de Sylva, que focalizaram em Fletcher com curiosidade.

— Griforujas são incrivelmente raras, então você pode não ter ouvido falar nelas antes — comentou Harold, afastando-se do demônio, que emitia um guincho aborrecido. — Como você já pode ter adivinhado, são bem como um híbrido de coruja e gato, de nível quatro. Seu pai a batizou de Atena.

— Ela é linda! — exclamou Fletcher. Exerceu o controle que tinha aprendido em Vocans. Puxou a conexão com Atena e pulsou suas intenções para ela, permitindo que a Griforuja as lesse como ele lia as dela.

A criatura inclinou a cabeça para um lado e, com um bater de asas, pousou no ombro de Fletcher. Tomou o cuidado de não apertar forte demais com as patas, que traziam uma mistura afiadíssima de garras felinas e de coruja. Ao perceber uma pontada de dor em Fletcher, Atena as retraiu de volta às patas com um ruído suave.

— Você provavelmente deveria infundi-la antes que alguém veja — comentou o rei, olhando em volta com cautela. — Os elfos pediram que todos os demônios estrangeiros permaneçam infundidos o tempo todo. Eu deveria ter esperado, mas quis lhe entregar o demônio antes que Zacarias reivindicasse o pergaminho. Desejo tudo de melhor para os dois.

Fletcher ficou desapontado, pois queria conhecer melhor o demônio, mas, mesmo assim, apontou a palma acima do ombro. O pentagrama fulgurou em violeta até que ele sentiu seu contorno, quente contra a pele. Com um puxão mental, Atena se dissolveu em filamentos de luz branca que dispararam para a palma do rapaz. Fletcher cambaleou com a poderosa euforia da primeira infusão, conforme sua consciência se fundia com a dela, como o encontro de dois rios.

Dentro de si, o rapaz sentiu a reserva de mana duplicar em tamanho, e os filamentos que conectavam mestre e demônios pareceram se trançar e entrelaçar. Ele se sentiu mais poderoso com a energia elétrica que pulsava pela conexão, como um coração batendo.

Quanto às psiques dos dois demônios, elas continuaram separadas uma da outra, incapazes de sentir os pensamentos uma da outra. Ainda assim, *ele* podia sentir as intenções de ambos conforme observavam o mundo pelos seus olhos.

A mente de Fletcher parecia meio sem foco, puxada em todas as direções pela consciência dos dois. Ele se lembrou de quando Serafim um dia descrevera um conjurador que tinha dezenas de Carunchos. Mal podia imaginar quão confuso isso seria.

— Ótimo! — exclamou Harold, pegando o couro de conjuração antes de empurrar Fletcher ao longo do galho sem que o rapaz pudesse recuperar o fôlego. O sol já tinha se posto quase completamente, e o rei lançou um grande fogo-fátuo para clarear o caminho adiante conforme eles andavam.

Ainda atordoado pela infusão, Fletcher viu outras luzes ganhando vida nos galhos em volta, iluminando os elfos que ainda vagueavam acima deles. Mas aqueles não eram fogos-fátuos.

Cogumelos luminescentes, que antes não passavam de comuns franjas marrons crescendo pelas fissuras da casca coberta de musgo, brilhavam com uma feroz luz verde. Acima deles, um tom de azul irradiava da parte de baixo dos galhos — pirilampos com fios de seda incandescentes que pendiam num azul diáfano. Enquanto Fletcher se maravilhava, os vaga-lumes subiram do piso de madeira abaixo, uma nuvem de fagulhas alaranjadas que rodopiava ao redor deles. Era um caleidoscópio de cores, que decorou toda a rede de galhos com uma luz fantasmagórica e tremeluzente.

— Incrível, não é? — disse o rei. — Edmund me escreveu sobre isso, anos atrás. Ele vinha muito à Grande Floresta naqueles tempos para negociar um acordo comercial com os clãs élficos. Arcos, couros, pelos e remédios; todos eram mercadorias necessárias em Hominum. Ele sonhava com uma sociedade onde elfos e homens poderiam andar nas terras uns dos outros, com livre circulação de bens e pessoas. É claro, tudo se esfacelou quando ele morreu.

Fletcher ouviu com atenção, devorando cada migalha de informação sobre os pais. Desejou saber qual tinha sido a aparência deles. Com uma pontada de dor, ele percebeu que, de certa forma, já sabia. Não tinha visto a esposa de Zacarias na plateia durante o Torneio e o julgamento? A memória era indistinta, mas ele conseguia quase mentalizar a imagem de uma dama loira, sentada bem perto de lorde Faversham. Imaginou que devia ter herdado os cabelos negros do pai.

— O senhor poderia me contar mais... sobre os meus pais? — pediu Fletcher, tímido.

Harold deu um suspiro alto e levou Fletcher até outro galho por uma ponte.

— Edmund era meu amigo mais próximo, e Alice... bem... se as coisas tivessem se desenrolado de outra forma, ela poderia ter sido a *minha* esposa. Mas eu jamais poderia ter ficado no caminho da felicidade deles. Você é tudo que resta das duas pessoas que eu mais amei.

Fletcher fitou o rosto de Harold e viu seu sofrimento; talvez uma tristeza que ele mantivera escondida por um longo tempo, inclusive dos nobres que ele considerava seus amigos. Não era apropriado que um rei demonstrasse as próprias emoções.

Fletcher sempre o imaginara como uma figura calculista e indômita. Em vez disso, acabara encontrando um homem de bom coração, dono de um profundo senso de moralidade, que se via absolutamente sozinho e impotente para fazer as mudanças com as quais sonhava.

— Eu queria poder ajudar o senhor — afirmou Fletcher. — Posso enfrentá-los abertamente, enquanto o senhor faz o mesmo das sombras. Mas sou só um menino. Não há muito que eu possa fazer.

— Você é um Raleigh agora; pode fazer muitas coisas — discordou Harold, e o galho pelo qual andavam desembocou num grande cômodo oco no centro de um tronco particularmente largo. — A primeira das quais seria lançar seu voto como membro do conselho, um direito que conquistou ao vencer o Torneio. Os chefes de clãs élficos e os anciãos anões também estarão presentes. É a primeira vez que isso acontece na história dos nossos povos. Chegou a hora de solidificar a aliança de homens, anões e elfos, de uma vez por todas.

Fletcher engoliu em seco enquanto os dois atravessavam a entrada sombreada do tronco.

— E quando será isso?

— Agora mesmo.

15

Logo depois da entrada, havia dois elfos junto às paredes, barrando a passagem com suas espadas longas como lanças.

Fletcher as reconheceu de seu tempo de ferreiro como espadas falx, compostas de um cabo especialmente longo, que podia ser segurado com as duas mãos, e uma lâmina curva ainda mais longa, com a forma de meio-arco.

O fio de corte curvo dava à arma qualidades de machado, com o longo cabo oferecendo uma alavancagem adicional para golpes e aparos. Espadas temíveis, que, pelo Fletcher lembrava, eram a arma escolhida do povo élfico.

— Está tudo bem; deixem que entrem — disse Sylva, da escuridão adiante.

Ela saiu das sombras. Fletcher ficou surpreso ao ver que ela trazia a própria falx atada às costas, além de um arco flexível e uma aljava cheia. Os cabelos, geralmente soltos e livres, estavam agora amarrados numa única trança oleada que caía por sobre o ombro até o umbigo, com uma pedra de jade atada à ponta para dar-lhe peso.

O que mais chamou a atenção de Fletcher, porém, não foram as armas, mas a armadura lamelar que ela vestia. Era feita de centenas de pedaços retangulares de couro, cada um perfurado nos quatro cantos e atado aos outros em volta. Prendia-se bem justa ao corpo, flexionando e afrouxando com cada passo que Sylva dava na direção deles. Os braços e pernas eram protegidos por guardas de coxa, canela, ombro e antebraços, e o traje inteiro fora laqueado de forma a reluzir em verde-escuro.

— Bem, estamos aqui para um conselho de guerra. — Ela corou com um sorriso pesaroso ao ver a admiração de Fletcher.

Harold lhe lançou um aceno respeitoso de cabeça e seguiu adiante, atravessando a escuridão do corredor até alcançar um salão iluminado por tochas tremeluzentes. Sylva o seguiu sem olhar para trás.

O aposento era tão grande quanto o refeitório em Vocans, com um teto em domo e paredes completamente nuas, exceto pela entrada pela qual haviam passado e algumas dezenas de tochas. No centro havia uma grande mesa redonda de madeira polida, abrigando em seu meio um estranho objeto, coberto por um pano e da altura de um homem. A mesa estava cercada por cadeiras de espaldar alto, cada uma com um estandarte afixado acima. A maioria estava ocupada; algumas por homens e mulheres, outras por elfos e, perto de Fletcher, por anões. Todos se viraram para fitar os recém-chegados. Fletcher se encolheu sob os olhares.

— Fletcher, seu lugar é aqui — sussurrou uma voz familiar. O rosto de Otelo surgiu de trás de uma das cadeiras, a barba tosada contrastando com a fileira de anões grisalhos à direita. O anão sorriu quando o rosto de Fletcher se iluminou de alegria, mas então levou um dedo aos lábios.

Fletcher olhou para o assento ao lado de Otelo e se deparou com a insígnia azul e prata dos Raleigh logo acima. Era tão estranho subitamente ter uma história, até um brasão de família. Ele nunca se acostumaria; principalmente considerando a Mantícora estampada no centro. Sentou-se sem muita certeza enquanto Sylva e o rei Harold se dirigiam aos respectivos lugares.

Harold se postou à esquerda de Fletcher, entre Alfric, Zacarias e lady Faversham — os três com o cuidado de evitar o olhar do garoto. Havia quatro generais com enormes costeletas e densos bigodes em lugares próximos aos elfos. Sentavam-se com costas retas e olhavam para a frente, sem desviar o olhar.

Uma nobre de aparência aquilina que Fletcher não reconhecia assentiu com a cabeça para ele. Era corpulenta e tinha cabelos ruivos entremeados com prata. Ao lado dela, um nobre de pele escura completava o contingente humano. Ele só espiou Fletcher, os olhos cobertos por um capuz. Fletcher achava difícil acreditar que agora era tão bem-nascido quanto todos aqueles nobres, considerado um igual por eles.

E pensar que, apenas algumas horas antes, fora taxado como um reles assassino, condenado a uma morte brutal. Sentiu um calafrio de horror por todo o corpo e, dentro de si, a consciência de Ignácio estremeceu com seu desconforto.

Atena, por sua vez, não reagiu. Talvez o pai de Fletcher a tivesse treinado para não permitir que as próprias emoções nublassem as do demônio.

À direita estavam Otelo, Uhtred e cinco anões de cabelos brancos que se sentavam em silêncio pétreo, esperando o começo da reunião. Parecia que pai e filho tinham sido nomeados anciãos no ano que se passara, talvez pelas contribuições para aliança com Hominum ou pela alta estima que suscitavam junto aos pares.

Havia dez elfos, incluindo Sylva, que deveria estar representando o pai, chefe de clã. Todos eram altos elfos e só três não eram mulheres. Cada um vestia a mesma armadura pesada que Sylva, só que a coloração variava, combinando com os estandartes acima das cadeiras.

— Bem, agora que estamos todos aqui, vamos começar — anunciou rei Harold em voz alta e clara, enquanto batia com o punho na mesa para chamar atenção.

Fletcher ficou espantado com a mudança no homem. A voz adquirira um tom de força, e a autoridade do rei de repente pesava sobre o salão.

— Temos três problemas a resolver hoje. O primeiro e mais urgente é o problema do moral; entre os anões, humanos e elfos igualmente.

Ele apontou para Sylva e suavizou o tom.

— Vocês, elfos, adiaram nossa aliança por quase um ano, devido à fúria que sentiram com os ferimentos que Sylva sofreu no nosso Torneio de fim de ano, ainda por cima pelas mãos do filho de um membro do conselho. Essa animosidade continua, tanto junto aos elfos silvestres quanto junto aos altos elfos. Estou mentindo? — indagou o monarca.

— Não, tem toda razão — concordou Sylva. Ela se levantou e contemplou os outros chefes elfos. — Apesar de eu ter feito o possível para explicar que *todos* os estudantes foram submetidos ao mesmo risco.

— Sem dúvida — disse o rei, acenando para que ela voltasse ao assento. Sylva estreitou os olhos ao ver Zacarias e Alfric trocarem olhares entretidos, mas se sentou de volta. Harold era um ótimo ator.

— Quanto aos anões — continuou o rei —, os ataques terroristas dos Bigornas fomentaram muita hostilidade entre nossos povos. Tentei abrandar a raiva enânica revogando as leis de população e propriedade direcionadas aos anões, mas a atitude não teve muito efeito.

— De que nos serve permissão de possuir terra se os nobres não a vendem para nós? — indagou um dos anciãos anões com voz trêmula.

— Se eles são donos da terra, não cabe a mim decidir a quem devem vendê-la ou alugá-la — retrucou Harold. — A maioria dos nobres reluta em se desfazer das próprias terras mesmo na melhor das hipóteses. Não sou um tirano; eles podem proceder como preferirem.

— Já as leis de população são pouco úteis quando nossos homens estão fora, treinando — acrescentou Uhtred. — Menos bebês anões foram concebidos neste ano do que em qualquer outro.

Harold suspirou alto, depois seguiu em frente, ignorando-o.

— Os humanos têm seus próprios motivos para odiarem os elfos, depois da custosa guerra que nos obrigaram a enfrentar. Se a situação piorar, haverá brigas entre nossos soldados. Anões, humanos e elfos, lutando uns contra os outros. Um desastre que pode nos custar a guerra inteira. Concordam que isso é um problema grave?

Houve acenos de concordância ao redor da mesa.

— Fico feliz que sejamos capazes de concordar em alguma coisa — disse Harold, reclinando-se de volta na cadeira. — Os próximos dois problemas podem ser explicados melhor por outra pessoa. Lorde Forsyth, por favor.

Zacarias se levantou, virando-se para a entrada.

— Tragam o garoto! — gritou o lorde.

Houve um sibilar de lâminas sendo descruzadas; um rapaz de cabelos escuros cambaleou salão adentro. Ele estava magro como uma vassoura, de forma que as roupas pendiam de seu corpo, como velas de navio num dia sem vento. Seus olhos eram fundos, e o rapaz tinha um bronzeado escuro, como se tivesse trabalhado ao sol a vida inteira.

— Recém-foragido de um campo de prisioneiros órquico — afirmou Zacarias, trazendo o rapaz até a luz das tochas. — Tinha 14 anos ao se alistar, 15 ao ser capturado e 16 agora. Por dois anos, ele foi um dos escravos dos orcs, carregando lenha para fogueiras, pescando peixes, construindo monumentos, produzindo armas.

O rapaz evitou os olhares que o observavam, e ficou fitando os pés.

— Você era como um gremlin, só que maior, não era? — latiu Zacarias, fazendo o rapaz pular. — Vamos, desembuche.

O rapaz abriu a boca para falar, mas só conseguiu gaguejar sons incoerentes. Zacarias lhe acertou um tapa na nuca, e o menino se encolheu.

— E pensar que você já foi um dos Fúrias de Forsyth. Verme rastejante! Fale ou eu lhe dou uma surra!

O lorde ergueu a mão ameaçadoramente, e o rapaz falou, as palavras tropeçando na língua na pressa de sair, o sotaque forte e ordinário como Fletcher jamais ouvira.

— Tinha dez da gente que fazia os trabalho difícil quando os gremlin não conseguia, milorde. Eu mais nove. Mas tinha mais uma. Uma mulher. Nobre, eu acho. Mais velha também. Nunca que eu pude de dar uma boa olhada nela, os orc não deixava a gente chegar perto. Sempre faminta, ela tava. Nunca que disse de nada, nem quando eu passei coisa de comer pra ela. Ficou maluca, de tanto tempo sozinha. Mas as roupa era uniforme de oficial, das antigas. Assim que eu soube que ela é um de vocês.

Houve sussurros entre os nobres, até que a lady de cabelos ruivos se levantou e falou com uma voz suave e musical:

— Elizabete Cavendish. Só pode ser. Ela e seu demônio, um Periton, foram perdidos atrás das linhas inimigas há doze anos. Ofélia, poderia ser?

Lady Faversham ergueu o olhar, pois estivera profundamente imersa em pensamentos.

— Tem razão, Boadiceia. Não cheguei a ver Elizabete ser morta; foi o Periton que a lança atingiu. Ela pode estar viva, apesar de ter caído de uma grande altura. Só queria ter podido voar em seu socorro, mas os cavaleiros de Serpe estavam nos perseguindo. Talvez eles a tenham capturado. Torturado. Para descobrir nossos segredos.

— A mãe de Rufus — sussurrou Otelo.

Fletcher se lembrou do pequeno menino de cabelo castanho de Vocans que seguia Tarquin Forsyth como um cachorrinho perdido. A mãe dele, uma nobre, era considerada morta, enquanto o pai era um plebeu.

— Não podemos permitir que ela continue nas mãos dos orcs. Seria impróprio deixar uma das nossas lá fora. Ela era popular tanto com os plebeus quanto com os nobres, graças ao seu casamento com aquele servo. — Desdém escorria das palavras de Ofélia Faversham, que torceu o lábio. — Seria muito bom para o moral, e para os dois filhos dela, se a resgatássemos.

— Exato — concordou Harold. — Bem dito, Ofélia.

Uma elfa se levantou. Tinha um físico imponente, com um queixo forte e cabelo tão finamente trançado que as mechas pendiam em dreadlocks ao redor da cabeça.

— Esta nobre não é problema nosso. Reservem este assunto para sua própria reunião de conselho.

Seu sotaque era pesado, mas as palavras saíam com clareza.

— Por favor, chefe Cerva — implorou Harold. — Uma vitória para Hominum é uma vitória para todos. Não estamos nessa juntos?

Cerva o encarou de volta, nada impressionada.

— Não vamos arriscar vidas élficas numa missão de resgate imprudente, se é isso que você tem a nos pedir — declarou.

— Não é nada do tipo, eu lhe garanto. Por favor, permita-nos apresentar nosso plano e, se depois você estiver insatisfeita, vamos esclarecer suas dúvidas.

Cerva voltou ao lugar, mas manteve os braços cruzados.

Harold fez uma pausa, para permitir que o silêncio recaísse sobre o aposento.

— Nosso próximo problema é talvez o mais chocante. Algo novo. Algo que pode significar a ruína para todos nós, aliados ou não. Lorde Raleigh, você faria a gentileza de remover o pano do recipiente ali?

Levou alguns momentos para Fletcher perceber que Harold falava com ele. Lorde Raleigh. Será que ele se acostumaria com aquilo algum dia? Fitou o objeto por um momento, depois, percebendo que não teria opção, subiu à mesa.

A madeira rangeu com o peso, e houve um murmúrio de reclamação de um dos elfos, mas ele finalmente alcançou o cilindro coberto pelo pano. Fletcher agarrou o tecido e o puxou, ouvindo um barulho de água balançando quando a base do cilindro se moveu. Não sabia o que esperava ver, mas os gritos de nojo no salão ecoaram os dele.

Havia uma criatura ali dentro.

16

Ela estava suspensa num líquido esverdeado que ainda balançava. Fora colocada dentro do recipiente para preservar a carne, e um furo irregular podia ser visto no centro do peito magrelo.

— O que é isso? — perguntou Cerva, com voz marcada por um misto de horror e curiosidade. — Algum tipo de demônio?

— Não — respondeu Harold com gravidade. — Não é um demônio. É uma aberração, uma monstruosidade. Uma estranha mistura de orc e gremlin, criada por alguma desconhecida arte das trevas.

Fletcher examinou a criatura. Parecia um pouco com um gremlin, pois tinha as mesmas orelhas triangulares e caídas, nariz alongado e olhos bulbosos. Os dedos também eram longos e ágeis como os de um gremlin, com uma corcunda semelhante, porém menos pronunciada. Vestia até uma tanga de trapo do mesmo tipo.

Porém, era grande demais, da altura entre a de um humano e a de um anão. A boca estava cheia de afiados dentes amarelos, e havia um par de grossos caninos na mandíbula inferior que lembrava Fletcher das presas de um jovem orc. O físico era mais esbelto, mas os fortes músculos nos membros não deixavam dúvida de que a criatura era uma ágil lutadora. A pele do cadáver, cinzenta como a de um orc ou gremlin, enrugara um pouco após a imersão no líquido.

— Nós o chamamos de goblins, e eles estão sendo criados aos milhar... — começou o rei, apenas para ser interrompido por Uhtred.

— Milhares? — gritou o anão. — Mal somos capazes de conter os orcs com as coisas como estão. Números eram a nossa maior vantagem!

— Que armas usam esses goblins? — indagou Sylva, saltando sobre a mesa para estudar a criatura mais de perto.

— As mesmas que os orcs, até onde sabemos — respondeu o rei Harold. — Clavas cravejadas com vidro vulcânico, dardos, escudos de couro cru, lanças com ponta de pedra, esse tipo de coisa. Como Uhtred disse, são os números que nos preocupam. Mesmo contando com tropas enânicas e élficas, pode ser que eles já nos superem em número.

— E como vocês os descobriram? — perguntou Fletcher, com o rosto corando. Harold, porém, o respondeu de pronto:

— O rapaz. Menino, qual é seu nome? — inquiriu Harold, estalando os dedos. Fletcher ficou momentaneamente chocado com a grosseria do rei, mas então percebeu que ele ainda interpretava um papel.

— Mason, milorde — murmurou o rapaz.

— Mason aqui trouxe o corpo consigo. Ele matou um deles durante a escapada. Você é um rapaz inteligente, não é, Mason?

— Se Vossa Majestade diz — respondeu Mason, baixando a cabeça em respeito.

— Mason nos conta que os viu chocando de ovos, por incrível que pareça, nas profundezas das cavernas órquicas na selva. Este que vocês veem está completamente crescido, um dos primeiros espécimes. Desprovido de sexo debaixo daquela tanga.

— E quantos desses espécimes iniciais existem? — perguntou Uhtred, virando-se para Mason.

— Num sei dizer com certeza, com seu perdão, senhor. Talvez umas centenas — respondeu Mason, depois de alguns momentos de reflexão. — Eles fica escondido debaixo da terra a maior parte do tempo, cuidando dos ovo e coisa e tal. Os ovo deve ficar chocando um tempão, porque os goblin saem crescidos deles. Alguns ovo devia ter vários anos, pela poeira e lama neles. Depois que essa leva chocar, não deve ter outra por muito tempo.

— Bem, isso pelo menos já é alguma coisa — comentou Uhtred.

— De fato — assentiu Harold. — O que me traz à próxima parte da nossa reunião. Esses ovos devem ser destruídos. Lady Cavendish deve ser resgatada. Nossos povos devem ser unificados e o moral, melhorado. A pergunta é: como?

— Deixando de lado o problema do moral, não podemos articular um ataque direto contra os orcs — afirmou Cerva, enquanto Sylva se descia da mesa.

Fletcher seguiu o exemplo da elfa, feliz em se afastar do cadáver em conserva. Cerva não esperou que ele se sentasse antes de prosseguir:

— Vocês precisam de campo aberto para os mosquetes dos seus soldados, e os orcs estariam lutando no próprio território. Seria um massacre.

— Eu concordo — declarou um dos generais. — Lady Faversham, seus conjuradores alados não poderiam montar uma investida?

Ofélia se virou para o general e lhe lançou um olhar gélido.

— Mason nos conta que foi mantido nas profundezas da selva. Só escapou quando foi carregado por um rio, usando o cadáver do goblin como boia. Não é mesmo, garoto? — Ela mal esperou o rapaz concordar com um aceno de cabeça antes de continuar: — Tão longe assim, o Corpo Celeste seria avistado antes mesmo de passar da metade do caminho, e os xamãs voariam em suas Serpes para nos enfrentar. A força aérea deles é maior que a nossa, apesar de sermos mais rápidos. Mesmo que conseguíssemos alcançar o alvo, poderíamos apenas pousar no local por alguns minutos, depois sair voando de novo antes que os xamãs orcs mobilizassem suas Serpes e nos alcançassem. Só que isso não seria nem de perto tempo suficiente para vasculhar as cavernas, destruir várias centenas de ovos de goblin e libertar uma prisioneira, especialmente com metade dos orcs alertados à nossa presença.

À menção dos cavaleiros de Serpe, Fletcher rememorou uma das longas e tediosas aulas de demonologia com o major Goodwin, na qual aprendeu sobre elas pela primeira vez. Eram enormes criaturas escamosas, com duas pernas poderosas, asas de morcego, uma longa cauda com espinhos e uma cabeça crocodiliana com chifres. De nível 15, eram consideradas os demônios mais poderosos no arsenal dos orcs, uma exceção a crença de que os demônios de xamãs orcs eram geralmente mais fracos que os de Hominum. Havia apenas uma dúzia delas, mais ou menos, mas nem mesmo os Alicórnios, Hipogrifos, Peritons e Grifos de Hominum eram páreos para as temíveis feras.

Pela primeira vez, o velho rei Alfric falou. Fletcher se controlou e tentou não encarar com raiva o homem que havia tentado matá-lo.

— Minha cara prima tem razão — afirmou ele, acenando com a cabeça para Ofélia. — Se perdermos o Corpo Celeste, perderemos nossa única defesa aérea. Então os cavaleiros de Serpe poderiam nos aterrorizar livremente sem o grupo para afastá-los caso invadissem Hominum.

— Então essa não é uma opção — disse Harold, apesar de empregar um tom que sugeria que ele já sabia daquilo. — Mas tenho uma solução. Um plano arriscado, que exigirá uma decisão unânime. Proponho mandarmos quatro equipes de formados de Vocans para atrás das linhas inimigas, resgatar lady Cavendish e destruir os ovos de goblin. Como magos de batalha, eles serão poderosos o bastante para se defender com eficácia, além de estar ao mesmo tempo em número suficientemente pequeno para atravessar a selva despercebidos. Não podemos arriscar nossos oficiais experientes; os soldados precisam da liderança deles nas linhas de frente.

Harold fez uma pausa para observar as reações do conselho, mas, dessa vez, o silêncio foi de surpresa em vez de desinteresse. A mente de Fletcher entrou em ação, contemplando o plano. Poderia dar certo, sim; mas era muito, muito perigoso.

Ele já fazia uma ideia de quem seria mandado nessa missão fatídica; um chute de Otelo por baixo da mesa lhe disse que ele não era o único. Cruzou olhares com Sylva do outro lado do salão. Ela o fitou impassível, mas Fletcher percebeu que os músculos da mandíbula da elfa estavam tensos.

— Cada grupo terá um guia designado — continuou Harold alegremente. — E, uma vez que tiverem completado a missão e saído das cavernas, o Corpo Celeste os trará de volta.

Mais uma vez, silêncio. O discurso cuidadosamente ensaiado de Harold não estava obtendo o efeito desejado.

— Mas isso não é tudo — insistiu o rei. — Poderemos unir nossos três povos em prol de um propósito comum. Lorde Forsyth, por favor.

Zacarias se levantou e tirou um objeto do bolso, erguendo-o à luz das tochas para que todos pudessem ver. Era um cristal roxo, cuidadosamente polido e lapidado numa gema plana e redonda.

— Cristal de coríndon. Pedras de visão, medidores de realização e pedras de carregamento são todas feitas com eles. Até algumas semanas atrás, era um dos materiais mais raros e caros de Hominum. Só que não mais.

Zacarias jogou o cristal na mesa, como se não valesse nada.

— O Triunvirato investiu em operações de mineração para suplementar as reservas limitadas de enxofre em Hominum, o ingrediente chave para a pólvora. Em vez disso, nos deparamos com um enorme depósito de coríndon. Grande o bastante para colocar cristais de visão em todos os quarteis, tavernas e prefeituras do país e ainda sobrar.

Se ele esperava alguma reação da mesa, ficou decepcionado, pois só recebeu olhares inexpressivos.

— Parabéns — comentou Sylva, com um leve toque de sarcasmo.

— Vocês não entendem o que isso significa?! — exclamou Ofélia, surpresa com a falta de interesse. — Todos os habitantes de Hominum poderão usar os cristais de visão para descobrir o que está acontecendo nas linhas de frente. Pode ser um enorme reforço ao moral.

— Sim, do ponto de vista de apenas um demônio para cada cristal — apontou Otelo. — E não poderiam ouvir nem uma palavra; só o dono do demônio seria capaz.

— Mas veriam soldados elfos, anões e humanos lutando lado a lado — observou Uhtred, interessando-se pela ideia.

— Mas isso só vai ajudar a longo prazo — argumentou Cerva. — Os soldados elfos e anões só chegarão às linhas de frente daqui a algumas semanas. Precisamos resolver as tensões raciais antes que eles cheguem. Caso contrário, haverá rixas entre nossos soldados, escutem o que eu digo. Uma simples briga de taverna poderia acabar descambando para guerra racial declarada.

— Bem, essa é a segunda parte do meu plano — retrucou Harold, levantando-se num salto e dirigindo-se à mesa inteira. — A missão aconteceria *antes* da chegada dessas tropas e seria transmitida igualmente para humanos, elfos e anões por meio das pedras de visão do Triunvirato, generosamente oferecidas por lorde Forsyth. Acima de tudo, com anões e elfos formados, nossos povos verão que estamos nessa juntos, e que os orcs são o verdadeiro inimigo.

Harold fez outra pausa, deixando que as palavras fizessem efeito.

Fletcher considerou o plano. *Era* arriscado e poderia fazer mais mal que bem. Não havia garantias de que as diferentes raças se entenderiam durante a missão; ele pensou em toda rivalidade racial que já tinha acontecido em Vocans. Um só deslize e poderiam acabar com tumultos nas ruas.

— Nossas três raças são galhos da mesma árvore — afirmou Harold, fitando com sinceridade cada pessoa na mesa. — Este poderia ser o começo de uma nova era, na qual humano, anão e elfo poderão viver em paz, lado a lado. Nunca antes tivemos uma oportunidade assim. Vamos agarrá-la, juntos!

— Eu tenho uma pergunta — disse Sylva, erguendo a mão. — Quem são esses formados que você mencionou? A única conjuradora elfa... sou eu.

— Sim, bem... isso é parte do motivo pelo qual juntei todos vocês aqui. — Harold tossiu, a bravata substituída por súbito constrangimento, a máscara caindo por um breve momento. — Estamos no comecinho do processo de diversificação em Vocans. Você é a única elfa formada, e Otelo, o único anão.

— Entendo — respondeu Sylva em um tom pensativo, enquanto considerava cuidadosamente o que o rei tinha dito.

— Precisaríamos tanto de você quanto de Otelo na missão — prosseguiu Harold. — Lorde Raleigh seria outro candidato; suas raízes plebeias e herança nobre apelariam ao povo de Hominum. Também seria o mais justo; um membro de cada um dos nossos respectivos conselhos. Também permitiríamos que um voluntário primeiranista se juntasse a cada equipe. Minha esperança é de que Átila e Cress, os dois primeiranistas anões, façam justamente isso.

O silêncio pesou denso no salão. Então os sussurros começaram, conforme os anões se juntaram para discutir a proposta. Houve balançar de cabeças. Do outro lado da mesa, Fletcher ouviu resmungos irritados de Cerva.

— Se a missão falhar, fará mais mal que bem — grunhiu ela, segurando o antebraço de Sylva. — Já é uma missão arriscada, e seu pai jamais nos perdoaria se a filha única morresse.

Fletcher fitou Harold. Suor escorria pela têmpora do rei, colando os cabelos dourados na testa em cachos encharcados. O monarca voltou os olhos para Fletcher e deu o mais leve dos acenos de cabeça.

Era hora de se levantar e falar. Mas seria a manobra correta? Tudo que ele sabia era que a aliança estava desmoronando, e o ódio entre as raças estava perto de entrar em ebulição. Se nada fosse feito, mais cedo ou mais tarde tudo sairia completamente de controle. Mais um ataque dos Bigornas, mais uma discussão exaltada, até mesmo um comentário racista poderia ser o estopim. Às vezes, não fazer nada era a atitude mais arriscada.

— Eu vou — declarou uma voz, cortando o debate sussurrado. — Fletcher levou um momento para perceber que a voz era a própria. Engoliu em seco enquanto todos os olhos se voltaram novamente para ele.

— Não tenho medo — continuou. Levantou-se e apoiou os punhos cerrados na mesa. — Hominum não fugirá à luta.

Ele *estava* com medo, mas sabia que tinha dito as palavras certas assim que elas deixaram sua boca. Cerva se eriçou com a acusação implícita.

— Os elfos também não têm medo — retrucou ela, erguendo o queixo. — Sylva é a melhor de nós. Não posso falar por ela, mas os clãs vão apoiar qualquer decisão que tome.

Sylva se levantou para encarar Fletcher, contemplando-o com uma expressão fria e calculista que deixou claro que ela não tomaria aquela decisão com base na amizade entre eles. Fletcher encarou de volta, tentando transmitir uma confiança que não sentia.

— Os anões não o deixarão na mão. — Fletcher respirou aliviado ao ouvir as palavras grunhidas por Otelo à sua direita. — Se o povo de Hominum quiser ver como um anão enfrenta os orcs, ficarei feliz em oferecer uma demonstração.

Uhtred puxou a manga do filho, mas era tarde demais; as palavras já tinham sido ditas. Otelo lançou um aceno de cabeça para Fletcher, que segurou o pulso do amigo em gratidão.

— De acordo — declarou um dos anciãos anões de barba branca, depois de uma rápida olhada aos outros.

Sylva parecia inabalada, o olhar dardejando entre Zacarias Forsyth, Ofélia Faversham e o velho rei Alfric. O gesto lançou uma sombra de dúvida sobre o coração de Fletcher. De quem seria de fato aquele plano? Algumas coisas não faziam sentido. Por que lorde Forsyth distribuiria todos aqueles cristais preciosos de graça, quando geralmente só se importava com lucro? Não dava a mínima para a união das raças: os anões eram seus principais concorrentes na indústria armamentista, e uma guerra com os elfos significaria demanda contínua por armas na frente norte.

Mais estranho ainda era que Ofélia parecia apoiar a decisão, apesar de estar tão envolvida na indústria de armas quanto Zacarias. Talvez eles finalmente tivessem compreendido como uma guerra racial seria perigosa para a segurança de Hominum.

Enquanto Fletcher tentava entender o comportamento bizarro dos nobres, Sylva finalmente decidiu:

— Então que assim seja.

17

— Não vou fazer isso — disse Fletcher, enquanto a capitã Lovett se inclinava da sela e o puxava para trás de si.

— Tarde demais. — Ela riu, pegando as mãos de Fletcher e as colocando em volta da cintura.

Era a manhã seguinte, e eles estavam num largo galho de árvore, com Lisandro arranhando a casca sob as garras, pronto para decolar. Antes, Fletcher não tinha se importado muito com a altitude, mas agora que sabia que voaria sobre tudo aquilo, o chão lhe parecia muito distante.

Os outros pilotos e passageiros estavam abaixo deles, incluindo Arcturo, prontos para o longo voo para Vocans, onde assistiriam ao Torneio. Viu Sylva entre os outros, a única elfa num mar de humanos e anões idosos. Sentiu-se ansioso quanto ao que tinha acontecido entre eles durante a reunião de conselho, mas não falara com ela desde então, tendo sido conduzido diretamente ao dormitório por um impaciente servo elfo, passado por uma noite de sono intranquilo e, em seguida, acordado por Lovett de manhã.

Sylva sempre colocava o próprio povo antes da amizade dos dois, e a memória da tentativa de aliança dela com os gêmeos Forsyth surgiu a contragosto na mente de Fletcher. Mal poderia culpá-la por ter agido dessa forma, mas, ainda assim, a lembrança de suas prioridades na reunião de conselho lhe causava um aperto no coração.

— Você tem certeza de que não se incomoda em me levar de volta a Pelego, primeiro? — perguntou Fletcher, tentando não olhar para baixo.

— É claro. Cá entre nós, não gosto de passar meu tempo com o Corpo Celestial, por mais que ainda seja membro. — respondeu Lovett, olhando para trás. — Foi por isso que me voluntariei para dar aula em Vocans. Ofélia Faversham é a cabo mais desagradável que já me comandou; apesar de ela preferir o título de Lady, pois acha que a patente soa muito masculina. Eu fico sou *capitão*, porém, então não tenha nenhuma ideia engraçadinha!

— Eu sou um capitão também, sabia — resmungou Fletcher, tentando se concentrar no retângulo das costas de Lovett. — Venci o Torneio, afinal.

— Eu tinha me esquecido disso! — riu Lovett. Fletcher sorriu, pois jamais ouvira a risada dela antes. Sua voz, sempre tão determinada, ficava calorosa e convidativa.

— Eu acho...

Só que Fletcher nunca chegou a lhe dizer o que pensava, pois Lisandro se lançou para cima e o mundo se transformou num borrão de verde e marrom. O Grifo investia e ziguezagueava por entre os galhos, e Fletcher sentiu o estômago mergulhar no vazio, depois dar uma cambalhota. Lovett deu vivas de alegria incontida, urgindo Lisandro a voar ainda mais rápido.

Com algumas últimas batidas das poderosas asas, o Grifo irrompeu da folhagem no topo, grossas folhas esbranquiçadas que lhes açoitavam o rosto. Então estavam livres no céu da alvorada, com o sol matinal pálido, mas morno, na pele de Fletcher.

Ao longe se erguiam as montanhas Dente de Urso, com picos pontiagudos que arranhavam o céu, como as presas que os tinham batizado. Apesar da subida violenta, Fletcher sentiu uma calma súbita dominá-lo. Um mar de verde se estendia abaixo deles; as copas das árvores ondulavam ao roçar da brisa, acompanhadas pelo suave ranger dos galhos. Era uma visão de tirar o fôlego.

— Nunca me canso de voar! — exclamou Lovett, acariciando o pescoço de Lisandro. — Como vão as coisas aí atrás?

Fletcher contemplou a paisagem ao redor. Mesmo ao espiar pela janela do quarto em Vocans, jamais estivera tão alto ou visto tanto do mundo em que vivia.

— *Eu* também nunca me cansaria — concordou Fletcher, reclinando-se na sela. O medo tinha desaparecido, substituído por um desejo súbito de se mover, pular, sentir alguma coisa, qualquer coisa. Estava vivo e livre, enfim sem amarra alguma.

Queria conjurar Ignácio para que ele também pudesse compartilhar aquele momento. Mas era arriscado; mal havia espaço na sela. Porém, havia outra que poderia juntar-se a ele no seu primeiro voo, e, assim, Fletcher apontou a mão para o ar. A palma teve um clarão de dor quando o pentagrama brilhou em roxo, e logo em seguida Atena surgiu no mundo com um ronronar de puro deleite, esvoaçando ao redor de Lovett e Fletcher numa mancha branca e marrom. Quando Lisandro olhou para trás a fim de conferir a recém-chegada, ela recuperou a compostura, pousou no ombro do mestre e o fitou serenamente. Fletcher estendeu a mão para acariciá-la, e sentiu uma pontada de ciúmes de Ignácio. A emoção foi escondida tão rapidamente quanto apareceu, mas Fletcher baixou a mão.

— Eu me lembro bem de Atena — comentou Lovett, sobriamente. — Fui estudante em Vocans com seus pais, Fletcher. Claro, eles eram muito mais velhos que eu. Você precisa saber que eram boas pessoas. Edmund e Alice sempre foram gentis comigo e tomaram conta de mim, já que eu era a mais jovem da academia. Arcturo fez o mesmo, é claro.

— Arcturo conheceu meus pais? — indagou Fletcher.

— Conheceu. Foi o primeiro plebeu a frequentar Vocans. Edmund, Alice e eu fomos os únicos que o aceitaram de verdade.

— Ele pode estar desapontado, agora que sabe que eu não sou seu meio-irmão — comentou Fletcher, o humor enveredando por um caminho mais sombrio. Ele sempre soubera que podia contar com Arcturo para o que desse e viesse, como faria qualquer irmão mais velho. Será que Arcturo ainda se importaria com ele, agora que sabia a verdade?

— Acho que ele gostará ainda mais de você assim — assegurou-lhe Lovett, olhando para trás. — Seus pais morreram só dois anos depois de terem se formado, e Arcturo sofreu muito com a tragédia. Ele arranjou aquela cicatriz caçando os orcs que os mataram.

— Eu não sabia disso — observou Fletcher, contemplando as próprias mãos. Sentiu uma mordidinha afetuosa na orelha quando Atena tentou animá-lo. Penas roçavam a nuca do rapaz conforme a Griforuja se esfregava nele. Era reconfortante pensar que ela teria feito o mesmo com seu pai, muito tempo antes. Era sua única conexão com o próprio passado.

A determinação dele se fortaleceu, e Fletcher se voltou à tarefa imediata. Sir Caulder e Berdon gostariam de saber que ele estava bem.

— Leve-nos a Pelego, capitã — disse Fletcher, agarrando-se à sela e apontando o pico mais alto do Dente de Urso. — Vamos ver o quão rápido este grifo pode voar.

Enquanto eles desciam numa espiral, Fletcher ficou surpreso ao ver novas estruturas construídas fora dos portões de Pelego. Cabanas improvisadas espalhadas como pedregulhos jogados, construídas de qualquer jeito, com barro, palha e galhos esparsos. Havia uma área aberta no centro, onde um grupo de homens e mulheres se reuniam. Fletcher notou o vulto imponente de Berdon à frente, com Sir Caulder ao lado. Diante deles havia uma linha dos guardas de Didric, cujos uniformes amarelos e pretos contrastavam com o solo lamacento.

— Pouse ali — gritou Fletcher, apontando entre os dois grupos.

Ao se aproximarem da multidão, ele ouviu gritos de raiva; viu forcados, tijolos e pás erguidas. A situação estava tensa, e eles iam chegar bem no ápice da encrenca.

Lisandro aterrissou num espirro de lama, sujando os guardas mais próximos. Fletcher saltou para o chão, deixando que Lovett decolasse para circular acima. O olhar determinado da conjuradora não deixou dúvidas de que lado escolhia. Atena seguiu no rastro dela, pronta para mergulhar ao primeiro sinal de problemas.

— Lorde Raleigh — gritou um dos guardas. — Eu respeitosamente peço que o senhor se afaste. Estamos aqui seguindo as ordens de lorde Cavell. Esses posseiros devem imediatamente deixar as terras dele.

Fletcher o ignorou e se aproximou de Berdon e Sir Caulder. Ergueu a palma, e Ignácio se materializou ao seu lado, cuspindo uma pluma de chamas como advertência enquanto os guardas, nervosos, começavam a levantar os mosquetes.

— O que está acontecendo? — indagou o garoto, desejando ter o khopesh consigo.

— Estão tentando nos expulsar — respondeu Berdon. — Esse é nosso assentamento.

— E não vamos sair daqui — berrou uma das mulheres na multidão. — Não vão tomar nossos lares uma segunda vez.

Houve uma explosão de apoio daqueles ao redor, e a multidão investiu adiante, parando logo atrás dos braços de Berdon. Fletcher a reconheceu como Janet, a coureira que fizera sua jaqueta.

— Quase todo mundo em Pelego está vivendo neste assentamento desde que Didric e o pai cobraram as dívidas para construir a prisão — explicou Berdon a Fletcher, sob o olhar dos outros. — Só que estas terras foram concedidas a Didric quando foi feito nobre, e ele vem tentando nos expulsar daqui desde então.

— Eu não fazia ideia — murmurou Fletcher, balançando a cabeça de desgosto.

— Isso não vai acabar nada bem — grunhiu Sir Caulder, desembainhando a espada e apontando contra o aldeão furioso mais próximo. — Aqueles guardas vão começar a atirar a qualquer momento. Berdon me diz que esta é a primeira vez que eles trazem os mosquetes.

— Sim, filho, acho que isso é a vingança por tê-lo vencido no julgamento — concordou Berdon, em seguida olhando por cima do ombro. — Não vou conseguir contê-los por muito tempo.

Fletcher fitou os soldados que se aproximavam. Aquele problema era sua culpa; então ele teria que resolvê-lo. Mas como?

As cabanas ao redor não passavam de barracos imundos, abrigando os aldeões paupérrimos que não tinham como comprar materiais de construção de verdade. Não havia um poço de água nem muros para afastar lobos e ladrões. Os aldeões em si vestiam trapos sujos e esfarrapados, e tinham os rostos cobertos de fuligem. Até mesmo Berdon estava malvestido, e Fletcher via que ele inclusive perdera peso; seu físico outrora parrudo agora se tornara músculo magro e definido.

Era a isso que Didric os reduzira; transformara caçadores e artesãos antes orgulhosos em um bando de vagabundos morando em barracos. E agora, quando a última coisa que lhes restava era um teto, Didric queria lhes tomar até mesmo isso.

— Ele vai pagar por isso — sussurrou Fletcher, enquanto uma pedra voava por sobre a própria cabeça. Ela pousou a um metro dos guardas, mas, subitamente, os mosquetes estavam erguidos, e os dedos, nos gatilhos.

— Eles não podem matar todos nós, rapazes — berrou Janet de novo. — Nossas casas são tudo que nos resta!

— Elas não valem as suas mortes! — gritou Fletcher. Os gritos da multidão se reduziram a murmúrios enquanto eles voltavam seus olhares para ele.

— Nós não temos mais nada — retrucou Janet, franzindo os lábios e cuspindo para demonstrar o desprezo. — Sem estes "lares" nós teremos que mendigar nas ruas de Boreas, isso se os Pinkertons não nos expulsarem primeiro. Metade de nós terá morrido de frio antes do fim do ano.

As palavras afetaram Fletcher com força. Era tão fácil pensar que eles poderiam reconstruir as vidas deles, encontrar empregos em outros lugares. Porém, ele ainda se lembrava daquela noite fatídica dois anos antes, quando ele mesmo fora forçado a abandonar Pelego. O medo, a dúvida. Mesmo assim, ele tivera dinheiro, roupas, armas. Essas pessoas não tinham nada. Ele queria poder ajudá-las, mas não tinha praticamente nada para lhes dar.

— O gato comeu sua língua, foi, *lorde* Raleigh? — zombou Janet. — Sim, a gente sabe tudo sobre a sua ascendência agora. Desça do pedestal e saia da frente. É aqui que faremos nossa resistência final. Não temos mais para onde ir.

Mas eles tinham. Fletcher se tocou da solução, como um facho de luz do sol irrompendo das nuvens. Seria trabalho duro, e ele não estaria lá para ajudá-los. Mas Fletcher tinha uma dívida para com aqueles aldeões. Uma dívida para com Berdon.

— Esperem! Têm um lugar aonde poderiam ir! — gritou Fletcher. Ignácio rosnou quando os guardas deram um passo à frente. — Raleighshire. Vocês podem construir um novo assentamento lá.

Fez-se silêncio, rompido apenas pelo tilintar do metal nos uniformes dos guardas.

— Há vilas abandonadas. Terras para caçar, rios para pescar. É quente, na fronteira da selva. Vocês podem reconstruir. Começar de novo. — Fletcher falava depressa, pois Ignácio soltou mais um latido de advertência quando os guardas deram mais outro passo.

— Você acha que a gente ficaria mais seguro perto da selva? Com saqueadores orcs atravessando a fronteira todo dia, massacrando quem estiver no caminho? Prefiro correr o risco do aqui e do agora — sibilou Janet.

— Vocês me conhecem, todos vocês — declarou Fletcher, dirigindo-se à multidão. — Serei o lorde e senhor das terras onde vocês viverão. Juro que farei todo o possível para manter todos sãos e salvos quando eu voltar para lá.

Ignácio escalou a perna do mestre e subiu até seu ombro. Fletcher puxou Berdon e Sir Caulder pelos braços. Era hora de mudar de tática.

— Vocês podem morrer aqui, como tolos teimosos — afirmou, caminhando até a multidão. — Ou podem nos seguir para uma nova vida. A escolha é de vocês.

Fletcher abriu caminho pela turba, afastando-se dos soldados. Ele sentiu os olhares ao esbarrar nos outros e torceu para que não vissem sua nuca corando de medo. Será que dera certo?

Berdon falou bem alto, no seu barítono profundo, conforme os três se separavam da aglomeração.

— Aqueles que virão conosco, peguem suas coisas e me encontrem à margem do acampamento. Levem só o que puderem carregar, pois a estrada será longa. O resto de vocês, nos vemos no além.

Fletcher, Berdon e Sir Caulder seguiram em frente, sem olhar para trás. Ouviram o esguicho de passos na lama atrás deles, mas, se eram mais do que alguns poucos gatos pingados, Fletcher não sabia dizer.

— Quantos deles estão nos seguindo? — sussurrou Sir Caulder do canto da boca, grunhindo com o esforço de caminhar com a perna de pau na lama.

— Não faço ideia — murmurou Berdon de volta. — Não olhe. Dê a eles mais alguns minutos.

Os três continuaram caminhando, passando pelos últimos barracos, até alcançarem a trilha montanhosa que descia da vila. Não houve tiros, mas eles continuaram virados para a frente, contemplando os vales abaixo. O sol ainda se erguia ao longe, banhando as copas das árvores em luz dourada.

— Se o senhor não se incomodar, eu gostaria de ir com o amigo Berdon aqui de volta a Raleighshire — disse Sir Caulder em um tom de insegurança, pouco mais que um suspiro. — É lá que é o meu lugar, e não acho que estarei seguro em Vocans depois de tudo o que falei no julgamento.

— E será muito bem-vindo, é claro. Sabe, não tive uma chance de lhe agradecer. Você correu um grande risco, contando aquela história — disse Fletcher.

— Não há de quê, meu caro rapaz. Era meu dever. Fico feliz de ter sido capaz de salvá-lo, mesmo depois de ter falhado com seus pais há tantos anos. Você pode me perdoar? — A voz dele fraquejou, e Fletcher se lembrou de que, mesmo sendo um guerreiro habilidoso, Sir Caulder era um homem idoso, próximo ao fim dos seus anos. Ele poderia imaginar como a culpa fora terrível, mantida oculta por tanto tempo.

— Não há nada a perdoar. O passado ficou para trás — respondeu Fletcher. — Vou me concentrar na família e nos amigos que ainda me restam, incluindo você.

Ele fez uma pausa e se virou para Berdon, que encarava a alvorada e ignorava os olhos do rapaz.

— Você sabe que ainda é meu pai, né?

Berdon fechou os olhos e sorriu, e a tensão sumiu dos ombros dele.

— Há coisas que eu terei que fazer em breve — continuou Fletcher, passando o braço pelas costas largas de Berdon. — Coisas que me levarão para longe de você. Mas eu prometo que voltarei para casa. Podemos fundar a nova vila juntos, longe do buraco que isso aqui se tornou.

— Vou cobrar essa promessa, filho — respondeu Berdon, envolvendo Fletcher num abraço de urso que fez as costelas do rapaz estalarem.

Uma tossida constrangida soou atrás deles, e Fletcher espiou sobre o ombro de Berdon, deparando-se com um monte de gente parada ali, as posses empilhadas bem alto em carrinhos de mão e uma única carroça bamba. Janet saiu do grupo, o rosto brevemente obscurecido pela sombra de Lisandro quando o Grifo passou por ali.

— Bem, você nos convenceu. Agora parem com essa chorumela sentimental e nos diga como chegar lá.

18

Os demônios de Fletcher se ignoraram mutuamente durante o voo até Vocans, apesar de estarem a centímetros de distância; Atena no ombro, Ignácio no pescoço. Não era que não gostassem um do outro. Fletcher percebia que se tratava de uma sensação estranha de incerteza, amplificada pela competitividade.

A jornada foi silenciosa, com poucas palavras entre ele e Lovett, até porque seria difícil conversar com o vento carregando para longe as poucas frases que eles tentaram trocar. Fletcher fez um esforço de não ficar remoendo em sua cabeça os eventos dos últimos dias, pois eles o tinham perturbado profundamente e o deixado muito inseguro. Até os pensamentos sobre Berdon eram agridoces, pois a reunião fora curta, e a despedida, tão dolorosa quanto a primeira separação.

Assim sendo, Fletcher se ocupou em observar a terra abaixo, que corria do horizonte como uma lenta colcha de retalhos amarelos, marrons e verdes, entremeados com as linhas de azul e cinza dos rios e estradas que abriam caminho pelas planícies.

Já quase anoitecia quando o rapaz viu a sombria fachada de Vocans ao longe e, conforme desceram numa espiral até o pátio, percebeu como tinha sentido saudades do velho castelo desmoronante.

— É melhor você correr se quiser pegar o fim do Torneiro — comentou Lovett ao pousar, fazendo Fletcher sair em disparada até as portas. — Eu cuido de Lisandro. Pode seguir em frente.

— Obrigado pela viagem. Vejo você lá dentro — respondeu Fletcher. — Desculpa eu ter sido um passageiro tão calado.

Lovett gesticulou como se não fosse nada e acenou para que Fletcher se fosse.

— Não esquente com isso.

O rapaz seguiu correndo pelas portas duplas e se deparou com o átrio silencioso como um túmulo, de modo que seus passos ecoavam no vazio. Era estranho estar de volta. Havia se passado um ano, o ano mais longo de sua vida, mas ele se sentia como se tivesse andado por aqueles salões logo no dia anterior. De certa forma, sentia-se mais em casa em Vocans do que jamais se sentira em Pelego.

Curiosamente, ter tanto Ignácio quanto Atena nos ombros mal o atrapalhava, apesar da Griforuja aproveitar agora a oportunidade de esticar as asas e se lançar ao ar, pairando acima e mantendo vigia contra possíveis ameaças. Ignácio bocejou para ela, depois se embrulhou mais de perto no pescoço de Fletcher, como se para informar a Griforuja que ela estava perdendo seu tempo.

Logo Fletcher descia as escadas, seguindo pelo corredor de celas. Já ouvia o rugido da multidão reverberando pelas paredes rochosas, subindo e descendo conforme a batalha por supremacia era travada nas areias da arena. Ao se aproximar da entrada, Fletcher percebeu que deveria ser a rodada final, pois as celas estavam vazias, com todos os competidores, exceto os dois na arena, já eliminados do Torneio.

Sua entrada passou despercebida pelos espectadores, de tão concentrados que estavam nos eventos abaixo. Nobres, generais e servos entoavam juntos um mesmo nome, que Fletcher só entendeu ao entrar.

— Didric! Didric!

No calor sufocante da arena, dois vultos giravam em torno um do outro, atacando e se defendendo enquanto buscavam uma abertura. Não parecia haver demônios presentes, o que indicava que as regras da rodada final eram julgamento por combate, como a segunda rodada de Fletcher contra Malik tinha sido no próprio Torneiro.

Didric estava armado com uma longa rapieira com guarda em cesto, criada para esgrimir em vez de matar orcs. Os cabelos loiros estavam emplastrados na cabeça por conta do suor, e uma mancha de sangue seco coagulava nos lábios e queixo, os restos de um recém-estancado sangramento de nariz.

O rosto cicatrizado se contorcia num sorriso selvagem ao oponente, o corpo, outrora flácido agora esguio e rijo, estendendo-se e contraindo--se com a facilidade de um espadachim treinado.

O outro combatente era claramente um anão, com uma longa juba de cabelos ruivos que chicoteava o ar conforme os dois se esquivavam e contra-atacavam, uma das mãos segurando uma pulseira espinhosa como soqueira para golpear e aparar, a outra brandindo uma lâmina curta e larga com um cabo de osso entalhado. Fletcher reconheceu a arma como sendo um seax.

O anão deu alguns passos para trás contra uma saraivada súbita de ataques de Didric, então chutou o chão para lançar um borrifo de areia nos olhos dele. Quando Didric girou para ficar de costas, levando as mãos aos olhos, o anão aproveitou a oportunidade para se esquivar em direção a um espaço aberto na lateral, pois estivera sendo pressionado contra a parede da arena.

Fletcher ficou surpreso ao ver o queixo imberbe de uma anã de olhos tão verdes quanto os de Otelo, com um salpicar de sardas na ponte do nariz de botão. Ela não vestia véu como faziam outras anãs, mas Fletcher reconheceu a pulseira de espinhos na mão, um torque, o equivalente feminino à machadinha.

— Fletcher, aqui embaixo — gritou Otelo, e Fletcher viu o amigo acenando alguns degraus abaixo.

Fletcher desceu até Otelo e se sentou ao seu lado, sem nunca desviar os olhos dos dois oponentes enquanto Didric investia novamente, cuspindo palavras murmuradas. Fletcher não ouviu o que foi dito, mas percebeu pelo jeito como a garota arregalou os olhos que fora uma ofensa.

— Como ela se chama mesmo? — indagou Fletcher, enquanto ela aparava mais um golpe com o torque e brandia o seax em direção às pernas de Didric, forçando-o a pular, desajeitado, sobre a lâmina.

— Ela se chama Cress. Já deveria ter vencido essa disputa; Didric não foi treinado para esgrimir contra um adversário com dupla empunhadura. Vê o nariz dele? Ela o acertou na cara com o torque, mas Rook considerou um golpe não fatal. Típico. — Otelo apontou o juiz trajando preto no canto, com olhos cintilando de raiva enquanto o seax de Cress cortava o tecido da gola do uniforme de Didric, o pescoço só permanecendo intocado graças ao feitiço de barreira.

— Mas o que é isso? — berrou Otelo, a voz perdida em meio à multidão que vaiava a defesa tosca de Didric. — Um golpe no pescoço é fatal!

Rook balançou a cabeça e franziu os lábios. Apesar da óbvia torcida por Didric da parte do público quase inteiramente humano, vários vaiaram a decisão. Fletcher, percebendo a ausência de outros anões, cutucou Otelo.

— Cadê Átila? Na enfermaria?

— Não. Ele e Cress... vamos dizer apenas que não se dão bem. Depois de perder para Didric, ele saiu batendo o pé.

Abaixo, Cress golpeou contra o estômago de Didric, forçando-o a se curvar para a frente e escapar. Foi então que o torque avançou sibilando pelo ar, deixando marcas dos espetos no rosto dele e produzindo um estalo ressonante que Fletcher ouviu até acima dos gritos da multidão. Didric caiu como uma pedra, com braços e pernas esparramados no chão. Mesmo assim, Rook esperou dez longos segundos antes de finalmente assentir, provocando aplausos esparsos daqueles ao redor.

— Cress vence o Torneio! — declarou ele, batendo palmas duas vezes antes de deixar as mãos cair para os lados do corpo. Saltou para a arena quando Didric recuperou a consciência e ajudou o rapaz atordoado a se levantar. Cress, orgulhosa, limpou o rosto, parecendo não se incomodar com a falta de comemoração ao seu redor.

Claramente, os ataques dos Bigornas haviam cumprido sua missão. O sentimento antienânico parecia pior do que quando Fletcher chegara a Vocans. A maior parte do público já começava a se dispersar, desapontada que seu favorito tivesse perdido a batalha. Otelo balançou a cabeça conforme as arquibancadas começaram a se esvaziar. Era uma celebração pobre para uma vitória muito merecida.

— Fique atento; os gêmeos estão aqui — sussurrou Otelo.

Tarquin e Isadora subiam as escadas à frente de Fletcher e Otelo, com Didric, suado, a reboque. O trio parou alguns degraus abaixo, encarando os dois rivais.

— Mas que reunião de família tocante — zombou Didric, o que lhe rendeu um soco no braço, cortesia de Tarquin. Ele encarou de volta ao captar o olhar odioso de Fletcher, que precisou se controlar para não empurrar Didric de volta escada abaixo. Otelo, porém, segurou seu pulso para acalmá-lo.

Isadora revirou os olhos e estalou os dados para chamar a atenção de Fletcher.

— *Caríssimo* primo, já faz muito tempo. — Ela deu um sorriso fofo e fez uma mesura exagerada para Fletcher. — Ora, mais de um ano, não? Por *onde* você andou esse tempo todo?

— Vocês não são família pra mim — cuspiu Fletcher, com as memórias de seu longo cárcere e daqueles responsáveis por este ainda frescas na memória.

— Não poderia concordar mais — retrucou Tarquin, com um sorriso de zombaria. — Uma vez plebeu, sempre plebeu. Desde que a herança da tia Alice continue conosco, não dou a mínima para o nome que você usar.

— Você pode ficar com seu dinheiro ensanguentado — disse Fletcher. — Só fiquem longe de mim.

— Com prazer — respondeu Isadora, o sorriso fofo já longe rosto. Ela ergueu o nariz e farejou o ar. — Vamos — zombou, indo embora. — Aqui fede a anão, de qualquer jeito.

Otelo ficou vermelho de raiva, e Fletcher estremeceu quando o amigo intensificou o aperto em seu antebraço para controlar o impulso de agressão.

— Belo corte de cabelo, aliás — comentou Tarquin, olhando para trás. — Você precisa me contar onde foi o que o fez.

— Já chega... — grunhiu Otelo, levantando-se num salto. Fletcher imitou o movimento, mas o trio tinha partido, e no lugar deles os dois deram de cara com Rory e Genevieve, que pareciam espantados.

— Oi — cumprimentou Fletcher, inseguro. Os três não tinham se despedido nos melhores termos; ele acabara quase matando o Caruncho de Rory no Torneiro, afinal.

— Oi. Então você saiu mesmo — respondeu Rory, constrangido.

— Isso aí — confirmou Fletcher, coçando a nuca.

— Legal... legal — disse Rory, evitando o olhar do colega. — Fico feliz.

Os quatro ficaram ali, parados num silêncio constrangido, até que Genevieve deu um passo adiante, com um sorriso forçado no rosto.

— Bem-vindo de volta — disse ela, dando um firme abraço em Fletcher. — Vamos conversar direito mais tarde.

Ela tomou o braço de Rory, e os dois se afastaram depressa.

— Bem, isso foi... bem — comentou Otelo.

— Só precisamos de um pouco mais de tempo — afirmou Fletcher. — Eles não vão me perdoar assim de uma hora para a outra.

— É — disse Otelo. — Se bem que seria de imaginar que um ano fosse o bastante, não é?

Mas Fletcher não respondeu, pois Cress tinha saído da arena e subia até eles, limpando a areia do uniforme de cadete.

Momentos depois, ela estava diante dos dois, com as mãos nos quadris e os olhos cintilando.

— Então, você é o grande Fletcher — disse ela, abrindo um largo sorriso. — Achei que seria mais alto.

— Você também não é assim tão alta — retrucou Fletcher, que não teve como não sorrir de volta. O bom humor da anã era contagioso.

— Cress e Átila tiveram um ótimo desempenho este ano — comentou Otelo, também sorrindo. — Vencer aquele falastrão do Didric foi o ápice, resultado de muito esforço e treinamento. Nem consigo expressar como foi desagradável ser colega dele. Didric e Atlas viraram amigos do peito desde o primeiro instante.

— Não precisava nem dizer — disse Cress.

Ela indicou o outro lado do salão com um aceno de cabeça, e Fletcher viu Didric sentado na arquibancada oposta, ao lado de Tarquin, Isadora e Atlas. O jovem Cavell vestia o mesmo uniforme negro e amarelo que Fletcher vira antes, mas Atlas e os gêmeos trajavam o uniforme dos Fúrias de Forsyth; tecido negro com botões e dragonas prateados.

— Por que estão vestindo os uniformes? Eles acabaram de se formar, não? — indagou Fletcher.

— Tarquin e Isadora foram promovidos a tenente depois do torneio do ano passado, assim como Serafim — explicou Otelo, seguindo o olhar de Fletcher. — Então os gêmeos têm servido no regimento do pai o ano todo. Acho que trouxeram o uniforme de Atlas, agora que ele se formou também.

Depois de um ano lutando nas linhas de frente, os gêmeos deveriam estar mais formidáveis do que nunca, pensou Fletcher com terror.

— Sei tudo sobre a missão, aliás — sussurrou Cress, enfiando-se no assento ao lado dos dois. — Rook nos contou antes do Torneio começar. Quero me juntar à sua equipe se você aceitar. Acho que provei ser uma guerreira valorosa.

— Equipe? — indagou Fletcher.

Antes que ela pudesse responder, porém, Sylva se espremeu entre eles e se sentou, ainda ostentando a armadura verde do dia anterior.

— O que foi que eu perdi? — perguntou a Fletcher. — Didric venceu? Eu teria ficado, mas saí para procurar você.

— Ah. Não, Cress o derrotou — contou Fletcher, inclinando-se para a frente, desajeitado, e apontando para a jovem anã.

— Parabéns — elogiou Sylva, estendendo a mão. Cress a tomou com um leve franzir de cenho, insatisfeita por ter sido tão rudemente interrompida.

Fletcher se sentiu estranho, sentado tão perto de Sylva, pois eles não tinham se falado desde a reunião do conselho. Era difícil para ele oscilar tão rápido entre amigo e diplomata, especialmente depois da hesitação dela em apoiá-lo.

— Bem, como eu estava diz... — começou Cress, parando logo em seguida ao ver Átila descendo as escadas, batendo os pés. Ele evitou ostensivamente o olhar da colega antes de acenar respeitosamente com a cabeça para Fletcher e Sylva.

— É bom ver vocês, Fletcher, Sylva — murmurou ele, ainda evitando o olhar franco da anã. — Já faz muito tempo.

— Não está feliz em me ver também? — indagou Cress, animada, em um tom quase sarcástico.

Átila ficou vermelho e virou a cabeça, depois grunhiu em voz baixa.

— Já é uma falta de vergonha entre os alunos, mas em frente a essa gente toda? É... repugnante.

Fletcher franziu a testa, confuso. Do que Átila estava falando?

— Eu sou assim tão feia? — retrucou Cress, levando as mãos às bochechas e batendo as pestanas para ele.

— Cubra seu rosto — disse Átila, corando ainda mais.

— Entenda bem uma coisa, Átila — afirmou Cress, o tom agradável se transformando em algo mais severo. — Anãs vestem o véu porque *elas* querem. É para elas, não para você. Se eu decidir mostrar meu rosto, é uma decisão *minha*. Você não tem que se meter nesse assunto.

— É indecente — disse Átila, ainda afastando o olhar. — Você se exibe para que todos vejam.

— E quanto a mim, Átila? — interveio Sylva. Ela soava calma, mas Fletcher percebeu que as pontas das orelhas da elfa haviam ficado vermelhas, um sinal garantido de que estava brava.

— Não estou entendendo — respondeu Átila, confuso.

— Eu sou indecente? *Eu* me exibo?

Átila se atrapalhou com as palavras, mas não conseguiu pensar numa resposta.

— E quanto a *você*, Átila? — perguntou Cress, pressionando o argumento. — Você tem um belo rosto, bigodes exuberantes. Ora, já vi você treinando sem camisa. Você se expõe ao mundo e a *mim*. Que *indecente* da sua parte.

Átila bateu o pé de raiva.

— Não vou discutir com patetas. Cress sabe que o que ela está fazendo é errado, mesmo que vocês, não anões, não entendam. Você, irmão, não deveria ser tão tolerante. Cress deveria ser um exemplo a todos os anões, e todas as pessoas no Império de Hominum verão esse rosto caso ela participe da missão. Imagine só se as outras garotas decidirem seguir o exemplo?

Otelo olhou para Cress e lhe deu um sorriso tímido.

— Não vejo nada do que reclamar — respondeu.

Átila bufou e saiu batendo o pé, dando a volta na arena em direção a Serafim, que acabara de notar os amigos e acenava, animado. Vestia um extravagante uniforme cor de âmbar com uma faixa escarlate, e estava armado com uma cimitarra e uma pistola no coldre.

Enquanto Fletcher e os amigos acenavam de volta, Rook avançou até o centro da arena, entalhando um feitiço no caminho. Quando completou o encantamento, um grande estouro soou na câmara, alto o bastante para ferir os tímpanos de Fletcher e deixar um tilintar ecoando em sua cabeça.

— Agora que vocês todos se calaram, podemos começar a seleção. Fletcher, Isadora, Malik e Serafim, venham se juntar a mim na arena.

19

Suor ardia nas costas de Fletcher enquanto ele adentrava a arena, infundindo Ignácio e Atena com um clarão na palma da mão, pois eram os únicos demônios no aposento. Ele ainda sentia os dois na própria mente e, mais estranhamente, sentia uma terceira conexão se formando lentamente entre ambos. Talvez Atena e Ignácio estivessem começando a confiar um no outro.

Ao entrar na área iluminada pela luz tremeluzente de tochas, memórias da última vez que andara por aquelas areias emergiram em sua mente. Os perigos que havia encarado então não seriam nada comparados ao que estava por vir.

— Vocês todos sabem por que estão aqui — anunciou Rook, andando de um lado para o outro na areia. — Há dois objetivos para sua missão. O primeiro é destruir os vários milhares de ovos de goblin antes que eles choquem. O segundo é resgatar lady Cavendish, a mãe de Rufus.

Rufus se endireitou na arquibancada quando os outros alunos se viraram para fitá-lo, e Fletcher notou os nós dos dedos dele ficarem brancos ao apertar o cabo da espada. O jovem nobre não havia impressionado Fletcher no ano anterior, pois fora um bajulador dos gêmeos Forsyth. Agora ele esperava que Rufus não se mostrasse um fardo numa missão tão perigosa, especialmente com a pressão adicional de resgatar a própria mãe.

Um clarão azul chamou a atenção de Fletcher de volta a Rook. O inquisidor havia produzido um fogo-fátuo, que agora riscava o ar de um lado ao outro, deixando um rastro brilhante, desenhando uma forma como um conjurador entalharia um feitiço.

Logo uma enorme pirâmide de quatro lados flutuava no ar, com uma estranha teia de tubos rodeando uma câmara central abaixo. Girava lentamente, banhando o salão num brilho azul fantasmagórico.

— Nossa inteligência sugere que os ovos de goblin estão localizados dentro da rede de cavernas vulcânicas sob esta antiga pirâmide, nas profundezas do coração da selva órquica — explicou Rook, cravando o dedo na rede de túneis sob a pirâmide. — Lady Cavendish é mantida em algum lugar aqui dentro, também, e por um bom motivo: este é o lugar mais seguro de todo reino órquico. A pirâmide é, para eles, o lugar mais sagrado.

Tudo aquilo era novidade para Fletcher, e o coração pareceu martelar suas costelas conforme o pulso acelerou. Tinha pensado que iriam invadir alguma aldeia remota dos orcs, não se enfiar nas profundezas da terra.

— O Corpo Celeste deixará vocês o mais perto possível; em seguida, terão que andar pelo resto do caminho. Vocês precisam... e não tenho como reforçar isso o bastante... vocês *precisam* se encontrar à meia-noite na saída dos fundos da pirâmide, três dias depois da chegada. Deste ponto em diante, terão um total de oito horas para completar a missão; esse é o tempo máximo que o Corpo poderá esperar por vocês de prontidão, interrompendo as patrulhas dos céus de Hominum. Lembrem-se, cada hora que demorarem é uma hora em que estarão colocando o povo de Hominum em risco, pois, se os orcs perceberem os céus desprotegidos, mandarão as Serpes para saquear as vilas indefesas.

Fletcher engoliu em seco, imaginando a destruição que uma única Serpe poderia causar a um assentamento desprotegido. Era um risco imenso a se assumir.

— O Corpo Celeste observará pelos cristais de visão e tentará chegar assim que a missão estiver cumprida. Se qualquer uma das equipes não estiver com as outras nesse ponto, terão que encontrar o caminho de casa por conta própria.

Rook fez outra pausa, permitindo que a gravidade de suas palavras fosse absorvida.

Fletcher sabia que tentar voltar para casa sozinhos seria uma sentença de morte. Ao redor dele, os outros rostos exibiam expressões severas. Até mesmo Tarquin e Isadora pareciam preocupados, com a cor drenada das faces. Tinha passado mais de um ano lutando nas linhas de frente; sabiam melhor do que qualquer outro ali o que as equipes enfrentariam.

— Como todos sabem, cristais de visão serão distribuídos em Hominum — prosseguiu Rook. — Logo cada taverna, salão comunitário e praça pública terão quatro cristais, um para cada equipe, com os quais a população poderá assistir ao progresso da missão. Vocês por sua vez não receberão esses cristais, porque, se uma equipe for capturada, os orcs poderão usá-los para rastrear as outras.

Rook estalou os dedos, e a pirâmide desapareceu, deixando o salão novamente imerso na luz alaranjada das tochas.

— Para que vocês possam se concentrar completamente na missão, cada equipe precisará de um demônio para agir como transmissores para as pedras — explicou Rook. — Assim sendo, pedimos que patrocinadores oferecessem seus próprios demônios. Esses patrocinadores também oferecerão a vocês um guia experiente que os ajudará a atravessar a selva sem se perder. Vocês descobrirão quem são seus patrocinadores e guias muito em breve.

Rook juntou as mãos e as esfregou em expectativa.

— Agora, vamos nos juntar em nossos respectivos grupos. Teremos quatro equipes de quatro, compostas de três alunos veteranos e um voluntário calouro. Voluntários, assim que vocês puserem os pés nesta areia, não há mais volta...

Ele permitiu que a voz minguasse lentamente ao observar o pequeno grupo de calouros do outro lado da arena.

— Os capitães já foram escolhidos — continuou o Inquisidor, desenrolando um longo pergaminho. — Estão aqui à sua frente agora.

Fletcher sentiu uma onda de orgulho e nervosismo, as duas emoções se assentando desconfortavelmente no fundo do estômago. Havia ficado fora daquilo tudo por tanto tempo; mal conversara com qualquer um além de Ignácio por um ano inteiro... E aquilo geralmente era mais um monólogo. Estaria realmente pronto para liderar uma equipe numa missão mortal?

Rook pigarreou, e Fletcher se virou, segurando o fôlego para saber quem seriam seus companheiros.

— Após cuidadosa deliberação do conselho real e dos professores da academia, estas são as equipes. Por favor, venham se juntar aos seus capitães escolhidos conforme seus nomes forem chamados.

Ele pigarreou de novo.

— Na equipe de Isadora, temos Tarquin e Atlas. Na de Serafim, Rory e Genevieve. Na de Malik, Penélope e Rufus. Na equipe de Fletcher, Otelo e Sylva.

Fletcher respirou, aliviado, enquanto os estudantes saltavam para a arena, juntando-se aos respectivos companheiros. Sylva abriu um sorriso ao parar ao seu lado, e Otelo acertou um leve soco no braço do amigo.

— Claro que eles puseram um humano no comando — sussurrou Otelo, piscando em seguida para mostrar que na verdade não se importava. — Parece que eles nos organizaram por afinidade.

— Também acho — respondeu Fletcher alegremente. — Isadora parece satisfeita. Aposto que, quando Tarquin perdeu o Torneio para mim, ela foi considerada a mais forte dos dois.

Enquanto os estudantes se alinhavam, Fletcher viu quatro que ficaram nas arquibancadas. Átila, Cress e Didric, além de uma menina de cabelos negros que Fletcher não reconheceu. Rook fez um gesto com a mão em direção a eles, apontando para cada um.

— Vocês agora terão a opção de escolher um quarto participante para suas equipes dentre os primeiranistas que se ofereceram como voluntários para a missão. Isadora, você foi escolhida aleatoriamente para ser a primeira.

— Aham, sei — sussurrou Sylva no ouvido de Fletcher, e ele subitamente ficou muito ciente do toque suave da mão dela na sua cintura. — Não que faça alguma diferença. Nós dois sabemos quem ela vai escolher.

— O valente Didric Cavell — anunciou Isadora, chamando Didric com um gesto magnânimo. — Depois de seu brilhante desempenho no Torneio, privado da vitória por puro azar.

— Azar não teve nada a ver com isso! — exclamou Cress, ignorando o sibilo de reprovação que Rook soltou por ela ter falado fora de hora.

Didric saltou para a arena, cambaleando um pouco com a tontura do que provavelmente era uma leve concussão. Tarquin apertou a mão de Cavell, enquanto Atlas e Isadora lhe davam tapinhas nas costas.

— Agora, Fletcher — anunciou Rook, com olhos ainda em Cress, desafiando-a a falar de novo.

Fletcher empalideceu. Por algum motivo, tinha imaginado que seria o último.

Ele fez uma pausa, o que lhe valeu um olhar zangado de Átila. Era óbvio a qual equipe o anão queria se juntar. Porém... Cress tinha acabado de ganhar o Torneio. Ela pedira educadamente para participar da equipe dele. Também havia a recente explosão de Átila contra a escolha de vestimenta de Cress. Fletcher queria que a equipe dele fosse um exemplo reluzente para o mundo: de solidariedade, amizade e aceitação.

Átila tinha um bom coração e era um guerreiro capaz, mas Fletcher não o escolheria, não para aquilo. Agora, precisava apenas de um motivo que Átila pudesse compreender.

— Escolho Cress — anunciou ele, erguendo a mão quando Átila começou a protestar. — Os pais de Otelo e Átila nunca me perdoariam se os filhos estivessem na única equipe que não voltou, ambos mortos num único golpe de má sorte. Melhor diluir o risco. O exército do rei não permite que irmãos sirvam no mesmo regimento por esse exato motivo.

Átila curvou a cabeça e deu um curtíssimo aceno em concordância.

— Venci o Torneio também, caso você tenha esquecido, Fletcher — comentou Cress bem alto, já andando na areia. — E é Cress Freyja, aliás.

— Eu não tinha me esquecido — sussurrou Fletcher quando ela assumiu seu lugar ao lado deles. — Esse é o outro motivo. É bom ter você a bordo, Cress *Freyja*.

— Serafim, sua vez — disse Rook, dando as costas a eles.

Serafim olhou de esguelha para a garota de cabelos negros, mas só por um momento.

— Átila Thorsager, é claro. Venha cá, seu ranzinza — declarou Serafim com um largo sorriso do rosto, chamando o anão. Átila revirou os olhos ao descer os degraus, mas havia um quê de sorriso em seu rosto. Os dois deviam ter se aproximado enquanto Fletcher estava fora.

— E, finalmente, Malik — disse Rook.

— Fico muito feliz em escolher Verity Faversham — anunciou Malik, sorrindo enquanto a garota de cabelos negros vinha à luz das tochas. — Fico surpreso que ela não tenha sido escolhida primeiro.

Quando a garota se juntou à equipe, Fletcher não conseguiu deixar de fitá-la fixamente enquanto ela balançava os cabelos negros para soltá-los. Era bonita, talvez a garota mais bonita que já havia visto, com um rosto em forma de coração e grandes olhos expressivos que pareceram se deter nele enquanto se aproximava dos companheiros. Por um momento, o nome não teve nenhum efeito em Fletcher, e foi necessário um grunhido aborrecido de Otelo para lembrá-lo.

— Ela é a cara da avó Ofélia, não acha, Fletcher?

Fletcher percebeu a semelhança, mas achou difícil associar aquela jovem à mulher de olhos severos que comandava o Triunvirato com Zacarias e Didric. Até mesmo o pai dela, o Inquisidor Charles, parecia muito distante da menina, apesar de terem a mesma tez pálida. Verity saudou Malik com um sorriso caloroso e abraçou Penélope e Rufus sem hesitar.

Sylva deu uma cotovelada no flanco de Fletcher, que percebeu que estava encarando. Balançou a cabeça, tentando lembrar que ele e os Faversham eram inimigos.

— Ela é uma primeiranista? — indagou Fletcher.

— É — confirmou Otelo. — Apesar de eu não a ter visto muito por aí. Passava a maior parte do tempo por conta própria, no quarto, estudando, ou em Corcillum.

Fletcher observou o restante das equipes se alinhar, esperando pelo próximo anúncio de Rook.

— Como todos sabem, as pedras de visão que possibilitaram esta missão foram generosamente fornecidas pelo pai de Tarquin e Isadora, a avó de Verity e o próprio Didric — declarou Rook, indicando cada estudante mencionado com um aceno da cabeça. — Acho que deveríamos tomar um momento para agradecer às famílias Forsyth, Faversham e Cavell pela generosidade.

Ele encarou os outros estudantes com expectativa. Os gêmeos Forsyth e Didric sorriram enquanto Fletcher e sua equipe murmuraram agradecimentos forçados, mas Verity apenas corou e fitou os próprios pés.

— Muito bem — continuou Rook. — Agora, tenho um anúncio para todos. Há um prêmio para esta missão, para manter as coisas interessantes tanto para os participantes quanto para os espectadores por todo Império. A equipe que conseguir resgatar lady Cavendish receberá mil soberanos de ouro, a serem divididos igualmente entre os participantes. Também haverá mais quinhentos soberanos para qualquer equipe que participar da destruição dos ovos goblínicos. Afinal, não há nada como uma competição saudável.

Ele sorriu para os estudantes conforme o salão se encheu de sussurros furtivos. Era um resgate de rei, suficiente para equipar um pequeno exército por si só. A recompensa não era surpresa para Fletcher, mesmo que pouco lhe importasse. Se, nas profundezas da selva, uma equipe perdesse a determinação, a recompensa seria um forte motivador para que cumprissem seu dever.

— Se vocês puderem se virar — ordenou Rook, apontando a porta atrás deles, e Fletcher girou. Havia quatro demônios na entrada, três dos quais ele reconheceu imediatamente.

— Equipes, conheçam seus novos demônios — disse Rook.

Lisandro, o Grifo de Lovett, desceu orgulhosamente os degraus, agitando o ar com as asas para lançar uma nuvem de areia na direção da equipe de Isadora. Estava claro qual era a equipe para a qual ele fora escolhido, pois seguiu em linha reta até Fletcher e ficou arranhando o chão ao lado deles.

— Ela não pode... — sussurrou o garoto, com o coração dolorido ao pensar em Lovett sozinha e confinada a uma cadeira de rodas. — Ele é suas pernas e asas. É o melhor amigo dela. Tudo que lhe restará é Valens.

— Ela quer nos proteger, Fletcher. Este é o jeito que encontrou de fazê-lo — murmurou Sylva. — Vamos trazer Lisandro de volta, são e salvo. E será como se ela estivesse bem ao nosso lado. Lovett pode visualizar usando a mente, praticamente ocupar este corpo como fez com Valens. Não ficaria surpresa se ela estivesse fazendo isso neste exato instante.

Lisandro deu um empurrãozinho em Fletcher com o bico, como se para chamar a atenção dele ao próximo demônio que descia as escadas, trotando. Era um gesto que parecia particularmente humano, e, quando Fletcher olhou para baixo, viu Lisandro piscar um olho para ele. Lovett estava ali dentro, com certeza, e Fletcher lhe devolveu um sorriso.

O Canídeo lupino de Arcturo, Sacarissa, passou por eles, parando apenas para dar um empurrão brincalhão em Lisandro. O Grifo devolveu uma patada, mas só conseguiu acertar a ponta da cauda negra do demônio de quatro olhos.

— Parece que Arcturo estava pensando a mesma coisa — comentou Fletcher, quando Serafim recebeu Sacarissa com uma tira de carne seca, milagrosamente disponível num bolso do casaco. Ainda que Grifos fossem mais poderosos e versáteis que Canídeos, Fletcher desejava que pudesse ter os dois na equipe. Com os demônios de Arcturo e Lovett ao seu lado, ele se sentiria muito mais seguro na penumbra das selvas órquicas.

— O que diabos é aquela coisa? — perguntou Cress, apontando uma enorme criatura esquelética, vagamente humanoide, que descia as escadas.

Ela ostentava uma grossa galhada que se estendia de cada lado da cabeça como um emaranhado de espinhos. A cabeça lembrava uma mistura sem pelos de cervo e lobo, com olhos negros e famintos que esquadrinhavam o salão. Longos braços pendentes se apoiavam sobre os nós dos dedos na areia adiante, com unhas afiadíssimas nas pontas. A pele era um cinzento malhado de cadáver, com o fedor correspondente. Apesar da silhueta longilínea da criatura, seus músculos se remexiam sob a pele esticada conforme ela se movia, como um arame sendo contraído e esticado.

— Um Wendigo — respondeu Otelo, num misto de espanto e horror. — Nível treze e raríssimo, ainda por cima. É o demônio principal de Zacarias Forsyth. Quase tudo que sabemos sobre o Wendigo veio do estudo daquela exata criatura; quase nunca são vistas no éter.

— Não é mistério a qual equipe ele vai se juntar — observou Fletcher, enquanto o ser parava ao lado do esquadrão de Isadora. O rapaz sorriu ao ver Tarquin, o mais próximo ao monstro, torcendo o nariz para o fedor.

— Meu Caliban se juntará à equipe de Malik — anunciou Rook, chamando o último demônio restante, o próprio.

Era o Minotauro de Rook, uma fera musculosa coberta por um pelame negro. Tinha um porte poderoso, todo músculo e carne, enquanto o Wendigo, mais alto, era todo tendão e osso rijo. A cabeça de touro fungou pelas narinas grossas e porcinas enquanto o bicho descia as escadas nos cascos fendidos, cada respiração como o bombear dos foles na velha forja de Berdon.

— Obrigado por nos patrocinar, Inquisidor — agradeceu Malik, curvando-se.

— Não podemos deixar os únicos herdeiros dos Saladin e Faversham desprotegidos — declarou Rook, ignorando deliberadamente Penélope e Rufus, cujas famílias, ainda que nobres, não eram tão ricas quanto as outras. Rufus, porém, não pareceu perceber, pois agarrou a mão de Rook e a balançou enfaticamente.

— Você não se arrependerá disso, Inquisidor — afirmou Rufus. — Meu irmão mais velho o recompensará dez vezes quando resgatarmos minha mãe, isso eu prometo!

— Vocês conhecerão seus guias, que foram escolhidos pelos seus patrocinadores, esta noite — explicou Rook, libertando a mão com uma careta. — Equipe de Malik, vocês ficam aqui comigo. O restante de vocês, sigam os demônios.

20

Lisandro os levou para fora da arena e de volta ao átrio, com Sacarissa ao seu lado. Fletcher esperava que eles saíssem pela porta principal, como fizera Caliban, mas os dois continuaram subindo pela escadaria oeste.

Era uma longa subida, mas Fletcher se distraiu observando Lisandro, que geralmente voava, escorregando e deslizando ao subir, desacostumado a lidar com degraus, especialmente tão estreitos e sinuosos como aqueles. Sacarissa esperava paciente no topo de cada lance de escada, os olhos azuis vigiando de forma protetora o Grifo com dificuldades.

— Talvez você devesse ter voado direto até o topo e nos esperado lá — riu Fletcher, recebendo em troca um olhar severo de Lisandro, que só poderia ter vindo de Lovett.

Fletcher raramente entrara naquele lado do castelo durante seu primeiro ano em Vocans, pois aquelas instalações eram em sua maioria os aposentos particulares dos professores, alojamentos dos criados, uma grande lavanderia e armazéns. Não foi surpresa, portanto, eles se encaminharem direto ao corredor principal do último andar e, então, em direção à torre noroeste.

Conforme seu grupo seguia os demônios, Fletcher não pôde deixar de admirar as pinturas e tapeçarias que decoravam o corredor, ilustrando antigas batalhas travadas sem pólvora. Foi só quando passou por uma pintura mais antiga, com cores desbotadas e descascando da tela, que ele parou.

Não mostrava orcs sendo derrotados, mas anões. No fundo, anãs tinham seus véus arrancados enquanto, em primeiro plano, guerreiros anões se ajoelhavam em fileiras e tinham as barbas cortadas por humanos vestidos heroicamente em armadura reluzente. Ao redor deles espalhavam-se os cadáveres dos anões caídos, e, acima, conjuradores alados contemplavam a cena, suas lanças ensanguentadas da base à ponta.

Os três anões, assim como Serafim e Sylva, pararam ao lado dele, enquanto Rory e Genevieve seguiram em frente, os olhos passando por aquela pintura, como se não fosse diferente das outras.

— É contra isso que estamos lutando — afirmou Otelo, a voz pouco mais de um sussurro enquanto ele traçava as silhuetas caídas com a ponta do dedo. — Poderia acontecer tudo de novo. Estudei os nossos textos históricos, aprendi como o ódio pode ser rápido em criar raízes dos dois lados. Quatro vezes os anões se rebelaram e fracassaram. Quatro vezes nossa raça foi castigada, reduzida a pestes aos olhos da humanidade. Temos que quebrar esse ciclo. Só por meio da unidade poderemos nos libertar.

Átila se afastou, enojado, e Fletcher não poderia culpá-lo. A imagem era odiosa, não algo a ser glorificado nos sagrados salões de Vocans. Serafim correu atrás dele, mas o braço que passou pelos ombros do jovem anão foi rejeitado.

— Vamos — murmurou Fletcher. Quando ele se virou para seguir em frente, soou um estranho barulho de crepitar. Olhou para trás e viu que a superfície da pintura estava carbonizada, um símbolo entalhado de feitiço de fogo flutuando diante dela.

— Oops. — Cress deu de ombros, dando tapinhas nas costas de Fletcher ao passar por ele. — Minha mão escorregou.

Eles deram uma corridinha para alcançar Rory e Genevieve, que já haviam quase alcançado o topo da torre noroeste. A escadaria tinha camadas de poeira em todas as superfícies, interrompidas apenas por uma estreita trilha onde fora perturbada, como se apenas uma pessoa a usasse.

Finalmente, as duas equipes se amontoaram diante de uma porta trancada, toda coberta de mecanismos de ferro que a mantinham fechada. Lisandro ergueu a pata dianteira e bateu, formando uma estranha combinação de arranhões e batidas que parecia ser algum tipo de código. Depois de uma pausa, as trancas começaram a girar e chacoalhar. Então, com um rangido agourento, as portas se abriram.

O interior era tão sombrio quanto a escadaria, a fonte principal de iluminação, um único candelabro no alto teto acima deles.

— Entrem, entrem — chamou uma voz bem lá dentro. — Não derrubem nada!

Fletcher e Sylva seguiram na frente, soltando fogos-fátuos das pontas dos dedos para iluminar o caminho adiante. A luz azul lançava um brilho fantasmagórico sobre uma grande quantidade de prateleiras, mesas e bancadas de trabalho, cada uma delas coberta com frascos e ferramentas.

À esquerda, Fletcher viu demônios flutuando, suspensos, em jarros de líquido verde-pálido, assim como estivera o goblin na reunião de conselho. Muitos estavam sem membros ou cabeça, e as superfícies das mesas exibiam seus restos dissecados. À direita via-se plantas envasadas, em vez de demônios, além de béqueres borbulhantes de líquidos viscosos, em lenta ebulição por conta de minúsculas fornalhas que os aqueciam.

Cada planta era mais estranha que a última. Uma tinha flores pesadas, bulbosas, que faziam bico e se abriam como lábios num beijo. Outro era quase completamente composta de raízes tuberosas que pareciam se estender para a luz conforme eles passavam.

— Não fiquem tímidos; sintam-se em casa — disse a voz, e um vulto saiu das sombras.

A mulher tinha pele mais escura que a de Serafim, com uma cabeleira de cachos volumosos e grisalhos na cabeça. Vestia um longo jaleco de algodão branco, com luvas enegrecidas de couro estendendo-se por cima das mangas. Um sorriso brilhante, quase desvairado, estampava seu rosto, e ela os espiava através de um par de óculos tão grossos que deixavam seus olhos com o dobro do tamanho original.

— Peço que me perdoem pela bagunça — disse ela, indicando as mesas cobertas de plantas e partes de corpos em volta. — Jeffrey deveria ter arrumado tudo, mas ele saiu escondido para assistir ao Torneio.

O grupo ficou calado, e a mulher se remexeu nervosamente, como se esperasse que eles falassem.

— Xícara de chá? Ou será que era café? — perguntou ela, apontando um caldeirão fervente ali perto. Estava cheio de uma substância marrom não identificável que tinha a consistência de lama. — Talvez ginseng? Chocolate? Era alguma coisa gostosa, em todo caso.

— Hum, não, obrigado — respondeu Fletcher educadamente. Eles ouviram um *glop* quando uma grande bolha estourou na superfície.

Ela encarou o grupo um pouco mais, o sorriso sumindo lentamente de seu rosto, até que Fletcher pigarreou e deu voz às perguntas que todos estavam se fazendo:

— Quem é você? Que lugar é este?

O sorriso voltou, e a mulher acenou para que se aproximassem da mesa ao lado. Estava mais bem-iluminada que as outras, com um lampião suspenso sobre ela.

— Eu sou Electra Mabosi, da terra de Swazulu, além do mar Vesaniano. Sou botânica, bióloga, química, demonóloga. Um pouquinho de tudo, na verdade. Alquimista é provavelmente a melhor palavra. Só que não sou sua guia, se é com isso que vocês estão se preocupando. Não saio desta sala há quatro anos, e não planejo fazê-lo tão cedo.

Fletcher observou o aposento mal iluminado e tentou imaginar passar os últimos quatro anos de vida num lugar como aquele. Era melhor que a cela de prisão, mas não muito. Que tipo de pessoa gostaria de ficar ali por tanto tempo?

— Venho fazendo pesquisas secretas para o rei Harold e o reitor Cipião desde que cheguei aqui. Eu os mantenho informados das novidades quando é possível, mas eles não me deixam dar aulas ou me envolver com a docência, não importando o quanto eu peça. Dizem que o meu tempo é mais bem-investido na pesquisa.

Ela pegou um vidro fechado com rolha de uma prateleira próxima enquanto falava e tirou dele um cadáver de demônio encharcado, do tamanho da mão humana. Ela o pousou na bancada de trabalho diante de si e desenrolou um estojo de couro de ferramentas cirúrgicas ao lado.

— Vejam aqui. Este é um Araq juvenil, encontrado morto no éter há alguns meses. Nível de realização seis; raro, mas não tanto. Eu o guardei para esta demonstração. Finalmente, tenho uma chance de ensinar.

Parecia uma grande aranha peluda, com um punhado reluzente de olhos na cabeça, um par de presas curvas abaixo e um ferrão espinhoso, como o de uma abelha, no traseiro. Electra cortou cada perna com um par de tesouras pesadas, como se estivesse aparando unhas. Empurrou os membros amputados para um balde no chão, deixando apenas a cabeça e o tórax. Genevieve estremeceu e pulou para longe, pois uma das pernas errou o alvo e aterrissou junto aos pés dela.

— Estão vendo este orifício, abaixo do ferrão? — indagou Electra, usando um par de tenazes para manter o corpo da criatura no lugar. — Um Araq é capaz de lançar dele uma substância grudenta, baseada em mana, muito parecida com teia de aranha.

Ela puxou o lampião para mais perto e espiou o espécime encharcado.

— Temos que ser cuidadosos; as cerdas no corpo dela podem se soltar, flutuar por aí e irritar os olhos e a pele de quem tocar. Jeffrey me contou que o Araq de lorde Cavell já causou problemas em algumas das aulas do primeiro ano, não é mesmo, Cress?

— Pois é — concordou Cress, coçando o pulso distraidamente. — Não parou de coçar por uma semana.

Fletcher teve um calafrio, pois os olhos da criatura pareciam se cravar na alma dele. O rapaz odiava pensar em como seria um Araq completamente crescido, apesar de já ter visto ilustrações nas aulas de demonologia. Era muito azar que Didric tivesse um desses, pois seria um oponente formidável se algum dia acabasse em um duelo com Ignácio.

Electra cantarolava uma alegre canção enquanto empurrava um instrumento em forma de tubo no orifício abaixo do ferrão, como se removesse o centro de uma maçã. Quando o puxou para fora, obteve um cilindro de órgãos escorregadios, que ela espalhou na mesa com as tenazes.

— Isso é nojento — comentou Rory, passando a mão pela massa de cabelos loiros espetados. O rosto perdeu o pouco de cor que tinha, e ele se juntou a Genevieve numa posição mais afastada.

— Não seja tão fresco — murmurou Electra. Ela pegou Fletcher com a mão enluvada e o arrastou para perto. — O que você vê aí?

Por um momento, Fletcher teve a desconfiança insana de que Electra queria que ele lesse o futuro, como os xamãs orcs afirmavam ser capazes de fazer com as entranhas dos inimigos. Mas, ao examinar mais de perto, ele reconheceu um estranho símbolo, gravado num dos órgãos, como uma marca a ferro quente.

— É... um símbolo de feitiço — afirmou Fletcher, balançando a cabeça, confuso.

— Sim! Vocês ao menos sabem como feitiços e entalhamento foram descobertos? — perguntou Electra, virando-se tão rápido que o extrator lançou uma gotícula de gosma no rosto de Serafim. O rapaz pareceu se contrair em ânsias de vômito enquanto tentava limpar loucamente a face com a manga.

— Demônios sempre usaram suas habilidades especiais canalizando mana pelos símbolos orgânicos que têm dentro de si — continuou Electra, ignorando os gemidos de nojo de Serafim. — Os primeiros conjuradores devem ter percebido isso, dissecando seus demônios mortos, como eu acabei de fazer, e copiando os símbolos. Minha missão aqui é incrementar o repertório de feitiços disponíveis para os nossos magos de batalha por meio da minha pesquisa. É uma arte há muito esquecida que eu revivi. Porém, não sou uma conjuradora, o que acaba complicando um pouco as coisas.

Ela se virou para Fletcher e segurou os ombros do rapaz.

— Sua Salamandra, por exemplo, terá o símbolo de fogo em algum lugar da garganta. Se eles ao menos me deixassem dar aulas aqui, vocês saberiam de tudo isso!

A alquimista suspirou de frustração. Fletcher trocou olhares com Otelo, e os dois sorriram. Mesmo comparada a um fanático como Rook, Electra era obviamente um pouco excêntrica demais para ensinar em Vocans.

— Então qual é a dessas plantas todas? — indagou Fletcher, apontando para um grande vaso com um espécime assustador que parecia uma dioneia espinhosa.

— Elas são demônios também, tecnicamente — respondeu Electra, acariciando o caule, como se fosse um bicho de estimação perdido havia muito. — Plantas do éter. Não encontrei símbolos em nenhuma delas, mas descobri algo interessante: as pétalas, raízes e folhas de certas espécies podem ser usadas como ingredientes de elixires que, quando bebidos, têm efeitos úteis.

Ela apontou um suporte de madeira com frascos; tubos de ensaio enrolhados cheios de líquidos vermelhos, azuis e amarelos.

— Felizmente, a capitã Lovett se ofereceu para testá-los. Este aqui, quando consumido, cura os ferimentos do usuário. Ajudou a capitã Lovett a se recuperar parcialmente da paralisia. — Ela pegou um dos tubos e balançou o líquido vermelho-sangue que continha. — E este aqui recupera o mana de um demônio quando seu conjurador o toma — continuou, apontando para um dos frascos azuis após guardar o vermelho.

Houve uma pausa constrangedora enquanto a mão dela pairava sobre os tubos de ensaio cheios de líquido amarelo, até que deu de ombros e se virou de volta para o grupo.

— Eu comecei a pesquisa botânica muito recentemente, mas as plantas são um bom ponto de partida! — afirmou ela alegremente.

— Sem dúvida! — exclamou Serafim. — Isso vai nos dar uma bela vantagem!

— E quanto aos amarelos? — indagou Sylva. — O que eles fazem?

Electra franziu o cenho e deu de ombros enquanto balançava a cabeça.

— Não faço ideia. Sei que tem *algum* efeito em *alguma coisa*, mas isso é tudo. Você toma a poção e tem a impressão de alguma coisa acontecendo, mas ainda não consegui determinar o quê.

Ela deu um tapa na mão de Serafim, que tentava discretamente pegar um dos frascos. Então a porta atrás deles se fechou, e passos soaram pelo cômodo.

— Ah, Jeffrey está aqui — anunciou Electra, juntando as mãos. — Ele é meus olhos e ouvidos, sabe? Arrisca a vida e a saúde para coletar os cadáveres dos demônios órquicos depois de uma batalha na selva. São as espécies de demônios *deles* que raramente vemos na nossa área do éter e que, portanto, oferecem uma chance maior de revelar um feitiço ainda não descoberto.

Fletcher se virou para ver Jeffrey vindo na direção deles, olhos fundos e tez doentia amplificados pela parca iluminação. O criado sorriu para ele debaixo de uma cabeleira castanha bagunçada, com um corte parecido com o seu próprio.

— Claro, a asma o deixa meio lento — continuou Electra. — Mas o conhecimento que ele tem das selvas será valiosíssimo para vocês. Eu o venho treinando como alquimista pelos últimos dois anos.

— Oi, pessoal — acenou Jeffrey, tímido. — Estou muito empolgado em trabalhar com vocês. Sempre quis uma chance de contribuir, mas eles nunca me deixaram me alistar, por causa dos meus pulmões. Agora eu posso ajudar.

— Espera, *ele* vai ser nosso guia? — exclamou Serafim.

— Para uma das suas equipes — respondeu Electra, um tanto irritada, erguendo as sobrancelhas para o rapaz. — A capitã Lovett o escolheu, mas decidiu oferecer às duas equipes a opção de levá-lo. Arcturo tem um guia próprio se vocês decidirem rejeitá-lo.

— Com todo respeito, estou um pouco preocupado — afirmou Otelo, arrastando os pés e parecendo envergonhado. — Se os médicos militares disseram que ele não estava apto para a linha de frente, como ele pode estar pronto para uma missão tão perigosa, nas profundezas da selva? Achei que receberíamos um batedor ou um rastreador.

— Eu estava inclinada a concordar com você quando Jeffrey me fez a sugestão — revelou Electra. — Só que eu desenvolvi para ele um remédio herbóreo que alivia parcialmente seus sintomas e, como já disse, Jeffrey conhece a selva melhor até do que um batedor. Ele estudou o ecossistema da região, assim como fiz com o éter. Sabe quais plantas comer, quais evitar. Cuidará bem de vocês, caso decidam levá-lo.

— Nós temos uma escolha? — perguntou Fletcher.

— Sim. Ninguém os obriga a escolhê-lo como guia, mas sei que a capitã Lovett ainda não encontrou uma segunda opção para sua equipe. Se vocês quiserem meus elixires e os novos feitiços que descobri, então aceitarão. Tão longe além das linhas inimigas, quem sabe que tipo de demônios encontrarão? Quero um alquimista por lá — respondeu Electra.

Por um momento, Fletcher fitou Jeffrey, que endireitou a postura, determinação estampada no rosto.

— Eu o levarei — decidiu.

21

Fletcher e sua equipe se reuniram ao redor da mesa da taverna, examinando o mapa diante deles.

— Por que vão nos largar tão longe do alvo da missão? — perguntou Otelo, apontando a borda distante do mapa, onde a zona de entrega estava marcada com um X. — Vamos levar dias até chegar lá.

— Isso é provavelmente o mais próximo da pirâmide que podem nos deixar sem serem vistos — sugeriu Sylva, traçando com o dedo a distância da linha de frente até a marca. — Se formos vistos ao sermos entregues, então seria melhor soltar logo uns bons fogos de artifício anunciando a nossa chegada.

Fletcher observou o debate com o queixo nas mãos, cansado demais para contribuir com as próprias especulações. A viagem de charrete até Corcillum fora horrível, ensopando-os com uma garoa fina que os havia deixado em silêncio e encolhidos uns nos outros, protegendo o mapa e as instruções que Rook lhes entregara na saída de Vocans.

Quando finalmente chegaram, Otelo os levou direto até uma taverna fechada com tábuas, onde ele disse que a equipe poderia passar a noite enquanto a equipe de Serafim seguia Sacarissa, provavelmente para encontrar quem quer que Arcturo tivesse escolhido para ser o guia deles. Lisandro também se foi, alçando voo sem nenhum aviso. Fletcher concluiu que Lovett tinha parado de visualizar pela pedra, e o Grifo, portanto, estava ansioso para voltar a ela.

As vigas do teto da taverna eram bem baixas, como se tivessem sido criadas para anões, em vez de humanos, e o interior parecia estar intocado havia muito tempo, com mesas e cadeiras espalhadas desorganizadamente pelo salão. Otelo tinha acendido os poucos lampiões restantes, mas o aposento continuava na penumbra, iluminado majoritariamente pelo luar que se infiltrava através das janelas fechadas.

— Onde diabos nós estamos, aliás? — resmungou Fletcher, passando o dedo pela beira da mesa e mostrando a poeira aos outros. — Este lugar está imundo.

— A taverna da Bigorna — respondeu Cress, apontando uma placa com aquele nome e símbolo acima da porta. — É onde os Bigornas costumavam se encontrar, acredite se quiser. O nome dá a dica.

A anã piscou para ele.

O nome era familiar, e Fletcher tinha uma vaga recordação de Athol sugerindo que ele fosse ali em seu primeiro dia em Corcillum ao lhe entregar o cartão dos Bigornas que fora usado no julgamento.

— Eu vinha aqui — comentou Jeffrey, deixando a mesa e se encostando no balcão. Mal dissera uma palavra desde que fora escolhido com guia. — Cheguei até a ser um membro júnior antes de eles virarem incendiários e este lugar ser fechado. Melhor cerveja em toda Corcillum. Ela sozinha já valia a inscrição.

— De propriedade de um anão — disse Otelo, peito inchado de orgulho. — Meu primo, aliás. Ele disse que poderíamos usar a taverna a fim de nos prepararmos para a missão.

— As instruções dizem que a missão começa depois de amanhã — comentou Fletcher, ignorando os outros. — Seria bom pregar os olhos um pouco agora, porque não acho que vamos poder dormir muito na selva. Resolvemos essas coisas todas amanhã cedo.

— Na verdade, Fletcher, você vai ter que ficar acordado mais um pouquinho — disse Otelo, com um sorriso encabulado. — Temos visitas chegando. Estarão aqui a qualquer momento, com sorte.

Alguém bateu à porta, o ratatá fazendo Fletcher pular.

— Bem na hora. — Otelo sorriu, correu até a porta e a abriu.

Dois vultos aguardavam na entrada. O mais próximo vestia longos robes cor-de-rosa e azuis, bordados com flores entrelaçadas descendo pelo centro. Ainda que usasse um véu, pelo jeito que Otelo a abraçou, Fletcher deduziu que se tratava de Briss, a mãe dele.

Ao lado dela, Athol esperava com as mãos nos bolsos dos culotes e uma expressão cansada, mas satisfeita, no rosto.

— Vocês nos ajudariam com a mercadoria? — perguntou ele, indicando com a cabeça uma carroça puxada por javalis logo atrás. A carroça parecia lotada de pacotes, e os flancos do javali estavam encharcados com o suor de uma árdua jornada. — Cuidado, é uma carga preciosa. Pode salvar sua vida.

O anão de pele marrom piscou para Fletcher, depois caiu na gargalhada ao abraçá-lo. Fletcher dava tapas nas costas dele enquanto Jeffrey, Sylva e Cress levavam os pacotes para dentro e os colocavam na mesa. O rapaz não tinha percebido até agora quanta saudade sentira de Athol.

Não demorou muito para descarregar tudo, e Athol deu um tapa na anca do animal, que soltou um grunhido aborrecido e foi embora aos trotes, a carroça seguindo atrás.

— Ele sabe o caminho de volta. Mais espertos que cavalos, os javalis — comentou Athol, encostando-se a uma mesa e puxando os suspensórios com os polegares.

Soltou um assovio ao olhar em volta.

— Olhem só este lugar — lamentou.

Pegou uma caneca descartada na mesa atrás e a virou de cabeça para baixo. Uma fina torrente de poeira escorreu, e ele franziu o nariz.

— Era a melhor taverna em toda Hominum — resmungou. — Assim que o primeiro ataque terrorista aconteceu, foi selada com as tábuas. Teria sido incendiada por algum humano com espírito empreendedor, caso contrário. Uma vergonha.

— Mas *o que* aconteceu, afinal? — perguntou Fletcher, tentando entender o que havia mudado durante sua longa temporada na cadeia. — O que os Bigornas têm a ver com esses ataques?

Athol suspirou e esfregou os olhos.

— Os Bigornas eram apenas humanos amistosos aos anões, no começo — explicou o anão, sentando-se num dos bancos baixos. — Começou com alguns deles bebendo nas nossas tavernas, por causa da nossa cerveja, é claro. Logo, começamos a distribuir nossos cartões para evitar os encrenqueiros, como algumas das gangues racistas que vinham procurando briga. Não demorou muito para que os Bigornas começassem a virar um tipo de gangue eles mesmos, garantindo que os amigos anões chegassem em casa em segurança, participando de protestos enânicos, esse tipo de coisa. Nada de violento, porém. Nada como o que aconteceu.

Athol fez uma pausa para organizar os pensamentos.

— A primeira explosão foi num desses protestos, depois que um jovem anão foi preso ilegalmente — continuou Athol, uma expressão sombria no rosto. — Pólvora e balas de mosquete, embrulhadas num barril ao lado dos Pinkertons e disparada por um longo pavio. Pegou três deles e dez inocentes. Só poderiam ter sido os Bigornas, disseram os investigadores. O barril fora deixado no lugar dias antes para evitar suspeitas, e as únicas pessoas que sabiam onde seria o protesto éramos nós e os Bigornas. Eles poderiam ter empurrado a culpa para nós, anões, mas uma testemunha viu o terrorista fugir da cena. Alto demais para um anão, disseram.

— Mas por quê? — perguntou Fletcher. — O que de bom poderia sair disso?

— Nunca saberemos — respondeu Cress, com olhos fechados e mãos tremendo de raiva súbita. — Os líderes todos desapareceram no mesmo dia. Mas houve mais ataques. Um aconteceu no dia do próprio julgamento do jovem anão. Matou trinta pessoas dessa vez, incluindo o anão em questão. Era como se eles nem se importassem. Deixaram um cartão de visitas, então, bem literal. Cartões de membros, do tipo que não se pode falsificar, pertencentes à liderança.

— Igual àquele que você me deu, aquele que mostraram no julgamento? — indagou Fletcher.

— Não, aqueles eram cartões para membros juniores, se é que dá para chamá-los de membros. A maioria dos meninos e meninas de

Corcillum já tiveram um cartão uma hora ou outra... Eles os distribuíam como balas — explicou Athol, balançando a cabeça. — Incluindo eu mesmo, se você não esqueceu. O único motivo para terem mencionado seu cartão no julgamento foi para confundir o júri, que não tinha como saber desses detalhes, tão longe ao norte de Corcillum. Era pouco mais que um bilhete de entrada.

— Rory e Genevieve tinham um — concordou Jeffrey. — Até mesmo alguns nobres. Além disso, a maioria dos outros servos, como o Sr. Mayweather, o cozinheiro, costumava vir aqui. Eles queriam provar da cerveja, como eu.

Fez-se silêncio, então, o estado de espírito geral foi ficando sombrio conforme percebiam como as coisas haviam piorado. Fletcher se perguntou se a missão poderia fazer alguma diferença, depois de tudo que acabara de ouvir. Será que a visão de equipes de anões, elfos e humanos lutando juntos realmente traria a paz?

— Anos de progresso perdidos num instante — sussurrou Otelo, fitando o vazio. — Sem sentido, completamente sem sentido. Todos culparam os anões, é claro. Disseram que estávamos seduzindo a impressionável juventude humana com álcool, fazendo lavagem cerebral neles e os obrigando a fazer nosso trabalho sujo.

— Conte a eles o que Uhtred pensa — sugeriu Briss, o rosto inescrutável detrás do véu.

Otelo revirou os olhos e balançou a cabeça, como se fosse uma perda de tempo. Cress o chutou, e ele ganiu, esfregando a canela.

— Eu quero descobrir o que há nesses pacotes, vamos logo com isso! — exclamou ela, cruzando os braços. — E respeite a sua mãe.

— Está bem! É uma teoria ridícula, mas não é mais maluca que nenhuma outra explicação que eu ouvi — resmungou Otelo, enquanto se sentava e examinava a perna com pelos ruivos em busca de hematomas. — Ele acha que alguém na liderança dos Bigornas estava trabalhando para o Triunvirato. O novo sentimento antienânico está acabando com os nossos negócios de armas. Os intendentes se recusam a comprar conosco, e há rumores de que sabotamos nossos mosquetes para que explodam na cara do usuário.

— Ou poderia igualmente ser um anão fanático que acredita que deveríamos nos rebelar de novo — apontou Cress, nada impressionada com a teoria do pai de Otelo. — Alguém como Ulfr. Ele é o pior de nós. Ficava nos ouvidos de Átila, também, até ele conhecer você, é claro, Fletcher.

Ela sorriu alegremente para ele, depois se virou para Briss e Athol.

— Agora, eu sei que vocês dois andaram trabalhando muito o dia inteiro num projeto confidencial e que foi por isso que vocês não puderam me assistir vencendo o Torneio — comentou Cress, em tom de advertência. — Então vamos ver o motivo desse auê todo.

Briss bateu palmas, animada, virou-se para trás e começou a distribuir pacotes para os membros da equipe. Fletcher não teve como não rasgar o embrulho imediatamente, e a textura macia debaixo do papel marrom lhe disse exatamente o que seria: um uniforme.

Fletcher chacoalhou o embrulho para abri-lo, e ergueu as vestes para a luz, impressionado com o azul profundo do tecido.

A jaqueta era decorada com fio prateado, com uma gola aberta e largas lapelas brancas. Era longa o bastante para passar dos joelhos, bem como fora a anterior, só que o material era mais espesso.

— Deve ser longa e grossa o bastante para mantê-los aquecidos à noite, mas leve o suficiente para que continuem ágeis — explicou Briss, mexendo no vestido, encabulada. — É lã, então vai respirar bem, mas também esfreguei óleo para que ficasse à prova d'água, apesar de lã já ser naturalmente resistente à água.

Fletcher viu que os outros seguravam roupas parecidas.

— É perfeito — declarou. — E é do azul e prata da casa Raleigh, não é?

— Isso. — Briss riu. — Que bom que você notou! Primeiro eu ia fazer tudo verde, para que se misturassem à selva, mas precisamos que o mundo consiga vê-los pelos cristais de visão. Lembrem-se, vocês têm que conquistar corações e mentes. Um uniforme colorido vai ajudar todo mundo a identificar sua equipe.

— É verdade — concordou Fletcher, vestindo a jaqueta e examinando as calças correspondentes que a acompanhavam. — Eu não teria pensado nisso.

— Também fiz botas — disse Briss, apontando uma fileira de botas de cano alto que Athol tinha deixado na mesa. — Feitas com couro élfico: macio, mas resistente. O melhor de todos.

Sylva sorriu com o comentário e curvou a cabeça em alegre reconhecimento. A equipe agradeceu profusamente enquanto Athol balançava sobre os pés, ansioso para abrir seus pacotes.

— Minha vez agora — disse, enfim, antes que Briss tivesse uma chance de responder. — Eu sei que você já tem um arco e um falx, Sylva, então temo que não haja nada para você exceto algumas flechas com penas azuis, a cor da sua equipe.

— Tudo bem — respondeu Sylva, ainda que com uma nota de desapontamento na voz. — Minhas armas pertenceram ao meu pai, então acho que bastarão.

— Ótimo, ótimo — disse Athol distraído, esfregando as mãos em antecipação. — Cress, eu já tinha feito seu torque e seax para o Torneio, então você já está bem equipada para combate corpo a corpo, mas eu lhe fornecerei uma besta amanhã, com setas azuis, além de uma espada para Jeffrey. Não sobrou espaço para essas coisas na carroça.

— Bah — bufou Cress, sentando-se pesadamente. — Passei o dia inteiro empolgada para ganhar armas novas!

— Agora, Otelo — disse Athol, acenando para que o amigo se aproximasse.

Tirou um pacote da pilha, que o jovem anão abriu com entusiasmo.

— Isto é um bacamarte — explicou Athol, enquanto a arma era extraída do embrulho oleado. — Está carregada com uma carga de balins de chumbo, um grande número bolinhas que se espalharão quando disparadas. Não é exatamente uma arma muito precisa, mas tem um imenso poder de fogo. Um orc-touro frenético pode levar um tiro de um mosquete normal e continuar correndo, matar você e chegar à metade do caminho de casa para jantar antes de perceber que foi alvejado, e o mesmo vale para flechas e setas de besta. Ele vai acabar morrendo, com certeza, mas isso não lhe adiantará muito. Acerte-o com um punhado de balins, por outro lado, e ele tombará como se tivesse levado uma marretada.

Otelo ergueu a arma de fogo para a luz, revelando um trabuco que era muito parecido com um mosquete, só que com um cano mais curto e um bocal que se abria como um trompete. O metal fora lustrado até um reluzir de bronze, e a madeira era da textura de teca polida.

— Eu hesito em lhe dar tal arma para uma missão tão furtiva como a de vocês, mas, se vocês forem avistados e o sigilo for perdido, ela poderia lhe cair bem— explicou Athol, saindo do caminho quando Otelo ergueu a arma e fez pontaria. — Mas fique ciente de que, se você a disparar, o tiro será ouvido a quilômetros de distância.

O rosto de Otelo era a própria imagem da alegria enquanto ele pousava com reverência o bacamarte na mesa. A expressão de Athol era idêntica, e ele entregou sem palavras um coldre de couro que poderia ser atado sobre o ombro de Otelo.

— Também tenho um machado de batalha para você — disse Athol, apontando um pacote ao lado. — Peguei na estante, um dos melhores que seu pai fez. Não tive tempo de personalizá-lo, infelizmente. Botei umas machadinhas de arremesso no pacote também.

— Muito obrigado, de verdade — agradeceu Otelo, a voz embargada. — Você se superou com aquele bacamarte. Meu pai lhe ensinou bem

— Ah, bem, ele o teria feito por conta própria se não estivesse tão ocupado com o conselho. Por sorte, conseguiu recuperar sua machadinha com os Pinkertons depois do julgamento; vai lhe entregar quando vier se despedir.

Otelo se sentou, balançando a cabeça com um sorriso lamentoso.

— Agora, a vez de Fletcher... a não ser que você prefira dormir? — Athol piscou. — Isso pode esperar até amanhã, se quiser.

— Muito engraçado — retrucou Fletcher, espiando os pacotes atrás de Athol. Seriam mesmo todos para ele?

— Tenho que admitir, a maior parte dessas coisas é só a devolução das suas posses, cortesia de Arcturo — explicou Athol, separando vários grandes pacotes. — Ele manteve tudo seguro para você durante sua temporada na prisão. Seu arco, khopesh, bainha, pedra de visão, dinheiro, roupas e flechas estão todos aqui. Ele também me pediu para lhe entregar isto.

Athol lhe entregou um embrulho familiar, e Fletcher riu de alegria ao ver o que era.

O diário e livro de feitiçaria de James Baker fora belamente amarrado com barbante. De alguma forma, Arcturo conseguira recuperá-lo da cela. Quando Fletcher o pegou, viu que havia um bilhete colado em cima:

Fletcher,
Fico feliz que estes papéis tenham chegado às suas mãos ano passado; eu honestamente não sabia se tinha subornado o guarda da prisão com dinheiro suficiente. Ele os vendeu de volta para mim por um preço bem elevado. Certamente você já memorizou o diário a esta altura, mas eu não gostaria que Didric botasse as patas imundas nele. Sugiro que você o entregue a Athol para que fique em segurança. Boa sorte em sua missão. Eu estarei lá em espírito (além de estar em Sacarissa também).

Arcturo

Fletcher sorriu de orelha a orelha. O benfeitor misterioso que escondera os livros na cela fora revelado. Por mais que agora soubesse que eles não eram meio-irmãos, Arcturo tinha feito mais por ele do que qualquer irmão poderia. Fletcher devia muito àquele homem.

— Eu devia ter deixado isso por último — resmungou Athol, percebendo a expressão de felicidade de Fletcher. — Enfim, aqui está.

O anão entregou um embrulho pesado, que o rapaz pousou cuidadosamente na mesa e, então, abriu.

Um par de pistolas brilhava sob a luz tremeluzente, uma com um cano longo, a outra com dois canos mais curtos. A pistola comprida tinha uma Salamandra entalhada no cabo, com detalhes tão intrincados que pareciam mais o trabalho de um artista do que de um armeiro. A outra arma tinha um desenho igualmente belo de um Griforuja, com uma asa correndo por cada cano.

— A capitã Lovett nos contatou mais cedo e me ajudou com os projetos. Espero que você goste — contou Athol. Ele esfregou as mãos calejadas e observou, ansioso, o rosto de Fletcher.

O rapaz sentiu o peso da pistola de Salamandra, tomando cuidado para não colocar o dedo no gatilho.

— São incríveis — elogiou, passando as mãos na madeira polida. Tinha uma tonalidade avermelhada e era lisa como seda.

— Fico feliz que tenha gostado — disse Athol, abrindo um largo sorriso.

O anão se adiantou, pegando a arma e a erguendo até a tocha mais próxima.

— Esta aqui é um protótipo. O interior do cano é "raiado", com ranhuras que correm espiraladas por dentro e fazem a bala girar. Você verá que ela dispara mais longe e com mais precisão que qualquer mosquete, mas demora mais para carregar.

Fletcher começou a espiar cano adentro, depois pensou melhor quando Athol pegou a arma e pôs de lado.

— Eis aqui outro protótipo — continuou Athol, pegando a pistola seguinte. — Dois canos querem dizer dois tiros, mas também o dobro do tempo de recarga, então esta arma não é raiada. Os canos são de alma lisa. Otelo lhe mostrará como carregar e disparar as pistolas mais adiante.

— E você deveria batizar suas armas — apontou Otelo, com olhos ainda fixados no metal reluzente do bacamarte. — Esta aqui se chama Bess.

Ele ficou meio corado quando Cress sorriu para o nome.

— Paixonite de infância — admitiu, com as orelhas ficando lentamente rosadas.

Fletcher riu, depois se virou para seu próprio conjunto de armas de fogo. Por um momento, considerou batizá-las com os nomes dos pais, mas isso lhe pareceu errado, de alguma forma. Não; os entalhes eram a chave.

— Chama e Ventania — anunciou, brandindo as duas pistolas. — Chama pelo fogo de Ignácio e Ventania pelo jeito como Atena plana nos ventos.

— Belos nomes — aprovou Sylva, assentindo solenemente.

As pistolas pesavam nas mãos dele. Capazes de encerrar uma vida, com um simples apontar e disparar. Armas formidáveis, de fato.

— Mire na cabeça, se for um orc, e tome cuidado com o barulho — aconselhou Athol, empurrando as mãos de Fletcher para baixo, de modo que as pistolas apontassem para o chão. — Agora, seu último presente. Tive que fazer alguns ajustes de última hora quando a capitã Lovett me contou que você aceitou a oferta de Electra; foi por isso que nos atrasamos um pouco.

Athol abriu o pacote ele mesmo, revelando uma longa bandoleira de couro, com uma coleção de tiras, coldres e fivelas.

— Este é o seu arnês — disse, passando o equipamento sobre a cabeça de Fletcher e ajustando as tiras.

Um puxão aqui e uma esticada ali, então Athol deu um passo atrás para admirar o trabalho.

— Está muito bom. Vamos preparar você. Ponha essas pistolas nos coldres, pode ser? Você está me deixando nervoso, apontando essas coisas para todo lado.

Fletcher deslizou as pistolas nos coldres que agora estavam nos seus flancos, sentindo o peso equilibrado das duas nos quadris. Athol abriu os outros pacotes atrás dele, e Fletcher sentiu o arco e a aljava sendo afixadas às costas, a bainha do khopesh sendo atada ao cinto. Finalmente, o anão deu a volta e encaixou os quatro frascos dados por Electra numa bandoleira cruzada sobre o peito de Fletcher.

— Perfeito — declarou Athol. — Você está armado até os dentes, mas conseguirá se esgueirar pela selva, como um fantasma, com esse equipamento, sem que nada caia ou faça barulho.

— *É*, sim, perfeito — concordou Fletcher, procurando um espelho no qual se examinar, mas sem conseguir achar. Contentou-se em olhar para baixo, para o peito, segurando os cabos das pistolas e sentindo o poder por trás delas. — Não sei como lhe recompensar, Athol, ou a você, Briss. Tenho algum dinheiro; não vou precisar dele na selva. Deixe-me pagá-los, pelo menos.

— Sem chance — retrucou Athol, enfiando as mãos nos bolsos.

Fletcher pegou a carteira de um dos pacotes abertos de Arcturo e tentou entregá-la a Briss, mas ela se afastou com as mãos no ar.

— Só sobreviva, Fletcher — respondeu ela simplesmente, colocando o braço em volta dos ombros de Otelo. — E mantenha meu menino seguro.

22

Era o meio da tarde quanto Fletcher acordou com a luz do sol entrando pelas janelas superiores da taverna. Ignácio ronronava baixinho no seu peito, o rabo tremelicando com os sonhos que ele tinha. Havia se mudado deliberadamente do seu lugar costumeiro em volta do pescoço de Fletcher para negar a Atena um posto tão bom. A Griforuja parecia irritada com as traquinagens do diabrete, e Fletcher sabiamente decidiu infundi-la para evitar um confronto.

Ao lado, Otelo roncava alto, de boca aberta e narinas se alargando a cada respiração. Fletcher espiou pelas persianas e, vendo o sol alto no céu, deu um chute gentil em Otelo. O anão fungou e grunhiu ao acordar, puxando as cobertas sobre o rosto.

— Parece que ficar a noite inteira acordado para planejar nossa rota acabou fazendo que perdêssemos a maior parte do dia dormindo — reclamou Fletcher, olhando pela janela — Eu disse que deveríamos ter ido para a cama.

— Bem, já adiantamos todo o trabalho — argumentou Otelo, só que sem parecer muito convencido. — Podemos passar o resto do dia fazendo compras. Não quer desfrutar de um dia de liberdade? Você andou trabalhando sem parar desde que saiu daquela cela.

Fletcher se espreguiçou e começou a calçar as botas, deixando que Ignácio deslizasse para o chão. O diabrete continuou deitado de costas, pernas esparramadas, recusando-se a ser acordado, mesmo após um cutucão mental do mestre.

— Pode acreditar, não há nada que eu gostaria mais — respondeu Fletcher. — Mas ontem à noite Jeffrey sugeriu que fôssemos às linhas de frente para conhecer os soldados. Eu nunca estive lá. Quero ver como é, como eles são.

— Tem certeza? — indagou Otelo, com óbvia apreensão.

— Tenho. — Fletcher passou nas pontas dos pés por Jeffrey, que ainda dormia no sofá. — Estamos prestes a ir atrás das linhas inimigas, e eu nem sei como são os nossos próprios soldados. Vou ver se as meninas estão acordadas.

Fletcher saiu do quarto e bateu de leve na porta ao lado. Não houve resposta, então ele bateu um pouco mais forte. Enquanto erguia o punho para bater uma terceira vez, soou o estrondo de algo pesado sendo jogado contra a porta, e então uma voz gritou:

— Cai fora! — berrou Cress.

Fletcher sorriu e voltou ao quarto.

— Parece que somos só nós três — concluiu, cutucando Jeffrey para que se levantasse.

Foi uma longa viagem de charrete até as linhas de frente, tanto que o primeiro tom alaranjado do crepúsculo já manchava o céu quando o cocheiro bateu no teto para avisá-los que tinham chegado. A jornada fora melancólica, os três rapazes percebendo as dimensões da missão que se iniciaria no dia seguinte. Fletcher chegara até a infundir Ignácio no meio do caminho, pois o demônio tinha captado o desânimo geral e seus rosnados tristonhos não ajudavam em nada a deixar o clima mais leve.

— Vamos lá — chamou Fletcher, saltando da carruagem enquanto os outros dois espiavam as portas com trepidação. — Vamos explorar.

A carruagem tinha parado no topo de uma colina baixa, oferecendo a ele uma vista da linha de frente, que se estendia por quilômetros nas duas direções. Era constituída de uma única e larga trincheira cuja beirada tinha a altura do ombro de um homem, com um degrau de madeira ao longo da parede para que os soldados subissem e atirassem contra a selva. Casamatas de madeira armadas com canhões interrompiam essa linha em intervalos regulares, e Fletcher conseguia discernir, ao longe, os ecos de seus tiros; uma incursão órquica.

Algumas centenas de metros adiante, além da trincheira, as verdes frondes da selva se erguiam. O terreno entre a mata e a trincheira era uma terra devastada e infértil, um lamaçal revirado por anos de canhonaços e batalhas campais.

Fletcher, que nunca havia visto a selva antes, ficou fascinado pela intensidade da cor e a densidade da folhagem, que obscurecia tudo além dos limites da mata. Enquanto espiava mais de perto, seu estômago se revirou. Logo ele estaria muito além daquela fronteira, isolado da segurança das terras de Hominum.

Atrás das trincheiras, do lado de cá, soldados com uniformes vermelhos perambulavam sem destino, caminhando entre fogueiras e grandes barracas, fumando, comendo e bebendo. Em algum lugar, um violino rangeu com uma canção triste, logo interrompida por um urro furioso de alguém que não tinha gostado nem um pouco dos esforços do músico.

— Que bacana, Fletcher — resmungou Otelo, parado ao lado do amigo. — Este lugar parece muito divertido. Valeu mesmo a viagem de quatro horas.

— Dê uma chance — pediu Jeffrey, espiando a maior das barracas, de onde vinham gritos e risadas. — Vamos ver o que está acontecendo lá dentro e tomar pelo menos um drinque. Podemos dormir na carruagem de volta para casa.

— De acordo — concordou Fletcher, observando um sujeito ser jogado para fora por dois guardas, espirrando lama por todos os lados ao aterrissar.

Outro saiu cambaleando em seguida e vomitou violentamente, desabando sobre a poça fumegante que deixara para trás.

— Se bem que é melhor não ficar muito tempo — acrescentou, virando-se então para o condutor da carruagem. — Espere aqui por nós, e você terá uma corrida garantida para a jornada de volta.

— Pode deixar, meu senhor — respondeu o cocheiro, dando uma piscadinha.

Eles desceram a colina, tentando não enlamear demais as botas novas. Conforme os três passavam, alguns soldados endireitavam a postura, puxando os cachos ou batendo continência. O andar de Jeffrey ganhou um gingado; os novos uniformes que vestiam eram obviamente caros e os identificavam como oficiais de algum tipo. Até mesmo os dois guardas saíram da frente com presteza para deixá-los passar, de forma que logo o trio estava dentro da barraca.

Fazia um calor diabólico ali, o ar fumegante com o fedor de corpos não lavados, fumaça pungente e cerveja derramada. O lugar estava cheio de homens que sorviam de canecas e davam baforadas em charutos, criando no processo uma mortalha de névoa fumarenta que pendia sobre suas cabeças.

Havia um bar à direita, para onde Jeffrey se dirigiu rapidamente, entrando numa fila de homens que buscavam bebidas. Enquanto isso, Fletcher e Otelo viram um grupo amontoado em volta do que parecia ser um poço de rinha cercado no centro do aposento. Conforme se aproximaram, um sujeito banguela e de cabeça raspada chegou perto, segurando um maço de papéis grudentos nas mãos.

— Façam suas apostas, rapazes. Chances de cinco para um em todos os quatro. Escolham entre azul, vermelho, verde ou amarelo, dá tudo no mesmo. O último que se mantiver de pé fica vivo.

Eles o ignoraram e abriram caminho até a frente do grupo, Otelo conseguindo por pouco espiar por sobre a beirada e ver o que havia abaixo.

No centro da rinha ensanguentada, havia um caixote que estremecia e balançava com movimento no interior. Ao redor dele, via-se quatro caixas menores alinhadas junto às paredes da pequena arena, cada uma com o tamanho aproximado de um barrilete de chope e pintada com uma das cores mencionadas pelo agenciador de apostas. Todas estavam conectadas por cordas que passavam por um anel embutido no toldo acima da rinha, prontas para erguê-las e soltar o que houvesse dentro.

Ossos de animais estavam espalhados pela areia, como charutos num cinzeiro, enquanto uma caixa torácica, talvez de um grande cão, jazia apodrecendo no canto.

Por todo lado, homens zombavam, alguns cuspindo e lançando insultos contra os habitantes desconhecidos das quatro caixas.

— Última chance de apostar; mais alguém, mais alguém? — declarou o homem banguela, mas ninguém se animou. Ele saltou até a barreira ao lado de Fletcher, e, quando os olhos da plateia se voltaram para ele, o rapaz percebeu que se tratava do organizador do evento.

— Soltem os gremlins! — berrou.

Lentamente as caixas foram erguidas, e, de abas com dobradiças na parte de baixo, caíram criaturas magricelas de pele acinzentada, pouco mais altas que um bebê e vestindo tangas esfarrapadas. Tinham longos narizes e orelhas, olhos esbugalhados e ágeis dedos de pianista que se agarravam às caixas numa tentativa de não sair. Cada um deles exibia um espirro de tinta nas costas, tal como os recipientes nos quais moravam.

Estranhamente, um deles se destacou para Fletcher. Enquanto os outros se encolhiam e acorriam aos cantos, o gremlin azul se portava com orgulho, as orelhas triangulares achatadas sobre as costas e olhos que esquadrinhavam, dardejando da grande caixa no centro para a plateia acima. Por um momento, os olhos do gremlin se focalizaram em Fletcher; no seguinte, ele catou um fêmur partido do chão. Uma das pontas era afiada e serrilhada; a outra, uma clava dupla de osso.

— Parece que temos um lutador! Azul tem um pouco de bravura no coração. — O banguela riu com estardalhaço, dando um tapa nas costas de Fletcher como se este tivesse participado da piada. Então a voz ficou feia, e ele deu um sorrisinho sádico para o rapaz. — Esses geralmente são os primeiros a morrer.

Jeffrey abriu caminho por entre os dois, para grande alívio de Fletcher. Entregou bebidas aos companheiros, seus olhos já assumindo o aspecto vítreo dos embriagados. Fletcher deu uma olhada no líquido fétido dentro da caneca e a entregou discretamente ao homem banguela, antes que Jeffrey pudesse ver.

O homem piscou um agradecimento e então, depois de um gole que derramou a maior parte da bebida na camisa, rugiu:

— Soltem os ratos!

O caixote maior foi erguido, e dele saiu uma massa de corpos fervilhantes e contorcidos, uma mistura grotesca de rabos, dentes incisivos e pelos negros emaranhados. Devia haver uns cem deles. Onde quer que fossem, deixavam pequenas pegadas de sangue.

O homem passou o braço pelos ombros de Fletcher; a bebida parecia ter conquistado sua boa vontade.

— A gente não dá comida pra eles por um tempo, deixamos que fiquem famintos — grasnou o sujeito com uma cutucada de conspiração. — Leva um tempo pra recorrerem ao canibalismo; o ponto certo é uns três dias. Parece que esses começaram meio cedo.

O bafo dele fedia, o odor rançoso se infiltrando pelas narinas de Fletcher. O rapaz deu as costas, enojado, e seus olhos recaíram sobre a rinha novamente, incapazes de evitar o espetáculo.

Os ratos já tinham captado todo o movimento àquela altura, por mais que muitos ainda estivessem se libertando da pilha. Azul, com o fêmur na mão, estava chilreando para os compatriotas, dando-lhes ordens em alguma língua estranha, ou ao menos assim parecia. Mas, se estivesse, os outros o ignoraram, preferindo esconder as cabeças entre as pernas, enquanto um deles agarrava as paredes de terra da rinha, tentando escalar o material que se soltava.

O primeiro rato saltou para Azul, mas ele o lançou para longe com um golpe desesperado. Mais uma vez, chamou os amigos, sem resultado. Agora dois ratos pularam, e ele não teve escolha além de mergulhar para o lado com um rolamento frenético.

O gremlin verde tombou, cercado por um enxame guinchante de ratos com olhos vermelhos. Azul gritou em alarme, mas o som não foi nada comparado aos gritos e gargarejos de dor causados pelos dentes que roíam a criatura emaciada abaixo deles.

Mais ratos se libertaram do amontoado, e Azul se afastou deles, até que suas costas tocaram a caixa torácica decomposta, com pedaços de pelo ainda pendendo dos ossos e tendões apodrecidos mantendo a estrutura de pé. O gremlin amarelo foi o próximo a cair, desaparecendo sob uma massa de ratos negros, seus gritos dignos de pena soando inexpressivamente aos ouvidos de Fletcher.

Dos outros, só restava o vermelho que, de alguma forma, tinha conseguido subir à meia altura da parede da rinha. Ficou se segurando ali, suspenso, incapaz de escalar mais. Abaixo dele, os ratos guinchavam e saltavam, mordendo o ar sob os calcanhares agitados do gremlin. No canto, Azul se enfiou dentro da caixa torácica, meteu a ponta afiada do fêmur pela abertura e começou a estocar contra qualquer rato que entrasse em alcance.

Fletcher assistiu horrorizado a um homem se inclinar e cutucar o gremlin vermelho, que caiu gritando no frenesi abaixo. Houve alguns berros de raiva de alguns dos soldados, mas eles só reclamavam porque tinham apostado na criatura. Como um cardume de piranhas, os ratos devoraram o pequeno corpinho até só restar o esqueleto.

— Azul venceu! — declarou o sujeito banguela, recebendo vivas da plateia em resposta. — Agora, quem quer apostar em quanto tempo ele vai durar? Dois para um que chega a um minuto!

A multidão acorreu até o agente, com soberanos de prata erguidos no ar para fazer suas apostas.

— Achei que o vencedor ganhava o direito de viver — grunhiu Fletcher.

— O espetáculo nunca foi tão bom — sussurrou o homem com o canto da boca. — Não vou desperdiçar uma chance dessas.

— Eu tô enjoado — resmungou Jeffrey, segurando o braço de Fletcher. — Acho que essa cerveja não me caiu bem. Me leva pra fora, por favor.

Abaixo, Azul seguia lutando corajosamente, e um rato guinchou ao ser espetado no olho enquanto outro ao lado atacava a caixa torácica.

— Vamos embora — decidiu Fletcher, abrindo caminho pela multidão. A barraca tinha ficado subitamente pequena demais, quente demais. Ele precisava de um pouco de ar puro.

Os três irromperam pela entrada, e Jeffrey cambaleou para fora, arrastando Otelo e Fletcher atrás de si. Começou a vomitar. Otelo esfregou as costas do rapaz, virando a cabeça com nojo. A treva da noite havia caído, e os últimos vestígios do sol mergulhavam além do horizonte.

— Tomei um gole daquilo e joguei tudo fora — contou Otelo. — Era como mijo, recém-tirado do cavalo. Se bem que o álcool não passa do caminho do covarde para a coragem, de qualquer maneira.

Coragem: era isso que Fletcher tinha acabado de ver, num pequeno gremlin que enfrentava chances insuperáveis. Ao recordar a criatura valente, o coração do rapaz se encheu de determinação. Assumiu uma expressão correspondente e se dirigiu à tenda.

— Fletcher, espere — murmurou Jeffrey, com cuspe escorrendo da boca.

Mas Fletcher já tinha passado pela entrada e abria caminho na multidão. Venceu o parapeito da rinha com um único salto e atirou os ratos para longe com um golpe de energia cinética que lançou os corpos pesados contra as paredes de terra num baque.

Conjurou Ignácio com um pulso de mana, e o demônio surgiu lutando, rasgando com as garras em todas as direções. O diabrete soprou uma onda de chamas que mandou uma dúzia de ratos para a morte, mas o cheiro de carne cozida foi demais para os outros; os ratos restantes caíram sobre os companheiros tostados com guinchos de alegria.

Azul estava engajado peito a peito com um rato monstruoso que tinha se enfiado na caixa torácica e esfaqueava o animal repetidamente no flanco com o fêmur. Fletcher sacou o khopesh e trespassou o roedor com facilidade, usando a espada e o cadáver para erguer a caixa torácica. Então, conforme os gritos de empolgação começavam a morrer, ele embainhou a espada e recolheu o pequeno gremlin nos braços. O peito magro de Azul subia e descia com exaustão.

A multidão encarou Fletcher, chocada, enquanto o banguela começava a gritar:

— O que infernos voc...

Só que ele nunca completou a frase, pois o mundo virou de cabeça para baixo e uma explosão destroçou a barraca, os estilhaços rasgando a multidão de homens bêbados, como uma foice no trigo.

No fundo do poço de rinha, a explosão passou por cima de Fletcher e Ignácio numa onda de chamas. Os ouvidos dele apitaram de dor ao soar do estouro trovejante, e o rapaz foi atirado ao chão por uma onda de choque que fez a terra ondular.

No instante seguinte, ele estava escalando para fora do poço e por cima dos corpos dos soldados feridos, Azul ainda agarrado ao peito. Sentiu uma mão segurar-lhe o tornozelo e a chutou para longe, puxando-se e arrastando-se como um náufrago em busca de terra firme. Ignácio lhe deu um puxão na manga, guiando-o pela fumaça. De súbito, as mãos fortes de Otelo o arrastaram para fora e para a lama, até que os dois desabaram juntos na base da colina. O rosto aliviado do anão o observava.

— Você está vivo — ofegou. — É um maldito milagre.

Fletcher contemplou o massacre atrás de si. Sargentos frenéticos vociferavam ordens enquanto soldados arrastavam os feridos do chão enegrecido e ensanguentado até macas improvisadas, feitas de lanças e casacos amarrados.

— Isso não é milagre nenhum — retrucou Fletcher, engasgado com o ar carregado de fumaça. Incêndios menores já se espalhavam pelos escombros. Ignácio chilreou assustado e subiu para o ombro de Fletcher, aninhando-se no pescoço do mestre para se reconfortar.

— Temos que ajudá-los — disse Jeffrey, cambaleando na direção da barraca arruinada, mas Fletcher o segurou pelo colarinho e o puxou de volta.

— Otelo, você não pode ser visto aqui — urgiu Fletcher, enquanto vozes raivosas se misturavam aos sons de homens morrendo. — Uma explosão... um anão por perto.

Os olhos de Otelo se arregalaram, e então ele começou a puxar Jeffrey morro acima junto a Fletcher, ainda que o rapaz os enfrentasse a cada passo do caminho, exigindo que lhe permitissem ajudar os soldados tombados.

Não demorou muito para que alcançassem a carruagem que, por algum milagre, ainda os aguardava.

— O que diabos aconteceu? — perguntou o cocheiro, com olhos se arregalando ao notar o gremlin aninhado nos braços de Fletcher.

O rapaz apenas jogou um punhado de moedas da bolsa nas mãos do condutor enquanto Otelo enfiava Jeffrey pela porta da carruagem.

— Leve-nos de volta a Corcillum — rosnou Fletcher. — E rápido.

23

— O que diabos vocês estavam pensando? — berrou Uhtred, socando a mesa.

Eles estavam no porão da Bigorna, levando o maior sermão de suas vidas. Uhtred tinha chegado alguns minutos antes e os arrastara até ali embaixo assim que escutou a história, com medo de que as pessoas estariam vigiando a taverna por sinais de movimento depois do ataque Bigorna.

— E se você foi visto? — rosnou, avançando contra os três. — O único soldado anão num raio de quilômetros, e você apenas *calhou* de estar lá quando uma bomba explodiu. Estamos na Taverna da *Bigorna*, pelos céus. Você acabou de se livrar de uma acusação de *traição*. Se a notícia se espalhar, sua missão fará mais mal que bem; as pessoas acharão que vocês são traidores!

— Acho que dá para dizer que eu fui visto — murmurou Otelo. — Só que, com a minha barba feita, eles podem não ter me tomado por um anão, só um sujeito baixo. Estava escuro e lotado, com todo mundo embriagado. A maioria das pessoas que me viu provavelmente morreu na explosão.

— A viagem foi ideia minha — acrescentou Fletcher, enquanto Otelo se encolhia sob o olhar do pai. — Mas como poderíamos saber que haveria um ataque? Só queríamos dar uma olhada nas linhas de frente.

Uhtred abriu a boca, mas fez uma careta e a fechou de novo.

— Independentemente disso, vocês três estão no fio da navalha — afirmou ele, mas com uma expressão mais branda.

— Vocês podem falar baixo? — resmungou Jeffrey, segurando a cabeça. — Eu tô morrendo aqui.

— Bem merecido — grunhiu Uhtred, apesar de entregar ao rapaz um frasco de água do cinto. — Entorne isto. Precisamos de você em sua melhor forma para a missão amanhã.

Otelo grunhiu alto à menção da missão, e o pai o fitou de volta.

— Esqueceu isso, foi? O futuro de Hominum depende de vocês, tanto para unificar a nação quanto para destruir a ameaça dos goblins. Odeio pensar no que o rei Harold diria se soubesse o que aconteceu esta noite.

Fletcher baixou a cabeça, envergonhado, mas parte da mente estava ocupada, se perguntando como Uhtred reagiria se soubesse que havia um gremlin adormecido na mochila pendurada no corrimão das escadas do porão. Ele não tinha ideia do que fazer com a criaturinha, e Otelo não havia ajudado muito nesse aspecto. Jeffrey, por outro lado, nem estava ciente, pois caíra num estupor assim que entrara na carruagem.

Uhtred deu uma olhada nas pistolas de Fletcher e suspirou. Tirou uma delas do coldre e fez pontaria.

— O meu filho ao menos lhe ensinou como carregar e disparar uma delas durante a viagem? — indagou, com um tom que sugeria que ele já sabia a resposta.

— Bem... Com a explosão e tudo mais... — resmungou Fletcher, evitando o olhar de Otelo.

— Você não vai poder praticar na selva; seria ouvido a quilômetros! — exclamou Uhtred, exasperado. — Não haverá tempo amanhã, também. Este lugar é isolado acusticamente o bastante, se bem que o treino pode ferir os *nossos* ouvidos um pouco. Ninguém vai nos ouvir na rua.

No extremo oposto do porão, uma pilha de móveis quebrados fora acumulada sem cerimônia. No centro, havia uma cadeira estofada de vermelho virada para eles; um alvo ideal.

Uhtred puxou o gatilho sem hesitar, e uma longa língua de fumaça irrompeu da pistola com um barulho que era mais estalo do que estrondo no espaço confinado. Uma pluma menor de fumaça subiu do ponto onde a pederneira atingira a arma, causando a ignição da pólvora no interior.

O estofado vibrou de leve, mas Fletcher notou o novo furo no tecido puído, logo ao lado do centro.

— Nada mal — comentou Uhtred, engatilhando a pederneira de novo. — Agora observe atentamente.

Ele tirou um pequeno cartucho do bolso de trás, um cilindro de papel amarelo com uma das pontas enrolada. Mordeu essa ponta e a rasgou, revelando o fino pó preto contido no interior.

— Você despeja a pólvora neste quadrado em que a pederneira acerta o aço da pistola ao descer, que é chamado de caçoleta — explicou Uhtred, colocando um pouco de pólvora. — Por isso se diz que uma pessoa que morreu "bateu a caçoleta".

Fletcher observou com olhos ávidos enquanto Uhtred empurrava o resto do cartucho pelo cano da pistola.

— Depois, você coloca a coisa toda no cano e usa a vareta para empurrar até o fundo.

Uhtred puxou uma vareta estreita de metal da guarda de madeira da arma, logo abaixo do cano. Socou até o final algumas vezes, para garantir que o cartucho estivesse bem preso. Recolocou a vareta no lugar e, em seguida, apontou o cano para a cadeira de novo.

— Agora tente atirar. Lembre-se do forte coice!

Uhtred entregou a arma a Fletcher. A pistola pesava nas mãos dele, e o braço vacilou quando o rapaz a ergueu, fazendo pontaria ao longo do cano. Era diferente do arco: o ponto de focalização muito distante; o peso desequilibrado, todo num só braço.

Ele disparou, fechando os olhos com a explosão da caçoleta, o estrondo tão alto quanto tinha sido o ataque dos Bigornas. Fletcher não conseguiu ver se acertara alguma coisa, pois havia fumaça demais. Porém, quando seus ouvidos pararam de retinir e o ar se limpou, o estofado surgiu idêntico ao que fora antes.

— Aonde foi parar? — indagou Fletcher.

Lentamente, uma perna de cadeira no canto superior direito do porão balançou, depois se partiu com um estilho, uma bala cravada na junta. Otelo deu uma risada quando ela caiu no chão, bem longe de onde Fletcher tinha mirado.

— Bem, talvez seja melhor mirar no peito em vez da cabeça — riu Uhtred, dando um tapa nas costas do rapaz, que suspirou e guardou a pistola de volta no coldre.

— Certo, tirem as roupas! — exclamou Uhtred, estalando os dedos.

— O quê? — indagou Fletcher. Do que Uhtred estava falando?

Então Fletcher olhou para o uniforme. A frente da farda e calça novas estavam borrifadas com fuligem, lama e sangue do massacre. Até mesmo Otelo tinha o uniforme manchado com as mesmas coisas, de quando havia arrastado Fletcher para fora. Em contraste, o de Jeffrey estava limpo apesar das sessões de vômito.

Fletcher deu de ombros e tirou lentamente as armas e as roupas, até que ele e Otelo estavam tremendo no ar frio do porão poeirento, com apenas as roupas de baixo. Uhtred deu uma risada diante dos rostos miseráveis.

— Vocês têm sorte da minha mulher ser a melhor costureira da região. Ela vai substituir o que não puder ser lavado, e tudo estará pronto amanhã.

Antes que Fletcher pudesse pedir desculpas por ter arruinado as roupas novas, houve um ranger no andar de cima. Então, antes que qualquer um deles pudesse se mexer, a porta do porão se abriu de rompante e alguém mirou uma besta escadaria abaixo.

— Quem está aí? — gritou Sylva, dando um rolamento com o arco em riste, enquanto Cress os espiava por sobre a arma.

— Somos só nós — admitiu Fletcher, envergonhado. Uhtred subiu a escada e baixou a besta de Cress.

— Vão descansar — sorriu ele. — Vejo todos vocês amanhã.

Por um momento, as duas garotas encararam os dois rapazes seminus, rostos marcados com a fuligem da explosão, e Jeffrey esparramado, bêbado, no chão.

Então as duas caíram na risada, para o horror de Fletcher.

— Ora, ora — comentou Cress, com olhos faiscando de diversão. — Parece que perdemos a festa.

24

As quatro equipes aguardavam numa grande plataforma de madeira que se erguia sobre um mar de soldados de uniformes vermelhos, logo além das trincheiras das linhas de frente. Os soldados olhavam de volta com rostos severos, e o mundo parecia silencioso exceto pelo vento barulhento que fazia as longas jaquetas agitarem no ar.

Fletcher sentiu um movimento na mochila que levava nas costas, e congelou no lugar. Azul dormira, ou pelo menos assim fingira, a noite inteira. O plano tinha sido mantê-lo ali e soltá-lo na selva quando pousassem. Infelizmente, o sono do gremlin parecia ter chegado ao fim.

Enquanto Fletcher rezava para que Azul adormecesse de novo, o reitor Cipião subiu lentamente as escadas na lateral do palco, resplandecente no uniforme de gala de um general. Acenou com a cabeça para cada equipe e, em seguida, virou-se para a multidão de soldados.

— Vocês todos me conhecem — começou Cipião, com as mãos unidas atrás das costas. — O Herói da Ponte de Watford. Reitor da Academia Vocans. Lutei nesta guerra por uma década e defendi as fronteiras por muitos anos antes disso. Muitos de vocês me conhecem pessoalmente. Então, quando eu lhes digo que o que vocês estão prestes a ouvir é a verdade, tenho a expectativa de que confiarão em mim.

Houve acenos de concordância dos soldados, ombros tensos relaxaram, surgiram até alguns sorrisos.

— Vocês ouviram falar em lady Cavendish, que sofreu no cativeiro por todos esses anos. Vocês sabem dos goblins e dos milhares de ovos prestes a chocar. Estas quatro equipes vão liderar uma expedição, bem atrás das linhas inimigas, para eliminar as duas ameaças. É uma missão das mais perigosas que já autorizei. Cada um destes jovens guerreiros arriscará a vida para manter nosso país seguro. Quero que vocês tenham isso em mente quando os recrutas anões e elfos chegarem às linhas de frente.

Ele fez uma pausa, e os olhos de Fletcher dardejaram para a terra enegrecida além da plateia, onde o resultado da explosão recente ainda era visível.

— Perdemos 43 bons homens ontem à noite, num ataque brutal e sem sentido. Os homens que o cometeram são apenas isso: *homens*. Os anciãos anões já condenaram esses ataques repetidamente e deixaram claro que essas atrocidades não foram cometidas em seu nome. Quero que vocês se lembrem disso também.

Essa última declaração foi recebida com silêncio gélido; alguns balançavam a cabeça, enquanto outros apenas fitavam, impassíveis.

— O Corpo Celeste logo chegará, com os guias das equipes e demônios patrocinadores. Quero que todos demonstrem sua apreciação pelo sacrifício que estes jovens fazem hoje.

Enquanto os aplausos soavam, pequenos pontos surgiram nas nuvens, primeiro circulando como abelhas ao redor de um pote de mel, então crescendo até preencher a visão de Fletcher com enormes asas em movimento. Havia dúzias delas, todas feras voadoras poderosas, que espiralavam em perfeita formação.

Lovett pousou ao lado deles, as garras de Lisandro mal fazendo um som. O Grifo dobrou as asas e se ajoelhou ao lado de Fletcher.

— Posso levar dois de vocês — sussurrou a capitã, puxando Fletcher para cima com ela. Sem dizer nada, Sylva se enfiou atrás do rapaz, com uma fina camada de suor na testa. Apoiou a cabeça na mochila dele, abraçando a cintura de Fletcher com força.

— Vai ficar tudo bem — disse o rapaz, nada convencido das próprias palavras. Azul não se mexeu. Era como se o gremlin soubesse que tinha que ficar quieto.

Outro demônio pousou ao lado deles, com cascos estalando no chão. Era um Alicórnio, um dos demônios mais raros do arsenal de Hominum. Fletcher admirou o lindo pelame branco e penas de cisne, o corpo que se movia graciosamente em meio aos estudantes reunidos. Parecia um grande cavalo, exceto pelas largas asas e o longo chifre cônico que crescia da testa.

O rosto do cavaleiro estava obscurecido pelo capacete de couro e grandes óculos, mas ele acenou para que Cress e Otelo se aproximassem e puxou os dois para cima, pois a estatura reduzida de ambos dificultava que subissem sozinhos.

Mais demônios chegaram, cada pouso acompanhado por uma comemoração dos soldados. Hipogrifos aterrissaram; eram parecidos com os Grifos em forma, mas com o corpo e patas traseiras de um cavalo em vez de um leão. Peritons com galhadas pisaram pelo palco, assemelhando-se àquelas presentes nos cervos élficos com grandes asas castanhas, longas penas de cauda e garras afiadíssimas nas patas traseiras.

Havia até alguns Chamrosh, Grifos miniaturizados com cabeça e asas de gavião somados ao corpo e maneirismos de um cachorro. Eram pequenos demais para serem cavalgados, com talvez o dobro do tamanho de Atena. Em vez disso, eles ofereciam suporte muito necessário e eram excelentes companheiros aos demônios primários do Corpo Celeste.

Fletcher estava maravilhado. Jamais vira tamanha variedade de demônios, especialmente espécimes tão grandes e poderosos. Tinha se acostumado a ver sempre os mesmos demônios em Vocans e se esquecera da variedade de espécies que Hominum tinha à disposição.

Ele também ficou feliz em não ver nenhuma Griforuja. Atena era rara, e ele mal podia esperar para deixá-la esticar as asas durante o voo. Tinha se assegurado de manter Ignácio e Atena infundidos dentro de si pelo máximo de tempo possível antes da missão para que descansassem e recuperassem o máximo de mana. Ainda assim, era estranho ficar tanto tempo sem Ignácio, e ainda estava se acostumando com a presença de Atena em sua consciência. Por mais que ela raramente se intrometesse nos pensamentos dele, como era de esperar de um demônio bem treinado, Fletcher ainda tinha dificuldades em direcionar instruções a uma só consciência demoníaca de cada vez.

— Todos prontos? — gritou Cipião, observando os últimos estudantes subir aos flancos de seus respectivos demônios. À frente, Fletcher viu Ofélia Faversham montada no próprio Periton, os cabelos pálidos esvoaçando ao vento. Ela levava Zacarias Forsyth na garupa, ali para despachar seu Wendigo quando eles chegassem à zona de pouso ou talvez como proteção adicional. Rook também estava montado, agarrado à barriga de outro oficial e com uma expressão bem enjoada no rosto.

Caliban, Sacarissa e o Wendigo não estavam em lugar algum, mas Fletcher sabia que não poderiam ser infundidos, ou a conexão com as pedras de visão seria rompida. Então ele viu os soldados apontando para cima. Seguiu os olhares deles e viu três grandes caixotes flutuando bem alto no céu, cada um atado a dois membros do Corpo Celeste. Não era de se espantar que Rook estivesse tão nauseado: as caixas balançavam de um lado ao outro, e os mestres sentiriam o movimento através dos demônios.

— Onde está Arcturo? — indagou Fletcher, percebendo a ausência do patrocinador de Serafim, e Lovett apontou para o homem no Alicórnio ao lado deles. De repente, Fletcher reconheceu a parte de baixo do rosto do estranho, percebendo parte da cicatriz sob os óculos.

— Um presente do rei Harold! — gritou Arcturo, dando tapinhas no pescoço do Alicórnio. — Eu o chamo de Bucéfalo, ou Buck, como apelido! Vai me fazer companhia enquanto Sacha estiver fora.

Lovett se virou para Fletcher e Sylva com um sorriso alegre.

— Arcturo vai participar da equipe de extração quando vocês tiverem completado a missão, ou se algum de vocês precisar de resgate. Vai ser bom ter um companheiro de voo... depois que vocês me devolverem Lisandro, é claro.

Fletcher viu que agora todos os outros estavam montados, incluindo Jeffrey, apesar de ser difícil distinguir quem era quem com todos os demônios e asas agitadas na frente.

A uma ordem de Ofélia, o Corpo Celeste se virou para as selvas. Então, com boca seca e coração acelerado, Fletcher foi lançado ao ar pela segunda vez naquela semana.

O chão desapareceu mais rápido do que ele pensava ser possível, o mar de uniformes vermelhos se transformando em pouco mais que uma poça, acumulada contra a barra negra da trincheira. Ainda assim continuaram subindo, chegando cada vez mais perto das nuvens. Antes que eles as atravessassem, porém, Fletcher teve um relance de um oceano infinito e ondulante de verde, interrompido apenas pelo largo rio serpenteante que meneava em direção às linhas de frente antes de dar meia-volta.

— Foi por esse rio que o garoto, Mason, veio até nós — gritou Lovett, quando atravessaram as nuvens com um rastro de névoa em seu encalço. — Aquele que trouxe o corpo do goblin. É um rapaz valente. Eu não teria a coragem de fazer o que ele está fazendo.

Planavam sobre um vasto manto branco de nuvens que se estendia até onde a vista alcançava. Agora que as haviam atravessado, o sol fulgurava potente no alto, e o reflexo de tanta luz na camada nebulosa abaixo era fortíssimo. Era estranho, pois o céu estivera nublado antes da decolagem.

— O que você quis dizer sobre Mason? Por que ele é corajoso? — perguntou Sylva, ofegante de empolgação, as mãos bem apertadas na barriga de Fletcher.

—Por que ele ia querer guiar a equipe de Malik? — respondeu Lovett. — Você lembra o estado em que ele estava quando chegou das linhas de frente? Ele é louco ou destemido de voltar. Não sei dizer se é por lealdade aos amigos que ainda estão cativos ou se está atrás do dinheiro da recompensa.

A formação de demônios alados deu uma guinada para o sul, vários deles logo acima das nuvens, raspando as patas nelas. Fletcher esticou as pontas dos pés, na esperança de sentir alguma coisa, mas sentiu apenas as botas ficando úmidas.

— Tenho uma coisa para você — disse Lovett, pegando alguma coisa nos alforjes da sela. Era um pergaminho, firmemente enrolado com uma fita vermelha. — Se alguma coisa acontecer comigo enquanto vocês estiverem lá fora — explicou ela, pressionando o pergaminho nas mãos de Fletcher. — Este é o pergaminho de conjuração de Lisandro.

Não quero que ele desapareça de volta no éter no meio da missão se o pior acontecer.

— Obrigado — respondeu Fletcher, tocado pelo gesto. — Eu o devolverei quando voltarmos.

Ele guardou o pergaminho no bolso lateral da mochila, tomando cuidado para não perturbar o gremlin. Não queria ter que se explicar caso Lovett descobrisse o fugitivo que ele abrigava.

Seguiram voando adiante, o sol quente na pele, o vento marejando os olhos com cada rajada. Não demorou muito, contudo, para que a empolgação do voo passasse e desse lugar à realidade de para onde se dirigiam.

— Por que você não deixa Atena esticar as asas? — sugeriu Lovett, sentindo a tensão no ar.

Fletcher sorriu e apontou a palma para o céu. Atena irrompeu no mundo com um clarão de luz azul, espiralando numa pirueta elegante até planar logo adiante do bico de Lisandro.

— Talvez fosse uma boa ideia mudar a posição dela — riu Lovett. Só que Fletcher não entendeu a piada. Ele fez um esforço para pensar no motivo, confuso, até que Sylva sussurrou:

— Hominum inteira está assistindo a isso pelos olhos de Lisandro. Não acho que eles apreciariam uma visão avantajada do traseiro de Atena.

— Ah! — Fletcher riu, em seguida fazendo Atena chegar para baixo com um pensamento rápido. — Eu esqueci!

— Já eu não vou me esquecer tão cedo — resmungou Lovett, esfregando os tufos das orelhas de Lisandro. — Lisandro passou a maior parte do dia de ontem sendo cutucado e espetado com cristais que seriam distribuídos pelo império. Tivemos que ficar o tempo todo ao lado de Aníbal, o Wendigo de Zacarias. Aquela coisa fedia mais que uma tanga de gremlin.

Dentro da mochila de Fletcher, Azul se remexeu, como se reconhecesse a palavra. Fletcher nem sabia se gremlins eram capazes de falar, mas mudou de assunto depressa.

— Por que estamos voando acima das nuvens? — perguntou. — Não precisamos ver a configuração do terreno?

— Na verdade, é muita sorte que o dia esteja tão nublado — respondeu Lovett, balançando a cabeça para ele. — Há milhares de orcs, gremlins, talvez até goblins, cuidando dos seus afazeres rotineiros abaixo de nós. Se mesmo um só deles calhasse de nos ver voando aqui em cima, esta missão acabaria antes de começar. Não, vamos ficar acima da cobertura de nuvens até alcançarmos a zona de pouso. Vocês ficarão bem seguros lá; os batedores do Corpo Celeste nos contam que é relativamente desabitada.

Fletcher engoliu em seco — a grossa camada de nuvens de repente parecia uma barreira insubstancial entre eles e a terra abaixo. De fato, de vez em quando a névoa afinava, revelando relances provocantes de terreno montanhoso, totalmente recoberto por uma massa de verde, crescida além da conta. Ele odiava pensar em quanto tempo levariam para voltar caso o Corpo Celeste não conseguisse extraí-los. Isso se tal retorno fosse mesmo de alguma forma possível.

Pela primeira vez, ele notou uma curta lança afixada sob a lateral da sela. Parecia muito uma das lanças de justa dos cavaleiros de outrora, só que mais curta e robusta. Aquela era pintada com listras de branco e azul, com uma poderosa ponta metálica que reluzia ao sol.

— O que é isso? — perguntou ele, apontando.

— Uma lança, o que mais? — respondeu Lovett, puxando-a do suporte e exibindo-a ao apoiá-la sob o braço. — Quando se enfrenta uma Serpe, a lança é a única coisa capaz de lhe perfurar o couro... E isso se você botar alguma velocidade no golpe também.

Fletcher estremeceu ao pensar em combates a tamanha altitude, sobre o lombo de demônios que se entrechocavam num caos de asas e garras.

— Às vezes, passageiros indesejáveis aparecem — continuou Lovett, que guardou a lança e sacou uma lâmina da bainha do cinto. — Picanços, Estirges e Vespes são os mais comuns dos demônios voadores menores dos orcs, e, se chegarem perto demais, você precisa atacá-los com isto.

Fletcher reconheceu a arma como uma adaga rondel, uma lâmina fina e pequena como uma agulha, amparada por guardas em discos no topo e na base do cabo, para proteger as mãos do usuário.

— Claro, isso sem falar em todos os feitiços de batalha disparados para todos os lados — comentou Lovett, girando a adaga, com uma facilidade vinda da prática, e a colocando de volta na bainha. — Se você achava que feitiços eram difíceis antes, espere só até ter que fazê-los no meio de uma luta aérea.

Fletcher estremeceu e, pela primeira vez, se ressentiu com o pouco tempo que tivera para estudar em Vocans. Um ano não chegava nem perto do suficiente para aprender tudo que a conjuração tinha para oferecer, nem para aperfeiçoar as técnicas que *tinha* conseguido aprender.

Diziam que, no geral, os xamãs orcs tinham demônios mais fracos, mas Fletcher se perguntava se isso seria verdade ou só propaganda. Afinal, as Serpes estavam dentre os demônios mais poderosos de todos. Talvez aqueles mandados à linha de frente na verdade fossem os mais fracos, enquanto os mais poderosos ficavam na reserva. Até então.

— Estamos seguindo o rio — gritou Lovett, mais alto que o vento que lhe roubava as palavras. — Vocês serão deixados num pântano que se drena numa das nascentes. Estamos quase chegando!

Como se tivesse escutado, Ofélia parou adiante do esquadrão. Por um momento, ela pairou ali, espiando o solo abaixo, então disparou três fogos-fátuos para o céu em rápida sucessão.

Ao sinal, Lisandro dobrou as asas, e eles mergulharam pelas nuvens, como uma flecha, o vento fustigando o rosto e os olhos de Fletcher. Ele vislumbrou um breve borrão verde de paisagem, e então folhas estapearam seus braços e pernas.

Lisandro parecia saltar de galho em galho, cada um reclinando-se para baixo, como uma muda dobrada, desacelerando a queda deles até o ponto de quase se partir, mas sendo solto quando o Grifo saltava para o próximo. Finalmente, quando Fletcher pensou que não acabaria mais, houve um baque suave; as garras de Lisandro se cravavam no solo, derrapando e deixando quatro sulcos no seu rastro. Eles pararam logo antes se chocar contra uma touceira emaranhada de arbustos espinhosos.

— Agora é isso que eu chamo de uma descida rápida — comemorou Lovett, socando o ar. Fletcher sentiu Sylva lentamente descer, rolando das costas de Lisandro, desabando no chão com o formato das pernas ainda conformado à sela.

— Isso foi horrível — ofegou ela, cravando os dedos no solo.

— Achei que você estaria acostumada a altura, com a Grande Floresta e coisa e tal — comentou Fletcher, ainda sentindo o coração bater tão forte que quase podia ouvir a pulsação nos ouvidos. Ele saltou para o chão e prontamente desabou ao lado dela, as pernas dormentes por terem apertado os flancos de Lisandro tanto tempo.

— Não foi a altitude, foi a descida — respondeu Sylva, dando-lhe um tapa brincalhão no peito. Eles ficaram ali deitados, vendo outros cavaleiros descendo mais lentamente pelas copas.

— Idiotas — resmungou Lovett, observando uma das grandes caixas ser baixada em meio às árvores por um par de Grifos planando. — Quanto mais tempo demorarmos para pousar, maiores as chances de orcs nos verem.

Atena esvoaçou e se empoleirou no peito de Fletcher, piscando os olhos enquanto o examinava. Ela o tateou com as patas na barriga e nas pernas, assegurando-se de que ele ainda estava inteiro. O rapaz sorriu e a acariciou, deliciando-se com a forma estranha como a plumagem delicada se misturava ao pelo macio do ventre e dorso.

Fletcher se sentou e observou o terreno em volta. A mata ali era mais densa e abundante que nas terras élficas, que consistiam em imensos troncos cercados por um cobertor plano de musgo. Em contraste, o solo da selva era coberto de uma camada de folhas decompostas, com galhos espinhosos, plantas de folhas largas e cipós preenchendo os espaços entre as árvores retorcidas e interligadas. O solo era negro e de cheiro intenso, alimentado pela queda constante de folhas mortas que formavam uma argila rica e macia abaixo. Logo além da clareira onde ele e os outros tinham pousado, poças de líquido fétido se espalhavam; água preta salobra coberta por refugo de folhagem podre.

— Eu *nunca* mais vou fazer isso — declarou Cress. — Fletcher se virou e se deparou com ela de cara no chão, abraçando a terra com todo seu amor. Otelo parecia estar só um pouco melhor, ajoelhado ao lado do Alicórnio de Arcturo com uma expressão de alívio. — Eu preferiria andar — continuou Cress despreocupada. — Pode cair fora daqui com essa palhaçada de voar, Arcturo. Você e Buck podem ficar dormindo quando for a hora de nos resgatar.

O capitão riu, tirando o capuz de couro e chacoalhando a juba negra recém-libertada. Fletcher teve certeza de ter visto Lovett corar, dar uma olhada rápida para Arcturo e, em seguida, afastar o olhar. Fletcher captou o olhar da conjuradora e sorriu, mas a expressão severa que ela devolveu apagou o sorriso dele no mesmo instante.

— De pé, todos vocês — comandou a voz de Ofélia, em meio aos demônios que os cercavam. — Estamos partindo.

As equipes se reuniram, e os caixotes foram descarregados, deixando Sacarissa, Aníbal e Caliban cambalear para fora e se juntar aos demais. Arcturo ergueu Lovett do dorso de Lisandro e a carregou até Bucéfalo, segurando-a como uma criança adormecida. Fletcher, que tinha se esquecido momentaneamente da perda de movimento da capitã, se sentiu culpado em lhe tirar Lisandro.

Ofélia andava de um lado para o outro, impaciente e ansiosa para voltar à segurança das linhas de frente de Hominum.

— Quero que vocês se lembrem de que o mundo está assistindo-os pelos olhos dos demônios dos seus patrocinadores — ralhou ela, passando os olhos pelo rosto de cada um. — Comportem-se de uma forma digna de formandos de Vocans. Não faltem ao dever.

A neta dela, Verity, ergueu a mão timidamente, mas a baixou depois de um olhar furioso de Ofélia. Levou mais alguns momentos para Arcturo remover a sela de Lisandro e atá-la ao flanco de Bucéfalo. Feito isso, o Corpo Celeste estava montado de novo.

— Cuidem bem de Lisandro, hein?! — exclamou Lovett, erguendo a voz para ser ouvida sobre as despedidas dos outros cavaleiros.

— De Sacha também — ecoou Arcturo.

Então, num piscar de olhos, estavam no ar de novo, deixando os formandos a sós com seus destinos. As equipes ficaram ali paradas, observando em silêncio por um tempo, até que o corpo desapareceu de vista.

— Então — disse Serafim alegremente. — O que fazemos agora?

25

Os quatro líderes de equipe se reuniram num círculo, de cócoras para não se sentarem no chão molhado. Serafim tinha aberto o mapa sobre a mochila, a rota planejada já marcada no papel.

O rio seguia um caminho serpenteante, a única característica marcante num mar de verde. Numa das curvas mais pronunciadas, um x vermelho marcava o local das cavernas órquicas, complementado por um desenho tosco de uma pirâmide. Num canto do mapa, havia um diagrama mais detalhado do acampamento dos orcs, baseado nas memórias de Mason do tempo que passara lá como escravo. A pirâmide de base quadrada ocupava grande parte do espaço, com uma rede de cavernas correndo por baixo; era lá que ficavam os ovos de goblin.

— Vamos seguir o rio pela margem oeste; assim não teremos que cruzá-lo para chegar ao acampamento — explicou Malik, traçando o caminho com o dedo. — Com Mason servindo de guia, vamos evitar as patrulhas com facilidade.

— Nós vamos pela margem leste e atravessaremos à noite — disse Serafim, balançando a cabeça e indicando a linha pontilhada que a equipe dele já havia desenhado ao longo do rio. — O lado oeste fica mais perto dos acampamentos dos orcs. Prefiro ficar molhado a ser morto.

Assentiu para o guia, um veterano grisalho armado com uma besta pesada.

— O sargento Musher aqui foi deixado para trás depois de uma batalha nas selvas no ano passado. Evadiu possíveis captores por vinte dias, vivendo da terra e se orientando pelas estrelas. Ele nos...

— Vocês dois estão errados — interrompeu-o Isadora, tirando a mão de Malik da frente com um tapa e traçando um arco mais largo, mais para oeste. — *Nós* vamos atravessar como Malik, mas contornando a margem oeste do rio. O rio é uma fonte de peixe e água, e é nele que os orcs irão se aglomerar. A distância é maior, porém é mais seguro.

Era uma sensação estranha, pensou Fletcher, estar tão perto de Isadora. O pai dela se esforçara com determinação para que ele e Otelo fossem executados, sem falar no fato de ela e Tarquin terem planejado o assassinato de Sylva. E, no entanto, ali estavam eles, trabalhando juntos contra os orcs.

— Fletcher — disse Serafim, cutucando o rapaz. Ele ergueu o olhar e viu que os outros líderes de equipe o fitavam com expectativa.

— Concordo que as margens do rio estarão mais ocupadas — afirmou, lembrando a rota que ele os outros tinham escolhido. — Faremos o mesmo, só que deste lado. Atravessaremos à noite, como Serafim, mas, até lá, nos manteremos longe da margem.

— Nobres de um lado, plebeus do outro. — Isadora sorriu, assentindo para si mesma com satisfação. — Vamos ver quem chega primeiro.

Serafim fez cara feia para as palavras da jovem, mas enrolou o mapa.

— É bom que nós nos separemos — comentou Malik, ignorando Isadora. — Se uma equipe for pega, haverá três outras para completar a missão. Mas há uma desvantagem também.

— E qual seria? — indagou Fletcher.

— Vai ser mais difícil chegarmos todos ao mesmo tempo na pirâmide, como Rook falou. Se não conseguirmos, a primeira equipe terá que entrar sozinha e as outras ficarão vulneráveis quando o alarme soar. Então o Corpo Celestial terá uma dificuldade dos infernos de localizar todas as quatro equipes no tempo que terão antes da chegada das Serpes.

— Ele tem razão — admitiu Isadora, um tanto a contragosto. — Vamos ter que dar o nosso melhor. Se uma equipe chegar mais cedo, espere dentro da pirâmide. Mason me diz que é solo sagrado, usado somente para cerimônias, então ficaremos seguros ali. Se alguém se atrasar... encontra o próprio caminho de casa.

— Por mim, tudo bem — disse Fletcher, enquanto Malik e Serafim concordavam com a cabeça.

— Seguiremos pelo pântano até onde ele se junta à boca do rio — disse Malik, enquanto se levantava. — Então tomaremos nossos caminhos separados e nos reencontraremos na pirâmide.

Enquanto os líderes de equipe voltavam aos respectivos grupos, Fletcher ficou cada vez mais ciente do gremlin se remexendo na mochila. A criaturinha obviamente farejava sua volta à selva e tentava se libertar. Fletcher precisava de uma distração.

— Tive uma ideia — anunciou ele aos quatro grupos, hesitante em levantar demais a voz, no caso de o som reverberar na selva. — Cada um dos nossos guias tem uma especialidade que os outros não têm. Por exemplo, Jeffrey aqui tem acesso a um novo conjunto de feitiços que só foi descoberto recentemente, além de conhecimento da flora local, coisas que estou disposto a compartilhar com vocês. O guia de Serafim, sargento Musher, vai saber como se evitar detecção e se orientar na floresta. O seu...

Ele olhou para o guia de Malik, Mason, que estava ocupado devorando uma pilha de frutas da selva.

— Bem, tenho certeza de que todos teremos alguma coisa para contribuir.

— E quanto a mim? — grunhiu uma voz em meio à equipe de Isadora. — Eu terei utilidade?

Com toda a emoção dos acontecimentos e depois do vaguear de todo mundo, Fletcher não tivera uma chance de ver quem era o guia de Tarquin. Porém, quando o vulto parrudo se revelou, Fletcher ficou sem fôlego. Grindle.

Era um homem feito, com a cara amassada de um buldogue e uma grossa camada de gordura pelo corpo, mais ainda que Atlas, parado ao lado. Vestia o uniforme negro dos Fúrias de Forsyth, como todos na equipe de Isadora.

— Servi como homem de lorde Forsyth por muitos anos — afirmou ele, avançando na direção de Fletcher. — Você sabe, sujando minhas mãos de sangue para que Zacarias não precisasse fazê-lo. Não poderia deixar os filhos dele entrar na selva sem meu olho vigilante sobre ambos.

Grindle piscou para Sylva cujo rosto ficou completamente pálido. Quase dois anos antes, aquele homem tinha colocado a cabeça dela num bloco e erguido aquela mesma clava retorcida que agora trazia nas costas, com a intenção de matá-la. Se não fosse pela intervenção de Otelo e Fletcher, ela agora estaria morta, e Hominum, mergulhada numa guerra com os elfos.

Sylva colocou uma flecha no arco, mas Otelo a tirou da corda antes que a elfa pudesse erguer a arma.

— O mundo está assistindo — sibilou ele, apontando para o Wendigo cujos olhos negros estavam fixados neles com interesse atento.

— Você quer ajudá-los? — exclamou Sylva, voltando a raiva contra Fletcher.

— Talvez nós compartilharemos só com a equipe de Serafim — afirmou Fletcher, a voz carregada com a mesma fúria. — Você parece ter toda a ajuda de que precisam.

— E que ajuda poderiam nos dar um servo imundo metido a besta e um soldado burro o bastante para se perder na selva? — perguntou Tarquin, inspecionando as próprias unhas. — Podem ir em frente e compartilhar o que vocês quiserem. Nós estamos partindo agora.

Isadora abriu um sorriso maldoso para eles e sibilou uma ordem para o Wendigo. O monstro saiu andando sobre as quatro patas pela mata rasteira, abrindo bem as garras para fazer uma trilha adiante.

— Nos encontramos mais tarde, Fletcher! — exclamou Didric, tocando a rapieira no cinto. — Vamos nos ver *muito* em breve.

Então a equipe Forsyth caminhou casualmente selva adentro, desaparecendo lentamente até só restar o som de galhos sendo quebrados.

— Bem, não quero saber a explicação disso tudo — comentou Verity alegremente, adiantando-se. — Mas nós estaríamos *muito* dispostos a compartilhar. Mason pode lhes mostrar como ler as pistas no chão e não deixar rastros, uma lição que teria sido útil para aqueles idiotas. — Ela apontou o polegar sobre o ombro para a trilha de caules partidos e solo revolvido que os Forsyth haviam deixado para trás. — O que me diz?

Ela chutou Malik, que tossiu e concordou com a cabeça.

— Você é uma Faversham! — exclamou Fletcher desajeitado, ficando vermelho assim que as palavras lhe saíram da boca. Não estava acostumado a ser tão rude.

— E você é um Raleigh — respondeu Verity com sarcasmo. — Sei que meu pai participou da sua acusação no julgamento, mas esse é o trabalho dele. Tento não julgar as pessoas com base nas famílias. E você?

Fletcher hesitou enquanto ela sorria para ele com um brilho travesso nos grandes olhos escuros. Ela era realmente muito bonita. Fletcher gaguejou, sem saber o que dizer, e a forma como Sylva o encarava com desaprovação não ajudava em nada.

Felizmente, Serafim falou antes que o silêncio se prolongasse por tempo demais.

— Mal não vai fazer — declarou ele, estufando o peito. Era incapaz de resistir a um rostinho bonito. — Se um de nós for pego, dificultará as coisas para os outros. Sugiro passarmos o dia aqui treinando uns aos outros e então acampar até amanhã. Já é quase tarde, de qualquer maneira. Deveríamos ter feito todo esse planejamento antes de termos vindo para cá, mas é o jeito.

Fletcher olhou para Otelo em busca de orientação, e, depois de uma pausa, o anão lhe deu um curto aceno. Leves arranhões dentro da mochila selaram sua decisão.

— Certo — disse Fletcher, abrindo caminho por entre a equipe e caminhando até o limite da clareira. — Agora, se vocês me dão licença, tenho alguns assuntos a resolver com uma daquelas árvores ali.

26

Fletcher se apressou selva adentro, com o rosto vermelho. Fingir que precisava ir ao banheiro... Não poderia ter pensado numa desculpa melhor?

Ele lutou para avançar em meio aos arbustos emaranhados, a pele coçando ao esbarrar numa grudenta teia de aranha. Ao redor de sua cabeça, o zunido agudo dos mosquitos se misturava ao zumbido grave das moscas. Apesar da umidade abundante no ar, os insetos pareciam atraídos ao líquido nos olhos e boca do rapaz, que teve que avançar cuspindo bichos até sair da vista dos outros.

Ciente da própria vulnerabilidade, assim tão longe dos outros, conjurou Ignácio e Atena com dois clarões da palma. Imediatamente, Atena esvoaçou até o topo da árvore mais próxima, vasculhando a área em busca de perigos. Ignácio se contentou em escalar até o ombro de Fletcher e dar um tapa no mestre com a cauda, castigo por tê-lo mantido infundido tanto tempo.

Com um olhar furtivo para trás, Fletcher se agachou em meio aos arbustos e abriu a mochila lentamente. Ali dentro, Azul o espiou de volta com olhos esbugalhados e assustados. Tinha de alguma forma se armado com um anzol de pesca, uma das muitas ferramentas que Uhtred e Briss haviam guardado nas bolsas de couro dadas pelos anões. Era uma arma patética, mas o gremlin a ergueu enquanto Fletcher se afastava, os braços erguidos para mostrar que não era ameaça.

Lentamente, sem tirar os olhos de Fletcher, o gremlin saiu da mochila e se agachou no chão, o peito magricelo ofegando com respirações ansiosas.

— Eu não deveria fazer isso — disse Fletcher; ao dizê-lo, as dúvidas começaram a atormentá-lo. Azul poderia correr direto aos seus mestres orcs e lhes contar sobre a missão. Mas era tarde demais agora, pois o gremlin já tinha se afastado para fora de alcance. Um clarão de branco acima disse a Fletcher que Atena sentira seus temores e estava pronta para dar o bote. Então, o gremlin falou:

— Obrigado — trinou Azul, soltando o anzol no chão.

Ele sabia falar! A mente de Fletcher girou enquanto Azul disparava selva adentro. Meio segundo depois, as patas de Atena atingiram o chão onde ele havia estado, e ela piou de frustração.

— Deixem-no ir — sussurrou Fletcher, enquanto Ignácio saltava e farejava os arbustos. — Ele não vai contar.

Assim ele esperava.

Conforme a manhã se transformava em tarde, Fletcher se via feliz que a equipe de Malik tivesse compartilhado o conhecimento de seu guia. Mason os ensinou a deixar menos pegadas, evitando o solo mais úmido e ficando perto do chão mais firme ao lado das raízes das árvores. A lembrar, quando examinavam as pegadas alheias, que os gatos selvagens andavam com garras retraídas enquanto as hienas, mascotes favoritas dos orcs, não. Como alguns dias de vento ou uma única noite de chuva bastaria para apagar tudo.

Mostrou como disfarçar o próprio cheiro e evitar mosquitos esfregando alho-bravo na pele e nos cabelos. Falou sobre as estradas naturais da floresta, aprofundadas pelos anos de passagens de animais. Fletcher sabia de algumas dessas coisas dos anos de caçadas nas montanhas Dente de Urso. Mas ouvir aquilo sendo dito e ensinado, em vez de apenas depender do próprio entendimento instintivo, era fascinante.

Enquanto Mason falava, Jeffrey vasculhava as bordas da floresta, coletando plantas e guardando vários espécimes na bolsa. Quando chegou sua vez de falar, foi o conhecimento botânico que impressionou mais, em vez dos feitiços que revelou no fim.

— Vejam aqui, o cipó d'água — explicou, apontando para uma liana que pendia rigidamente das copas.

Ele cortou a base com uma faca fina e a levou à boca. Água fluiu como de uma torneira.

— Fresca como uma nascente da montanha — disse, sorrindo e limpando a boca. — Se não der para arranjar água da chuva ou de cocos, é o melhor lugar a procurar.

Foi até outra planta próxima, uma muda de palmeira. Serrou gentilmente e removeu da casca o interior branco, que mastigou com alegria.

— Palmito. Tem gosto de aipo — resmungou de boca cheia. — Mas é nutritivo!

Fatiou o cilindro e distribuiu os pedaços. Fletcher achou o sabor sem graça, mas com um toque de nozes que aprovou.

Um pouco mais longe do acampamento, Jeffrey lhes mostrou uma flor com pétalas roxas e brancas. Colheu-a para revelar um legume alaranjado abaixo.

— Batata-doce. — Sorriu mais uma vez, guardando-a no bolso para mais tarde.

Por mais uma hora ele os guiou pela selva, num raio de 30 metros do acampamento. Mamão, goiaba, coco e maracujá pendiam dos galhos, sendo colhidas pelos demônios mais acrobáticos. Malaqui e Azura, os Carunchos de Rory e Genevieve, cortavam os caules das frutas, que caíam com baques suculentos. Verity revelou que seu demônio era uma Donzela, parecida com uma libélula iridescente e com o dobro do tamanho de um Caruncho. Tinha um ferrão e mandíbulas afiadas que adicionavam um elemento de perigo ao inseto multicolorido que dardejava por entre as árvores. Era um demônio de nível baixo para uma conjuradora nobre, e Fletcher suspeitava de que não era o único que ela mantinha em seu rol.

Mas não era tudo paz e amor. Jeffrey parou diante de uma grande planta de um único caule, com folhas em forma de coração, que crescia ali perto. Não parecia muito impressionante, exceto pelas frutinhas translúcidas, cor-de-rosa e brilhantes, que pendiam em cachos como uvas.

— Esta é uma gympie-ferrão. Estão vendo aqui essas cerdas finas que cobrem os frutos e folhas? — Ele ergueu o braço para afastar os outros, mas ergueu uma das folhas com a faca para que todos vissem. — Cada fibra está cheia de uma neurotoxina que causará a pior dor imaginável. O pior de tudo é que a dor continua por meses, alguns dizem até anos. Fiquem de olho nelas. Sargento Musher, você já ouviu falar?

O veterano guia de Serafim balançou a cabeça com tristeza.

— Um rapazote de 17 anos foi pego de surpresa numa patrulha uma noite. Entrou no mato, fez os negócios dele. Limpou com uma dessas folhas aí. Os gritos poderiam ter acordado os defuntos. Definitivamente acordou alguns orcs, porque a gente teve que cair fora de lá rapidinho. Levamos de volta pro acampamento, chamamos o médico pra dar uma olhada, chamamos até um conjurador pra curar. Não fez uma pitomba de diferença. Os gritos continuaram e continuaram. O pobrezinho se matou duas semanas depois.

O clima ficou pesado, e Fletcher estremeceu. Aquela planta não estivera muito longe de onde ele tinha libertado Azul. Aquela selva era tanto paraíso quanto uma armadilha mortal.

Novamente, Jeffrey os levou adiante, daquela vez parando ao lado de uma grande árvore, tão comum quanto qualquer outra.

— A mancenilheira — anunciou, apontando para os galhos. — Queime esta madeira, e a fumaça o cegará. Fique embaixo dela durante uma chuva, e uma única gota queimará sua pele. Orcs cobrem as lanças com a seiva para fazer os ferimentos infeccionarem. Eles até amarram os gremlins fugitivos aos troncos para que morram devagar. Pior que ser queimado, dizem alguns. O fruto é conhecido como maçã da morte. — Apontou para os grandes frutos verdes que pendiam dos galhos. — Vocês podem adivinhar o que acontece se comerem uma.

Houve muitas outras revelações naquela tarde. Jeffrey lhes mostrou quais lenhas queimam com menos fumaça, de forma a melhor ocultar a presença na floresta. Colheu capim-navalha com folhas tão afiadas que dava para se barbear com elas, carnudas como os espinhos nas costas do Cascanho de Serafim. Havia até cipós espinhentos que poderiam servir de serras, de tão afiados e fortes que eram os dentes de cada espinho.

Finalmente, Jeffrey entregou diagramas de três novos símbolos de feitiços. O primeiro, um feitiço de crescimento em forma de folha, era capaz de transformar uma semente em planta em questão de minutos. Ninguém o testou, porém, pois Jeffrey avisou que exigiria mana substancial.

O símbolo seguinte era uma linha retorcida, que Jeffrey chamou de feitiço de emaranhamento. Ele apertaria e selaria qualquer nó ou, ao se entalhar o símbolo inverso, o afrouxaria. Os usos eram limitados, mas Fletcher se divertiu testando a magia nos cadarços das botas de Serafim quando este não estava olhando, o que entreteve os outros. Acima de tudo, Fletcher ficou aliviado em ver que Genevieve e Rory o tratavam bem, aparentemente tendo perdoado o amigo pelas transgressões do ano anterior.

O símbolo final era provavelmente o mais empolgante, e Jeffrey o descreveu como um feitiço de gelo, encontrado na carcaça de um Polárion. Com a forma simples de um floco de neve, lançava uma rajada gélida que dominava tudo que tocava.

— Uma bênção neste calor — proclamou Malik, disparando contra a poça mais próxima. A superfície estalou e se congelou, e a umidade do ar no rastro caiu no chão numa névoa de flocos de neve. — Um pouco poderoso demais para se refrescar — concluiu, decepcionado. — Mas vou colocar gelo na minha água de coco daqui em diante.

Fletcher se perguntou por que os feitiços teriam sido mantidos em segredo por tanto tempo, úteis como seriam a todos os magos de batalha. Talvez fossem as únicas fichas de barganha de Electra, usadas por ela para permitir que Jeffrey continuasse sua pesquisa atrás das linhas inimigas.

Assim que as equipes terminaram de testar o feitiço de gelo, foi a vez do sargento Musher demonstrar seu conhecimento. E foi em boa hora, pois o céu tinha escurecido e as primeiras estrelas já estavam cintilando. Eles montaram acampamento, agrupando-se bem de perto conforme o calor do dia se esvaía, deixando apenas a umidade da selva infiltrar o frio nos ossos de todos.

A voz de Musher os envolveu na escuridão, descrevendo as constelações e a quais direções elas levariam o navegador. A Flecha Élfica que indicava o norte, o Cetro de Corwin, que apontava o leste...

Aninhado no calor dos amigos, Fletcher sonhou.

27

Atena cutucou os pés do bebê, tomando cuidado para manter as garras retraídas. O bebê gorgolejou e observou a Griforuja com grandes olhos escuros.

— Atena! O que foi que eu lhe disse sobre brincar com o bebê? Ele mal tem idade para sentar. — A voz era suave e pura, vinda do alto.

Tranças loiras desceram sobre o bebê enquanto mãos o erguiam do berço. Atena, ainda nos lençóis, olhou para cima e contemplou os olhos azuis de uma dama. A mulher nobre sorria, apesar da ruga do cenho franzido entre as delicadas sobrancelhas.

— Edmund! — exclamou a mulher. — Você pode tirar essa Griforuja tola do berço?

— Desculpe-me, Alice; não estava prestando atenção. Há uma casa em chamas em Raleightown. Dá para ver aqui da janela.

Houve passos, e um homem surgiu à vista, chamando Alice para segui-lo. Como a dama, ele não vestia mais do que uma camisola, aberta no peito. Seu cabelo era escuro, com uma grossa camada de barba cobrindo a metade inferior do rosto.

Atena saiu do berço e se assentou na grade de madeira. Os dois nobres estavam juntos na janela do quarto do bebê, observando um leve brilho ao longe.

— É o padeiro ou o ferreiro? — indagou Alice, estreitando os olhos.

— Nenhum dos dois; ambos ficam no lado leste da aldeia. Espere... O que é aquilo?

Atena sentiu um pulso de alarme súbito do mestre. Houve um grito distante, interrompido tão subitamente quanto começara.

Ela esvoaçou até o ombro de Edmund e espiou pelo vidro. O gramado da mansão estava perfeitamente bem-cuidado, as bordas iluminadas com lampiões tremeluzentes. No horizonte, as chamas de uma aldeia incendiada cresciam. Então, como a maré subindo, uma onda de criaturas cinzentas surgiu nas trevas.

— Que os céus nos ajudem — sussurrou Edmund.

Eles vinham correndo da penumbra, como uma matilha de lobos. Dezenas de orcs; gigantes musculosos e esguios, com ombros recurvados e cenhos protuberantes, bafejando grandes nuvens de fôlegos fumegantes no frio ar noturno. Os caninos que se projetavam das mandíbulas reluziam brancos à luz dos lampiões, e as criaturas brandiam as clavas e machados enquanto corriam. Atena quase ouvia o trovejar dos pés, mas os orcs não uivavam ou gritavam, pois queriam pegar os ocupantes de surpresa.

— Todos os guardas estão no passo da montanha — sussurrou Alice, agarrando o braço de Edmund. — Eles teriam soado o alarme se os orcs tivessem atacado por ali. Nós... fomos traídos!

— Sim — concordou Edmund, caminhando até a porta do quarto. — Alguém lhes mostrou a passagem subterrânea.

— Reúna os criados e arme-os como puder — disse Alice, beijando o bebê e deitando-o cuidadosamente no berço. — Eu os conterei nos portões principais.

Os orcs já tinham alcançado o cascalho ao redor da mansão. Houve um estrondo no andar de baixo, seguido pelo estardalhaço de cascos e clavas golpeando a porta.

Edmund saiu correndo do quarto, mas Atena sentiu o desejo do mestre de que ela ficasse ali, vigiando o bebê. Ainda que tudo no seu ser a atraísse para ele, Atena se agachou à beira do berço e manteve vigília.

— Proteja-o, Atena — pediu Alice. Então ela também saiu.

Atena pôde apenas assistir a mais orcs vindo da aldeia, sangue pingando das armas. A porta no térreo emitiu um som de ruptura ao ceder ao massacre, o som foi seguido por um quebrar de vidro quando a janela do quarto do bebê implodiu diante dela. Uma lança passou assoviando, tão perto que Atena sentiu o vento no seu rastro.

Então, enquanto Atena olhava pela janela partida, uma explosão abaixo lançou massas de orcs para o gramado, como bonecos de pano atirados por uma criança furiosa.

Bolas de fogo se seguiram, brilhando como meteoros conforme cada disparo atingia aqueles ainda de pé. Acertavam com força explosiva, derrubando orcs como moscas.

Para cada orc que caía, porém, havia outros tomando o seu lugar, aglomerando-se nos restos da entrada explodida.

— Aguentem firme, os guardas virão. Eles têm que vir! — A voz de Edmund soou clara no pátio, mesmo enquanto os orcs começaram a berrar com fúria.

Relâmpagos crepitaram por entre os orcs reunidos, deixando-os se contorcendo e convulsionando no chão. Atena sentia o mana sendo drenado de si. Não duraria mais muito tempo.

Uma vibração surda soou quando uma grande lança foi arremessada pela porta aberta, e Atena sentiu uma dor aguda nos limites da consciência. Edmund tinha sido atingido, mas ela percebeu que tratava-se somente de uma ferida de raspão.

Um orc bem maior que os outros investiu pela entrada. Sangue espirrou no cascalho quando um impacto cinético lhe arrancou a cabeça, mas os orcs que o seguiam conseguiram entrar.

Mais gritos. Um uivo, de Galert, o Canídeo de Edmund, quando o demônio foi libertado sobre as feras. O Vulpídeo de Alice, Reynard, devia estar lutando ao seu lado, pois os uivos eram acompanhados por rosnados agudos.

Porém, mesmo enquanto Atena via corpos cinzentos sendo arremessados da porta, ensanguentados e queimados, mais e mais orcs conseguiam se enfiar na mansão. A maré estava virando.

Dor. Pior agora. Um braço quebrado. Ordens de Edmund, imagens enviadas pela conexão deles, com uma clara intenção.

A memória de uma grande árvore. Um elfo que tinham encontrado uma vez. Leve o bebê para lá. A criança que ainda não tinha nome. Não pare por nada.

Atena pegou os braços do recém-nascido com as patas. Ele era tão pesado, e o destino, tão distante. Mas ela precisava tentar.

Um grito rouco veio de fora, cortando os berros e rosnados que emanavam dos horrores da batalha abaixo.

Sir Caulder, grisalho e ensanguentado, cambaleava no gramado diante da mansão. Mal conseguia ficar em pé de exaustão, tendo corrido até ali em cota de malha. Mesmo assim, o primeiro orc a atacá-lo foi talhado nos joelhos, então pisoteado com bota blindada. Quando o próximo orc se virou para enfrentá-lo, foi jogado para trás por uma flechada na cabeça. Mais soldados vieram, trôpegos da escuridão, disparando os arcos.

Mas estavam em desvantagem numérica; mais de cem orcs contra poucas dezenas de humanos. Um por um, os soldados exaustos iam sendo abatidos por dardos e machados arremessados, derrubados como marionetes arrancados do palco. Os homens mais próximos eram esmagados pelas clavas, os gigantes cinzentos ululando guturais gritos de guerra.

Sir Caulder continuou lutando, mesmo quando uma clava esmagou seu braço. O membro pendia inerte ao seu lado enquanto ele se esquivava e atacava, fazendo os orcs pagarem caro por cada passo que recuava. Um golpe pelas costas quase lhe decepou a perna, que ficou pendurada num ângulo perturbador. Ele tombou, então, com olhos voltados ao céu.

Atena se lançou ao ar noturno no momento em que uma explosão no térreo arremessou destroços pelo gramado. As enormes pedras da construção devastaram os orcs aglomerados, caindo como cargas de chumbo e os transformando em nuvens de névoa vermelha.

A conexão com Edmund se foi, tal como ele. Atena já sentia o éter puxando a própria essência. Só que o bebê sob ela chorava, os braços esticados dolorosamente sobre o próprio corpinho. A noite ficava cada vez mais fria conforme Atena voava cada vez mais alto.

Escuridão. Bater de asa após bater de asa. Estrelas imóveis brilhando acima, luzes cintilantes de cidades passando abaixo. O chamado do éter cada vez mais forte.

Horas se passaram.

Montanhas nevadas se erguendo da terra como dentes. Corpo se esvanecendo. A selvageria do éter tomando controle.

Uma vila, bem abaixo.

Nenhum tempo.

Nenhuma escolha.

28

— Fletcher, acorde!

Os olhos verdes de Otelo o espiavam, da mesma cor da folhagem acima.

— A equipe de Malik partiu sem a gente.

Fletcher se sentou, a memória de Atena ainda vívida em sua mente.

— Por quê? — murmurou ele.

— Deixaram um bilhete, dizendo que decidiram aproveitar a luz do dia ao máximo, e saíram cedo. Não quiseram nos acordar.

— Por mim, tudo bem — bocejou Sylva, se espreguiçando. — Se houver problemas à frente, eles vão dar de cara com eles antes da gente.

Serafim e a equipe estavam fazendo as malas. Exibiam os demônios materializados, e Fletcher ficou feliz em ver que Rory agora tinha um segundo Caruncho, menor que Malaqui, com uma carapaça amarela.

Foi o demônio de Átila que mais o surpreendeu, porém: uma ave branca como uma pomba, com longas penas da cauda, empoleirada em seu ombro. Era um Caládrio, um demônio de nível sete com a habilidade de curar ferimentos ao colocar as penas sobre eles.

O Caládrio era uma das quatro aves primas igualmente raras, incluindo a Fênix nascida nas chamas, a gélida Polárion e a relampejante Alcione, com plumagens vermelha, azul e amarela, respectivamente. Ele suspeitava de que não fora somente Arcturo o presenteado com um demônio pelo rei Harold. Fletcher apostava que tinha sido um pedido de desculpas aos Thorsager pelo que acontecera a Otelo. Ele se perguntou qual demônio Átila possuía antes e se ele ainda estaria na coleção do colega anão.

Sacarissa já farejava o chão, ansiosa para guiar sua equipe na direção do rio. Ela choramingou quando Fletcher hesitou, indicando que Arcturo queria que eles ficassem juntos.

Não demorou muito para a equipe de Fletcher se aprontar, sendo o maior atraso Cress, que não gostou nem um pouco de ser acordada tão cedo.

— Você não pode mandar Salomão me carregar, Otelo? — grunhiu Cress, colocando a pesada mochila nas costas.

— Carregar você? Não deveria ser o contrário? — riu Fletcher.

— Na verdade, Fletcher, ele bem que conseguiria — explicou Otelo, corando de orgulho.

Tirou um rolo de couro do bolso lateral da mochila e o abriu no chão. Então, com um toque dos dedos, o Golem se materializou num clarão de luz roxa.

Salomão tinha crescido. Estava tão alto quanto o próprio Otelo, só que mais largo e com membros mais grossos. Assim que viu Fletcher, o rosto rochoso se abriu num sorriso. O Golem investiu adiante com braços abertos, e Fletcher teve que recuar para escapar de um abraço de urso.

— Salomão, não! — ralhou Otelo, então revirou os olhos quando o demônio baixou a cabeça, envergonhado. — Ele ainda não conhece a própria força.

— Tanta coisa mudou em um ano. Ele logo estará do meu tamanho — espantou-se Fletcher.

— Ah, com certeza. Mas é melhor nos adiantarmos; eles já estão partindo. — Otelo indicou a floresta atrás de Fletcher com a cabeça, onde a equipe de Serafim já estava a caminho, deixando o pântano e entrando na selva fechada.

— Vamos parecer preguiçosos se não tomarmos cuidado — concordou Sylva, puxando Otelo.

Ela assentiu para Lisandro, que educadamente olhava o céu.

— Lembrem-se, o mundo está assistindo. Isto é mais do que uma simples missão.

Otelo e Sylva se apressaram atrás dos outros, deixando Cress e Fletcher em seu encalço. Lisandro caminhava tranquilamente ao lado deles, de alguma forma evitando a emaranhada vegetação rasteira com graça felina. Em contraste, Atena saltava de galho em galho acima, despejando folhas e insetos sobre Fletcher. O rapaz não se incomodava, pois sentia que o demônio tinha saudades do éter. Afinal, passara lá os últimos 17 anos.

Os pensamentos de Fletcher se voltaram aos pais. Tinha passado muitos anos contemplando rostos em Pelego, perguntando-se como seria a aparência deles. Agora, depois do vívido sonho de Atena, ele sabia. Tinha os cabelos negros e cheios do pai, e os olhos cor de avelã do homem eram iguais aos dele. Por outro lado, herdara a mesma pele pálida e o nariz reto da mãe.

Ele fora amado, um dia. Sentira esse amor naquele sonho, tão forte que fizera seu coração se apertar de alegria. Mas lhe fora tudo arrancado brutalmente.

Logo o mundo caiu na penumbra conforme a cobertura das árvores ficou mais espessa, filtrando a luz pelas folhas num tom escuro de verde.

A trilha era bem definida, pois a vegetação mais espessa fora arrancada pelo Wendigo e depois pisoteada pela equipe de Malik. Por enquanto, a jornada era fácil, e eles seguiram num passo confortável que devorava a distância.

Enquanto andavam, Fletcher tentava gravar os rostos dos pais na memória, mas praguejou conforme eles se borraram em sua mente. Tinha tudo acontecido tão rápido.

— Então... essa é a primeira vez que você vê uma garota anã? — perguntou Cress, para espantar o silêncio desconfortável. — Conheceu direito, quero dizer.

— Eu vi a mãe de Otelo, uma vez — respondeu Fletcher.

Ele fez uma pausa, sem saber o que dizer. A mente ainda estava na memória de Atena.

— E nós somos bonitas? — indagou ela, sorrindo ao ver Fletcher ficar vermelho. Ela o estava provocando.

— Tanto quanto qualquer outra garota — respondeu ele, e, ao fitar o rosto sorridente, percebeu que era verdade. De fato, agora que tinha passado mais tempo com ela, afeiçoava-se a Cress. Ela o lembrava um pouco de Serafim; direta, até um pouco rude, mas com um charme particular.

— Os meninos anões tendem a concordar com você — riu Cress, depois de pensar por um momento. — Não é raro que um jovem rapaz anão fuja com uma humana. Aposto que Átila teme que eu possa fazer o mesmo.

Cress piscou para Fletcher, que não pôde deixar de rir daquela postura tão direta. Os olhos da anã cintilavam de alegria, e Fletcher sentiu o peso nos ombros se aliviando.

— Seria assim tão ruim? — indagou Fletcher. Percebeu que sabia muito pouco sobre o romance entre as raças.

— Bem, é tabu dos dois lados — contou Cress, balançando a cabeça. — Imoral, eles dizem. Mas acontece mesmo assim, e são os filhos que sofrem. Alguns se safam passando por humanos baixos por um tempo, mas sempre são descobertos, especialmente se seguirem os costumes enânicos. Rejeitadas por ambas as raças, as famílias viajam para as terras além do deserto de Akhad, ou atravessam o mar Vesaniano até Swazulu.

— Ouvi falar em meio-elfos, mas nunca em meio-anões — murmurou Fletcher.

— É pior ainda para os meio-elfos, por mais que seja mais raro encontrá-los. Os elfos são muito opostos à miscigenação, até mesmo entre as castas de elfos-elevados e elfos silvestres. As orelhas dos meio-elfos não são tão longas quanto as de Sylva, mas são pontudas.

— Você parece saber muito sobre esse tipo de coisa — observou Fletcher. — Eu nunca nem havia pensado no assunto. Tenho um pouco de vergonha disso, na verdade.

— Deixa disso. Eu tenho um interesse especial por isso. Meu irmão... — Ela afastou o olhar por um momento. — Ele fugiu de casa para ficar com uma humana. Sou a única na comunidade que ainda fala com ele.

A velocidade do avanço se acelerou conforme a manhã virou tarde, e a conversa se encerrou, substituída pela respiração pesada da corrida pela vegetação rasteira. Dessa vez, o silêncio era confortável, mesmo que a atmosfera não o fosse. O pântano tinha sido quente, mas suportável. Agora, o calor era massacrante, apesar do tecido respirável das jaquetas.

Até os ruídos haviam mudado. Acima do coro dos insetos, os melódicos chamados de acasalamento das aves brotavam da copa das árvores.

— Vamos deixar nossos demônios esticarem as pernas? — perguntou Cress, tirando a alça da mochila do ombro e a apertando no peito. — Me dará uma chance de testar a manopla de combate que Athol fez para mim.

— Manopla de combate? — indagou Fletcher, intrigado.

Ela remexeu na mochila, enquanto eles andavam, e puxou uma luva de couro. O dorso tinha sido blindado com faixas de aço, que se estendiam até o pulso, mas não era isso que realmente chamava a atenção. A palma e as pontas dos dedos foram marcadas com os mesmos símbolos tatuados na mão de Fletcher.

— Não gosto nada de agulhas, então nada de tatuagens para mim. — Ela piscou. — Estou surpresa que não tenham virado moda ainda! Acho que a maioria dos conjuradores é muito conservadora.

Vestiu a luva e apontou o pentagrama para o chão adiante. Para assombro de Fletcher, houve um clarão roxo e um demônio surgiu.

Parecia muito uma cruza entre um guaxinim e um esquilo, com pelame azul-escuro salpicado de listras irregulares de turquesa. Os olhos redondos e amarelos do demônio se focalizaram em Fletcher assim que ele se materializou, o rabo felpudo balançando com animação. Apesar de todos os estudos, Fletcher não fazia absolutamente nenhuma ideia do que aquilo seria.

— É um Raiju — explicou Cress, dando tapinhas no próprio ombro. O demônio tinha dedos acolchoados e unhas curvas para escalar, o que permitiu que ele subisse até o poleiro indicado com dois saltos lânguidos.

— Quase tão raro quanto a sua Salamandra, pelo que me disseram — acrescentou Cress, rindo da expressão hipnotizada de Fletcher. — Nível cinco, também. Tosk pode disparar relâmpago da cauda, como uma nuvem de tempestade, então evite tocá-la. Pode dar um belo choque.

— Mas que incrível! Não acho que eu poderia ter usado essa luva no Torneiro, porém. Como você conseguiu um demônio tão raro? — perguntou Fletcher, enquanto o Raiju alisava os bigodes para ele, quase flertando.

— O rei Harold. Ele é um baita colecionador, tendo um nível tão alto e tal. Quando ficou sabendo que mais dois anões entrariam na academia, ele ofereceu seus Caládrio e Raiju para nós. Está realmente do nosso lado.

Antes que Fletcher pudesse arrancar mais alguma informação, houve um grito de empolgação adiante, e o grupo se deteve. A selva tinha se aberto, e, pelo som de água corrente, Fletcher entendia o motivo.

As águas do pântano e mais uma dúzia de outros riachos além haviam se reunido numa rede de canais que se despejavam numa queda-d'água. Muito abaixo, a água arrebentava numa névoa branca que se estendia por quilômetros, até que um grande rio serpenteante emergia ao longe, abrindo caminho em meio a dois vales que o cercavam. No extremo oposto, uma corcova triangular de um amarelo sem graça revelava seu destino: a pirâmide.

— Então, como vamos descer? — perguntou Otelo em voz alta.

Havia um aclive íngreme dos dois lados da queda, mas Fletcher ficou feliz de não ter que cruzar o rio naquele ponto, pois os riachos que alimentavam a cachoeira eram numerosos, com finos trechos de terra encharcada entre ambos.

— Acho que as equipes de Malik e Isadora já devem ter atravessado — comentou Serafim num tom desapontado. — Eu queria ter visto aquela turma patinhando por esse lamaçal.

— Bem, vamos torcer para que a nossa travessia seja tão fácil quanto a deles — respondeu Fletcher.

Eles esquadrinharam o terreno adiante, e logo ficou claro que havia duas formas de descer. Uma era uma trilha rochosa ao lado da própria cachoeira, enquanto a outra era um estreito caminho pela floresta, que se curvava em direção às colinas ao leste.

— Bem — anunciou Fletcher, dando um tapa nas costas de Serafim —, é aqui que nos separamos.

29

Fletcher protegeu os olhos, contemplando o sol poente, cujos últimos raios de luz se infiltravam pelos galhos emaranhados. Ficou feliz de ter decidido montar acampamento antes do anoitecer, pois a lua mal passava de um risco no céu e os fogos-fátuos chamariam atenção demais.

A chegada do crepúsculo foi anunciada pelos urros roucos dos bugios, que ecoavam pelas copas da selva acima. A equipe se assentou para a primeira noite que passariam sozinhos em território inimigo numa clareira, localizada a uma distância segura da trilha na floresta.

Depois Ignácio subia até a nuca do mestre e começou a cochilar, Fletcher refletiu sobre a jornada até ali. A trilha natural tinha se desviado em direção ao rio em várias ocasiões, mas a equipe tomara o cuidado de seguir morro acima, fazendo curvas para longe da água. Apesar da subida, eles tinham progredido bem, e Fletcher se sentia confiante de que chegariam ao ponto marcado na pirâmide em dois dias.

Sariel e Lisandro haviam agido como retaguarda durante toda jornada do dia, de olho numa emboscada. Atena cuidava das copas, ocasionalmente esvoaçando acima das árvores para que Fletcher pudesse confirmar que eles estavam na rota certa via cristal de visão. Enquanto isso, Ignácio e Tosk protegiam os flancos, deslizando pela vegetação rasteira com barulhos pouco mais altos que um sussurro. Salomão havia sido deixado de fora da patrulha, sendo lento e desajeitado demais. Em vez disso, tinha servido de mula de carga, transportando os suprimentos nos ombros rochosos quando o peso ficava demais para eles.

— Agora que somos só nos quatro, ficou tudo mais real — comentou Sylva, cutucando a fogueira apagada com um graveto. — Eu me sentia como se pudéssemos enfrentar um exército quando estávamos todos juntos. Agora não tenho mais tanta certeza.

— Eu não sei — respondeu Fletcher, tirando Ignácio da nuca. — Acho que formamos uma equipe bem formidável. Temos dois vencedores do Torneio e dois semifinalistas. Se encontramos uma patrulha orc, acho que nos sairemos bem.

Ignácio choramingou, aborrecido de ter sido acordado. Depois de um pouco de insistência mental, cuspiu com relutância uma bola de fogo numa pilha de madeira.

— Não é vencê-los que me preocupa — continuou Sylva, protegendo o rosto quando os gravetos se incendiaram. — É a possibilidade de um deles escapar durante a luta que me assusta. Se soarem o alarme, a missão chega ao fim.

— Bem, Sariel e Lisandro podem persegui-los — sugeriu Otelo, grunhindo, enquanto tirava as botas e as meias. — Porque esse pedregulhão aqui não vai pegar ninguém tão cedo.

Ele fez um cafuné carinhoso na cabeça de Salomão, e o demônio ribombou de felicidade. Assim como tinha feito no barracão nos arredores de Corcillum, o Golem segurou obediente as meias de Otelo junto ao fogo. Pela primeira vez no que pareciam anos, Fletcher se sentiu contente.

— Então, como vocês estão se sentindo? — perguntou ele, abrindo a mochila e tirando um pacote de carne de cervo seca. Espetou um pedaço num graveto próximo e o levou às chamas.

— Tão bem quanto o meu cheiro. — Otelo fez uma careta. — Que não está lá aquelas coisas. Este calor não me faz muito bem. Nem a vocês, por sinal.

— Nem brinca — riu Cress, segurando o nariz. — Os orcs provavelmente devem conseguir sentir o nosso cheiro a quilômetros de distância.

Ela remexeu na mochila, procurando a própria comida, então parou.

— Ei! Estão faltando algumas setas da minha besta.

Cress franziu o cenho e mostrou a eles a aljava atada à mochila. Não estava mais cheia, o que deixava os virotes chacoalhar soltos.

— A mesma coisa aqui — comentou Sylva, balançando a própria aljava. As penas de suas flechas, assim como os projéteis de Fletcher e Cress, tinham sido tingidas de azul, a cor da equipe. Eram lindamente bem-feitas e tinham pontas mais estreitas e afiadas que as de Fletcher, melhores até que os melhores esforços do rapaz quando fabricava as próprias flechas na velha aldeia.

— Talvez elas tenham caído? — sugeriu Fletcher.

Ele passou os dedos pela própria aljava, mas as dele pareciam estar todas ali.

Cress deu de ombros e pousou a aljava de novo.

— Ainda tenho bastante, mas vamos tomar cuidado. Orcs não usam flechas, mas, se encontrarem uma no chão, saberão que estamos na área.

Sariel e Lisandro, que tinham estado patrulhando em volta do acampamento, voltaram e se deitaram ao lado do fogo. Os largos dorsos serviam de encosto confortável para os outros. De fato, Fletcher viu que todos os demônios menos um tinham voltado, com Tosk aninhando-se no colo de Cress, enrolado como um cachorro.

Fletcher vestiu seu monóculo de visão remota, para que pudesse ver onde Atena estava. O ponto de vista de Atena era rosado e se sobrepunha sobre metade da visão de Fletcher.

Ela estava de guarda num galho alto, os olhos de coruja enxergando no pôr-do-sol alaranjado, como se estivessem em plena luz do dia. A cada poucos segundos ela girava a cabeça, como uma sentinela de guarda. Fletcher urgiu com um pensamento a Griforuja a descer, mas sentiu o desejo do demônio de ficar.

— Bem, parece que não teremos de organizar um esquema de guarda noturna — observou Fletcher. — Atena pretende ficar lá em cima a noite toda.

— Ótimo — bocejou Sylva. — Não acho que conseguiria manter meus olhos abertos.

Ficaram todos ali deitados no silêncio confortável, deixando que o calor da fogueira massageasse os músculos doloridos. Os sons noturnos da selva já haviam começado, com o trilar dos grilos adicionando um zumbido surdo ao silêncio, misturado ao chamado ocasional das aves noturnas. Era estranhamente tranquilizador; lembrava a Fletcher dos sons da floresta de Pelego.

Jeffrey, que se calara pela maior parte da viagem, falou pela primeira vez naquela noite.

— Não sei porque estou aqui — soluçou ele, o medo em sua voz cortando o confortável crepitar da fogueira. — Só tenho essa espada curta que Uhtred me deu. Só entendo de biologia e botânica, e não vamos encontrar nenhum demônio morto aqui. Quando o ataque começar, dissecar um deles vai ser a última coisa que eu terei na cabeça.

— Prefiro você como guia a qualquer um dos outros — afirmou Sylva, generosa. — Mal ficamos com fome com todas as frutas e vegetais que você colheu na caminhada, e também recarregou nossos cantis com os cipós o dia todo. Não precisamos de um navegador, com essa pirâmide imensa marcando o caminho, e temos um mapa do acampamento órquico. É só você tomar o cuidado de ficar para trás quando a luta começar; nós lidamos com os orcs.

— Obrigado — murmurou Jeffrey, mas ficava óbvio que ele não estava convencido. O rapaz se deitou de costas para eles, e Fletcher pensou ter visto o brilho de uma lágrima na sua bochecha, refletindo o fogo. Então o brilho lampejou de novo, e ele percebeu que tinha sido no cristal de visualização.

— O que diabos é isso? — murmurou Fletcher.

Uma fogueira fora acesa, a apenas algumas centenas de metros, bem na trilha da floresta. Por um momento, ele pensou que Atena estivera olhando para eles, de tão perto que a luz estava.

Ele tirou o monóculo, e os outros se inclinaram para perto, espiando o cristal minúsculo.

— Orcs? — indagou Jeffrey, com a voz trêmula.

— Vou mandar Atena mais para perto — decidiu Fletcher, transmitindo as ordens com um lampejo de intenção.

Logo, o cristal mostrava as árvores passando velozmente abaixo conforme a Griforuja planava sobre as copas. Levou apenas alguns segundos para alcançar o lugar, onde ela aterrissou com graça felina num galho largo. A madeira rangeu com o peso de Atena; Fletcher ouvia tudo que ela ouvisse na própria mente. O rapaz se encolheu com o ruído, mas os vultos abaixo pareceram não reagir.

Estava muito alto para ver os rostos, mas a criatura monstruosa de guarda ao lado deles não deixava dúvidas quanto à identidade do grupo.

A equipe de Isadora estava seguindo a deles.

— O que eles estão fazendo aqui? — sibilou Sylva. — Era para eles estarem do outro lado do rio!

— Eu não sei, mas não estão aprontando nada de bom — sussurrou Otelo. — A questão é que não podem fazer nada com Lisandro assistindo. A não ser que ataquem no escuro...

Eles pausaram por um momento, considerando as palavras.

— Talvez estejam perdidos ou tenham mudado de ideia quanto a atravessar o rio — sugeriu Cress.

— Você não os conhece — disse Fletcher. — Eles estão tentando nos sabotar para provar que uma equipe com anões e elfos não dá certo. Eles poderiam nos matar com feitiços na escuridão. Pareceria uma emboscada dos xamãs orcs.

— Isso já seria incentivo bastante para que eles nos emboscassem — concordou Sylva. — Não que precisassem de um bom motivo. Eles já nos odeiam o suficiente.

Fletcher se sentou, fitando a escuridão em volta do acampamento.

— Temos que partir com o raiar do dia e colocar o máximo de distância possível entre nós. Atena ficará de olho no grupo, para garantir que não saibam que estamos tão perto.

Olhou para a fogueira brilhante da equipe e começou a entalhar no ar o símbolo do feitiço de gelo. Com um pulso de mana, um jato de cristais de gelo recobriu a lenha, mergulhando o acampamento em profunda escuridão.

— Aproveitem para descansar — suspirou Fletcher, ajeitando-se na barriga macia de Lisandro. — Pode ser a última chance que teremos em algum tempo.

Enquanto os outros tiravam cobertores das mochilas, Otelo se ajeitou ao lado dele.

— Claro que você ia querer ficar com Lisandro de travesseiro todo para você — resmungou. — Chega para lá.

Fletcher se arrastou, e Otelo se estirou ao lado. A presença do amigo era reconfortante.

— Ei — disse Otelo de repente. — O que você acabou fazendo com aquele gremlin?

— Eu... hum... Eu o soltei — respondeu Fletcher.

Otelo suspirou.

— Eu sabia que você o faria, mas... isso me deixa preocupado.

O estômago de Fletcher se torceu de constrangimento com as palavras de Otelo. Ele já tinha quase se esquecido de Azul, com tudo mais que estava acontecendo.

— Eu tenho bastante confiança de que ele não vai nos trair. E, de qualquer maneira, era a coisa certa a se fazer — argumentou Fletcher, sem saber a quem realmente tentava convencer: ele próprio ou Otelo.

— Bem, espero que você esteja certo — murmurou o amigo, virando-se de lado. — Pelo bem de todos nós.

Fletcher respirou fundo, tentando afastar as dúvidas. Já tinha muito com que lidar sem se preocupar com o gremlin também.

— Você ficou cabisbaixo o dia todo... — comentou Otelo, baixo o suficiente para que ninguém mais ouvisse. — Alguma coisa te perturbando?

Fletcher fez uma pausa. Ele sabia que deveria estar dormindo, mas tinha certeza de que ficaria acordado a noite inteira, pensando no sonho de infusão de Atena. Talvez ajudaria conversar a respeito.

— Eu vi meus pais morrendo — respondeu Fletcher.

— Você lembrou? — indagou Otelo.

— Não... Eu vi as memórias de Atena. Você sabe, quando eu a infundi — explicou Fletcher, os olhos marejando. — Eles estavam tão felizes, e então... Foi horrível.

— Ah... — sussurrou Otelo. Ele fez uma pausa. — Sinto muito.

Silêncio. Então o anão falou com a voz embargada de emoção:

— Você sabia que eu tive outra irmã?

— Não — respondeu Fletcher, franzindo a testa. — Teve?

— Essie nasceu quando Átila e eu tínhamos 3 anos, dois anos antes de minha mãe ficar grávida de Thaissa e as leis ficarem mais relaxadas. Tínhamos que mantê-la escondida; anões só podiam ter um filho naquela época, e como Átila e eu éramos gêmeos, já tínhamos nos safado com dois graças a uma tecnicalidade. Nós a mantínhamos no subterrâneo, escondíamos sob as tábuas do piso quando os Pinkertons faziam as inspeções. Só que, quando Essie fez 1 ano, ela ficou doente... muito doente. Então nós a levamos a um médico humano.

Otelo parou, e Fletcher viu que o rosto do amigo estava molhado com lágrimas.

— Ele chamou os Pinkertons, Fletcher, e eles tiraram Essie de nós. Não sabemos para onde. Algumas semanas depois, eles disseram que ela havia morrido da doença. Simples assim; ela tinha se ido. Eles nunca nem chegaram a devolver o corpo.

Fletcher estendeu a mão e a colocou no ombro de Otelo.

— Eu sinto tanto que isso tenha acontecido com você, Otelo. Com a sua irmã. Com a sua família. Não posso nem imaginar como deve ter sido.

— Nós nunca falamos sobre isso — continuou Otelo, enxugando as lágrimas com a manga. — Thaissa nem sabe. Porém, se eu tivesse a chance de saber o que realmente aconteceu com ela; ouvi-la rir, ver aquele sorriso só mais uma vez, eu faria qualquer coisa.

Fletcher sabia que o amigo tinha razão. Fora uma bênção ver os pais, conhecer as vozes e os rostos de ambos. O que acontecera a eles fora uma tragédia, e a verdade de sua morte era dolorosa de se conhecer... mas necessária.

Acima deles, Lisandro virou a cabeça e fitou o rosto coberto de lágrimas de Fletcher. Gentilmente, o Grifo ergueu a garra e tocou a bochecha de Fletcher, um movimento humano demais para ser iniciativa do demônio. Então ele pousou a asa acima deles, como um cobertor. Fletcher sabia que Lovett estava tomando conta dos dois.

— Obrigado por compartilhar isso comigo, Otelo — sussurrou Fletcher. — Vou me lembrar disso.

30

Era o começo da manhã, e a equipe avançava a passo rápido pela selva. Tomaram ainda mais cuidado ao encobrir os rastros, mas felizmente a trilha em que estavam era usada regularmente pelos animais da selva, e o solo ficava confuso com dúzias de rastros diferentes de cascos e garras.

Mais desconcertante foi encontrar as marcas dos pés chatos de orcs ali também, não muito diferentes de pegadas humanas, só que maiores e com as depressões dos dedos mais acentuadas. Era difícil dizer quanto tempo fazia que tinham estado ali, mas Fletcher ficou feliz de saber que Atena vigiava do alto, sua visão sendo transmitida diretamente ao cristal de visão atado a seu olho.

— Dá... para... nós... reduzirmos... o passo? — ofegou Otelo, reajustando a mochila com um pulo. Salomão estava infundido dentro dele, pois o Golem era lento demais para acompanhá-los, e suas pernas pesadas deixavam marcas profundas no chão. Assim sendo, tiveram que levar novamente as pesadas mochilas atadas às costas, o que deixava a caminhada ainda mais difícil.

A asma de Jeffrey fazia com que ele inspirasse profundamente por um pano forrado com ervas, e as pernas curtas de Cress a obrigavam a avançar em corridinhas, como Otelo também fazia.

— Pausa de cinco minutos — anunciou Fletcher, com o coração trovejando no peito, o suor escorrendo pelas costas. Depois de um ano em cativeiro sem nenhum exercício além de algumas flexões, ele também sentia dificuldades. De fato, só Sylva parecia avançar sem problemas.

Eles pararam e desabaram no chão, apoiando as costas em troncos de árvores dos dois lados da trilha. Houve alguns minutos preenchidos apenas com goles de água e o mastigar de frutas e raízes. Então Sylva apontou para a trilha de onde tinham vindo e grunhiu.

— Mesmo neste passo, Isadora e os outros podem nos alcançar ao anoitecer. Simplesmente não conseguimos avançar tão rápido quanto eles.

— Bem, vale a pena tentar — resmungou Otelo, encostando a cabeça no ombro de Fletcher. — Devemos chegar à pirâmide amanhã à tarde. Se pudermos evitá-los até lá, ficará tudo bem.

Eles continuaram sentados, e, mesmo depois que os cinco minutos tinham se passado, Fletcher os deixou descansar mais um pouco. Passara boa parte da noite anterior vigiando a outra equipe com o cristal, na esperança de ouvir suas conversas. Para tristeza dele, o Wendigo patrulhara os limites do acampamento a noite quase inteira, mantendo Atena afastada até Fletcher adormecer.

O medo pulsou até Fletcher vindo dos dois demônios. Ignácio irrompeu da selva, e, na imagem do cristal, o rapaz viu alguma coisa se movendo adiante no caminho.

— Saiam da trilha! — sibilou, e então ele e Sylva saíram correndo para a selva, enquanto Otelo, Cress e Jeffrey mergulharam nos arbustos do outro lado do caminho. Lisandro e Sariel seguiram os outros, pressionando os corpos contra o chão e se remexendo para dentro da vegetação mais cerrada. Foi bem a tempo, pois não demorou muito para que os recém-chegados se revelassem.

Três rinocerontes, com longos chifres arremetendo adiante como as proas de uma frota de navios de guerra, emergiram. A pele era grossa e coriácea, a cor cinzenta combinando perfeitamente com o tom dos gigantes hercúleos que os cavalgavam.

Eram orcs de mais de 2 metros de altura, crescidos ao seu tamanho máximo, com presas de 8 centímetros e corpos adornados com espirais de tinta de guerra vermelha e amarela. Carregavam grandes clavas, fabricadas em um formato de taco de madeira achatado, com estilhaços de obsidiana lascada embutidos nas bordas, mais afiadas até que as melhores lâminas. Fletcher imaginou o dano que elas eram capazes de provocar; provavelmente poderiam decapitar um cavalo com um só golpe. O diário de Baker as tinha descrito como sendo igualmente maça e espada, esmagando armadura e cortando carne em igual medida.

Atrás dos orcs, goblins de tangas, cavalgavam em fileiras de dois, armados com lanças de ponta de pedra e clavas disformes, feitas de galhos de árvores. Eles se pareciam muito com o espécime que Fletcher vira no grande conselho; uma cabeça mais baixos que ele e magricelos, com longos narizes e orelhas de abano.

As montarias eram casuares, grandes aves como avestruzes, com penas negras tão finas que pareciam pelo. Os longos pescoços nus nos corpos incapaz de voar eram de um azul brilhante, com barbelas vermelhas pendendo dos queixos. O mais estranho eram as cristas córneas que exibiam no topo da cabeça, como se fossem chifres curtos e rombudos embutidos nos crânios. Fletcher estremeceu ao ver as garras de rapina rasgarem o chão ao lado deles, cada uma capaz de estripar um homem com um único coice.

Ele sabia, pelas observações no diário de Baker, que os casuares só eram cavalgados pelos orcs mais jovens, quando eram pequenos o bastante para que os pássaros os aguentassem. Com a chegada dos goblins, os orcs haviam encontrado mais uma utilidade para eles.

— Meu deus, há tantos — sussurrou Sylva. Ela estava bem espremida contra Fletcher, a fuga desesperada os tendo deixado praticamente em cima um do outro.

Havia pelo menos cinquenta goblins na marcha, com olhos de sapo que esquadrinhavam a floresta em busca de movimento. Trotando na retaguarda da tropa vinham duas hienas pintadas, poderosas e atarracadas, que perambulavam acima e abaixo pela coluna, farejando o chão. Por um momento, uma delas parou na trilha, com o focinho aguçado fungando o solo logo adiante de onde eles estavam escondidos, encolhidos nos arbustos. Observaram em silêncio sua aproximação. A criatura começou a rosnar, e Sylva agarrou o braço de Fletcher em alarme... mas um comando gutural de um dos orcs fez a hiena correr de volta para a dianteira do grupo.

Felizmente para a equipe, os inimigos pareciam seguir o cheiro que tinham deixado para trás. Ocorreu a Fletcher que eles poderiam estar farejando outra coisa, não muito distante. Talvez o Wendigo?

Não demorou mais que um minuto até que eles passassem, mas pareceu levar uma era para Fletcher recuperar a calma e voltar ao caminho mais uma vez. Ao fazê-lo, Atena pousou no ombro do mestre, enquanto Ignácio saltou para os braços e enterrou a cabeça em seu peito. Aquela fora por muito pouco.

— Certo, acho melhor sairmos desta trilha — anunciou Fletcher, com a voz trêmula pela adrenalina.

— De acordo — disse Otelo, saindo da floresta com os outros. — Quando a trilha esfriar, eles voltarão nesta direção.

— Aquelas aves pareciam demônios — comentou Cress, olhando para onde os inimigos tinham ido. — Nunca vi nada parecido antes.

— Acreditem em mim, são um animal de verdade — explicou Jeffrey. — São rápidos como o diabo e chutam como mulas. Vocês deveriam ter visto os ovos são gigantescos e verdes. Se você olhasse de relance, acharia que eram ovos de goblin. Se tentar comer um desses no café da manhã...

— Vocês perceberam que eles estão avançando direto para Isadora e os outros? — interrompeu Cress, olhando na direção da coluna.

— Isso é perfeito — observou Sylva. — Talvez eles acabem uns com os outros.

Só que Fletcher olhou para Lisandro, que observava o batalhão se afastar com uma expressão preocupada. Lorde Forsyth teria um dos cristais de visão de Lisandro consigo, de forma que Aníbal poderia transmitir um aviso a Tarquin e aos demais. Só que ele sabia que, com o tamanho e o fedor do Wendigo, seria muito difícil escapar do farejar das hienas. Era tentador. Didric ou os gêmeos sendo emboscados por orcs era uma imagem com a qual tinha fantasiado muitas vezes em suas noites solitárias na cela, mas Fletcher logo sentiu uma pontada de censura vinda da consciência de Atena. Ele suspirou. Ela tinha razão. O rapaz se virou para os amigos.

— Por que nós estamos aqui? — indagou, fitando-os todos nos olhos.

— Para destruir alguns milhares de ovos de goblin e resgatar a mãe de Rufus, lady Cavendish — respondeu Sylva, já colocando a mochila de novo nas costas.

— Não. Por que *nós* estamos aqui? — repetiu Fletcher.

Eles o encararam em silêncio, como se confusos com a pergunta.

— Nossa equipe é para ser um exemplo luminoso ao mundo da cooperação entre raças — explicou por fim. — Temos que provar que os anões e elfos são dignos do respeito da humanidade. Agora, quero vê-los mortos tanto quanto vocês; eu os mataria pessoalmente se tivesse a chance. Mas qual a ideia que passaremos se abandonarmos a equipe de Isadora, deixando que sejam massacrados?

Otelo e Sylva evitaram os olhos dele, mas sabiam que dizia a verdade.

— Eles estão nos caçando — sussurrou a elfa. — Esta é a nossa chance.

— Não temos certeza disso — insistiu Cress, teimosa. — Eles poderiam ter simplesmente mudado de ideia quanto à rota.

— Se forem mortos, é uma equipe a menos para participar do ataque. Mesmo que consigam escapar, os orcs soarão o alarme — admitiu Otelo a contragosto, em apoio a Fletcher.

— Mas são Didric, Tarquin, Isadora e até Grindle! Eles todos já tentaram matar cada um de nós. Você é ingênua, Cress; o mundo seria um lugar melhor sem eles — rosnou Sylva, e Fletcher não a culpava pelas palavras. Ele realmente iria salvar as pessoas que tinham planejado sua execução? Ele hesitou, mas então Cress falou de novo:

— E quanto a Atlas? Merece morrer só porque não gostamos da companhia dele? — perguntou ela em voz baixa. — Se os deixarmos morrer, estaríamos nos rebaixando ao nível deles, colocando nossos fins à frente da segurança de Hominum.

Sylva exalou com frustração, então se virou na direção de onde tinham vindo e sacou o arco.

— Vamos acabar logo com isso — resmungou.

31

Eles seguiram a patrulha orc por meia hora, usando a visão de Atena para ter certeza de que ficariam fora de seu alcance. Felizmente, os cavaleiros seguiam contra o vento, de forma que as hienas farejadoras não eram capazes de detectar a aproximação.

— Espere — sibilou Fletcher, erguendo o punho. — Eles pararam.

De seu ponto de vigília acima, Atena podia ver que o trio de rinocerontes na vanguarda havia parado. Logo adiante, as hienas estavam latindo com gargalhadas agudas para as árvores em volta.

— Nada de armas de fogo — sussurrou Fletcher. — Só arcos. Disparem ao meu sinal.

Assumiram posições dos dois lados da trilha, escondendo-se nos arbustos. Já fazia muito tempo desde que Fletcher usara o arco pela última vez, mas, assim que a mão se fechou sobre a arma, tudo voltou; a corda deslizando com facilidade pelos dedos conforme ele colocava uma flecha de penas azuis de prontidão. Ao lado dele, Cress grunhia ao dar corda na besta, a alavanca de metal na lateral escorregando nos dedos suados.

— Jeffrey, fique para trás e cubra nossa retaguarda — ordenou Fletcher, preparando o disparo. — Se outra patrulha vier, quero ficar sabendo.

Ele não puxou a corda no momento, pois sabia que atirava melhor num único movimento fluido. Em vez disso, concentrou-se nos orcs enquanto o primeiro desmontava e espiava a floresta.

Uma bola de fogo atingiu o orc no peito, atirando-o na selva. Outras riscaram o ar, como meteoritos, lançando a coluna no caos. A equipe de Isadora havia preparado uma emboscada.

— Agora! — gritou Fletcher, quando os goblins na traseira se viraram para fugir. Duas flechas e uma seta se cravaram nas criaturas, derrubando-as das montarias com precisão letal.

— De novo — rosnou Fletcher, e outra saraivada seguiu a primeira, ferindo goblins e casuares igualmente. À frente da coluna, o Wendigo irrompeu das árvores, atacando à direita e à esquerda contra os dois orcs restantes, enquanto bolas de fogo, relâmpagos e impactos cinéticos voavam sem pontaria pelo ar.

Milagrosamente, um goblin passou pela barragem de flechas, com o casuar em disparada pela trilha abaixo, fugindo da batalha. Fletcher gritou uma advertência.

— Não deixem ele esca... — Um machado de arremesso rodopiou no ar, cortando a pata direita do casuar, que capotou. Então Otelo emergiu da mata, despachando o goblin e a ave com dois golpes do machado.

Dezenas de goblins guincharam furiosos e investiram contra o anão exposto. Mas um grito do ar os fez parar. Lisandro se atirou dos galhos, girando em meio aos cavaleiros casuariídios, como um redemoinho de asas e garras. Mas mesmo enquanto os goblins tombavam para o chão, os pássaros escoiceavam e bicavam, e o Grifo rugiu de dor.

— Avançar! — ordenou Fletcher, para então sair correndo com o khopesh em riste, o coração batendo com a mesma força com que seus pés pisavam no chão.

O primeiro goblin atacou com a clava, ainda tonto da queda. Fletcher aparou e devolveu o golpe, atingindo o peito da criatura e repelindo-a para longe da arma com um impacto cinético. O torque de Cress derrubou outro goblin, enquanto Sylva decapitou um casuar agitado com um movimento da falx. As machadinhas de arremesso de Otelo salpicaram a aglomeração de goblins por sobre o ombro de Fletcher, silvando perigosamente perto dos ouvidos dele.

Com isso, Lisandro teve tempo suficiente para se lançar de novo ao ar, borrifando o chão com pingos de sangue. Não houve tempo para avaliar os ferimentos do Grifo, pois, enquanto a fileira dianteira de goblins tombava, outra tomava seu lugar, atacando o trio com uivos de raiva.

— Recuar — ofegou Fletcher, enquanto uma clava lhe acertava o cotovelo esquerdo, deixando a mão tatuada pendendo ao lado do corpo. Otelo parou ao lado de Sylva para proteger o lado direito da trilha, enquanto Cress e Fletcher continham a esquerda.

Goblins e casuares se lançavam contra a fina linha de conjuradores, espalhando-se pela selva numa tentativa de flanqueá-los. Uma labareda brotou da mata rasteira e fez um grupo de goblins correr de volta, com um deles girando e guinchando enquanto Ignácio arranhava-lhe o rosto. Depois de um último golpe, a Salamandra mergulhou de volta nos arbustos, desafiando os goblins a sair de novo da trilha.

Do outro lado, relâmpagos crepitavam contra as criaturas, derrubando vários e os deixando se contorcer no chão. O demônio de Cress, Tosk, tinha se juntado à batalha.

— Onde está Sariel? — gritou Fletcher, talhando com o khopesh num largo arco, fazendo um goblin se afastar com um corte fundo na caixa torácica. — Salomão?

Um som de madeira rachando soou atrás, e metade da pergunta de Fletcher foi respondida. Galhos de árvores passaram voando por cima, e o rugido gutural na retaguarda disse a Fletcher que Salomão empregava ali a sua grande força.

Então Sariel emergiu dos arbustos, pegou um casuar pelas pernas e o arrastou de volta à mata. Sylva exclamou de dor quando as duas criaturas se atracaram violentamente, o estalar dos galhos partidos acompanhado por rosnados e guinchos.

— Feitiços de batalha — ordenou Fletcher ao voltar a sentir vida no braço. — Mas economizem o mana.

Sylva entalhou tão rápido que ele mal tinha terminado a frase antes que a bola de fogo da elfa acertasse o goblin mais próximo, que foi atirado ao chão para se contorcer e uivar, agarrando o peito. Mais projéteis flamejantes foram jogados por Cress e Otelo, enquanto Fletcher chicoteou com uma língua de energia cinética que jogou os poucos cavaleiros restantes para longe.

Ainda os goblins continuavam a investir, aparando a lâmina mais fina de Fletcher com as clavas retorcidas, e a força do impacto subia pelo braço até o ombro do rapaz. Uma lança passou voando pelo rosto de Fletcher. Ele sentiu um clarão de dor quando esta lhe cortou a bochecha, e o fio de sangue quente se misturou ao suor acumulado na base do pescoço. Fletcher balançou a cabeça e talhou a cara de um goblin em resposta, jogando a criatura para longe girando e agarrando a própria cabeça.

Um coice de um casuar grasnante atirou Cress para longe, mas não perfurou a jaqueta. Ela reagiu com um relâmpago que arrancou a cabeça da criatura num jorro de sangue e, em seguida, voltou cambaleando à luta.

Chamas brotaram de Ignácio, espiralando contra os goblins que avançavam novamente e ofuscando sua visão. Tosk contribuiu com raio ziguezagueante de azul-elétrico, arremessando a vanguarda naqueles que vinham atrás e os transformando num emaranhado de membros e clavas. Na breve pausa que se seguiu, Fletcher aproveitou a oportunidade para se concentrar no cristal de visão, obtendo uma imagem completa do campo de batalha.

Os dois orcs estavam dando trabalho ao Wendigo enquanto a equipe de Isadora continuava escondida nos arbustos, mantendo os goblins à distância através de uso liberal de feitiços. Isso drenava suas reservas de mana, mas era uma estratégia vencedora; dezenas de cadáveres do comboio jaziam espalhadas, e o restante estava agrupado atrás dos corpos dos rinocerontes, que já tinham sido despachados. Dos cinquenta goblins montados que haviam chegado, não restavam mais que vinte. Até as hienas estavam mortas, os corpos pesados esparramados no chão num sono macabro.

Foi aí que tudo deu errado. Um dos orcs restantes se separou do grupo e disparou para a selva. Com Lisandro fora de combate e Sariel travando uma luta de vida ou morte fora de vista, Fletcher não teve escolha além de deixar a equipe.

— Não deixem sobreviventes — gritou por sobre o ombro.

Então ele se viu nas profundezas da mata, seguindo o som de galhos se partindo com a fuga do orc pela vegetação rasteira. O ar ficou subitamente parado e silencioso, perturbado apenas por um feitiço mal-direcionado voando pelas folhas acima. Fletcher sentiu que Ignácio o seguia, mas não tinha tempo para esperar. Em vez disso, ele instruiu Atena a permanecer acima da batalha e vigiar outros fugitivos. Do ponto de vista elevado da Griforuja, Fletcher viu que Salomão tinha assumido seu lugar na linha, usando uma muda de árvore como clava para arremessar os goblins e casuares para o lado.

No novo silêncio, a adrenalina começou a se esvair de Fletcher, a bochecha passando a arder com cada pulsação do coração acelerado. Ele estava exausto, os pulmões queimando. Ainda assim, cambaleava adiante, ignorando as moscas zumbindo em volta da cabeça, famintas pelo sal no sangue e no suor que o cobriam.

Fletcher seguia o estrondo e o estalo do orc em fuga, desejando que tivesse pensado melhor na situação. Aqueles dois orcs haviam combatido o Wendigo sem dificuldade. Agora estava prestes a enfrentar um deles sozinho.

Houve um chacoalhar de vegetação perturbada, e então um orc de pele cinzenta apareceu logo adiante, talhando um denso arbusto com galhos espinhosos com a clava. De perto ele era enorme, assomando-se imenso sobre Fletcher. O rapaz avaliou o inimigo como sendo tão largo e musculoso quanto Berdon e Jakov somados.

Fletcher não hesitou. Saltou com o khopesh nas duas mãos, mirando a ponta no centro exato das costas do orc. A arma errou a espinha por um palmo, trespassando o orc e saindo na barriga, a resistência uma fração do que Fletcher tinha esperado.

Ele gritou em triunfo quando o orc enrijeceu, um urro gutural espirrando sangue arterial nas folhas à frente. Então a cabeça de Fletcher explodiu em dor, e a boca se encheu do gosto de folhas podres e sangue. O orc tinha girado, esbofeteado o rapaz com as costas da mão e arrancado seu khopesh, deixando a arma empalada no peito.

Um pé calejado atingiu a terra ao lado de Fletcher, que tinha rolado para fora do caminho no último segundo. Ele disparou um pulso cinético, empurrando a terra e se pondo de pé novamente. Assim que se levantou, mergulhou para o lado, a clava cortando o ar num vasto arco. Fletcher se esparramou no arbusto espinhoso que tinha impedido o avanço do orc, e os espinhos prenderam a jaqueta dele, deixando seus braços abertos como os de um homem crucificado.

Espuma sangrenta borbulhou na boca do orc quando ele urrou em triunfo, o sangue vertendo ao redor da lâmina no seu peito em jorros escuros. Ele ergueu a clava, dando uma risada enquanto levantava o queixo de Fletcher com o lado achatado da arma. Os estilhaços de obsidiana na ponta pressionaram a carne macia da garganta do rapaz quando o orc se inclinou para a frente, quase com gentileza. A morte dele não seria lenta.

Ignácio veio em disparada pela vegetação rasteira, uma maré de chamas anunciado sua chegada enquanto ele aterrissava na cabeça do orc. A cauda da Salamandra o ferroou como a de um escorpião, espetando loucamente os olhos, nariz e boca do orc, chamas fluindo sobre o rosto em grandes ondas pulsantes. Fletcher se soltou aos puxões, arrancando o casaco do abraço dos espinhos depois de alguns momentos de luta. Foi bem a tempo, pois o orc golpeou cegamente, chegando até a cortar fora um botão da manga de Fletcher. Então tudo acabou; o orc desmoronou de joelhos e caiu de lado, os últimos esguichos de sangue minguando a um filete.

Ignácio saltou nos braços de Fletcher, miando com solidariedade e lambendo os ferimentos na garganta do rapaz. Ficaram assim por um tempo, desfrutando da glória de estarem vivos. O pescoço de Fletcher ardia conforme a língua de Ignácio passava nos machucados, mas logo a sensação se tornou estranhamente calmante. Ele passou os dedos na garganta e descobriu que o ferimento havia desaparecido.

— Mas que inferno! — exclamou.

Fletcher ergueu Ignácio até o rosto, e o demônio deu um latido alegre e depois lambeu o nariz do mestre.

— Você deve ter um símbolo de cura escondido em algum lugar dessa língua — riu o rapaz, esfregando a cabeça de Ignácio com carinho. — Mesmo depois de tanto tempo, você ainda consegue me surpreender. Mas é melhor não contar para Jeffrey; ele vai cortar sua língua fora numa mesa de cirurgia se não tomarmos cuidado.

Ignácio se remexeu nas mãos de Fletcher, que colocou a Salamandra no chão. Ao fazê-lo, ele viu a cara do orc e estremeceu. Tinha sido calcinada, deixando apenas o crânio queimado aparente. A pele cinzenta coriácea da barriga e pernas estava coberta de sangue. Espirais vermelhas e amarelas e listras de tinta de guerra enfeitavam o peito e o que restava das bochechas. Sem elas, o orc estaria praticamente nu, não fosse pelo saiote de tecido grosseiro que protegia sua modéstia.

O khopesh de Fletcher estava encravado fundo na carne do orc. O rapaz fez uma careta diante da cena grotesca e se abaixou para arrancá-lo.

Uma seta de besta sibilou por cima da cabeça de Fletcher, como uma cobra dando o bote, e se cravou numa árvore atrás dele. Ele caiu no chão e virou o corpo do orc como escudo. Outra seta veio um momento depois, atingindo o ombro do orc com tanta força que o atravessou, a ponta parando a 2 centímetros do rosto do rapaz. A precisão e a velocidade eram incríveis, dignas de um assassino treinado.

Então, enquanto Fletcher energizava o dedo para um contra-ataque, o agressor se retirou, deixando o estalo de galhos quebrados no rastro. A caveira sorridente do orc pareceu rir de Fletcher enquanto este empurrava o cadáver, enojado. Levou um momento para recuperar o fôlego. Se não tivesse se abaixado para arrancar o khopesh do orc, teria sido perfurado no peito.

Fletcher tirou a seta de besta do tronco e a ergueu à luz fraca da selva. Penas azuis. Como as setas de Cress.

Quando enfim voltou aos outros, a batalha tinha acabado. Salomão estava ocupado cavando uma grande cova, as mãozonas empurrando a terra para o lado numa pequena clareira. Era uma boa ideia; uma pilha de cadáveres atrairia toda espécie de carniceiros, e a nuvem de abutres que se formaria seria chamativa demais. Jeffrey estava mais adiante, examinando um corpo de goblin e fazendo anotações num diário com capa de couro. As mãos tremiam com adrenalina, resultando num garrancho irregular.

Otelo tinha acabado de curar Lisandro, os últimos traços de luz branca se dissolvendo das penas ensanguentadas no flanco do Grifo. Cress não estava à vista.

— Cadê a equipe de Isadora? — gritou Fletcher, brandindo as setas.

Sylva ergueu o olhar de onde estava ajoelhada, curando os ferimentos de Sariel.

— Eles saíram correndo — disse Sylva, com a voz monótona de exaustão. — Nem nos agradeceram pela ajuda.

— Um deles tentou me matar — anunciou Fletcher, erguendo as setas com penas azuis. — Com estas.

— Não são as setas de Cress?

— Não acho que ela as tenha perdido, no fim das contas. Acho que eles as roubaram.

— Você está brincando — grunhiu Otelo, desenrolando o couro de evocação para que Salomão pisasse em cima. Infundiu o demônio num clarão de luz branca, pois o pobre Golem cambaleava de exaustão.

— Quem dera estivesse — respondeu Fletcher. Fez uma pausa, percebendo as implicações. Os atacantes poderiam ter usado um feitiço, talvez uma das próprias flechas. Em vez disso, haviam escolhido munição que só Cress poderia ter usado. Queriam incriminá-la pelo ataque.

Otelo estava claramente pensando de forma semelhante.

— Se encontrássemos seu corpo com aquilo espetado em você, Hominum inteira pensaria que Cress o matou — disse o anão, pegando o projétil criminoso da mão de Fletcher. — Eles podiam até pensar que Cress estava trabalhando com os Bigornas.

— Eu não sei... — disse Sylva, examinando a seta. — Estamos tirando conclusões precipitadas. Nós mal a conhecemos. Talvez ela *esteja* trabalhando para os Bigornas.

— É, e eu sou um goblin disfarçado — zombou Otelo. — Se ela fosse uma traidora, eu saberia. A comunidade enânica é pequena; mal restam alguns milhares de nós. Sei quem são os encrenqueiros.

Fletcher olhou em volta.

— Falando em Cress, onde está ela? — indagou Fletcher.

— Aqui mesmo — respondeu uma voz atrás dele.

Cress emergiu da selva com Tosk empoleirado no ombro. O rosto estava encharcado de suor, e a besta pendia frouxa da mão dela.

— Vejo que você pegou o orc — comentou ela. — Muito bem. Eu tentei alcançar você, mas me per...

Ela parou ao notar as expressões de espanto dos outros.

— Onde que você achou isso? — perguntou, avistando a seta que Otelo segurava.

— Por que você não me diz? — retrucou Sylva, levantando-se e estreitando os olhos para a anã. — Alguém acabou de tentar matar Fletcher com ela.

Cress continuou calada, os olhos ainda fixados na seta. Sylva indicou a selva atrás da anã com um aceno.

— Lá.

— Eu... eu perdi essas setas — gaguejou Cress, olhando para trás. — Quem quer que tenha sido, deve ter tirado da minha aljava no acampamento, como disse mais cedo.

— É uma história muito conveniente — observou Sylva, cruzando os braços e estudando o rosto de Cress.

— Suas flechas também sumiram — argumentou Cress.

Alguma coisa picou o pescoço de Fletcher, e ele deu um tapa irritado.

— Foi a equipe de Isadora, tenho certeza — afirmou Fletcher, passando o braço pelos ombros de Cress. Ele subitamente se sentiu muito fraco, e foi um alívio se apoiar nela. — Isso é exatamente o que eles querem; que nós nos viremos uns contra os outros. Agora sabemos por que nos seguiam.

Sylva olhou feio para ele, então pulou e deu um tapa na coxa.

— Malditos insetos — rosnou, catando alguma coisa na perna. Mas o que ela segurava não era inseto algum. Era um minúsculo dardo.

O projétil oscilou na visão de Fletcher, e, subitamente, o rapaz estava de joelhos. O chão subiu para recebê-lo.

32

A prisão era feita de galhos resistentes e entrelaçados; era mais uma cesta esférica que uma jaula. Balançava de um galho acima, dando trancos de um lado ao outro com o vento.

— Estamos acabados — sussurrou Jeffrey, espiando pelos vãos entre os galhos.

Haviam acordado ali uma hora antes, com as roupas cobertas de terra após terem sido arrastados pela selva.

Todas as ideias de fuga foram abandonadas depois da primeira tentativa. Otelo forçara o braço por entre os galhos, tentando arrombar um buraco por onde poderiam passar. Alguns instantes depois, ele roncava alto, com mais um dardo na mão.

É claro, havia sempre a opção de um escudo, mas as reservas de mana tinham sido gastas na batalha, e as armas, tomadas. Sem falar no fato de que seria uma boa queda até o chão caso destroçassem a jaula.

— O que você vê? — perguntou Fletcher. Estava desconfortavelmente espremido entre os pesados corpos de Sariel e Lisandro. Atena havia se ajeitado no pescoço de Lisandro, a cauda se curvando preguiçosamente sobre seu bico. De todos eles, ela parecia a melhor em manter a calma, aproveitando a oportunidade para cochilar.

— Ainda gremlins. Nenhum sinal de orcs por enquanto — murmurou Jeffrey.

Fletcher torceu o corpo e espiou pelo buraco que Otelo havia feito.

Eles estavam suspensos sobre uma larga clareira na selva profunda, a mata circundante tão densa que levaria o dia inteiro para abrir caminho por ela. Tocas profundas, parecidas com exagerados buracos de raposa, tinham sido escavadas a toda volta. Gremlins patrulhavam os limites, carregando zarabatanas com quase o dobro do próprio tamanho.

— Parecem goblins em miniatura — observou Cress, espremendo-se ao lado dele. — Mas com narizes e orelhas mais compridos.

Fletcher grunhiu em concordância, mal prestando atenção. Ele estava confuso com esses gremlins armados. Tudo que aprendera sobre as criaturas lhes dissera que eram pouco mais que escravos, seres acovardados e obedientes ao extremo. Só que aqueles ali pareciam muito mais hostis, e ele via vários apontando para a jaula, em debate profundo.

— Posso dar uma olhada melhor? — indagou Cress, chegando mais perto. Na escuridão, Sylva tossiu alto.

Cress espiou pelo buraco, e Fletcher teve que se perguntar como Sylva poderia pensar que a anã seria capaz de matá-lo. Não era possível.

Um grito como o de uma águia soou abaixo. Os gremlins cessaram a patrulha, e, em uníssono, as zarabatanas foram apontadas para a jaula.

— Ah... droga — sussurrou Cress.

Dardos metralharam a jaula, muitos ricocheteando, apenas para serem recolhidos e usados de novo. Não demorou muito para que a maior parte da equipe fosse atingida. Fletcher mal teve tempo de examinar o dardo antes de sucumbir ao veneno. Tinha minúsculas penas amarelas, como as de um periquito, enquanto a ponta era um espinho afiado cortado de uma árvore.

Daquela vez, ele não sentiu a consciência se apagando. Em vez disso, uma fria dormência se espalhou a partir da coxa, no ponto onde o dardo tinha acertado. Era muito parecido com a sensação de quando Rubens o ferroara na cela, só que menos potente. Ele ainda conseguia mover as mãos e pernas, ainda que de forma vagarosa. Mais algumas doses provavelmente o teriam deixado completamente paralisado, mas os corpos de Lisandro e Sariel o protegeram do grosso do ataque. Ele talvez fosse capaz até de um feitiço se pudesse erguer a mão a tempo. De qualquer maneira, não ajudaria muito naquela situação.

Ignácio tinha usado uma enorme quantidade de mana ao queimar o orc, mas ele logo descobriu que as reservas de Atena, ainda que menores, mal foram tocadas. Os níveis de mana de Fletcher tinham praticamente dobrado no momento em que ele a conjurara. Era suficiente para um poderoso escudo que poderia mantê-los vivos por um pouco mais de tempo, caso os gremlins decidissem matá-los.

Fletcher sentiu um solavanco enjoativo no estômago, e então houve um baque de chacoalhar os ossos quando a jaula encontrou o chão. O grupo grunhiu de dor, os corpos se chocando uns contra os outros. Mãos ossudas agarraram os galhos enquanto facas serrilhadas os cortavam. Pareciam ser dentes de tubarão embutidos em adagas de madeira, não muito diferentes das clavas dos orcs.

Levou apenas um momento para a jaula se abrir como um ovo partido, fazendo os ocupantes piscarem diante da nova luz.

Olhos de sapo os espiavam de cima das zarabatanas, as pontas ocas ameaçadoras como canos de pistolas. Uma discussão soou atrás da multidão na mesma linguagem de cliques que Fletcher ouvira de Azul na rinha. Fletcher ergueu as mãos lentamente, depois se xingou em voz baixa. Agora eles sabiam que ele não estava paralisado.

— Quietagora, quietagora — chilreou o mais próximo, chutando o peito de Fletcher. Não doeu, mas ele mal se permitiu respirar. Foi aí que ele percebeu que Ignácio não tinha sido sequer atingido, pois o corpo esguio tinha se encaixado com facilidade entre Fletcher e Cress. Seria o momento de fazer uma manobra?

No momento em que o pensamento cruzou a sua mente, um gremlin abriu caminho pela multidão. Era um pouco maior que os outros, com metade de uma orelha faltando e um olhar de desconfiança no rosto.

— Por que tu taqui? — silvou o goblin, ajoelhando-se e apertando uma adaga contra a pele ferida do pescoço de Fletcher. A voz dele, muito como aquela do outro gremlin, lembrava a Fletcher de como um pássaro soaria se pudesse falar.

— Nós matamos orcs — ofegou o rapaz, os dentes cruéis se cravando em sua garganta. Era difícil falar, com a língua lerda por causa do veneno paralítico.

— Humano mata gremlin — sussurrou Meia-orelha, provocando um chilreio geral de concordância dos outros em volta. — Humano mata mais gremlin que orc.

Naquele momento, Fletcher percebeu que era verdade. Quando os militares atacavam a selva, os gremlins muitas vezes eram tudo que encontravam. As pobres criaturas eram massacradas com impunidade pelos soldados frustrados, ansiosos para matar algum inimigo.

— Eu salvei um gremlin! — exclamou Fletcher, enquanto a pressão da faca aumentava. — Eu salvei o gremlin azul.

Com essas palavras, o silêncio caiu. Foi então que Ignácio decidiu agir, saltando dos corpos paralisados dos outros e derrubando Meia-orelha no chão. O ferrão da cauda pairou sobre o olho do gremlin e então ele latiu, desafiando as criaturas a atacar.

Fletcher se sentou, usando o lombo de Lisandro como apoio. O Grifo inteligente mantinha os olhos fechados, ou talvez a capitã Lovett continuasse no controle. Se eles estivessem prestes a morrer, ela não ia querer que o mundo assistisse.

Houve uma comoção em meio aos gremlins que os cercavam, em algum ponto no fundo. Um deles abria caminho até que parou ao lado de Ignácio, o peito magro ofegando de exaustão.

O gremlin mancava e segurava um arpão farpado, mas não era isso que o destacava dos outros. Não, era a cor que ainda tingia os ombros e costas do gremlin; desbotada, mas ainda claramente visível.

Era Azul.

33

Azul não lhes dirigiu uma palavra sequer. Em vez disso, ele se ajoelhou ao lado de Meia-orelha e sussurrou no ouvido do gremlin maior. Eles discutiram por um tempo, sem que Ignácio vacilasse nem por um segundo, observando atentamente os gremlins que os cercavam.

Depois do que parece uma eternidade, Meia-orelha pareceu admitir a derrota. Suspirou profundamente e deu algumas ordens aos guerreiros que o cercavam. Estes hesitaram, como se confusos, até que, lenta mas seguramente, baixaram as zarabatanas.

Em reação, Fletcher instruiu Ignácio a sair do peito de Meia-orelha, sem baixar a cauda. Eles todos ainda estavam à mercê dos gremlins, e o rapaz ainda não queria abrir mão da cartada que lhe restava.

— Obrigado — agradeceu Fletcher, curvando a cabeça para Azul.

Mais uma vez Azul os ignorou, passou pela multidão e entrou na selva. Estranhamente, os outros gremlins fizeram o mesmo, desaparecendo nos túneis. Só restou Meia-orelha, encarando os viajantes com ódio nos olhos.

O suor escorreu pelas costas de Fletcher enquanto ele esperava, tentando ignorar o olhar do gremlin. Percebendo que o sol estava quase se pondo, perguntou-se quanto tempo teriam ficado inconscientes. Se tivessem sido só algumas horas, não seria um grande problema. Mas se tivesse se passado mais de um dia, então seria possível que perdessem o encontro com as outras equipes.

— Então... o que fazemos agora? — murmurou Sylva atrás dele, a primeira a se recuperar dos dardos.

Ela se arrastou para mais perto e apoiou a cabeça no ombro dele. Fletcher não sabia se era por causa da paralisia, do cansaço ou alguma outra coisa, mas pouco lhe importava. Não ficava assim tão perto de outra pessoa havia muito tempo, e a sensação era boa.

— Nada — sussurrou Fletcher.

O rapaz apoiou a cabeça na dela e os dois ficaram sentados ali, observando o sol poente filtrado pelas folhas acima. Apesar da situação, seu coração acelerado se acalmou. Só o olhar implacável de Meia-orelha estragava o momento perfeito.

— Você está sangrando — constatou Sylva de repente.

Ela ergueu a cabeça, e Fletcher viu uma mancha vermelha na têmpora da elfa.

— Sua bochecha — murmurou Sylva, tocando-a gentilmente.

Era onde a lança do goblin o tinha cortado. O ferimento era fundo, mas, por algum motivo, não doía. Um efeito colateral da paralisia, talvez.

— Permita-me — disse ela, traçando um símbolo de coração no rosto dele. Formigou estranhamente conforme o mana se unia à pele. Então o pulso frio e reconfortante de energia curativa começou a fechar o ferimento.

— Obrigado — agradeceu ele.

Ela lhe observou o rosto, os lábios entreabertos em concentração. Os grandes olhos azuis da elfa se encontraram com os de Fletcher, que sentiu uma vontade súbita de se inclinar para mais perto.

Então Cress grunhiu atrás deles, meio se erguendo do chão. Os cotovelos vacilaram, e ela desabou, espirrando lama e plantando a cara no traseiro de Otelo.

— Uhh... uma ajudinha aqui — resmungou ela, a voz abafada pelas calças do anão.

O momento de Fletcher com Sylva havia se perdido, mas ele não teve como não rir em voz alta. Segurou as costas da jaqueta de Cress e a puxou.

— Maldição — ofegou ela, respirando o ar fresco. — Achei que ia sufocar do pior jeito possível.

Apesar da cabeçada no fundilho, Otelo roncou ainda mais alto, completamente alheio ao mundo.

— E quanto ao gremlin azul? — indagou Sylva, a expressão subitamente endurecida outra vez. — O que você não está nos contando?

— Então... eu posso ter resgatado um gremlin das rinhas na linha de frente... — admitiu Fletcher, evitando o olhar dela. Preferia a garota com quem estivera um minuto antes, mas o muro que ela mantinha entre eles havia se erguido de novo.

— Você o quê?! — exclamou Cress, tão alto que um gremlin espiou da entrada do túnel mais próximo. Ela jogou uma pedrinha contra ele, que voltou a se esconder.

— O que você quer dizer com "resgatado"? — perguntou Sylva, estreitando os olhos.

— Eu o soltei. De volta na selva — murmurou Fletcher, sentindo-se ficar vermelho com uma estranha mistura de constrangimento e vergonha.

— Você está brincando, né? — disse Cress, levantando-se com um grunhido. — Você é idiota?

Sylva estava ainda menos impressionada.

— Nós passamos os dois últimos dias tentando evitar detecção e você lhes envia um maldito mensageiro?

— Bem, ele acabou de salvar nossas vidas, então acho que foi bom o que eu fiz! — retrucou Fletcher, cruzando os braços com teimosia.

— Eles vieram nos procurar precisamente por que você o deixou escapar — argumentou Sylva, franzindo os lábios com raiva. — Eles provavelmente vêm nos rastreando há dias.

Fletcher engoliu uma resposta. O que ele tinha feito era errado, praticamente sob qualquer ponto de vista. Só que, depois de ver a criaturinha se recusar a desistir contra chances invencíveis... Ele não poderia tê-la deixado morrer. Jamais se perdoaria se o tivesse abandonado. Ao mesmo tempo, agora se perguntava se teria tomado a mesma decisão se soubesse que gremlins podiam falar.

— O que está feito, está feito — afirmou Fletcher, balançando a cabeça. — Podemos discutir isso mais tarde. Agora temos que descobrir o que está acontecendo e como nós vamos...

Fletcher percebeu o olhar de Meia-orelha e baixou a voz a um sussurro:

— ... sair daqui.

Uma voz veio do túnel mais próximo antes que os outros pudessem responder.

— Vocês não precisam fazer isso — afirmou. Tinha os mesmos tons aflautados das vozes dos outros gremlins, porém a entonação era mais clara, ainda que um pouco rígida e formal. Um animal estranho surgiu da entrada do túnel, com Azul montado nas costas.

A criatura pareceria uma lebre das montanhas se não fosse pelo focinho um pouco estendido, orelhas mais curtas e longas e ágeis pernas. Lembrava a Fletcher de como uma lebre se pareceria se tivesse o esqueleto de um antílope e as patas traseiras de um canguru do deserto.

— Um mara! — exclamou Jeffrey. — Nunca vi um deles em carne e osso.

— É um demônio? — perguntou Cress, arregalando os olhos.

— Não, é um animal de verdade — respondeu Jeffrey, em voz baixa. — Mas um incomum.

Azul deteve o mara com um curto puxão do pelo no cangote.

— Como você fala nossa língua? — indagou Sylva, a voz carregada de desconfiança.

Azul desmontou e se agachou ao lado de Meia-orelha. Balançou a cabeça com tristeza.

— Muito gremlin está aprendendo com humanos, quando a gente somos capturado. Muito gremlin escapa das rinha. Meu amigo aqui, ele se fazeu de morrido depois de brigar cachorro. Ele é largo pra podrecer na cova com cadáver. Vocês entendão por que ele quer gremlins matar você, mesmo se é morto pelo seu demônio.

— Você aprendeu a falar com aquele sujeito grosseiro na rinha? — perguntou Fletcher, cético.

— Não. Eu aprende com outro. Com mulher nobre que vive na jaula. Escravo humano não podem falar com ela, então ela ensina eu escondido. Eu que tomou conta dela, levou comida e água, trocou a palha.

— Você conhece a capitão Cavendish?! — exclamou Sylva.

— Eu não sabe nome. Ela nunca confiou pra contar. Mas conta de terra de você. Como você odeia orc que nem nós. Eu não acreditou outros gremlins, que você mata nós como rato.

Ele deixou a voz morrer por um momento, com tristeza nos olhos enormes.

— Ela ficando maluca nos anos último. Então eu escapa e vem pra cá. Aí eu é capturado quando faz reconhecimento. Homem mau me bota em rinha. Aí você mim salva.

Era muito para processar. Mas uma pergunta seríssima continuava sem resposta.

— Onde diabos nós estamos? — indagou Fletcher.

34

Azul não respondeu. Em vez disso, disparou uma sequência de ordens, toda cliques e assovios.

Num instante, os gremlins os cercaram de novo, surgindo como que do nada. Muitos tinham manchado a pele com verde e ocre para se misturar à folhagem. Outros cavalgavam os próprios maras, com zarabatanas firmemente apontadas contra Fletcher e os outros. Esses eram ainda mais bélicos, com arpões de osso atados às costas e mais daquelas facas mortíferas que quase haviam cortado o pescoço de Fletcher.

— Nós te leva pra o Viveiro pra encontra líder — trilou Azul, enquanto os gremlins mais próximos marchavam para os túneis. — Eu avisa, nós dardo faz dormir, congelar ou morrer. Se nós atira agora, nós usa que faz morrer. Não deixa gremlin nervoso. Eles querem te matar, eles odeiam vocês que nem esse aqui.

Meia-orelha grunhiu e se levantou quando Azul o cutucou com a zarabatana. O olhar de fúria do gremlin mutilado nunca deixou o rosto de Fletcher, mas ele recuou com as mãos abertas e vazias. Fletcher não o culpava. Se tivesse passado pela crueldade que ele vira naquela tenda havia só três noites, ele se sentiria do mesmo jeito.

Otelo ainda estava adormecido, então, com relutância, eles o deixaram com Salomão e também Atena, que ficou de guarda nas árvores acima. Lisandro continuava de olhos fechados, então também ficou, enquanto Sariel era grande demais para caber nos túneis.

Azul desceu pelo túnel de onde viera, o maior de todos. A abertura se escancarava sombria e tenebrosa, porém, mais no fundo, Fletcher viu os mesmos cogumelos luminosos que cresciam na Grande Floresta.

Apesar do tamanho maior desse túnel, Fletcher e os outros tiveram que engatinhar para caber, com Ignácio e Tosk correndo adiante, sempre atentos a possíveis emboscadas. Foi um grande alívio quando o corredor se abriu numa grande câmara, espaçosa o bastante para todos eles, caso ficassem curvados e se espremessem. O líquen luminoso era ainda mais denso ali, e todos foram iluminados por um luzir fantasmagórico.

— Tem certeza de que isso é uma boa ideia? — sussurrou Sylva.

— Se eles nos quisessem mortos, já estaríamos debaixo da terra — respondeu Cress. Ela deu uma olhada em volta e riu. — Vocês entenderam.

— A anã fala verdade. Nós não machuca você se você não dá motivo — afirmou Azul, guiando o mara a um corredor que descia ainda mais. — Por aqui. Mãe espera lá embaixo.

Eles seguiram adiante, as roupas já imundas se manchando ainda mais com o solo escuro e úmido. A temperatura parecia aumentar conforme eles se aprofundavam. Passaram por câmaras dos dois lados do caminho. Nelas, os montinhos peludos dos filhotes de mara mamavam nas barrigas das mães, tão jovens que ainda tinham os olhos fechados. Havia pilhas de frutas, legumes e capim recém-cortado junto a eles, e os maras adultos os mordiscavam ao passar.

A sala seguinte continha ovos esféricos verdes, tratados por matronas gremlins que se esparramaram de forma protetora sobre os objetos do tamanho de toranjas quando os forasteiros passaram. Sibilaram quando Fletcher olhou para dentro, e ele seguiu apressadamente adiante, sussurrando para Sylva:

— Ovos de gremlin.

Ainda mais ao fundo, Fletcher espiou outra câmara, onde o farfalhar de insetos o distraiu do caminho. Um redemoinho de grilos, gafanhotos e larvas enxameavam as paredes, quicando pela cavidade com uma energia ensandecida. Cascas e bagaços de frutas se empilhavam no centro do aposento enquanto os gremlins cuidadosamente catavam os maiores espécimes com os dedos ágeis, colocando-os em cestos de trama bem fina que carregavam na cintura. Foi só quando um dos gremlins tacou um dos bichos na boca e o mastigou que o rapaz entendeu o propósito da sala. Estremeceu e continuou andando, apesar de Ignácio ter lambido os beiços e precisar ser arrastado.

— Eles vivem como coelhos, num tipo de grande viveiro — sussurrou Jeffrey na retaguarda. — Os ovos são mantidos a salvo dos predadores no subsolo, e eles criam insetos para se alimentar. Desenvolveram até uma relação simbiótica com os maras. Vejam como as tangas são feitas de pelo de mara, e eles os cavalgam como fazemos com cavalos, só que os animais são protegidos e alimentados com as frutas e capins que lhes trazem.

Fletcher estava fascinado, mas não podia deixar de se sentir confinado no túnel apertado. Levava-o de volta ao ano que passara na cela, e ele estremeceu com a memória. Ignácio miou de solidariedade e reduziu o passo, para poder se esfregar contra o braço de Fletcher.

— Obrigado, maninho — sussurrou o rapaz.

Eles avançaram e avançaram, até que as câmaras laterais acabaram e o túnel se inclinou num declive tão acentuado que eles passaram mais a escorregar que a engatinhar. A terra pareceu ficar ainda mais quente, e o suor escorria pelo rosto de Fletcher até os olhos. Até o líquen franjado ficou mais escasso, até que Fletcher passou a se sentir engolido por uma garganta negra em direção à barriga de um monstro gigante.

Finalmente, um luzir alaranjado disse a Fletcher que estavam chegando ao fim da jornada. Azul, que aguardava junto à entrada da câmara iluminada, os puxou para dentro, um de cada vez, como bebês recém-nascidos.

— Mãe tá aqui — anunciou ele, reverente, depois que todos chegaram. — Vocês tudo conhece Mãe.

Fletcher piscou na luz forte, o calor tão feroz que fazia a pele quase doer. Uma torrente brilhante de líquido derretido fluía à frente, colorida do tom laranja de metal aquecido. A lava escorria de uma fenda na parede da caverna, seguindo por um canal profundo até um túnel que se estendia sem fim ao longe. Bolhas irrompiam na superfície, espalhando gotas vermelhas incandescentes com "plops" gosmentos. Ele sentiu uma vontade em Ignácio de se aproximar da lava, mas a sufocou com um pensamento; agora não era hora para ser curioso.

Estalactites e estalagmites decoravam o teto e o chão, como dentes tortos, enquanto colunas daquelas que tinham se encontrado sustentavam a caverna. Lembravam a Fletcher de uma grande catedral.

— Os gremlins selvagens construíram seu Viveiro aqui por causa da lava — ecoou uma voz no fundo da caverna, onde a luz do magma não alcançava. — Ela mantinha o solo quente para eles.

Era uma voz distorcida, como se falada por uma boca cheia de bolinhas de gude. Soava feminina, de alguma forma, apesar da entonação gutural. Quem falava tinha que ser velha, também, pois as palavras tremiam e rachavam na garganta. Fletcher sabia uma coisa com certeza. Não era um gremlin.

— Eles precisam de calor para os ovos, entendem? — continuou a voz, ficando mais alta. — Assim como os goblins. Esse é o nome que vocês deram para eles, não é? Goblins? Meus espiões ouviram vocês usando esse nome.

Houve um toque gentil de uma bengala no chão, e uma presença surgiu no limiar da penumbra. Fletcher estreitou os olhos, mas não viu mais que uma silhueta envolta pelas sombras.

— Mostre-se — exigiu Sylva, parando ao lado de Fletcher.

— Só se vocês me derem a palavra de que manterão a paz — retrucou a sombra. — Não quero ver mais morte esta noite.

— Eu prometo — respondeu Sylva, olhando em volta para ver os amigos assentindo. — Assim como meus amigos.

— Muito bem.

O vulto saiu das sombras, com um longo cajado de abrunheiro agarrado nas mãos retorcidas. Ela se encurvava como um abutre, com o fardo da óbvia idade pesando muito sobre os ombros. Cabelos negros emaranhados escorriam pelos ombros até a cintura, cobrindo a nudez, pois ela só vestia uma saia de penas e um largo colar feito com pequenos ossos de uma dúzia de animais azarados.

O rosto dela era pintado, como se coberto por um esqueleto, o contorno de um crânio deixando os olhos como buracos negros, contrastando com a brancura de giz. Só que havia algo que se destacava mais que qualquer outra coisa, projetando-se do lábio inferior como as estalagmites que a cercavam. Presas.

Mãe era uma orquisa.

35

Ela ficou ali, parada em silêncio, com olhos inexpressivos. Sylva abria e fechava a boca, como um peixinho dourado, enquanto Fletcher só conseguia gaguejar. Apesar do tamanho de Mãe, ele não se sentia ameaçado por sua presença; ela era frágil como o cajado ressequido que tinha em mãos.

— Quem é você? — indagou Cress, quase educadamente. Ela parecia respeitosa à idade da orquisa, em vez de assustada, mesmo enquanto Jeffrey rastejava para trás da anã e tentava, sem sucesso, se esconder atrás dos ombros dela.

A venerável orquisa sorriu, revelando uma fileira de dentes pontiagudos.

— Vocês podem me chamar de Mãe — grasnou, chegando ainda mais perto. — Não conheci outro nome pelo último meio século. Nem tampouco vi a luz do dia com meus próprios olhos.

A mão de Sylva foi até as costas, como se a falx ainda estivesse atada ao ombro. Mãe percebeu o movimento, mas não fez nada além de estalar a língua em desaprovação.

— Com seus próprios olhos? — perguntou Fletcher. Teve as suspeitas confirmadas quando um Caruncho verde-amarronzado saiu zumbindo dos cabelos dela, pousou no cajado e os observou com seus olhinhos. O demônio era menor que a maioria dos Carunchos, quase do tamanho de um besouro normal. Foi então que Fletcher notou como os olhos de Mãe eram leitosos, nublados por catarata. A orquisa era cega.

— Meus Carunchos, Apófis e Rá, agem como meus olhos e ouvidos. Não há limites para o que posso ver. Tenho mais olhos agora do que quando eu nasci.

— Uma xamã, então — deduziu Sylva, após finalmente reencontrar a própria voz.

— Sou uma conjuradora, assim como você — respondeu a orquisa, simplesmente.

O demônio dela zumbiu pelo ar, pairando diante dos rostos da equipe conforme Mãe os examinava. Claramente, ela possuía a mesma habilidade de Lovett de visualizar com a mente em vez de com uma pedra.

— Não se incomodem com Apófis. Ele vem seguindo vocês desde que soube da sua chegada. Só mais um inseto nas árvores. Vocês deveriam ser mais vigilantes. — Ela riu consigo mesma, um som gutural.

— Eu te disse — resmungou Sylva, cutucando Fletcher com o cotovelo.

Fletcher a ignorou. As paredes escuras traziam de volta memórias de seu encarceramento, e o coração dele batia acelerado. Já estava farto daquele lugar.

— Onde estamos? — rosnou Fletcher. — Por que está brincando com a gente assim?

A orquisa exibiu os dentes, e o rapaz levou um momento para entender que ela sorria.

— Venham comigo — sibilou ela, voltando às sombras.

Mãe lançou fogos-fátuos para cima conforme avançava, arrastando os pés, fazendo que se esquivassem pelo labirinto de formações rochosas, lançando uma miríade de sombras que se deslocavam pelo chão.

Com relutância, os outros seguiram enquanto uma vanguarda de gremlins montados em maras mantinha a vigilância. Só Azul ficou por perto, com a cabeça balançando logo acima da altura da cintura de Fletcher enquanto sua montaria saltitava ao lado da equipe.

O espaço recém-iluminado era fundo e cavernoso, o teto dando lugar a uma área aberta. Os passos ecoavam, misturando-se ao ruído do movimento da lava e da água que pingava das estalactites. Havia sinais de habitação espalhados nos arredores. Esteiras de junco trançado cobriam o chão. Potes cheios de pós, tigelas de mistura, pilões e almofarizes estavam empilhados de qualquer jeito num canto, e um caldeirão fervia seu conteúdo de um estranho tom turquesa sobre as brasas de um fogo baixo. Ela era claramente um tipo de boticária, responsável por curar os ferimentos e doenças dos gremlins.

— Rápido; não temos muito tempo — avisou Mãe, da penumbra adiante. — Vocês demoraram mais tempo que o esperado para acordar.

— Mas para que a pressa? — resmungou Jeffrey, tropeçando num osso descartado de animal.

Mãe parou, e os fogos-fátuos dispararam adiante para flutuar acima dela, revelando o fundo da caverna. Era uma visão espantosa.

Cristais brutos emergiam da rocha, como sincelos multicoloridos. Alguns tinham forma retangular, projetando-se como a proa de um navio. Outros pareciam se abrir como flores, pétalas afiadas que cintilavam num vermelho-rubi àquela luz. Mãe passou por entre eles sem hesitação, manobrando pelas protuberâncias só com a memória.

Mas nem o caleidoscópio de cores e formas era capaz de desviar os olhos de Fletcher da gema encrustada na parede bem no fim da caverna. Tinha forma oval e fora polida até formar uma curva delicada; não muito diferente do Oculus em Vocans, mas três vezes maior. Tinha no centro a imagem clara e definida de uma folha tremulando à brisa. Era uma imensa pedra de visão.

— É aqui que ensino os filhotinhos de gremlin sobre a selva, pois só os forrageiros, pescadores e caçadores têm permissão de sair do Viveiro — explicou Mãe, gesticulando cegamente em direção à pedra. — E, agora, eu lhes ensinarei também. Por favor, sentem-se.

Havia uma parte lisa na rocha, desgastada por gerações de traseiros de gremlins. Fletcher se perguntou quão velha seria aquela orquisa.

Eles se sentaram. Ignácio e Tosk permaneceram em guarda às costas do grupo, ficando de olho nos guerreiros gremlins. Ignácio estava particularmente agitado, andando de um lado ao outro e sibilando.

A imagem começou a vibrar quando o Caruncho no cristal, Rá, alçou voo. A folha se afastou, revelando o mundo ao redor com claridade espantosa. Naquela parte da selva, a vegetação parecia ser mais densa de alguma forma, com árvores mais velhas e mais retorcidas, e o solo recoberto por sombras mais profundas.

— Há muito tempo, eu era uma orquisa como qualquer outra. Vim de uma pequena tribo muito ao sul. Lá nem sabíamos da existência dos humanos.

A imagem virou de novo. Uma aldeia jazia além, diferente de qualquer uma que Fletcher já tivesse visto. Cabanas feitas de pau a pique espalhadas ao redor de uma clareira. Os vãos em meio à copa das árvores deixavam a aldeia iluminada por um pilar de luz do alto, maculada apenas pela fumaça de uma fogueira no centro. Vultos se reuniam ao redor das chamas, alguns balançando para a frente e para trás numa dança estranha, e outros sentados de pernas cruzadas num semicírculo.

Orcs. Não mais que vinte deles... diferentes, porém, do que Fletcher esperava. Orquisas se penteavam com pentes de casca de tartaruga enquanto outras amamentavam bebês em faixas de tecido junto ao peito. Anciãos grisalhos baforavam longos cachimbos, revezando-se para colocar tabaco e ervas nos fornilhos. A maioria era banguela, muitos com as presas ausentes ou partidas, deixando apenas tocos. Havia apenas dois orcs homens dentre tais veneráveis idosos.

Deixavam carne embrulhada em folhas de banana para cozinhar no vapor junto à fogueira. Aqueles que ainda tinham dentes mastigavam para os que não tinham, cuspindo em tigelas de casca de coco para que os anciãos sorvessem com alegria.

Longe de sentir nojo, Fletcher se flagrou sorrindo para o gesto. Eles cuidavam uns dos outros; uma característica que nunca esperara dos orcs. Parecia uma existência pacífica. Idílica. Inocente.

Jovens orcs de mãos dadas giravam ao redor do fogo, abrindo e fechando as bocas em uníssono; só poderiam estar cantando! Fletcher desejou poder ouvi-los, de tão hipnotizantes que eram o bater de pés e o balançar de ombros.

— Eu vivia numa aldeia bem como esta — sussurrou Mãe. — Algumas famílias, nada mais. Outrora fomos todos desse jeito, milhares de anos atrás. Antes da chegada deles.

Havia algo errado. Um dos velhos orcs vira alguma coisa. Ele se levantou e gritou, agitando os braços num frenesi. Os mais jovens se espalharam, enquanto as orquisas se encolheram, cobrindo as cabeças com as mãos.

Mãe virou a cabeça de repente, e Rá seguiu o movimento. Rinocerontes trovejaram aldeia adentro, os grossos chifres duplos rasgando passagem pela mata. Orcs enormes cavalgavam as feras, girando redes com pesos acima das cabeças. Outros lançavam laços, puxando os pés dos jovens e os arrastando, histéricos, em seu rastro.

Um velho saiu cambaleante da cabana, agarrando uma simples clava nas mãos. Antes que pudesse usá-la, uma lança lhe trespassou o peito, jogada quase casualmente por um cavaleiro próximo.

Para o horror de Fletcher, o resto dos aldeões estava emaranhado nas redes ou sendo conduzido de volta à fogueira, incluindo os mais jovens que tinham alcançado a beira da selva. Não levou mais que um minuto, tão bem orquestrado fora o ataque. Os cavaleiros tinham muita prática.

— Esta família é o que nós éramos. Esses saqueadores são o que nos tornamos — afirmou Mãe, com um rosnado gutural.

Os meninos orcs foram separados dos outros, deixando os idosos e as orquisas chorando e uivando junto ao fogo. Grandes varas foram tiradas dos lombos dos rinocerontes, com alças de corda distribuídas em intervalos pelo seu comprimento. Estas foram apertadas nos pescoços dos jovem orcs. Um era tão novo que teve que ficar na ponta dos pés para se manter na fila com os outros. As presas eram meros toquinhos, mas ele foi forçado à posição do mesmo jeito. As varas estavam atadas aos flancos dos rinocerontes. Então, quase sem dirigir a palavra aos sobreviventes, os cavaleiros fizeram os prisioneiros marchar, desaparecendo na penumbra na selva.

— Por quê? — indagou Sylva, simplesmente. Ela não conseguia esconder o tremor de tristeza na voz.

— Soldados para os exércitos. Eles levam os meninos bem novos. Espancam-nos até que suas mentes se partam, enchem-nos de ódio, ensinam-nos a matar. É assim que agem. — A fala de Mãe ficou engrolada, a boca cheia de saliva. Ela engoliu e continuou: — Eles começam com os gremlins. Fazem com que os cacem por esporte. Matam quase todos, escravizam e cruzam os outros. Então forçam os meninos a lutar uns contra os outros, para filtrar os mais fracos. No fim, só restam aqueles com sede de massacre e dominância. As consciências mortas, a inocência perdida.

Mãe se calou, as unhas negras das mãos retorcidas se cravando no cajado. Apófis zumbiu entristecido sobre o rosto da orquisa, enxugando uma lágrima com as patinhas da frente. Manchou o branco do crânio abaixo, uma fratura negra no osso pintado.

— Então... Como você se encaixa nisso tudo? — indagou Fletcher, torcendo as mãos sem jeito.

— Quando atacaram nossa aldeia, eu os segui. Não... Eu *o* segui. O menino que eu amava.

Ela falava em rajadas curtas, como se estivesse prestes a se debulhar em lágrimas. Piscou rapidamente os olhos e respirou fundo. Quando falou novamente, não havia tristeza em sua voz, mas raiva.

— Trabalhei como serva de um xamã na esperança de que ele me levasse aos guerreiros, um dia. Foi lá que eu aprendi a conjurar em segredo, roubando um dos pergaminhos do meu mestre. Esperava que um Caruncho fosse me ajudar a encontrar meu amor.

Ela acariciou a carapaça de Apófis e abriu um sorriso dentuço.

— Quando eu o encontrei, um ano depois, o menino que eu conhecera não existia mais. Só restava um bruto cruel. Eu o envergonhei, entrando no acampamento e tentando salvá-lo diante de seus colegas guerreiros. Ele me espancou até me deixar à beira da morte e me abandonou lá. Os gremlins me acharam e me trouxeram para cá.

Tudo começava a fazer sentido. A selvageria descontrolada dos orcs, o massacre impiedoso. Nem o diário de Baker havia mencionado essa estranha escravização do próprio povo.

Fletcher se perguntou o que ela estaria fazendo, escondida nas entranhas da terra? E quem eram aqueles gremlins, que viviam separados dos orcs? Ela respondeu antes que ele pudesse perguntar:

— Estes são gremlins selvagens, que nunca foram escravizados, mas ainda vivem com medo dos orcs. Há outros viveiros, espalhados pela selva, mas este é o maior de todos. Minha esperança é libertar todos os gremlins de seus mestres e um dia acabar com o círculo vicioso que o meu povo insiste em seguir.

— Eu ainda não entendo — murmurou Cress.

— O que disse? — indagou Mãe, com ouvidos afiados.

— Qual é o sentido disso tudo? Os soldados, os exércitos? Por que vocês querem destruir Hominum? — Cress deixou escapar.

— *Eu* não quero destruir nada. Eles seguem uma profecia, escrita nas paredes da pirâmide ancestral. Que um orc branco irá liderá-los na conquista de todo o mundo conhecido. Que um deles aparece a cada mil anos. Não sei mais nada. Só os xamãs sabem o que está escrito, pois só eles podem entrar na pirâmide em si.

— E também os goblins — acrescentou Sylva, erguendo as sobrancelhas. — Eles parecem ter permissão de entrar também, já que residem junto aos seus ovos na rede de cavernas sob a pirâmide.

— Os goblins são algo de que sei muito pouco — suspirou Mãe, enquanto erguia a ponta do dedo para que Apófis pousasse. — Na verdade, não ouso mandar meus Carunchos para espiar o interior da pirâmide, pois dizem que está protegida por demônios. Eles podem reconhecer meus Carunchos pelo que são.

— Bem, vamos descobrir quando chegarmos lá — afirmou Jeffrey, que então fez uma pausa e olhou para o próprio colo. — *Se* chegarmos lá.

— Ouvi sobre sua missão por meio de Apófis e vou ajudá-los. A mulher nobre mostrou grande bondade para com meu amigo aqui, assim como um de vocês. — Mãe apontou para Azul, que curvou a cabeça solenemente. — Este gremlin, por sua vez, me ensinou os rudimentos de sua língua, e o resto eu aprendi através da observação dos meus Carunchos nas tropas humanas das linhas de frente. Esse conhecimento salvou as vidas de muitos gremlins, e por isso eu sou grata.

— E os goblins? — perguntou Sylva. — E quanto a eles?

— Uma abominação a ser varrida da face de nosso mundo — rosnou Mãe.

Ela tossiu de repente, uma tosse seca e sibilante que a fez se sentar, as costas curvadas e encolhidas. A orquisa era menor do que tinha parecido inicialmente, encolhida e murcha com a idade. A pintura escondia as fundas rugas do rosto, mas, agora que ela estava na mesma altura que Fletcher, parecia frágil, sem substância.

— Estou cansada — disse Mãe, a voz pouco mais que um suspiro. — Não se esqueçam do que eu lhes contei... não somos todos monstros. Vão, com minha bênção. Meus gremlins os guiarão a partir daqui. Restam poucas horas.

36

Quando eles emergiram do Viveiro, Fletcher não conseguiu deixar de desabar no chão e olhar para o céu, desfrutando do ar fresco e da luz do dia. O sol já se punha, mergulhando a clareira num brilho cálido e alaranjado. Ele não fazia ideia de onde estavam ou da distância até a pirâmide. Tinham que partir em breve, mas o rapaz mal conseguia reunir energia para se sentar.

Os gremlins continuaram dentro do Viveiro, exceto por Azul, que os vigiava atento da entrada principal. Outros espiavam com curiosidade, os olhos esbugalhados visíveis acima da borda dos respectivos túneis.

Até os bebês gremlins estavam presentes. Um deles deu um passo adiante para ver melhor, apenas para ser logo em seguida arrastado para dentro pela mãe, agora zangada. Os ganidos de protesto indicaram a Fletcher que o filhote estava recebendo uma bela surra.

O rapaz deixou a cabeça cair para o lado e viu que Otelo ainda estava desmaiado no chão, as narinas vibrando a cada ronco. O anão estalou os lábios e rolou, abraçando a garra de Lisandro, como um bichinho de pelúcia.

— Certo, já chega — rosnou Cress, limpando a terra e o visgo do uniforme. — Acabou a soneca.

Ela sentou no peito de Otelo e lhe deu um puxão nos bigodes.

— Blargh! — exclamou ele, estapeando as mãos da anã.

— Isso mesmo, hora de acordar — sorriu Cress. — Basta de sono de beleza por hoje.

Otelo a empurrou para longe e se sentou, esfregando os olhos.

— É como se tivessem me arrebentado a cabeça com uma pedra. — grunhiu o anão. Ele percebeu onde estava e ficou paralisado.

— Humm... o que está acontecendo?

Otelo olhou em volta e percebeu os olhos de gremlin vigiando-os.

— Vamos lá — disse Cress, enquanto o ajudava a se levantar. — Eu explico no caminho.

— No caminho? — resmungou Fletcher. O solo estava fresco nas suas costas, e o rapaz não tinha a menor intenção de se levantar naquele momento.

— Parece que estamos de partida — observou Sylva, dando um tapinha de atenção na testa do amigo e apontando Azul, que se afastava. O gremlin e seu mara entravam na selva, seguindo uma trilha tênue, quase indistinguível.

— Peguem suas mochilas — grunhiu Fletcher, levantando-se. — Azul está nos guiando.

Voltar à selva foi como ser envolvido numa teia de aranha, com o zumbido e formigar constante de insetos e com gravetos, folhas e espinhos se emaranhando nas roupas e cabelos de Fletcher.

A trilha obviamente fora aberta para gremlins e suas montarias, nada maior que isso. Fletcher estendeu a mão para sacar o khopesh e cortar um caminho mais largo, mas se deparou com a bainha vazia.

— Ei, quando vamos receber nossas armas de volta? — indagou ele, erguendo a voz para ser ouvido pelo gremlin. Azul não havia reduzido o passo, e Fletcher o teria perdido de vista se não fosse pela listra desbotada de tinta azul nas costas do gremlin subindo e descendo adiante.

— Eles tá espera no rio — disse Azul, sua vozinha melodiosa penetrando a folhagem. — Paciência.

O grupo labutou adiante, com Fletcher enfrentando as maiores dificuldades. Lisandro e Atena saltavam pelos galhos mais livres do alto, enquanto Sariel deslizava de barriga pela vegetação rasteira com surpreendente facilidade. Ignácio e Tosk corriam à frente, alertas para emboscadas. Os dois trabalhavam bem em conjunto, coordenando um avanço trançado que vasculhava uma área vasta.

Então Fletcher teve uma ideia.

— Salomão, vá na frente — chamou ele. O golem destroçou os arbustos no rastro de Azul, o corpo de pedra imune aos espinhos. Ele caminhava na dianteira, abrindo uma larga trilha com o vulto volumoso.

Apesar dos esforços de Salomão, quando eles finalmente saíram no outro extremo, os antebraços de Fletcher estavam cobertos de finos arranhões vermelhos. Ignácio os lambeu, selando os ferimentos, mas Fletcher mal percebeu. Tinha avistado a correnteza.

O riacho era quase um rio em si, tão largo quanto o fosso que cercava Vocans. As águas avançavam de forma tão lenta e plácida que pareciam nem se mover. Só a ocasional folha flutuando indicava o contrário.

Meia-dúzia de gremlins emergia da água. Peixes de barriga prateada tinham sido enfileirados pelas guelras e carregados em fieiras de corda sobre os ombros das criaturas. Os gremlins estavam armados com simples armas de lança que disparavam arpões atados a rolos de barbante bem apertados.

As armas não eram muito diferentes da besta de Cress, mas eram feitas de uma única vara, um gatilho simples e uma faixa esticada que era puxada para trás manualmente. Não era poderosa como uma corda de arco, mas parecia mais resistente; de toda forma, obviamente empregável debaixo d'água.

— Azul, você tem que me contar mais sobre essas faixas nas suas armas de arpão — comentou Jeffrey, maravilhado com as armas ao ver a tropa de gremlins pescadores passar, evitando os olhos deles. — Presumo que sejam feitas com a seiva da seringueira; um material realmente fascinante.

— Azul? — O gremlin girou o mara e cruzou os braços.

— Desculpa... foi assim que Fletcher se referiu a você mais cedo — comentou Jeffrey, envergonhado.

— Qual é o seu nome de verdade? — indagou Fletcher, depressa.

Azul pausou por um instante, uma expressão pensativa no semblante. Então, ele inclinou a cabeça para trás e soltou um tumulto de trinados, cliques e sopros flautados. Sorriu para os humanos enquanto o encaravam, espantados.

— Eu... eu acho que não vou conseguir pronunciar isso — gaguejou Jeffrey.

Azul sorriu e desmontou do mara.

— Azul está sendo bem. — Riu o gremlin. Deu um tapa no quarto traseiro da montaria, e o mara saltou para as árvores. Por um momento, Azul ficou ali, observando o cenário, inspirando fundo. Então, abriu a boca e emitiu um longo assovio ondulante. Soava como uma mistura de um grito de águia e o prelúdio matinal de uma ave canora.

Ao sinal, vinte gremlins se balançaram das árvores que cobriam o riacho e pousaram agachados em meio à equipe de Fletcher. Estavam armados com uma estranha mistura de lançadores, zarabatanas e facas, e o rapaz os reconheceu como sendo os gremlins que os cercaram antes, os corpos pintados para se misturar à folhagem. Nem mesmo Sariel havia sentido a presença deles.

— Nós vai com você, vai pirâmide — disse Azul, indicando o riacho. — Quando você ataca, nós saqueia orc e liberta muitos gremlin.

— Uau! — comentou Fletcher. — Isso é... muito generoso da sua parte.

— Está ajuda nossas duas causas — explicou Azul simplesmente. — Quando alarme toca, nós sabendo que você descobrido. Aí nós ataca.

Fletcher não saberia dizer se aquilo se tratava de oportunismo cego ou uma aliança amistosa. De qualquer maneira, um pequeno exército de gremlins para guiá-los não era uma vantagem da qual ele abriria mão.

— Por mim, tudo bem — concordou Fletcher. Ele estendeu a mão, e Azul retribuiu. Os dedos do gremlin eram ásperos e finos, como segurar um maço de gravetos ressecados, mas ele apertou a mão de Fletcher de forma amistosa.

— Pega armas.

Era Meia-orelha; ele era um dos gremlins a aterrissar ali. Os guerreiros que o flanqueavam atiraram duas cestas no chão. O tinir do metal revelou o conteúdo, e a equipe de Fletcher não desperdiçou um instante sequer em se armar. Sylva pegou a besta de Cress, tentando alcançar o falx que estava no fundo da cesta. Houve um instante tenso quando Cress estendeu a mão para pegar a arma. Então, com relutância, Sylva repassou o equipamento.

Foi um alívio sentir o peso do khopesh na cintura mais uma vez; Fletcher percebeu como se sentia nu sem ele.

Assim que estavam prontos, os gremlins os empurraram em direção ao riacho, impacientes para seguir adiante.

— Então, nós boia — disse Azul, quando eles chegaram à margem, e apontou a beira.

O que Fletcher originalmente pensara serem enormes vitórias-régias na verdade eram estranhos barquinhos com forma de tigela que flutuavam na água. Os guerreiros já saltavam para eles, quatro em cada nau até que estavam todos a bordo. Ainda restavam alguns barcos, incluindo um especialmente grande.

— Essas coisas vão aguentar nosso peso? — resmungou Otelo. — Nós, anões, não somos exatamente conhecidos por nossa habilidade em natação.

Cress assentiu em concordância, cutucando um barco com o dedão.

— Vão sim — retrucou Jeffrey com entusiasmo, pulando no bote mais próximo. A embarcação balançou perigosamente enquanto o rapaz se firmava, e água transbordou para dentro pela lateral. Os gremlins chilrearam entre si conforme Jeffrey se debatia, tentando evitar que o bote girasse com o pequeno remo amarrado à lateral. Felizmente, o barco flutuava bem, e o rapaz se sentou alegremente na poça de água no fundo.

— São botes de pesca — explicou Jeffrey, dando tapinhas na lateral. — Do tipo usado pelos povos ribeirinhos no oeste de Hominum. Varas de salgueiro trançadas formam a estrutura, e couro animal tratado com piche garante a impermeabilidade. Os fundos chatos garantem que eles mal perturbem a água e, dessa forma, os peixes. Às vezes, as ideias mais simples por acaso são as melhores.

— Desde que eles nos levem até lá antes da meia-noite, tudo ótimo para mim — observou Fletcher, entrando no próprio barco e se baixando até o piso. Era confortável, como sentar num grande cesto.

Os outros seguiram o exemplo, ainda que Lisandro e Atena tenham ficado nas copas das árvores, preferindo esticar as asas. Houve um momento de confusão quando Sariel nadou até o bote maior e desabou no interior. Pelo cheiro, aquele barco maior era onde os gremlins costumavam guardar e transportar o pescado. Ela não pareceu se incomodar, farejando o fundo e lambendo os restos com alegria, acabando com a língua coberta de escamas faiscantes.

Sylva estremeceu e depois gargalhou.

— Vocês não fazem ideia de como isso é gostoso para ela. — A elfa riu e bagunçou o pelo das orelhas do Canídeo. — Eu provavelmente deveria infundi-la, mas... ela parece bem satisfeita.

Houve uma pausa enquanto a equipe manobrava as embarcações correnteza abaixo, então os gremlins puseram os remos na água.

— Adiante — flauteou Azul, formando espuma branca na água ao se propelir para longe da margem.

Eles remaram até o centro do rio, onde a leve corrente os carregou. Os botes foram puxados numa velocidade maior do que Fletcher teria esperado; de fato, eles nem precisavam remar. Tinham apenas que mergulhar o remo ocasionalmente para impedir o bote de girar.

— Tem como irmos mais rápido? — gritou Fletcher para se fazer ouvir sobre a correnteza. — Temos que chegar lá antes da meia-noite. Quanto tempo vamos levar?

— Tem tempo de sobra — respondeu Azul. — Preocupa não.

Fletcher grunhiu e afastou a ansiedade à força, odiando o fato de o destino da missão depender da palavra de um gremlin. Ele notou Sylva; a elfa trazia uma flecha preparada no arco. Claramente confiava muito menos nos gremlins que ele.

O rapaz deu de ombros e se reclinou, apoiando a coluna na curva rasa do bote. Os gremlins trinavam entre si enquanto o resto da equipe olhava a floresta passar, com olhos semicerrados. Tinha sido um longo dia, e o sol poente já os embalava em sono.

Ignácio cutucou a perna de Fletcher, que viu que o demônio espiava as águas abaixo. Estavam claras e plácidas como um painel de vidro; dava para ver as frondes verdes que recobriam o fundo, balançando com a corrente. Enquanto Fletcher olhava, uma enorme arraia passou, tão grande quanto o bote onde eles estavam. Seus flancos ondulantes a propeliam mais rápido que a correnteza, e logo ela desapareceu de vista.

— Boa carne — declarou Azul, assistindo da própria embarcação. Passou o dedo na ponta de um dos arpões que tinha amarrado nas costas e no qual agora Fletcher reparava, era farpado como um ferrão de arraia. — Rabos úteis.

Mesmo enquanto ele falava, mais arraias emergiram das algas no fundo, passando sob eles em fila. Peixes de barbatanas largas e dorsos verdes se juntaram à procissão, avançando com o suave bater das caudas.

Algo passou em disparada, espalhando os peixes. Pegou um deles na boca e espiralou numa hélice de bolhas, revelando ser aquilo que tinha perturbado o grupo que se deslocava nas sombras da mata subaquática.

Um boto, rosado como uma dália, nadava debaixo deles. Sua presa foi engolida pelo longo bico do animal, que em seguida deu um impulso com a nadadeira da cauda e rompeu a superfície, caindo de volta num espirro de água.

Por toda volta, mais botos rosados saltavam e mergulhavam, assoviando e estalando como se rissem. Os gremlins bateram palmas de alegria, alguns até jogando petiscos das bolsas que levavam à cintura para os botos pegarem. Muitos responderam, igualando os sons das criaturas. Era algo estranhamente belo de se ver, como se eles cantassem uns para os outros.

— Os velhos do rio abençoa a jornada! — Azul riu, chapinhando a água junto ao bote para chamar um deles à superfície. — É vai ser bom presságio!

O boto esfregou a barbatana rosada nos dedos de Azul, o mais perto de um aperto de mão que as duas espécies chegavam a ter. Então, como se algum sinal silencioso tivesse passado por eles, os botos saíram em disparada correnteza acima, deixando as embarcações solitárias em sua jornada.

— Isso foi lindo — comentou Sylva, contemplando os botos. Ela se virou para Azul. — Vocês conseguiram entender o que diziam?

— Nós tá falando muitas palavra enquanto eles falando pouca — respondeu Azul, sorrindo de orelha a orelha. — Diz que, muito tempo, nós aprendeu a falar com ele. Não é mesma coisa, mas nós entendendo significado deles.

Enquanto Azul falava, sua expressão ficou sombria. Fletcher seguiu o olhar dele, espiando sob a luz mortiça do pôr do sol.

Uma estátua desmoronada jazia de lado à beira do riacho, semicoberta de cipós e musgo. A cabeça estava parcialmente submersa na água, mas não havia dúvida quanto à qual criatura ela reproduzia, com as presas partidas e a testa projetada. Eles estavam em território órquico.

37

A noite caiu rápida e densa, e mal havia luar que iluminasse a passagem. Eles não ousavam produzir fogos-fátuos, pois o riacho se alargara ao tamanho de um afluente e o grande rio que eles teriam de cruzar fluía adiante, anunciado pelo som da correnteza. A pirâmide se erguia do outro lado, seu contorno sombrio contrastando com o céu estrelado. Era pelo menos dez vezes maior do que Fletcher havia imaginado, maior até que os picos do Dente do Urso. Ele se forçou a engolir um praguejar incrédulo, temendo inimigos à espreita.

Para manter os botes juntos, Azul jogou a ponta de um arpão para cada e então as cravaram nas beiradas dos barcos. Lisandro e Atena já tinham voado adiante para fazer o reconhecimento da área de desembarque do outro lado do rio. Até mesmo Sariel fora infundida por Sylva, pois o barco afundava muito com seu peso. Agora continha quatro gremlins, que manobraram habilmente o bote até o centro da frota.

— Rema, forte e rápido — instruiu Azul num sussurro áspero. — Se corrente tá levando você e você não acompanha, nós não pode salvar você. Vai cortar corda.

Fletcher ouviu o som de água, e os botes começaram a balançar. Sentiu o espirro do rio ao entrar nas corredeiras e, em seguida, quando o barco corcoveou com a correnteza acelerada, começou a remar desesperadamente para impelir o barco adiante. Logo se viu cercado por grunhidos de esforço conforme o grupo lutava para avançar, e o mundo se tornou uma repetição aparentemente sem fim de mergulhar, puxar, levantar; mergulhar, puxar, levantar.

A escuridão ocultava aqueles ao redor. Tudo que seus olhos viam era a silhueta da pirâmide recortada contra o céu. Abaixo dela, milhares de ovos de goblin esperavam para chocar, e uma alma torturada aguardava resgate. Eles estavam tão perto que dava para sentir o gosto.

Conforme os segundos se passavam, Fletcher se desesperou ao ver a grande silhueta deslizando da direita para a esquerda, a correnteza os empurrando cada vez mais rio abaixo.

Seus braços doíam, mas ele não ousava parar. Em frente ele remou, rosnando entre dentes com cada golpe de remo. Até Ignácio ajudava, usando as patinhas em concha para retirar a água que se acumulava no fundo do bote e encharcava as calças do rapaz.

Então, inesperadamente, ele sentiu o arranhar da areia abaixo. Os dedos ágeis de Azul seguraram os de Fletcher e o puxaram para a água rasa da margem. O gremlin arrastou o bote atrás deles, até que os dois se viram cambaleando até a beira da selva.

— Cava agora — sibilou Azul, soltando o arpão com um puxão e empurrando as mãos de Fletcher para o chão. — Nós vai escondendo os bote.

Fletcher escavou cegamente com as mãos. Apesar da exaustão, foi surpreendente fácil empurrar a terra para o lado, pois estava solta e seca. Atena desceu esvoaçando e o ajudou, assim como Ignácio. Eles jogaram o barro com as patas por entre as pernas de trás até que o buraco ficou grande o bastante para conter o raso barco. Eles o colocaram de cabeça para baixo, para que ficasse fácil de recuperar depois, caso fosse necessário. Conseguia escutar os outros na escuridão, enterrando os próprios botes. Assim que terminaram, Azul reapareceu.

— Seus amigos tá pronto — sussurrou o gremlin, empurrão o arpão e o rolo de corda nas mãos do rapaz. — Segue. Nossos olho vê melhor.

Fletcher segurou o arpão e caminhou para as trevas, com a água guinchando nas botas. De vez em quando, sentia um puxão na corda do arpão e ajustava a direção. Duas vezes ele tropeçou, engolindo xingamentos ao ralar os joelhos nas pedrinhas que forravam o chão daquelas margens. Ele não foi o único a cair, a julgar pelos baques e exclamações ocasionais de dor que vinham de trás.

Fletcher se arrependeu de não ter pensado em se equipar com o cristal de visão, pois tanto Atena quanto Ignácio tinham visão noturna muito melhor que a dele. Guardara o monóculo na mochila, porém, a fim de evitar que caísse no rio, e agora estava ocupado demais para procurá-lo na bolsa. Até mesmo o feitiço de olho de gato estava fora de questão; a luz amarela revelaria sua presença, tão expostos assim à margem do rio.

Apesar da dor latejando nos joelhos, ele estava feliz que os gremlins estivessem ali para ajudar. Fletcher não conseguia imaginar como as outras equipes atravessariam o rio, não sem serem arrastadas por 800 metros correnteza abaixo antes de alcançarem o outro lado. Ele esperava que todas chegassem a tempo.

— Para aqui — sibilou Azul.

Eles estavam na base da pirâmide, onde a floresta fora derrubada para deixar um caminho aberto até a base de pedra da imensa estrutura. A edificação se erguia sobre eles, como um gigante adormecido, e Fletcher sentiu o terror se assomando perante o colosso. Balançou a cabeça com determinação e estreitou os olhos nas trevas. Conseguiu divisar vagamente a entrada, escancarada como uma caverna.

— Aqui a gente se separa — declarou Azul, com a voz baixa e urgente. — A gente se esconde entre irmãos e ataca amanhã.

— Boa sorte — sussurrou Fletcher.

— Tô pensando que é vocês que precisa disso — respondeu Azul — Os gremlins vive mais rio abaixo.

Ele fez uma pausa e colocou os dedos sobre a palma do rapaz.

— Que nossos caminhos se cruzem de novo, Fletcher.

Com isso, o arpão foi arrancado da mão do rapaz, seguido pelo som de passos se afastando. O garoto contemplou a escuridão, na esperança de captar outro vislumbre das corajosas criaturinhas, mas eles desapareceram na noite. A equipe de Fletcher tivera muita sorte em encontrar aliados tão formidáveis.

Depois de uma rápida pausa, Fletcher posicionou Atena no ombro e tirou a pedra de visualização da mochila. Passou a lente na ponta da asa da Griforuja para iniciar a conexão, e a colocou diante do olho, como um monóculo, para observar a cena.

Os outros estavam agachados na terra ao redor, com olhos arregalados e cegos, enquanto espiavam em volta, assustados. Até Lisandro parecia nervoso, cavando um sulco com as garras conforme esperava pela manobra seguinte.

— Não acredito que conseguimos — afirmou Fletcher, avaliando a posição da lua no céu. — É quase meia-noite. Vamos ver quem mais chegou.

— Não podemos ser os únicos — sussurrou Cress.

Fletcher se agachou e avançou na direção da pirâmide enquanto Ignácio corria à frente com o focinho no chão e Atena vigiava do alto.

Conforme se aproximaram, Fletcher contemplou novamente a enorme construção. Apesar da ameaçadora linha de árvores dos dois lados, ele não pôde deixar de se concentrar na visão que Atena tinha da estrutura.

Era maior do que qualquer coisa que ele já vira, maior até que a própria Vocans. Era feita de uma série de níveis quadrados que se estreitavam no topo. A visão noturna de Atena revelava que as lajes de pedra que compunham a pirâmide eram de um amarelo sem graça, e os exteriores estavam cobertos de cipós e heras emaranhados.

Então eles estavam sob a sombra da própria edificação e, subitamente, não estavam mais sozinhos.

— É você, Fletcher? — chamou a voz de Serafim, vinda da entrada, acompanhada pelo clique da pistola sendo engatilhada.

— Guarde esse negócio — sibilou Malik, e se ouviu o estardalhaço da arma sendo derrubada ao chão.

Os dois líderes se encontravam agachados na entrada. Ambos estavam completamente encharcados, os fartos cabelos negros colados na testa, e pareciam infelizes, aterrorizados e exaustos.

— Somos nós; não me vá metralhar tudo por aqui — afirmou Otelo, pegando a arma do chão e a entregando a Serafim. — Essa coisa não teria disparado de qualquer maneira; parece que a pólvora está molhada.

— Bem, é isso que quase se afogar no rio faz com você — resmungou Serafim, espremendo os cabelos entre os dedos. — Os outros estão se secando na câmara de entrada. Não se preocupem; não dá para ver a fogueira daqui de fora.

— Pode haver demônios guardando o lugar — observou Cress, espiando a entrada. Era um corredor vazio que se estendia para as trevas, com uma pequena câmara à esquerda. Fletcher notou o brilho da chama que vinha de lá, mas não se preocupou demais. Quaisquer demônios de guarda provavelmente estariam mais para dentro, se é que haveria algum. Mesmo assim, Serafim estremeceu e se afastou da entrada.

— Por que vocês estão molhados? — perguntou Fletcher a Malik, lembrando-se da rota que a equipe do colega deveria ter tomado.

— Nós mudamos de ideia — murmurou Malik. — Quando a equipe de Isadora trocou para o seu lado do rio, achamos que eles poderiam saber alguma coisa que não sabíamos e os seguimos. Encontramos a turma de Serafim logo antes de atravessar.

Fletcher ficou paralisado. Então a equipe de Malik também estivera do seu lado do rio. Seria possível que tivesse sido um deles a tentar matá-lo?

— Por falar nisso, você viu a tropa de Isadora? — indagou Serafim, interrompendo seus pensamentos. — Nossa janela para o ataque se fecha em oito horas.

— Eles ainda não chegaram? — exclamou Cress. — Mas nós precisamos deles!

— O que vamos fazer? — perguntou Fletcher, com o coração acelerado. Não tinha realmente considerado o que fariam caso uma das equipes se atrasasse.

— Eu prefiro esperar por Isadora e os outros. — Malik bocejou. — Se atacarmos agora, as chances do resgate serão muito menores.

Sylva fungou, como se Malik tivesse feito uma piada.

— Mas não seria uma pena? — murmurou ela para si mesma.

— Sugiro que nos abriguemos aqui e torçamos para que eles apareçam — continuou Malik, já se dirigindo à câmara iluminada. — Os orcs não estarão esperando nada.

— O Corpo Celeste está de prontidão agora mesmo — avisou Serafim, fitando o céu noturno. — Cada minuto que perdemos é um minuto em que os céus de Hominum estão desprotegidos.

— Mesmo assim, estamos todos exaustos — respondeu Malik. — Seria muito melhor esperar até o amanhecer.

Fletcher estava absolutamente cansado também... mas eles só tinham oito horas para completar a missão. Quem poderia saber quanto tempo levariam para encontrar o objetivo no labirinto de túneis adiante?

— Talvez *fosse* melhor atacarmos agora — argumentou Fletcher. — Estamos prestes a nos deitar para dormir no lugar mais sagrado de todo o mundo órquico enquanto a única defesa aérea de Hominum nos aguarda em solo. Isso não parece maluquice para vocês?

Só que de um lugar muito inesperado surgiu apoio a Malik: Serafim tinha mudado de ideia.

— Olha, nós temos uma equipe a menos agora — suspirou o rapaz. — Sei que você tem problemas com a trupe de Isadora... Raios, eu também tenho... mas, quer você queira ou não, temos uma chance de sucesso melhor com eles lutando ao nosso lado. Nossas duas equipes, a minha e a de Malik, tiveram que gastar muito mana cruzando aquele rio; fomos obrigados a lançar feitiços telecinéticos para nos ajudar a atravessar a correnteza. Temos que descansar.

Malik contribuiu:

— Podemos atacar agora despreparados ou esperar algumas horas e fazer o trabalho direito. Lembrem-se, só temos uma chance de executar a missão. Vamos fazer algo decente.

— É fácil para você dizer isso — rosnou Rufus de dentro da Pirâmide. — Minha mãe pode não durar mais uma noite.

Malik estremeceu, mas ignorou a explosão e fez um gesto para que a equipe de Fletcher o seguisse para dentro.

— Eles não usam isso aqui para nada além de rituais, certo? — disse Malik, olhando para trás. — Mason diz que só os xamãs têm permissão de entrar na pirâmide. Ficaremos mais seguros nos escondendo aqui que parados na selva.

Enquanto saudações eram sussurradas, Fletcher avaliou a própria equipe com a lente de visão, aproveitando os olhos penetrantes de Atena. Estavam todos molhados e exauridos pela jornada no rio, e a maioria mal dormira desde a noite em que encontraram Isadora e seus capangas, a não ser que inconsciência induzida por toxinas contasse. Otelo e Átila já estavam adormecendo, com os braços um sobre os ombros do outro. Uma noite de descanso de fato faria bem a todos eles, mas seria aquela a decisão mais acertada? Centenas, senão milhares de pessoas poderiam morrer se as Serpes atacassem Hominum aquela noite.

— Muito bem, equipe; infundam seus demônios e apaguem por algum tempo — ordenou Fletcher, desmoronando ao chão, derrotado. — Tenho a sensação de que vamos precisar.

38

Fletcher acordou ao soar dos tambores. Eles retumbavam num ritmo profundo e incessante, trovejando grave e intensamente pela pirâmide.

Ele não foi o único a acordar. Mason, o escravo fugido, o observava por entre olhos semicerrados. O rapaz se manteve calado, mas cutucou Malik com o pé até o jovem nobre grunhir. Momentos depois, ele estava tão acordado quanto Fletcher, a pulsação dos tambores afastando os últimos vestígios do sono.

O aposento era um cubo escuro e vazio, com corpos adormecidos que cercavam os resquícios de uma fogueira reduzida a cinzas frias. A luz da alvorada entrava pelo corredor que vinha de fora. Eles tinham dormido a noite inteira. Olhou para o lado e viu que Malik segurava um relógio de bolso. Fletcher espiou e viu que restavam duas horas... Seria tempo suficiente?

— O que diabos é esse barulho? — resmungou Jeffrey atrás de Fletcher.

Fletcher se virou e viu que a maior parte de sua equipe também já estava acordada, assim como Lisandro, Sacarissa e Calibã, que tinham passado a noite de vigia, de modo a despertar os jovens a tempo e avisá-los quando a equipe de Isadora chegasse. Obviamente, eles não haviam chegado.

— Temos que descobrir o que é isso — afirmou Sylva, espiando furtivamente para fora da câmara. Ela voltou para dentro imediatamente, com os olhos arregalados em choque.

— Tem orcs lá fora — sussurrou ela. — Pegando água no rio. Não podemos nos arriscar a sair.

— Esse não é o plano, de qualquer maneira — comentou Malik, sem dar muita importância. — Este é o lugar mais seguro onde poderíamos estar. Mas, sim, temos que descobrir o que é esse som. Pode ser algum tipo de cerimônia envolvendo a pirâmide.

— Não dou a mínima para o que seja — retrucou Fletcher. — Já esperamos tempo demais; os patrocinadores deveriam ter nos acordado mais cedo. Temos que começar o ataque. Agora.

— Eu sei o que é isso. — Mason falou pela primeira vez. As mãos tremiam de leve, e ele tinha os olhos fechados. — É o fim do treinamento dos orcs — continuou, respirando longa e tremulamente. — Agora eles separam os fracos dos fortes. Acontece todo ano. É um azar terrível nosso; a região vai ficar cheia de orcs.

— Eles vão entrar na pirâmide? — perguntou Fletcher.

— Talvez — respondeu Mason, de olhos ainda fechados. — Os xamãs vão testar os jovenzinhos hoje, para ver se conseguem conjurar, igual fazem os inquisidores de Hominum. Se tiver algum adepto, vai ser trazido pra dentro da pirâmide. Eles vêm por esta entrada dos fundos e saem pela frente. É tudo que eu sei.

— E será tudo que nós saberemos se não sairmos para olhar.

Foi Verity quem disse isso. Ela estava sentada num canto, observando o Caruncho perambular por sua mão. Era negro e pequeno para um Caruncho, tal como Apófis.

— Ninguém vai notar a Ébano aqui, se ela voar lá fora e der uma olhada.

Enquanto ela falava, remexeu na mochila até puxar um cristal plano retangular com uns 30 por 20 centímetros. As bordas eram reforçadas com uma faixa de aço para evitar que se estilhaçasse, mas, mesmo assim, uma das beiras estava começando a rachar.

— Um presente da minha avó — explicou Verity, erguendo o cristal para que todos vissem. Ébano pousou no objeto, e Fletcher ficou espantado com a clareza da imagem conforme a visão do Caruncho se focalizou. Até o Oculus em Vocans não parecia ter uma imagem tão definida e cristalina.

— Que bom que será útil — continuou Verity, jogando o cabelo. — Carreguei esse troço a viagem inteira sem usá-lo uma única vez. Preferia ter um igual ao seu, Fletcher.

Ela virou os grandes olhos castanhos para ele, e Fletcher sorriu com o elogio. Sylva revirou os olhos.

Ébano deu um rasante diante da cabeça do rapaz e esticou uma perninha fina para tocar o monóculo. A imagem sobreposta da visão de Ébano apareceu, e ele ficou tonto conforme o Caruncho esvoaçou pelo aposento. A visão de Atena era muito mais estável e menos dada a guinadas.

— Alguma objeção? — indagou Verity.

— Nenhuma — respondeu Malik, admirando a pedra de visão de Verity.

O rapaz se virou para Fletcher, já que Serafim ainda dormia ao lado de Átila e Otelo no chão, somando os próprios roncos ao coro dos baixos. Todos os outros estavam acordados.

— Deixem eles dormir — comentou Malik, sorrindo. — Fletcher, o que me diz você?

Fletcher fez uma pausa e escutou o latejar agourento dos tambores.

— Temos que saber quando a área estiver livre, a fim de encontrarmos um lugar melhor para nos escondermos na pirâmide — afirmou Fletcher, tocando o queixo. — Somos presas fáceis aqui. Um pouco de investigação não vai fazer mal.

Antes que ele pudesse terminar de falar, Ébano já havia disparado para fora da Câmara em direção à luz, fazendo a imagem se borrar com suas guinadas para a esquerda e a direita. Mais e mais ela subia, e a imagem sobreposta de Fletcher se encheu com céu azul cristalino e o fulgor do sol. Então, bem quando os outros começaram a ficar inquietos, Ébano se virou e olhou para baixo.

Além da pirâmide, uma metrópole fervilhante se estendia abaixo. Não eram as cabanas de capim que Fletcher tinha imaginado, mas prédios atarracados e pesados de arenito cortado, com pequenos zigurates e monólitos cercando uma praça central. Tudo fora construído em volta da grande pirâmide, exceto por uma estreita faixa de praia entre os fundos do imenso edifício e o rio, por onde eles tinham passado na noite anterior.

— Pelos infernos — sussurrou Cress. — Há tantos deles.

Milhares de orcs perambulavam na praça, abanando estandartes e faixas de pano esticado, penas de aves e peles de animais. Tinta corporal colorida dividia a multidão em uma colcha de retalhos de tribos diferentes. Até os penteados e cortes de cabelo eram distintos, uma estranha mistura de áreas raspadas, coques e cortes em cuia.

Só que eles não estavam sozinhos. Orcs menores se encolhiam ao lado de cada grupo, vestindo pesadas cangas de madeira nos pescoços, como bois. Tinham sido pintados de azul da cabeça aos pés, e o chão de pedra estava manchado com suas pegadas.

— Os fracos, escolhido dentre os cativos depois dum ano de dotrinaçãos — afirmou Mason, tocando as áreas azuis na tabuleta de visão. — Eles vão tudo participar dos jogo, atrás dum lugar na elite guerreira.

Havia uma grande escadaria na lateral da pirâmide descendo até a praça, e Fletcher notou que os corrimãos dos dois lados eram entalhados para se parecer com serpentes entrelaçadas. Havia também um bloco retangular atarracado no zênite plano, com uma bacia rasa escavada na rocha com um buraco negro no centro.

Mason se inclinou mais para perto e estreitou os olhos.

— Ali — disse ele, indicando a direita. — Vai ali.

A imagem se ampliou quando Ébano chegou mais perto, tremendo com o vento que a chicoteava. No fim, pousou no topo de um alto obelisco para assistir aos procedimentos abaixo.

— O jogo de bola das arenas — murmurou Jeffrey. — Já ouvi falar nisso.

Assim como Fletcher, pois o diário de Baker discorrera longamente sobre o tema.

Entre duas arquibancadas de pedra lotadas com uma plateia animada, dois times de orcs azuis saltavam e mergulhavam num longo campo de areia. Nos dois extremos, havia um aro de pedra embutido na parede, quase 4 metros acima do chão. O aro era virado de lado, como uma orelha perfeitamente vertical, e Fletcher sabia que a meta de cada time era fazer a bola passar pelo aro do time adversário para vencer o jogo.

Tinha visto vários esboços dessas quadras nos estudos que Baker fizera das aldeias órquicas, mas jamais imaginara como o jogo em si era jogado, nem que haveria mais de cinquenta jogadores batalhando por todas as partes da arena.

O mais fascinante era a própria bola: uma pesada esfera de borracha, o mesmo material que os gremlins usavam para as armas de arpão. Ela quicava de orc em orc conforme eles a rebatiam com tacos de madeira, que também serviam para afastar os oponentes. Tinta azul e sangue vermelho marcavam a areia, as duas cores se misturando como no pescoço de um casuar.

— É brutal — sussurrou Sylva, quando a presa de um dos orcs voou da boca deste num espirro carmesim. A multidão se levantou num salto, soltando um urro que chegou até o interior da câmara.

— Nem — retrucou Mason, apontando a borda da arena ao lado. — Tem coisa muito pior que o jogo de bola. Olha. O venatio.

Os olhos de Ébano se voltaram à próxima quadra, onde o vermelho cobria muito mais da areia que o azul, e a plateia era muito mais densa. Três orcs estavam acorrentados uns aos outros pelos tornozelos, cercados por uma matilha de hienas. Um quarto era destroçado no chão, não muito longe. Armados com nada além de lanças, os orcs estocavam e giravam para afastar os animais que latiam.

Num canto do campo, uma pilha de corpos azuis fora deixada para os abutres. Dentre eles, havia também cadáveres de animais, incluindo grandes felinos, como jaguares, tigres e leões. Hienas e cães selvagens pareciam ser os mais comuns, com aparições ocasionais de crocodilos e até babuínos aqui e ali.

— O jogo de bola honra o deus do vento. O venatio honra os deuses animais. E aí tem o ranca-pele, para o deus da luz e fogo. — Ele apontou para o campo seguinte, e a visão de Ébano girou outra vez.

Poderia ter havido cem orcs azuis na quadra seguinte, mas não se via sangue ali. Em vez disso, uma grande fogueira ardia numa depressão no centro, dividindo o campo ao meio. Uma grande corda de couros animais atados se esticava acima das chamas enquanto dois times de orcs faziam força, escorregavam e cambaleavam nas areias num cabo de guerra desesperado.

— Não pode ser... — sussurrou Jeffrey, quando a linha de frente de um dos lados tropeçou, tentando freneticamente fincar os pés contra a beira do poço.

— É pros deuses — comentou Mason lentamente, afastando o olhar. Um atrás do outro, os orcs derrotados foram arrastados para as chamas, caindo e caindo até que tudo que saiu do outro lado do fogo foi uma corda enegrecida de pele.

Mais quadras se espalhavam ao longe, onde outros jogos eram disputados. A mais próxima era uma piscina onde orcs em canoas se espancavam uns aos outros com remos. Tinham pesos de pedra atados aos tornozelos, de modo que os perdedores se afogariam caso caíssem. Como se a situação já não fosse suficientemente ruim, os corpos negros de crocodilos enchiam a piscina, e a água já estava tingida de vermelho ao redor dos restos de uma canoa virada.

— Isso se chama naumachia. É pra honrar o deus da água — sussurrou Mason.

— Quem precisa matar orcs? — observou Sylva, balançando a cabeça com um misto de espanto e repulsa. — Eles já estão fazendo isso por nós.

Uma comemoração se infiltrou pelas paredes da câmara, e os olhos de Ébano dardejaram de volta ao jogo de bola. Um dos times conseguira marcar o ponto. Os orcs vencedores caíram de joelhos em gratidão, arfando com exaustão. Muitos se abraçaram, enquanto outros simplesmente caíram de costas no chão com lágrimas escorrendo pelo rosto. Os perdedores logo foram reunidos pela multidão e conduzidos até a praça. Orcs que assistiam ao cortejo os acossavam com hienas encoleiradas, até que os animais quase se mataram enforcados com as tentativas de atacar.

— Parece até que eles perderam mais que um simples jogo, do jeito que alguns desses rapazes estão se lamentando — comentou Verity, pois os orcs derrotados choravam com amargor enquanto eram empurrados à base da escadaria. — Não são tão durões assim.

— Mas eles *perderam* mais — murmurou Mason, meneando a cabeça. — Você vai ver. É aqui que a gente descobre se tem algum adepto este ano. Vamos torcer que...

Ele parou. Os gritos e tambores tinham se calado. Na pedra de visão, as multidões não perambulavam mais. Começaram a se abrir como uma cortina multicolorida conforme um cortejo entrava na praça vindo de um zigurate do lado oposto à pirâmide.

— Lá vêm eles — anunciou Mason.

Uma grande liteira era carregada no alto por uma manada de rinocerontes, os animais abanando as cabeças com o esforço que faziam para sustentar aquele peso. Era como uma carruagem sem rodas, esculpida na forma de uma imensa caveira de orc. O exterior era pintado de ouro para que reluzisse ferozmente sob o sol fulgurante. Era quase tão alta quanto o monólito em que Ébano se encarapitara, mas não dava para ver nada além das trevas no interior.

Uma escolta de orcs a cercava, espécimes maiores do que Fletcher jamais vira. Estavam pintados com tinta de guerra vermelha combinada com listras amarelas no peito e no rosto. Cada um estava armado com uma clava e trazia uma aljava de lanças de arremesso nas costas. Placas de jade lhes cobriam o peito, cotovelos e joelhos, formando uma armadura cerimonial que reluzia verde à luz do sol.

— Devem ser os guarda-costas do orc albino — sussurrou Fletcher. — Ele tem que estar dentro da carruagem.

— Se Lovett mandasse Lisandro para acabar com ele... — comentou Cress, segurando o braço de Fletcher.

— Nem pense nisso — murmurou Mason. — Se as legiões de orcs em volta da gente não fazem você mudar de ideia, veja só o que tem atrás deles.

Havia outro grupo de orcs na retaguarda do cortejo, vestindo enormes cocares de penas coloridas. Estes não vestiam nada além de enfeites feitos com ossos, e um mero cinturão de crânios humanos para ocultar as partes íntimas. A maioria deles tinha cicatrizes rituais no corpo e no rosto, enquanto outros traziam enormes alargadores nos narizes e orelhas. Apesar da aparência intimidadora, não era isso que os marcava como diferentes dos demais.

— São xamãs! — exclamou Sylva.

Demônios caminhavam ao lado desses orcs, criaturas monstruosas de todos os tipos. Algumas delas Fletcher reconheceu sem dificuldade: Felídeos, Licans e até mesmo um Minotauro. Porém, outras ele conhecia apenas de suas aulas em Vocans ou pelas ilustrações no diário de Baker.

Os dois Nanauês eram os mais assustadores. Como os Felídeos, eles bamboleavam com a postura de um gorila, mas essa era a única semelhança entre os dois. A espécie estava tão próxima dos tubarões quanto os Minotauros estavam dos touros, com bocarras enormes lotadas de dentes afiados feito navalhas e grandes barbatanas nos topos das espinhas, além de caudas balouçantes com forma de remo.

— Nível nove — sussurrou Jeffrey, traçando o contorno dos monstros com o dedo. — Não seria nada mau dissecar um deles.

Três Onis avançavam pesadamente ao lado dos xamãs, com formas e tamanhos iguais aos dos mestres. Fletcher poderia tê-los confundido com orcs, não fosse o chifre que lhes brotava da testa e a postura encurvada. A pele era de um gritante vermelho carmesim, e eles ameaçavam ferozmente as multidões com caninos exagerados. Ainda que parecessem humanoides, Fletcher sabia que eles eram menos inteligentes que Carunchos.

O maior demônio de todos era um Fantauro, um enorme elefante de duas patas com quase 3 metros de altura, enormes orelhas de abano, uma tromba preênsil e presas serrilhadas tão longas quanto os braços musculosos. Demônios menores saltitavam e esvoaçavam aos seus pés, porém distantes demais para serem identificados.

— Acabou aquela história dos demônios órquicos serem mais fracos — estremeceu Rory, segurando Malaqui para que o Caruncho pudesse ver. — Eles devem manter os demônios mais fortes na reserva, mandando só os espécimes de nível baixo para nos enfrentar. Pensem nisso; metade de Hominum está assistindo a isso. Ninguém mais vai se alistar no exército depois de ver esses bichos!

— Por falar nisso, a gente tem que cair fora daqui antes que eles cheguem — sibilou Mason, esgueirando-se até a porta e colocando a cabeça para fora. — A área tá limpa, por enquanto.

— Faça Ébano recuar antes que ela seja reconhecida por um xamã — ordenou Malik a Verity, enquanto pegava a mochila. — Temos que achar algum esconderijo, mais para dentro da pirâmide. As selvas não são seguras, e esta câmara também não.

Otelo se espreguiçou e bocejou, para então ficar paralisado ao ver a tabuleta de Verity estampada com o cortejo.

— O que eu perdi? — grunhiu.

39

Eles desceram para a penumbra assim que terminaram de arrumar as mochilas, os passos ecoando de leve em volta. O estreito retângulo de luz da entrada dos fundos foi encolhendo conforme eles se aprofundavam nas entranhas da pirâmide, diminuindo até não passar de um leve luzir. Ignácio e Tosk iam na frente, enquanto Atena se empoleirava no ombro de Fletcher, fornecendo a visão de que ele precisava nas trevas. Enquanto isso, Calibã, Lisandro e Sacarissa seguiam na retaguarda, vigiando a entrada dos fundos em busca de movimentos inesperados.

Houve um baque e um grunhido à frente.

— Ai! — exclamou Serafim, e Fletcher viu que ele havia desabado no chão adiante. — Tem uma parede aqui.

Ignácio lambeu o rosto de Serafim em solidariedade, provocando assim outro grunhido.

— Ah, dane-se. — Verity acendeu um fogo-fátuo. — Se houver demônios guardando esta pirâmide, eles vão nos ouvir, com ou sem luz. Pelo menos assim nós veremos a aproximação deles.

Mais fogos-fátuos surgiram, iluminando o ambiente até as paredes ficaram cobertas com etérea luz azul. Conforme a penumbra fugia, Fletcher percebeu que Serafim tinha dado de cara com a parede no fim do corredor. Dois caminhos idênticos seguiam em direções opostas cada um, mais estreitos e empoeirados.

— Vamos precisar nos dividir — afirmou Malik, mandando um par de fogos-fátuos por cada passagem. O caminho se curvava de volta em direção ao centro da pirâmide, fora de vista.

— Verity, Mason e eu vamos pela esquerda com você, Fletcher — murmurou Malik, entrando no corredor esquerdo. — Penélope e Rufus, vocês seguem com a equipe de Serafim pela direita.

— Quem disse que você manda aqui? — rosnou Átila, passando o braço pelo ombro de Otelo. — Eu acho melhor ficarmos juntos.

— Sendo realista, é bem pouco provável que a gente consiga achar um esconderijo para todos num lugar só — argumentou Malik, levantando as palmas num gesto apaziguador. — Nos separarmos é inevitável.

— Malik tem razão — disse Fletcher. — O mapa diz que tem uma passagem para as cavernas em algum lugar por aqui; não é, Mason? Você sabe onde?

— É só o que ouvi falar — respondeu Mason, coçando a cabeça. — Nunca me deixaram vir aqui; eu só ficava nas cavernas. Só vi uma vez uma passagem das cavernas pra pirâmide, mas não sei onde sai.

— Teremos uma chance melhor de encontrá-la se nos espalharmos — argumentou Serafim, empurrando Átila em direção ao corredor da direita. — Lembrem-se: nosso alvo não é a pirâmide, mas as cavernas embaixo dela.

— Nos vemos do outro lado — disse Genevieve, jogando Azura no ar para fazer o reconhecimento adiante. — Vamos, Rory.

Sacarissa choramingou e cutucou o braço de Fletcher, que iria com o grupo de Serafim.

— Conseguimos, Arcturo — sussurrou o rapaz. O Canídeo deu uma cabeçada brincalhona no peito dele antes de seguir atrás de sua equipe.

Rufus fez uma pausa ao lado de Fletcher enquanto seguia Penélope pela outra passagem.

— Fletcher — disse o nobre, segurando o pulso do outro rapaz. — Se você alcançar as cavernas primeiro, salve minha mãe. Por favor.

— Farei o possível — respondeu ele, ainda que tenha evitado o olhar de Rufus ao prometer. Solidarizava-se com lady Cavendish, mas, em sua opinião, os ovos de goblin eram a verdadeira ameaça. Cada ovo destruído era menos um goblin a ser mandado lutar contra Hominum.

— Obrigado — sussurrou Rufus. — Terei com você uma dívida eterna.

Então ele se foi, correndo atrás dos outros.

Assim que começou a andar, Fletcher foi jogado contra a parede. Calibã o tinha empurrado para o lado, curvando-se para que os chifres não arranhassem o teto.

— Parece que Rook não sente a sua falta. — Otelo piscou um olho e seguiu.

O corredor seguinte era tão longo quanto o anterior, mas terminava de forma muito menos abrupta. Após alguns minutos de caminhada, a passagem se abriu, revelando uma antecâmara tão grande quanto o salão de conjuração em Vocans.

Mais estranho ainda era o fato do lugar estar cheio de sacos, alguns dos quais tinham estourado, espalhando de qualquer jeito pelo chão pétalas de flores amarelas recém-colhidas. Elas jaziam sobre uma grossa camada de poeira que recobria o salão, desfeita apenas nas beiras, por onde passaram aqueles que haviam trazido os sacos

— Que lugar é este? — indagou Otelo. O anão lançou fogos-fátuos, que dardejaram para os cantos da câmara até que o lugar inteiro se iluminou. Eles revelaram hieróglifos e cenas entalhadas nas paredes, todos pintados com pigmentos desbotados.

— Você consegue lê-los? — perguntou Fletcher a Jeffrey, que já estava ocupado copiando-os para o caderno.

— Não — murmurou o guia, traçando os símbolos com os dedos. — Acho que nem os orcs conseguiriam. Essas coisas aqui são bem antigas. Uma cultura que antecedeu a deles em milênios.

— Você está dizendo que os orcs não construíram este lugar? — comentou Verity, sem tirar os olhos da tabuleta.

— Não faço ideia — admitiu Jeffrey, enquanto o lápis escrevinhava pelas páginas. — Há imagens de orcs nas paredes, então eu pensaria que construíram sim. Porém, os hieróglifos são uma língua completamente diferente. Qualquer que tenha sido a civilização que construiu o lugar, morreu há muito tempo. Isso explicaria a diferença em tamanho e arquitetura dos zigurates que cercam a pirâmide. Não é de espantar que seja tão importante para os orcs; aposto que acham que isto aqui foi construído por seus ancestrais-deuses.

Fletcher examinou os hieróglifos mais próximos. Os símbolos ilustravam os animais e plantas da selva, um tipo de alfabeto baseado na natureza. Não tinham semelhança alguma com as runas órquicas que ele vira no pergaminho de conjuração de Ignácio, por sua vez formadas por linhas serrilhadas e pontos.

Era impossível decifrar o significado, então o rapaz voltou a atenção aos sacos de pétalas aos seus pés. Depois das advertências de Jeffrey sobre as plantas da selva, ele tinha evitado tocá-las, mas, quando inspirou mais fundo, notou que tinham cheiro semelhante ao tabaco, com um toque alcoólico. O que as pétalas de uma planta assim faziam na pirâmide era um mistério.

— Pessoal, acho melhor vocês darem uma olhada aqui — chamou Verity, erguendo um olhar arregalado do cristal de visão. — Eles chegaram à pirâmide.

Era verdade. A tabuleta mostrava a liteira em forma de caveira sendo baixada e os rinocerontes se ajoelhando diante das grandes escadarias. Fletcher também notou que os tambores começaram a soar outra vez; mesmo nas profundezas da pirâmide, os baques surdos podiam ser ouvidos, como se a construção ancestral tivesse pulsação própria.

Foi então que Fletcher o viu. O orc albino, saltando da caveira de modo a pousar nos degraus. O corpo formava a simetria perfeita de poder e agilidade. Aquela aparição provocou rugidos e bater de pés na multidão, intensificando-se até o puro fervor fazer tremer o chão.

De fato, o orc albino era mais alto que seus colegas, chegando a quase 2,50 metros de altura. Vestia pouco mais que uma simples saia, a pele branca untada para reluzir como marfim polido. Em contraste aos inúmeros estilos e adereços dos orcs ao redor, uma juba simples de cabelos cinzentos caía-lhe sobre os ombros, tão longos e cheios quanto os de Sylva. Ele era menos volumoso que os outros ao redor, com músculos mais adequados a velocidade do que força bruta.

O albino ergueu os braços, aceitando a adoração dos espectadores. Acenava com a cabeça e sorria por trás das presas selvagens enquanto subia os degraus, como um dançarino, com passos fluidos e controlados. Dois xamãs o flanqueavam, seus Nanauês subindo e descendo as escadas com empolgação.

Antes que alcançassem o topo, o rugido da multidão se tornara um cântico, uma única palavra repetida vezes sem conta, abafada pelas paredes da pirâmide. Os percussionistas pontuavam o mantra com o ritmo dos tambores, redobrando esforços para acompanhar a batida da massa.

— O que eles estão dizendo, Verity? — perguntou Fletcher, tentando discernir a palavra.

— Khan — respondeu Verity, olhos fechados em concentração. — Parece Khan.

— É o nome dele — explicou Mason, estremecendo. — Chamam ele assim.

Os três orcs já tinham alcançado o topo das escadarias àquela altura, e, sob as vistas de Fletcher, Khan sacou uma faca serrilhada de obsidiana de uma bainha na cintura.

A multidão enlouqueceu, uivando e gritando num fervor fanático. Só a vintena de orcs azuis que tinha perdido o jogo de bola continuava calada, os orcs ajoelhados à base dos degraus. Então, um por um, eles foram empurrados escada acima e fizeram a longa caminhada até o topo.

— Isso é muito estranho — observou Cress. — Não tem nada lá em cima. O que eles estão fazendo?

— Vocês vão ver — disse Mason, soturno, afastando-se dos outros. — Mas eu prefiro não, caso não se incomodem.

O primeiro orc azul chegou ao topo plano da pirâmide. Mesmo que Ébano voasse bem alto, Fletcher via que as mãos do orc tremiam. Ele avançou arrastando os pés até que Khan lhe deu um puxão até o altar, onde o perdedor da partida ficou esparramado, com braços e pernas abertos, enquanto o albino erguia a faca. Fletcher virou o rosto bem a tempo.

Sentindo uma ânsia súbita, Verity entregou a tabuleta a Sylva e correu para vomitar no canto. Os outros assistiram, horrorizados. Apenas

Jeffrey fora poupado da cena, por demais fascinado com os entalhes nos painéis para dar atenção à tabuleta.

— Sacrifícios aos velhos deuses, aos deuses esquecidos — murmurou Mason. — Os orcs têm medo deles, acreditam que estão dentro deste templo aqui. Então dão pra eles o máximo de sangue; mais do que dão para qualquer outro.

O corpo do orc azul foi atirado escada abaixo, para despencar além das vítimas seguintes até a multidão abaixo. Os espectadores gritaram de novo, agarrando o cadáver, erguendo-o sobre as cabeças e o passando para trás numa celebração macabra.

Outro sacrifício jazia no altar, o peito arfando de medo. A faca subiu e desceu mais uma vez. Khan ergueu pelo tornozelo a carcaça ainda convulsionando, um jato escarlate brotando do ferimento e colorindo o altar.

O grupo na pirâmide ficou ali por um tempo, observando o sangue escorrer com uma sinistra fascinação. Até que Jeffrey falou:

— Pessoal, vocês não vão acreditar nisso.

40

Eles fitaram a parede que Jeffrey apontava, incapazes de acreditar nos próprios olhos. Malik apagou os fogos-fátuos mais próximos e os substituiu por uma bola de fogo, para que as cores desbotadas não fossem tingidas em tons de azul.

Um orc de branco estava pintado ali, a imagem perfeita de Khan. Havia guerreiros atrás dele, pintados no vermelho e amarelo da guarda real que se postava naquele momento do lado de fora. Porém, o mais incrível de tudo eram os humanos na outra extremidade da pintura. Tinham sido desenhados grosseiramente, mas os traços faciais e corpos eram inconfundíveis. Uma figura os liderava, espelhando a posição do orc albino.

— A cada mil anos — murmurou Fletcher. — Aposto que é isso que dizem os hieróglifos. Um messias marcado, enviado para derrotar a humanidade. Foi isso que me disse certa vez um velho soldado, pelo menos.

— Mais provável que seja uma mutação natural que acontece em todas as espécies... — comentou Malik em voz baixa. — É possível que os orcs albinos sejam maiores e tenham um nível de conjuração mais elevado que os outros, o que faria deles líderes naturais. O resto é superstição, nada mais.

— De qualquer maneira, essa não é a parte estranha — observou Sylva, fitando os outros como se fossem todos cegos. — São os humanos. Eles não deveriam estar representados aqui.

— Por que não? — indagou Cress.

— Porque os humanos chegaram nesse pedaço do continente há dois mil anos, quando seus ancestrais cruzaram o deserto Akhadiano — explicou Sylva. — Esta pirâmide foi construída muito antes dos humanos terem posto os pés nesta região. Escrituras élficas de até cinco mil anos atrás mencionam este lugar.

— Tem outra coisa — disse Jeffrey, limpando uma camada de poeira com a manga.

O contorno de um demônio apareceu entre os orcs e os humanos, um desenho cuja tinta que um dia o colorira descascara eras antes.

— Uma Salamandra — exclamou Fletcher. Ignácio trilou de empolgação e arranhou o rodapé da parede logo abaixo.

Acima da imagem havia duas cenas separadas. Uma na qual os orcs pisavam vitoriosos sobre os cadáveres ensanguentados dos humanos; outra em que eram os humanos os conquistadores.

Fletcher pensou naquele primeiro sonho de infusão que tivera. Sabia, pelo sonho, que o pergaminho de conjuração de Ignácio fora originalmente criado para um orc albino, mais de mil anos antes. Talvez os orcs que haviam desenhado as imagens ali estivessem tentando recriar a profecia. Agora ficava óbvio para ele que, de acordo com os entalhes e o sonho de infusão, os orcs acreditavam que uma Salamandra era a chave para a vitória... ou para a ruína.

— Temos que copiar tudo isso — afirmou o rapaz, apontando para a parede. — Talvez dê para traduzir mais tarde.

— Já está feito — respondeu Jeffrey, mostrando o caderno ao rapaz.

— Pessoal — interrompeu Sylva, erguendo a tabuleta. — Temos que andar agora. Os sacrifícios acabaram, e Kahn se aproxima da porta dos fundos. Ele está com um bando de xamãs consigo, além de um grupo de jovens orcs. Devem ser adeptos.

— Droga — rosnou Malik. — Não tem onde se esconder aqui; temos de seguir em frente. Acompanhem-me.

Ele apagou a bola de fogo e correu para o outro extremo da antecâmara, onde a passagem continuava. Fletcher e os outros não tiveram opção além de seguir em seu encalço.

— Parece que esperamos tempo suficiente — sussurrou Otelo, tentando sem sucesso esconder um sorriso. — A equipe de Isadora perdeu a janela de oportunidade.

Eles correram até que a passagem se bifurcou mais uma vez. Não havia tempo para decidir quem iria para onde; na pressa, Fletcher acabou escolhendo o corredor direito com Otelo, Sylva e Lisandro. Dessa vez, o piso subia íngreme. Eles pareciam rumar para o ponto central da pirâmide.

— Ei! — exclamou Fletcher, enquanto os pés deles trovejavam pelo corredor. — Deixamos Cress e Jeffrey.

— Encontramos com eles mais tarde — retrucou Sylva, seguindo na frente com uma ponta de dedo incandescente. — Os orcs estarão aqui a qualquer min...

Sylva parou de falar quando o corredor terminou de repente, abrindo-se num salão imenso. O teto era curvo, sustentando por grandes vigas de metal enferrujado; uma rede de canos fluía do teto e entrava nas paredes.

Um abismo mergulhava para as trevas em volta da plataforma, tão profundo e cavernoso que não dava para ver o fim. Havia um pedestal largo no centro do recinto, com um pentagrama fortemente entalhado. No centro do entalhe havia um buraco cuja espessura Fletcher não conseguia avaliar.

O único jeito de chegar ao pedestal eram quatro pontes de pedra que se cruzavam vindo das quatro entradas do aposento.

— Onde diabos nós vamos nos esconder? — indagou Otelo, examinando o salão. — Não tem nada aqui!

— Olhem! Escadas — anunciou Sylva, apontando para o pedestal, que era sustentado por um pilar largo com sua mesma espessura. A coluna exibia uma escadaria grosseira escavada numa espiral, e a pedra era de um branco recente, como se tivesse sido cortada recentemente.

Fletcher jogou um fogo-fátuo, que desceu girando profundeza abaixo. A coluna era alta, quase da metade da altura da pirâmide. Porém, no fundo, Fletcher percebeu um túnel que seguia terra adentro.

O mais estranho de tudo eram as centenas de ovos empilhados numa trincheira em volta da base do pilar. Eram verde-garrafa e perfeitamente esféricos, com o tamanho e aparência de laranjas ainda imaturas.

— Devem ser ovos de gremlin — observou Fletcher, reconhecendo--os do Viveiro. — Ovos de goblin seriam muito maiores, pois Mason disse que eles saíam dos ovos como adultos completamente formados.

— Não quero saber o que esses estão fazendo aqui — comentou Otelo. — Mas acho que vamos descobrir num minuto; aquele túnel é o nosso esconderijo. Pode até mesmo nos levar às cavernas.

— Quem sabe aonde levam? — respondeu Fletcher, espiando as profundezas. — Aposto que é para lá que vão Kahn e seus xamãs, descendo essas escadas. Se for um beco sem saída, seremos nós três presos lá embaixo contra... quantos orcs?

— Dez — disse Sylva, contando os xamãs e adeptos na tabuleta de Verity. — Mas eles estão com os demônios infundidos. É melhor nos apressarmos; estão entrando pela porta dos fundos neste exato instante.

Fletcher fez um esforço intenso para decidir. Eles poderiam tomar uma das três outras passagens que saíam do salão, mas não havia garantias de que os xamãs não viriam por elas. Não poderiam descer. Uma ideia se formou em sua mente.

— Lisandro, você consegue nos carregar voando até aquelas vigas? — perguntou ao grifo, fitando o teto abobadado. — São largas o bastante para nos esconder.

Lisandro grasnou em concordância, depois piscou um olho para Fletcher, confirmando que a capitã Lovett estava no controle. Ele sorriu de volta, pois a aprovação dela reforçou sua determinação.

— Tem certeza? — indagou Otelo, fitando as vigas. — Elas parecem mais enferrujadas que um balde de pescador.

— É isso ou nos arriscarmos nas cavernas — respondeu Fletcher, colocando Ignácio no ombro e montando em Lisandro. Otelo e Sylva se espremeram atrás dele, e Fletcher sentiu as mãos da elfa envolvendo sua cintura. O rapaz, por sua vez, se agarrou ao pescoço de Lisandro. Sem uma sela, o assento era feito dos músculos movediços das costas da poderosa fera, e as penas do Grifo se mostraram escorregadias sob suas calças.

Fletcher abriu a boca para dar a ordem, mas, antes que tivesse uma chance, Lisandro os lançou da ponte com um forte movimento das asas. Por um instante de parar o coração, eles caíram como pedras, para em seguida seu estômago mergulhar quando todos dispararam para cima num arco que os atirou em direção às vigas.

Com um guinchar metálico, Lisandro derrapou com as garras por uma das largas estruturas até parar. Por um momento, Fletcher respirou fundo para se acalmar, o rosto enterrado nas penas reluzentes do pescoço de Lisandro. Então ele sentiu que os outros desmontaram e seguiu o exemplo, tomando o cuidado de se plantar bem no meio da viga.

Daquele ponto de vista, ele pôde discernir com bastante clareza os ovos na base do poço, assim como a plataforma abaixo. O maior dos canos estava logo ao lado de sua cabeça, e o som do líquido que corria no interior soava claramente. Ele estremeceu e apagou os fogos-fátuos, lançando o recinto na treva absoluta. Foi bem a tempo, pois já dava para ver o reluzir das luzes que vinham da entrada pela qual tinham chegado.

Então, com uma tocha crepitante na mão, Khan entrou no aposento. Assim de perto, a diferença de seu tamanho para o dos xamãs que o seguiam ficou ainda mais clara. Seu cenho era menos definido, e as presas, um tanto menores que as da maioria dos orcs. Só que não era nada disso que o destacava aos olhos de Fletcher. Era o demônio que trazia empoleirado no ombro, espiando a câmara com olhos ambarinos.

Khan levava uma Salamandra consigo.

41

A Salamandra era negra como piche e duas vezes maior que Ignácio. Tinha até tocos de asas no dorso, onde ficavam as omoplatas de Ignácio. Porém, apesar dessas anomalias, era indiscutivelmente uma Salamandra, da ponta espinhosa do rabo até o bico desdentado na ponta do focinho.

Ignácio parecia concordar, pois trilou baixinho ao observar o demônio se limpar empoleirado no ombro de Khan. Fletcher o apaziguou com um pensamento e observou o séquito de xamãs marchar no encalço do líder, seguindo-o pela ponte. Um deles carregava um saco de pétalas amarelas da antecâmara.

Nenhum deles tinha seus demônios consigo nem carregavam os couros de conjuração, mas, mesmo das vigas no alto, Fletcher pôde ver que todos tinham pentagramas e outros símbolos tatuados nas mãos, exatamente como ele. Até os novos adeptos estavam marcados, ainda que vários segurassem as mãos com cuidado, como se as tatuagens só tivessem sido feitas recentemente.

De perto, Fletcher notou que esses adeptos eram menores que os outros, com presas ainda pouco desenvolvidas emergindo dos lábios inferiores. Vestiam pouco mais que sarongues de palha, mas os corpos foram polvilhados com pó branco, talvez para emular a pele do grande líder.

Um grito de Khan fez Fletcher pular. Ele deu ordens em latidos guturais e apontou para as cinco pontas do pentagrama. Os xamãs que o acompanhavam assumiram essas posições enquanto os adeptos se ajoelhavam atrás, observando atentamente.

Mais fala órquica se seguiu, e, em uníssono, os xamãs começaram a entalhar complexos símbolos que se entrelaçavam no ar. Era hipnotizante de se assistir. Por algum motivo, Fletcher sempre havia imaginado os xamãs orcs como conjuradores muito rudimentares, mal capazes de controlar qualquer coisa maior que um diabrete de nível baixo.

Precisou lembrar que os orcs já conjuravam muito antes dos humanos e, ainda que não ousasse sugerir tal coisa a Sylva, possivelmente antes dos elfos também.

Khan urrou outra ordem quando os entalhes terminaram. Um estranho anel de dupla hélice pairava no ar acima do pentagrama, e as mãos dos xamãs incandesciam em azul conforme eles bombeavam mana para o símbolo. Logo, o anel se tornou um disco de luz azul giratória, movendo-se mais rápido do que Fletcher poderia acompanhar.

Os xamãs orcs começaram a uivar e entoar, erguendo as vozes contra o rugido do feitiço. Conforme o cântico alcançava um crescendo, Khan se ajoelhou no chão e pressionou um pequeno botão na plataforma. Ele afundou no chão, e um ribombar ecoou pela pirâmide. O estrépito retinir da maquinaria soou do teto logo acima da cabeça de Fletcher. Por um momento, Kahn olhou para cima, para o barulho, e o rapaz se escondeu atrás da viga, coração batendo no peito, como um pássaro engaiolado.

Foi só quando escutou o chacoalhar de líquido no cano ao lado que a curiosidade de Fletcher o compeliu a espiar de novo. E o que ele viu foi repulsivo

Sangue jorrava do cano para o buraco no centro do pentagrama, pulsando como uma artéria aberta. Conforme o fluido passava pelo feitiço, ele espumava e chiava, a consistência ficando mais viscosa, a cor, quase negra. Bem abaixo, o líquido coagulava e se solidificava sobre os ovos de gremlin, escorrendo dos buracos na base do pilar para a trincheira. Então, os ovos começaram a pulsar, palpitando na água conforme cresciam, transbordando da trincheira e enchendo o poço até a borda.

Um praguejar sussurrado nas trevas ao lado revelou que mais alguém tinha visto a cena também. Logo o sangue do cano se reduziu a pouco mais que um filete. O feitiço tremeluziu e se apagou, e os xamãs desabaram de exaustão. As palmas de Fletcher formigaram com suor enquanto ele contemplava o ritual macabro. O sangue dos orcs azuis tinha um propósito, afinal.

Khan grunhiu em aprovação, pegando um pedaço de carne de uma bolsa na cintura e levando à Salamandra. Ela o abocanhou com voracidade, engolindo-o com dois movimentos de cabeça que mais lembravam os de um pássaro.

O orc albino rosnou outra ordem, e os adeptos correram para formar uma fila atrás dele, alinhando-se sobre a ponte. Cada um pegou um punhado de pétalas amarelas do saco, e até Khan catou um bocado. Juntos, eles as meteram na boca, mastigaram e engoliram com um barulho audível. Os orcs mais jovens fizeram caretas com o gosto, e um até teve ânsia de vômito antes de se forçar a engolir com um gole de água de uma cabaça que trazia no cinto.

Fletcher se perguntou se seria algum tipo de droga ou veneno para deixar o corpo dormente ou embotar os sentidos. Eles certamente pareceram oscilar, mas o rapaz não saberia dizer se era por medo ou pelo efeito do que havia na água.

Depois de uma pausa momentânea, Khan falou de novo, e as palavras ásperas fizeram os xamãs se ajoelharem. Curvaram as cabeças em deferência, evitando o olhar de Khan. Cada um deles mergulhou os dedos no sangue do pentagrama, uma das mãos na chave da própria ponta do pentagrama, a outra na estrela em si.

— As chaves órquicas! — sussurrou Sylva, alto suficiente apenas para que Fletcher ouvisse.

O coração de Fletcher deu um pulo, e ele teve que cobrir a boca para conter o impulso de soltar uma exclamação. As coordenadas para a parte órquica do éter estavam ali embaixo; o segredo mais bem guardado revelado para todos. Não tinham notado os entalhes até que ficaram cheios de sangue.

Fletcher acenou freneticamente para Lisandro, até que conseguiu chamar a atenção do Grifo. Apontou para baixo, imitando os símbolos, e o grifo se inclinou do poleiro, correndo um grave risco para obter uma visão melhor da cena abaixo.

Fletcher sabia que, por toda Hominum, haveria pessoas copiando os símbolos cuidadosamente. Mesmo se o grupo fracassasse na missão, a empreitada não teria sido em vão. Eles tinham realizado algo que Hominum desistira de tentar muito tempo antes.

Com as coordenadas da região órquica do éter, os conjuradores de Hominum poderiam acessar um ecossistema inteiramente diferente, com novos demônios para capturar. Isso mudaria a guerra irrevogavelmente a favor deles, e fora a equipe de Fletcher a conquistar tal vitória.

Os símbolos em questão começaram a reluzir em azul, assim como o pentagrama, o sangue em seu interior fervendo e estourando com o fluxo de mana. Não demorou muito para que uma esfera incandescente se expandisse no ar, um portal rodopiante para o éter. A bola era imensa, muito maior que qualquer outro portal que Fletcher já tivesse visto. Enquanto observava a rotação, um latejar monótono encheu a câmara, subindo e descendo com cada revolução da esfera.

Cuspindo polpa amarela e erguendo a tocha bem alto, Khan avançou até parar a uns 2 centímetros do portal. Fez uma careta para os adeptos, focalizando os olhos vermelhos em cada um deles. Então, sem um momento de hesitação, desapareceu no portal.

Fletcher ouviu Sylva exclamar de espanto quando, um de cada vez, os orcs adeptos seguiram o líder, desaparecendo em outro plano da existência. Os xamãs restantes entoavam cânticos em voz grave enquanto alimentavam os canais sangrentos do pentagrama com um fluxo constante de luz azul entrelaçada.

Na escuridão acima, Fletcher assistiu incrédulo os minutos se passarem. Tinham aprendido que o ar do éter era venenoso, capaz de provocar coisas como paralisia e, frequentemente, até morte. Conjuradores só podiam entrar nele vestindo trajes adequadamente vedados; o visor da capitã Lovett mal tinha rachado quando ela entrara havia quase dois anos, e o mero vestígio de veneno a deixara paralisada.

Os segundos escorriam com lentidão excruciante; a única mudança na cena abaixo era a fina camada de suor que se formava gradualmente nas costas dos xamãs. A equipe acima foi forçada a se esconder em silêncio, mal se permitindo respirar.

Fletcher observou enquanto Sylva sufocava um espirro, os olhos lacrimejando enquanto ela prendia o nariz. O coração do rapaz deu um salto quando ela conseguiu engoli-lo, fazendo os ombros chacoalharem com o esforço.

Passara-se quase meia hora quando o orc branco saiu do portal, a Salamandra negra montada bem no alto dos ombros. Os adeptos emergiram um mero instante depois, muitos cambaleando, como se tivessem pressa. Khan riu alto enquanto eles corriam para trás dos mestres xamãs.

Assim que o último adepto chegou, os xamãs permitiram que os portais se fechassem, mergulhando a câmara na escuridão. A única fonte de luz era a tocha de Khan, que sobrevivera à jornada ao éter.

Com uma última ordem, o albino guiou os outros orcs pelo pentagrama até o corredor oposto. Exaustos, os xamãs cambalearam atrás dele, ofegando roucamente por conta do esforço.

Mesmo depois que o salão ficou um breu total, Fletcher e os outros continuaram em silêncio, pois não tinham certeza da volta dos orcs. Foi só quando uma comemoração do lado de fora se infiltrou pela rocha que eles souberam que era seguro se mexer.

— Mas que diabos foi aquilo? — grunhiu Otelo, engatinhando até Fletcher e Sylva. — Orcs são imunes ao veneno do éter?

— Parece que sim — sussurrou Sylva, lançando um fogo-fátuo para o espaço vazio abaixo. — Só que nós temos as chaves deles agora. Foi nossa equipe que fez isso: um anão, uma elfa e um humano.

Ela sorriu de orgulho, e, para Fletcher, aquele sorriso pareceu iluminar o salão mais que qualquer fogo-fátuo jamais poderia. Só por um instante, ele se permitiu desfrutar da alegria da conquista. As chaves órquicas eram guardadas com imenso cuidado, tanto que o objetivo de descobri-las nem tinha sido incluído na missão. Sua equipe tinha excedido as expectativas vezes sem conta.

Nos minutos que se seguiram, Lisandro os transportou para baixo isoladamente, até que se encontraram na plataforma pela primeira vez.

— Dê uma boa olhada em cada chave, Lisandro — instruiu Fletcher, apontando para os símbolos ensanguentados no chão.

Ele espiou sobre a beirada e lançou um fogo-fátuo para o fundo do poço. Os ovos ainda estavam lá, cada um deles agora inchado para o tamanho de um barril de cerveja. Eles latejavam e pulsavam, como coisas vivas, as cascas gelatinosas escorregadias de muco.

Otelo se agachou e examinou o pentagrama. Dentro do entalhe restava um encrostado resíduo negro, ainda fumegando do mana que o atravessara. O anão franziu o nariz e se levantou usando uma projeção rochosa próxima.

Um som de líquido soou sobre o pentagrama, e Otelo olhou para cima, só para receber um espirro de sangue dos canos.

— Você só pode estar de brincadeira — uivou Otelo, saindo daquele lugar e esfregando a cara freneticamente com a manga.

— Material orgânico para os pentagramas — observou Sylva, agachando-se para examinar conforme mais sangue escorria dos canos para se acumular nas linhas do pentagrama. — Assim como nossos couros de conjuração e a palma da mão de Fletcher. Deve ter um cano vindo do fundo do altar.

— Não me diga — retrucou Otelo com sarcasmo, molhando o rosto com água do cantil. Fletcher não teve como não rir baixinho do anão infeliz.

A câmara parecia diferente agora: tinham descoberto tanto, porém ainda restavam tantas perguntas sem resposta.

— Então, o que foi aquilo, alguma cerimônia de iniciação para os orcs noviços? — indagou Sylva, perambulando pelo pentagrama. — O primeiro gostinho do éter, talvez?

— Provavelmente — suspirou Otelo. — Bem, agora sabemos como os ovos de goblin são feitos.

— É, algum feitiço horrendo que mistura o sangue de orc com os ovos de gremlin — grunhiu Fletcher.

O rapaz usou a ponta do pé para testar o primeiro degrau da descida, tonto ao olhar para a espiral que rodeava o pilar.

— Por falar nisso... vamos lá dar uma olhada no que nos aguarda.

O primeiro passo pareceu bem firme, então ele continuou até sua cabeça ficar no nível da plataforma.

— Não deveríamos procurar os outros antes de descer aí? — sugeriu Otelo, espiando a escadaria com trepidação.

— Se existe alguma entrada para as cavernas goblínicas, é esta aqui. Os outros logo vão aparecer; os patrocinadores verão que o caminho está limpo pelo cristal de visualização de Lisandro e os guiarão até nós com os demônios.

Fletcher seguiu descendo, correndo os dedos pela rocha áspera como se isso pudesse evitar uma longa queda até o chão lá embaixo. As paredes pareciam se fechar, e ele se lembrou da escadaria pela qual Didric o levou até o tribunal. O medo lhe permeava a pele, transformando-se num suor frio. Eles estariam vulneráveis nas escadas, sem ter onde se esconder se algum inimigo aparecesse abaixo... ou acima.

Só o conforto da pele quente de Ignácio contra a nuca fortalecia sua determinação, mesmo enquanto Fletcher descia cada vez mais para dentro das entranhas da fera.

A trincheira ao redor do fundo das escadas estava cheia de ovos, além de uma camada viscosa de sangue coagulado. Fletcher não teve escolha senão passar entre eles, grunhindo de nojo. Quando subiu para o chão do lado oposto, tinha os culotes cobertos de gosma.

Sylva e Otelo tiveram o bom senso de saltar das escadas acima, e seus pés mal tocaram a margem da trincheira. Lisandro planou do alto sem problemas, e Fletcher percebeu que eles poderiam ter pegado uma carona com facilidade. Agora foi a vez de Otelo rir enquanto ele raspava a meleca nojenta com as costas da espada.

— Parece que eles acrescentam algumas centenas de ovos às reservas cada vez que realizam a cerimônia — observou Sylva. — Queria saber por que só estamos encontrando os goblins neste ano. Eles devem estar construindo todo um exército em segredo.

Ela sacou a falx e trespassou o ovo mais próximo bem no meio. Um fluido opaco espirrou, e o ovo verde se desinflou num saco murcho. O fedor era horrível, similar a esgoto apodrecido.

— Muito obrigado — resmungou Otelo, passando bem longe do saco vazio. — Agora temos que esperar aqui com esse fedor no ar.

Sylva revirou os olhos.

— Bem, como é que eu poderia...

Uma seta de besta atravessou o ombro de Fletcher. O rapaz o fitou, as penas azuis emergindo do ombro como um estranho novo membro. Mais uma o acertou na coxa, e ele caiu de joelhos. Não havia dor, só a dormência indistinta do choque enquanto o braço pendia inútil junto ao corpo. O khopesh escorregou dos dedos.

Sylva rugiu e disparou um relâmpago contra a plataforma acima, de onde viera o ataque. O feitiço acertou o teto num borrifo de poeira e reboco.

Otelo já estava no dorso de Lisandro, e o Grifo venceu a altura com batidas furiosas das asas. O eco de passos se afastando disse a Fletcher que era inútil. O assassino já tinha fugido.

— Não, não, não — sussurrou Sylva, segurando-o nos braços enquanto ele tombava para trás.

A dor veio então. Era como se ele estivesse sendo rasgado em dois. A trajetória quase vertical da primeira seta a tinha levado através das costas até a parte de cima do peito. Respirar era doloroso.

— Tira ela — grasnou Fletcher. Sentindo o gosto metálico do sangue nos lábios, soube que fora atingido no pulmão. — Temos que curar...

Ele ofegou quando Sylva partiu a ponta de aço da haste entre os dedos e arrancou a seta num único movimento fluido. Em seguida, engasgou-se conforme seu pulmão começou a se encher de sangue.

O procedimento foi repetido na coxa, sendo que Sylva primeiro empurrou a seta mais para dentro para que pudesse pegar a ponta de aço do outro lado.

Enquanto Fletcher gorgolejava, Sylva entalhou o feitiço de cura no ar, e os filamentos brancos tremeluziram ao redor dos ferimentos. Ignácio se juntou ao esforço, lambendo a ferida numa tentativa desesperada de estancar o sangramento.

Só que estava demorando, demorando demais, e a perna de Fletcher espirrava carmesim na terra. Fora atingido na artéria.

Fletcher assistia a tudo em um silêncio soturno. Não queria morrer naquele poço fétido, com o mundo inteiro assistindo. Ele seria um fracasso, além de símbolo da desunião de Hominum. Um mártir para tudo que ele odiava.

Foi então que se lembrou das poções de Electra, atadas ao seu peito.

Incapaz de falar, Fletcher arrancou uma delas da bandoleira e despachou a rolha com um peteleco do dedão. Engoliu de uma vez, sentindo um gosto tão metálico quanto o sangue que lhe manchava os dentes. Por um momento, não sentiu nada além da vida se esvaindo do corpo. Então...

— Uau! — exclamou Sylva, enquanto o próprio feitiço de cura se apagava.

Fletcher sentiu uma sensação fria correr pelo corpo. A dor se foi, quase na mesma hora. Ele olhou para a perna e não encontrou nada além de uma área de pele manchada de sangue visível pelo rasgo nos culotes. O peito estava no mesmo estado.

Ignácio saltou para o ombro dele, enrolando-se em seu pescoço. Sob a pele da Salamandra, o mestre sentia o martelar do coração aterrorizado do demônio.

— Calma aí, amigo — murmurou Fletcher. — Ainda estou aqui.

— Achei que eu tinha te perdido — sussurrou Sylva, pressionando a testa contra a dele, ofegando de emoção. Pelo mais breve dos instantes, tão rápido que Fletcher não poderia nem ter certeza se tinha acontecido mesmo, ele sentiu os macios lábios da elfa tocarem os seus.

Então Otelo pousou ao lado dele com um baque, e eles se embrulharam num abraço de urso.

— Essa foi por muito pouco — soluçou o anão, apertando os outros dois com tanta força que Fletcher achou que suas costelas poderiam rachar. — *Nunca mais* faça isso comigo de novo.

42

Eles se encolheram no túnel do fosso, em um ponto protegido do vento e fora da linha de tiro. Só Lisandro ficou fora, escondido novamente entre as vigas para o caso de o assassino voltar.

— Ou a equipe de Isadora está aqui, ou foi Cress — argumentou Sylva, com braços cruzados em desafio. — Não é estranho que ela não estivesse presente nas duas vezes que atiraram em você?

— Não, eu não posso acreditar — respondeu Otelo, igualmente teimosos. — Ela não faria isso conosco. Com Fletcher. Honestamente, acho até que ela tem uma quedinha por ele.

Sylva ficou vermelha com aquelas palavras, mas cerrou os dentes e encarou Otelo.

— Ela poderia ser uma fanática. Talvez ela queira uma guerra, e essa coisa de não vestir véu seja só uma fachada. Ela poderia ser igualzinha a como Átila já foi. — Os olhos de Sylva dardejavam de um lado a outro conforme ela falava. — Eu... *nós* quase o perdemos!

Esta era uma garota diferente da que ele tinha conhecido. Ainda estava bem colada nele, e Fletcher não tinha como deixar de se perguntar se alguma coisa teria mudado entre os dois naquele fugaz momento juntos.

Sylva tinha até conjurado Sariel, que vigiava o túnel escuro com atenção. Sylva acariciou o pelame do Canídeo distraidamente, e o demônio choramingou, infeliz.

— Lisandro viu quando fui atingido — sussurrou Fletcher, recostado na parede. — Se Cress não estava à vista de Calibã ou Sacarissa quando o ataque aconteceu... Hominum inteira vai pensar que foi ela. A seta tinha penas azuis.

— Provavelmente foi ela! — exclamou Sylva, exasperada. — Quantas vezes vou ter que repetir? Não podemos confiar em Cress.

— Você não entende? Eu não ligo se foi ela ou não — rebateu Fletcher em voz baixa. — Toda a boa vontade que acabamos de conquistar com a descoberta das chaves órquicas se perderia.

— Lisandro mal viu acontecer — sugeriu Otelo, com generosidade. — Além disso, deste ângulo, eles não conseguiriam ver a cor das penas.

— Talvez... — disse Fletcher, desanimado. — Mas um anão tentando assassinar um humano causaria revolta por toda Hominum.

— Não só um humano. Você é um nobre agora — suspirou Otelo, virando-se em seguida para Sylva. — De qualquer maneira, não é tão simples assim. A turma de Malik esteve do nosso lado do rio o tempo todo, também. Ele poderia guardar rancor de você depois da sua vitória no Torneio. Verity está na equipe dele: talvez esteja trabalhando para o Triunvirato. A avó é um deles, afinal.

— Você realmente acha que pode ter sido Verity? — indagou Fletcher, tentando imaginar aqueles grandes olhos mirando a besta, apontada para ele.

— Por que não? Só porque ela é bonitinha? — Sylva olhou feio para Fletcher.

— Pode ter sido Rory ou mesmo Genevieve, ainda furiosos por você quase ter matado Malaqui ano passado — continuou Otelo. — Não esqueça que o time de Serafim estava por perto também.

Fletcher se perguntou como adquirira tantos inimigos. Parecia que metade de Vocans tinha um motivo para matá-lo.

— Se vocês são cegos demais para ver, não vou discutir — ralhou Sylva, balançando a cabeça. — Não vou dizer nada quando ela aparecer. Mas vou ficar de olho.

Quando recaiu um silêncio mal-humorado sobre eles, um grasnar veio de cima. A equipe se preparou num instante; Fletcher e Sylva com as cordas dos arcos puxadas, Otelo com um feitiço de fogo entalhado. Eles esperaram, ansiosos, mirando as plataformas acima.

Didric espiou lá de cima.

— Eu falei que sentia fedor de esterco por aqui — comentou jovialmente. — Olhe, Tarquin, encontrei a origem.

Otelo sussurrou pelo canto da boca:

— Viu?

Sylva fez uma careta de raiva, mas ficou calada, a flecha apontada para o centro da cara de Didric.

A cabeça de Tarquin surgiu, e ele franziu o cenho ao ver o grupo.

— Ora, ora! — exclamou ele com sua fala arrastada, levantando as mãos numa rendição zombeteira. — Vocês chegaram aqui, afinal. Acho que só temos nós mesmos a culpar, depois que os salvamos daquela patrulha.

— *Vocês* salvaram *a gente*? — grunhiu Otelo, incrédulo. — Se não tivéssemos voltado para ajudar, vocês agora não passariam de uma mancha marrom no fundo de uma latrina órquica!

— Ah, largue disso. Quanta bobagem. — A voz de Isadora ecoou do alto. — Grindle, querido, faça-me a gentileza de carregar o Atlas para nós. Ele está com um aspecto certamente medonho.

Uma sombra passou sobre eles, e então Fletcher viu o Wendigo, Aníbal, descendo na frente, o corpo magro e desengonçado tendo dificuldade com os estreitos degraus. Grindle surgiu logo atrás, com Atlas pendurado no ombro. Ele sorriu para os outros e foi seguido por Isadora, que saltitava alegremente. De alguma forma, o uniforme preto parecia tão limpo quanto estivera no dia em que chegaram na selva.

Fletcher e os outros foram obrigados a baixar as armas enquanto o Wendigo descia, os olhos negros fixados atentamente neles.

Tarquin e Didric vinham logo atrás. Quando chegaram à base do pilar, imitaram Grindle e saltaram sobre o fosso, como Otelo e Sylva tinham feito, enquanto o Wendigo vadeava a trincheira e erguia Isadora sobre o líquido. Fletcher revirou os olhos. Um verdadeiro cavalheiro...

— O que aconteceu com Atlas? — perguntou Fletcher, espiando o rapaz quase inconsciente.

— Ele comeu umas frutinhas ou coisa assim que não lhe caíram bem ontem, depois que atravessamos o rio — respondeu Isadora, examinando as unhas. — O bolo-fofo engolia tudo à vista. Duvido que vá sobreviver. Inútil trazê-lo conosco; ele nos atrasou o caminho inteiro. Só que Tarquin pareceu pensar que ficaria feio se nós o deixássemos para trás.

Fletcher se ajoelhou ao lado do rapaz adoecido. Ele estava muito pálido, e a respiração, superficial e inconstante.

— Há quanto tempo vocês estão aqui? — perguntou Fletcher, puxando outro frasco de cura da bandoleira. — Nós ficamos esperando vocês na entrada dos fundos.

— Acabamos de chegar — grasnou Didric com sua voz queimada, cutucando distraidamente um dos ovos com a rapieira. — Levamos uma eternidade, tendo de carregar esse idiota o caminho quase todo. Tivemos sorte de quase todos os orcs estarem do outro lado da pirâmide.

— Nós esperamos por vocês, sabia? — grunhiu Otelo. — Um agradecimento seria legal.

— Ninguém lhes pediu nada — retrucou Tarquin, dando de ombros.

Fletcher os ignorou e considerou o frasco. Ele só tinha mais dois, e o último lhe tinha salvado a vida. Será que poderia mesmo sacrificá-lo para salvar a pele daquele garoto traiçoeiro? Foi só um olhar de repreensão de Lisandro que o fez decidir-se. O mundo estava assistindo.

Ele tirou a rolha e derramou um pouco do líquido na boca de Atlas. O rapaz lambeu os lábios e engoliu.

— Você está perdendo tempo com ele; já tentamos o feitiço de cura. Esse aí já era, com certeza — observou Grindle, que depois se virou para Sylva e piscou um dos olhos. — Bacana ver que a elfa não morreu. Seria uma pena deixar que um orc me roubasse o prazer de matá-la eu mesmo.

Os dedos de Sylva se apertaram no cabo da falx com tanta força que a arma chegou a vibrar no ar ao lado dela. Apesar disso, ela respondeu com um olhar firme e frio.

— Por favor, tente. O prazer seria meu.

Conforme o frasco de elixir se esvaziou, a cor de Atlas começou a voltar. Ele tossiu e se sentou, olhando em volta com um aspecto sonolento.

— O feitiço de cura não fez nada — comentou Isadora, incrédula. — Gastamos imensas quantidades de mana tentando.

— Parece que o elixir é antiveneno também — observou Fletcher, conferindo a bandoleira no ombro. Só lhe restava um frasco vermelho de cura, mas ainda havia três dos azuis de mana. Seriam úteis na hora de destruir os ovos.

Atlas encarou Fletcher, com a confusão estampada no rosto. Fez menção de falar, mas hesitou a um pigarro de Tarquin. Atlas se virou na direção do barulho e, depois de uma breve pausa, levantou-se e andou, resignado, até os outros.

— De nada — resmungou Fletcher, sarcástico.

Mais um grasnado de Lisandro ecoou do alto, anunciando a chegada dos demais. Os olhos de Fletcher encontraram Cress, e ele considerou brevemente se as suspeitas de Sylva poderiam estar corretas. Mas um olhar ao rosto feliz da anã o convenceu de que ela era inocente. Fletcher afastou a desconfiança da mente e contemplou o corredor escuro. Ar quente e fétido parecia soprar para dentro e para fora, como a respiração de um gigante adormecido. Agora era a hora. Todos os riscos que eles correram, tudo pelo que tinham passado, tudo levara àquele momento. Tinham alcançado as cavernas dos goblins com meia hora de sobra, e o ataque estava para começar.

43

As equipes se ajoelharam à entrada do corredor, examinando o mapa rudimentar da caverna que Mason tinha improvisado. Os demônios lotavam o túnel adiante, servindo de vigias.

— Eu não faço ideia de como esse túnel se liga com as cavernas, mas vou conhecer tudo muito bem quando a gente estiver lá dentro — explicou Mason, usando a espada para apontar uma grande câmara no meio. — Essa é a principal. Só fui lá uma vez, mas sei que é onde guardam os ovos de goblin. É uma câmara de magma, então esquenta. Pelo que eu vi, a ninhada mais antiga choca bem quando a mais nova chega, então a gente tem que tomar cuidado.

Ele olhou receoso para trás, túnel abaixo, depois para os ovos inchados no fosso.

— Alguns goblins devem vir pra recolher esse aí em algum momento, então a gente tem que seguir em frente logo.

— E quanto aos prisioneiros? — perguntou Cress, agachando-se ao lado dele. — Onde são mantidos?

Enquanto ela falava, Sylva observou seu rosto atentamente, a mão no cabo da falx.

Mason apontou um recinto conectado à caverna principal por um túnel longo e estreito, com outro corredor que se bifurcava para a superfície.

— É aqui que eles às vezes mantêm os prisioneiros. Não sei se meus amigos estarão lá a essa hora do dia.

— E a minha mãe fica aí? — indagou Rufus, os olhos arregalados.

— É. Ficava numa jaula. Eles nunca deixavam sua mãe sair ou a gente falar com ela — contou Mason, meneando a cabeça. — A gente não podia nem falar uns com os outros lá dentro; tinha goblins por perto a droga do tempo todo. É lá que a maioria deles dorme, ainda mais quando é dia de festa, que nem hoje. Já devem ter enchido a cara até cair a essa altura, mas a gente ainda vai ter um trabalhão pra sair sem ser visto.

Ao ouvir essas palavras, Rufus sacou a espada e se postou ao lado do próprio demônio, um Lutra com forma de lontra, no fim do túnel. Fletcher sabia como o rapaz se sentia. Ele daria qualquer coisa por uma chance de ver a mãe de novo.

Isadora bateu palmas uma vez, fazendo todos pular.

— Certo, eis como tudo vai acontecer — disse ela, apontando o túnel. — Nós destruímos os ovos na caverna principal discretamente, até sermos descobertos e o alarme soar. Quando isso acontecer, o importante será destruir o máximo de ovos possível. Pólvora, bolas de fogo, relâmpagos, não importa quão barulhento o método; teremos que destruir a reserva de ovos e sair em segurança. Alguém tem problema com isso?

Fletcher balançou a cabeça. Apesar dos problemas dele com Isadora, não poderia ignorar o bom senso daquelas ordens. Era o que ele teria feito também. Isadora continuou, sem se importar com o silêncio dos outros:

— Assim que eles virem que alcançamos os ovos, o Corpo Celestial vai decolar e rumar para nosso ponto de encontro atrás da pirâmide, o que nos dará vinte minutos para completar o objetivo. Quando eles estiverem quase aqui, nossos demônios patrocinadores vão nos avisar que chegou a hora de ir. Teremos dez minutos adicionais para voltar ao ponto de extração nos fundos da pirâmide a partir daí. Chegue depois disso e estará por conta própria.

— E como é que vamos voltar se metade dos orcs do mundo está diante da pirâmide, armada até os dentes? — inquiriu Verity, pegando a tabuleta com Sylva e a erguendo para que todos vissem. A imagem exibia milhares de orcs perambulando do lado de fora, os vários jogos ainda sendo jogados em meio ao pôr do sol.

— Não faz diferença. — Mason espiou a tabuleta. — Eles não vão todos entrar aqui. Só orcs adeptos podem entrar na pirâmide, então a gente só vai encarar goblins, xamãs e os demônios deles quando chegarmos nesse ponto. Mas acho que a gente devia se mexer bem rápido mesmo quando o alarme tocar. As cavernas vão ficar cheias de orcs num segundo.

— Ótimo — disse Fletcher, afrouxando as pistolas nos coldres. — Agora, a não ser que alguém tenha mais perguntas, vamos andando.

— Nossa, mas ele está animadinho hoje — comentou Didric, abrindo um sorriso torto para Fletcher. — Você está esquecendo que tem uma leva de ovos bem aqui. Por que você não fica para trás e cuida deles enquanto os adultos fazem o trabalho de verdade?

Fletcher o ignorou, mas as palavras o fizeram pensar. Virou-se para Jeffrey, que segurava a espada curta diante de si, como se fosse uma cobra venenosa.

— Jeffrey, você fica aqui e destrói estes ovos — instruiu, apontando os globos grudentos que enchiam a área ao redor. — Alguém tem de fazê-lo. Prefiro que você fique de vigia no poço, fora do caminho. Você poderá nos avisar se algum xamã voltar. Tudo bem por você?

Jeffrey assentiu, agradecido.

— Honestamente, eu só iria atrasar vocês. Vou examinar estes ovos recém-fertilizados mais de perto, ver o que eu consigo descobrir.

Ele abriu o ovo mais próximo com um golpe desajeitado. O fedor ali só fez aumentar, provocando um grunhido coletivo.

— Idiota — comentou Didric. — Certo, vamos cair fora daqui.

E, simples assim, a missão tinha começado.

Os demônios foram na frente, seguindo um fogo-fátuo solitário que lançava um brilho tênue pela caverna. As paredes e o teto eram feitos de uma mistura estranha de solo, xisto e raízes que, para Fletcher, parecia tão instável quanto uma cadeira de três pernas. De vez em quando, a poeira caía sobre a cabeça deles, perturbada pela passagem de tanta gente.

— Aqui — disse o rapaz, entregando frascos de mana a Cress, Sylva e Otelo, enquanto guardava a última poção de vida para si. Depois de dois atentados à sua vida, não queria correr nenhum risco.

Quando ele passou o vidro a Cress, Sylva fez uma careta, ainda desconfiada da jovem anã. Porém, àquela altura, isso nada significava para Fletcher. Tudo que lhe importava agora era proteger Hominum, e não se daria o luxo de se distrair com qualquer outra coisa. Apesar de todas as mentiras e truques sujos, os inimigos não ousariam fazer nada em plena vista dos quatro demônios patrocinadores e diante do mundo inteiro.

Com todos os demônios presentes, Fletcher sentiu uma confiança súbita nas chances deles. Tinham pelo menos uma dúzia de demônios ao todo, variando em tamanho desde a Hidra de Tarquin, Trébio, até o Caruncho de carapaça amarela de Rory.

Fletcher pôde observar o terceiro demônio de Verity avançando logo abaixo de Donzela, que pairava. O rapaz acalmou os nervos examinando-o.

Era um Enfield, um primo distante do Vulpídeo. Era menor, apenas do tamanho de um cão grande, mas tinha a cabeça de uma raposa, as patas dianteiras de uma águia, o peito estreito de um galgo e os quartos traseiros de um lobo. As garras da frente eram perigosamente afiadas, com penas castanhas entremeadas em meio ao pelo ruivo da parte anterior e cinzento do dorso. Um demônio elegante em todos os sentidos; assim como a dona, ruminou ele.

Havia uma luz no fim do túnel, um luzir vermelho-alaranjado que lembrava Fletcher da caverna sob o Viveiro. Mason, que caminhava logo atrás dos demônios, ergueu um punho fechado. Os conjuradores detiveram o avanço, e o rapaz se esgueirou agachado até a luz.

Ficou lá por um momento, depois voltou, de olhos arregalados.

— A gente tirou a sorte grande — sussurrou ele. — Malditos milhares deles, empilhados de qualquer jeito.

— Algum goblin? — perguntou Tarquin.

— Nem unzinho — respondeu Mason com um sorriso. — A gente vai ter alguns minutos só pra gente antes que alguém venha atrapalhar. Que nem tirar doce de criança.

— Vamos acabar logo com isso — rosnou Otelo, erguendo o machado de batalha. — O resgate já deve ter decolado a esta altura. Vinte minutos; entrar e sair.

Com essas palavras, as quatro equipes investiram em direção à luz.

44

Eles entraram correndo numa enorme caverna, maior até que o Átrio em Vocans. Havia uma piscina de lava bem no meio, que borbulhava e fervia como um caldeirão em ebulição. Quatro rios de rocha derretida, que nasciam do lago flamejante e corriam às paredes até penetrá-las, dividiam o recinto em quatro quadrantes de rocha sólida. Cada um tinha o próprio túnel para outras câmaras, e as áreas de piso sólido eram todas conectadas entre si por pontes precárias feitas de pedras disformes, por sua vez mantidas juntas por reboco esfarelado.

E havia ovos. Não só centenas, mas milhares e milhares, alguns em pilhas tão altas que quase tocavam o teto. Muitos estavam cobertos com poeira e teias de aranha, enquanto aqueles mais próximos pareciam ser mais frescos. As cascas secas dos que já tinham chocado recobriam o chão. Havia quase tantas delas quanto haviam ovos.

— Já deve haver uma legião de goblins chocados a essa altura — murmurou Fletcher, cutucando uma casca próxima com o khopesh. — Talvez já seja tarde demais.

— Faz três anos a última vez que vim pra cá — comentou Mason, abrindo e fechando a boca como um peixe fora d'água. — Não tinha nem metade disso aí na época.

— Não temos tempo de nos preocuparmos com isso agora — afirmou Isadora, cravando a lâmina num ovo. — Deixem as grandes pilhas; vamos queimá-las por último para o caso de fazer fumaça demais.

O Felídeo dela, Tamil, já estava rasgando os ovos mais próximos, sibilando conforme o alúvio de dentro cobria suas garras. Os outros demônios seguiram o exemplo, exceto pelos Carunchos, que eram pequenos demais para causar muito estrago. Em vez disso, eles pairavam junto às três outras entradas, de olho em patrulhas de goblins.

— Vamos botar para quebrar! — exclamou Fletcher, erguendo o khopesh. Em segundos, o recinto se encheu com o cheiro acre de carne podre, um fedor tão forte que travava a língua de Fletcher.

Então sentiu uma sensação súbita de conforto e satisfação que lhe deu um susto. Levou um momento até perceber que vinha de Ignácio.

A Salamandra estava nadando até o centro da piscina de lava, onde a rocha derretida era de um branco incandescente. O demônio não sentia dor, apenas uma sensação de saudades e propósito; até... familiaridade. Fletcher se perguntou se o lugar lembraria o diabrete de seu lar no éter, onde que quer que fosse.

— O que diabos Ignácio está fazendo? — resmungou Otelo, chutando um par de ovos para a lava. Eles ferveram e enegreceram, emitindo uma baforada de cabelo queimado.

— Não faço ideia — comentou Fletcher.

Quando o diabrete teimoso alcançou o centro do lago, o rapaz sentiu um choque súbito de poder. Algo estava mudando.

Os segundos se passaram, e, apesar das mudanças em sua consciência, Fletcher não pôde fazer nada além de golpear repetidamente os ovos, ficando de olho em Ignácio enquanto ele nadava em círculos ao redor do coração do lago. Esse tempo todo, pulsos de mana escorriam do corpo do diabrete sem motivo aparente. Era como uma torneira vazando, e Fletcher desejou ter guardado um frasco de mana para si.

Tinha certeza de que era algo relacionado à lava. Tentou chamar Ignácio de volta, mas seu controle sobre ele não parecia funcionar, quase como se a pequena Salamandra nem estivesse ciente de sua presença na mente. Fletcher não poderia fazer nada além de esperar que, quando chegasse a hora de partir, Ignácio atendesse a seu chamado. Concentrou-se então em destruir os ovos, ignorando os choques de poder que o inundavam, vindos do demônio.

Mesmo com o trabalho ininterrupto, eles não tinham destruído mais que algumas centenas de ovos depois de cinco minutos. Alguns ovos já tinham até goblins semiformados, que precisavam ser destruídos assim que as pobres criaturas eram trazidas à luz.

Fletcher avaliou a situação e viu que as equipes mal tinham limpado seu respectivo quadrante, que não incluía a imensa pilha central que precisaria ser queimada.

— E quanto aos prisioneiros? — ofegou Rufus, lançando um olhar suplicante para Malik. — Minha mãe?

— Vamos cuidar disto primeiro — respondeu Malik, grunhindo ao partir um ovo ao meio com a cimitarra.

— Ande logo com isso, Rufus. Vamos precisar dos esforços de todos nós para conseguir destruir isso tudo a tempo — rosnou Didric, empurrando o outro rapaz para o ovo mais próximo.

Rufus cambaleou e, em seguida, se virou, com ombros rígidos de raiva. Havia alguma coisa nos olhos dele que Fletcher não tinha visto antes. O menino de cabelos escuros era tímido e discreto nas melhores ocasiões, mas agora estava repleto de uma determinação férrea.

— Eu vou buscar minha mãe. De jeito nenhum vou deixar um plebeu metido à nobre pensar que pode mandar em mim. — Rufus cuspiu nas botas de Didric, e Fletcher não conteve um sorriso com a cara que o rival fez em resposta ao insulto.

Antes que qualquer um pudesse detê-lo, Rufus saiu correndo pela ponte mais próxima, ziguezagueando em meio aos ovos a caminho do túnel mais próximo. Fletcher não hesitou. Saiu em disparada atrás do rapaz, com Mason logo nos calcanhares.

— Rufus, pare! — exclamou Mason num meio grito, meio sibilo. — Você vai nos entregar!

Só que Rufus era rápido e tinha a vantagem. Quando Fletcher cruzou a ponte e alcançou o túnel, ele já havia desaparecido na escuridão.

— Pelo menos o maldito idiota está indo na direção certa — grunhiu Mason, alcançando Fletcher. — Os outros túneis levam pra superfície.

— É melhor o seguirmos — afirmou Fletcher, procurando ouvir ruídos de problemas adiante. — Ele não vai conseguir sozinho.

Mason sentiu o peso da arma, uma grande espada similar a um cutelo conhecida como alfanje. Parecia quase cômica ao lado do vulto macilento do menino, já sobrecarregado com uma grande besta. Ainda estava emagrecido pelo longo encarceramento, mas brandia a espada com habilidade suficiente. Afinal de contas, o rapaz um dia pertencera às Fúrias de Forsyth, um regimento temível de acordo com todos que os conheciam.

— Vamos lá, então — disse Mason, seguindo na frente.

Fletcher se deteve. Conhecia a dor de se perder um dos pais e se solidarizava com o nobre jovem mirrado.

Mas seria aquilo o que Hominum realmente precisava? Ainda havia milhares de ovos a serem destruídos. Como resgatar uma nobre velha e louca mudaria o destino da guerra?

Ainda assim, ele não poderia deixar Rufus correr cegamente em direção ao perigo, até porque ele poderia disparar um alarme.

Dividido, ele deixou Atena continuar a destruir os ovos. Avançou pelo túnel, embainhou o khopesh e pegou o arco, com uma flecha já preparada na corda para o caso de um ataque súbito.

— Vamos voltar em quinze minutos — murmurou para si mesmo. — Com ou sem eles.

O túnel subia num aclive que fez Fletcher ofegar com o esforço. Na luz tênue, ele conseguia divisar a silhueta de Mason logo adiante. O menino se movia furtivamente, se mantendo nas sombras e evitando os fachos de luz que vinham da extremidade do túnel. Esse brilho era diferente, natural. Eles pareciam próximos à superfície.

Houve uma subida final antes que o túnel se abrisse, uma subida que bloqueava a visão da caverna além. Mason rastejou até a beirada, e Fletcher seguiu o exemplo, tomando o cuidado de se manter bem colado ao chão. O peito ficou encharcado com o solo úmido quando ele alcançou o topo, mas esse pequeno desconforto foi esquecido rapidamente quando ele contemplou a cena além.

— Maldição — murmurou Fletcher.

45

Havia milhares deles, espalhados pelo chão rochoso, como brinquedos no quarto de uma criança mimada. Goblins, dormindo na penumbra cálida da caverna. Eram tantos deles que se via mais pele cinzenta do que chão, e eles estavam com os braços esparramados uns sobre os outros, como se tivessem tombado mortos ali mesmo.

Acima, a luz se infiltrava em grande feixes por aberturas, cortando as trevas, como blocos sólidos de gelo. Não parecia haver nenhum guarda, o que era ótimo. Rufus estava em movimento.

— Maldito maluco — resmungou Mason, observando enquanto o jovem nobre escolhia um caminho por entre os goblins adormecidos. — Está com sorte de eles ficarem completamente bêbados com coco fermentado durante o festival.

Fletcher seguiu a direção de Rufus e encontrou o alvo. Era uma jaula de bambu, abandonada encostada na parede da câmara, como se tivesse sido esquecida. Dentro, Fletcher percebeu uma figura esfarrapada encolhida no canto.

Alguma coisa chamou a atenção dele. Havia uma dúzia de rapazes cochilando do lado oposto da caverna, assim como um punhado de gremlins. Os meninos não vestiam nada mais que tangas, assim como os gremlins, e estavam todos amarrados uns aos outros com cruéis tiras de couro.

— Seus amigos? — perguntou Fletcher, indicando o grupo.

Mason estremeceu ao vê-los, perdendo a cor.

— Três anos eu passei ali — disse com voz trêmula. As mãos também tremiam enquanto ele desalojava a besta e as setas e as colocava no chão.

— Eu vou buscar eles — murmurou. O rapaz se levantou e oscilou, instável, a respiração reduzida a um ofegar curto e áspero. Estava sofrendo um ataque de pânico.

— Não, eu vou — disse Fletcher, tirando o cinturão de armas. Se Mason tropeçasse uma vez que fosse... todos eles tombariam.

— Eu dou cobertura — concordou Mason, com o alívio estampado no rosto.

Fletcher deixou o arco, pistolas, aljava e bainha, levando apenas a espada para libertar os prisioneiros.

Rufus progredia lentamente, o caminho bloqueado por uma área densa de goblins adormecidos. Fletcher observou enquanto o nobre era forçado a dar meia-volta e fazer um caminho indireto.

Na esperança de evitar o mesmo erro, Fletcher tentou determinar o trajeto mais eficaz ao redor dos goblins adormecidos.

Então estava caminhando entre eles, encaixando os pés entre curvas de cotovelos e joelhos, mantendo o khopesh baixo e reto para se equilibrar. Um goblin abaixo dele fungou durante o sono, tão perto que Fletcher sentiu o bafo de ar no tornozelo. O rapaz ficou paralisado, com o coração na boca. Por um momento, o nariz do goblin ficou encostado em sua pele nua, molhado e frio como um peixe morto. Dava para sentir a meleca borbulhando na canela a cada fôlego.

Depois do que pareceu uma eternidade, o goblin engoliu e se virou, o cotovelo esbarrando de leve na perna de Fletcher. O goblin adormecido mal percebeu. De fato, estava agora esparramado sobre o corpo de outro. Ambos continuavam mortos para o mundo.

Encorajado, Fletcher acelerou o ritmo, pulando de uma área de rocha nua para a outra com passos cautelosos, mas velozes. Sabia que bastaria que um deles abrisse os olhos e o visse para que o caos se instalasse. Ele tinha de atravessar depressa.

Quando Fletcher ergueu o olhar para conferir o progresso, viu que um dos meninos estava acordado. Estava esquelético de tão magro, com pele escura como a de Electra e um emaranhado de cabelos negros bem enrolados. O menino observou os últimos saltos de Fletcher com olhos semicerrados, cansado demais para reagir à figura que se aproximava. Talvez pensasse que seu salvador fosse um sonho.

Foi só quando Fletcher cortou as tiras que o atavam à parede que o menino se moveu, fitando-o com espanto.

— O q...quê...? — Foi tudo que conseguiu dizer.

Fletcher o silenciou com um gesto de dedo nos lábios e foi até o prisioneiro seguinte. Não demorou muito para que estivessem todos livres, muitos se afastando desesperados, como se Fletcher fosse um fantasma. Os gremlins mal se moveram. Não havia vida nos olhos deles, e muitos tinham braços e pernas tortos, o resultado de ossos partidos malcurados. Fletcher pegou uma das criaturinhas no chão e a pressionou nas mãos do menino de cabelos emaranhados. Fez um gesto para os outros, até que todos os gremlins estavam seguramente instalados no abraço de um menino escravo.

Um som de algo se arrastando veio do outro lado da câmara. Fletcher ergueu o olhar e viu Rufus serrando a jaula. A espada curta despachava facilmente o bambu antiquíssimo. Não havia porta na estrutura. Era perturbador como os orcs a tinham construído em volta da mulher nobre, sem intenção alguma de jamais deixá-la sair.

Mason chamou os meninos com um aceno, e eles começaram a perigosa jornada de volta à entrada. Fletcher ficou onde estava, observando o progresso de Rufus. O jovem nobre tinha conseguido cortar duas barras da gaiola, o suficiente para que a mãe saísse engatinhando. Só que ela continuou encolhida no canto.

Cerrando os dentes de frustração, Fletcher começou a atravessar a caverna por entre os goblins. A luz que vinha de fora estava mais fraca, tingida com o laranja do crepúsculo. O tempo deles era medido em segundos, agora, e cada segundo ali era outro que poderia ter sido gasto destruindo ovos. Na imagem sobreposta do monóculo, o cenário se deslocava conforme Ébano voava de um lado para o outro fora da pirâmide, complicando ainda mais a tarefa de escolher onde pisar na escuridão. Fletcher estremecia a cada passo. Não ajudava em nada o fato de que os pulsos de mana de Ignácio ficassem cada vez mais frequentes.

Houve um momento de puro pânico quando um goblin se levantou junto à entrada. Ele cambaleou na luz do exterior, agarrando a barriga e resmungando. Fletcher ficou paralisado, imóvel como uma estátua. Segurou a respiração e trincou os dentes. Então o goblin sumiu.

Encharcado de suor frio, Fletcher seguiu em frente, movendo os pés o mais rápido que ousava. Quando ele chegou à gaiola, Rufus já estava apelando a sussurros frenéticos, o braço estendido para a figura encolhida.

— Mãe... mãe, sou eu. Pegue a minha mão. Pegue, inferno!

Ele soluçava, com lágrimas escorrendo pelo rosto sujo. Os ombros estremeciam violentamente com cada respiração, e as mãos tremiam ao tentar alcançar a mulher.

Mas ela se recusava a se mover. Simplesmente fitava através do menino com olhos vazios. Azul não tinha mentido quando disse que a mente dela não estava mais lá.

— Eu a pego, Rufus. Volte logo, você. Não vai poder ajudá-la nesse estado. — Fletcher pousou a mão no ombro do outro para acalmá-lo.

O jovem nobre engoliu seco e chegou para o lado, mas balançou a cabeça quando Fletcher o empurrou gentilmente na direção do túnel.

Não havia tempo para discussões, então Fletcher se espremeu para dentro da gaiola. As pontas afiadas do bambu partido arranharam com força o abdome de Fletcher conforme ele se espremia pelo buraco. Do lado de dentro, a jaula parecia ainda menor.

Era da metade do tamanho da sua velha cela; Fletcher só conseguiria se deitar na diagonal, com a cabeça tocando um dos cantos e os pés tocando o outro.

A mulher continuou sem reação, mesmo quando o rapaz engatinhou até ela. Havia velhos sinais da compreensão passada que ela tivera. Marcas feitas na barra acima de sua cabeça; mais de uma dúzia. Um pente grosseiro feito de casca de tartaruga, agarrado nas mãos. Até as roupas puídas estavam bem costuradas e remendadas; um osso apontado, tendões e pele de animal tinham feito as vezes de agulha, linha e pano, e estavam empilhados no canto oposto.

O sangue que cobria-lhe a boca e as tábuas abaixo em uma crosta confirmavam o que as pilhas de ossos e restos de animais sugeriam. Eles nunca tinham se dado ao trabalho de cozinhar a comida dela, ou mesmo limpar os arredores. Fletcher cobriu o nariz com a manga diante do odor, de alguma forma ainda mais forte na cela apertada. O fedor era como o de um ovo podre de goblin, e o estômago dele se retorceu de pena e repugnância.

A dama vestia um uniforme que Fletcher não reconheceu, e muito pouco restava do tecido original. Poderia ter sido branco um dia, mas agora era de um amarelo maculado. Os cabelos e o rosto estavam imundos além da possibilidade de reconhecimento. Só os olhos se destacavam da sujeira: o branco do olho límpido, as íris de um azul pálido. Eles se voltaram subitamente para o rosto do menino.

Fletcher levou um susto e conteve uma exclamação. A mulher o encarou, depois estendeu a mão, palma para cima, como um mendigo pedindo esmola. Fletcher a tomou com delicadeza, pois o pulso era tão fino que parecia prestes a se quebrar com a menor pressão. Ela fez um esforço para se levantar, forçando-se a ficar recurvada sob o teto da jaula. Fletcher percebeu que os joelhos iam ceder bem a tempo, e a pegou quando ela caiu. Era como segurar um fardo de ossos; o corpo era insubstancial e sem peso.

— Me dê ela — disse Rufus, em voz alta demais, mas ele claramente não dava mais a mínima. Fletcher passou a mulher pela abertura, e a cabeça dela balançando junto ao seu ombro. Ela estava tão mirrada que o rapaz podia erguê-la como a uma boneca de trapos.

Rufus a tirou dos braços de Fletcher e foi embora sem uma palavra. Saiu correndo por entre os corpos adormecidos sem olhar para baixo, dando longos passos e saltos na pressa, agarrando a mãe ao peito, como um bebê de membros longos. Foi um milagre que nenhum goblin tivesse acordado na correria louca do rapaz para o túnel.

Adiante, os escravos tinham sumido, mandados mais cedo para a caverna principal. Só restava Mason, que esquadrinhava o recinto em busca de sinais de movimento. Rufus mal lançou um olhar para o rapaz em sua passagem cambaleante, o fardo nos braços.

Assim que os dois se foram, Fletcher seguiu os passos de Rufus, dardejando cuidadosamente entre os goblins, o coração martelando o peito com cada salto. Ainda os goblins dormiam, alheios ao mundo em seu estupor ébrio.

Foi na metade do caminho que Fletcher viu. Mason. Fazendo pontaria cuidadosamente com a besta, a ponta firmemente centrada na cabeça de Fletcher.

Fletcher parou completamente. Ergueu a mão para criar um escudo, mas não apareceu nada. O sangue gelou quando ele entendeu o que tinha acontecido; não restava mais mana algum. Ignácio tinha tomado tudo.

Mason estreitou o olhar ao longo da besta, com a ponta da língua para fora. Fletcher não poderia fazer nada além de ficar ali parado, esperando o fim. Não arriscaria estragar a missão saltando para o lado, mesmo que aquilo significasse a própria morte. Como ele tinha sido burro em confiar no rapaz. Uma vez um Fúria de Forsyth, sempre um Fúria de Forsyth.

O vibrar seco do disparo atingiu os ouvidos bem quando a seta passou por ele. Atrás de Fletcher, um baque e um gemido.

Fletcher se virou para ver um goblin desabar no chão, com o virote cravado na garganta. Ele se debatia, tentando agarrar o pescoço, mas só conseguia emitir gorgolejos quietos.

— Ande logo — sibilou Mason, acenando. — Antes que outro deles acorde!

46

Eles alcançaram a caverna principal e ouviram uma discussão. Para o espanto de Fletcher, Didric estava de pé sobre o escravo de cabelos emaranhados, a ponta da lâmina tirando sangue ao ser pressionada contra o peito arquejante do menino, que ainda trazia o gremlin ferido nos braços. As outras equipes pararam de destruir os ovos para olhar. Só metade da câmara tinha sido limpa.

— Não tem lugar para você — rosnou Didric.

A Araq aranhenta dele pateando por entre as pernas do mestre, voltando os muitos olhos para Fletcher conforme este chegava correndo.

A criatura tinha atado os tornozelos do rapaz com seda iridescente, os filamentos brancos se desenrolando a partir de um orifício debaixo do ferrão temível. Fletcher não perdeu tempo em cortar a teia com o khopesh.

— O que você está fazendo? — perguntou a Didric, enquanto colocava o escravo de pé. — Eles estão do nosso lado!

O gremlin nos braços do escravo chilreou com nervosismo, e o menino o balançou como se silenciasse um bebê.

— Você estragou tudo agora, Fletcher, seu completo idiota! — exclamou Didric, balançando a cabeça em descrença. — Tem uma dúzia de escravos aqui. Como você espera que o Corpo Celestial leve todos nós embora agora?

Fletcher sentiu um frio na barriga ao entender o problema. Talvez Didric estivesse certo. O grupo de resgate já estava quase chegando; não haveria tempo para reforços.

Didric empurrou o escravo para o túnel oposto, onde Rufus ainda aninhava a mãe. Os outros seguiram, encolhendo-se quando Didric mirou um chute contra eles.

— Vamos ter demônios suficientes para carregá-los — afirmou Fletcher, com mais esperança que certeza.

— Serão três para cada demônio se você estiver errado — rosnou Didric. — Como é que vão deixar as Serpes para trás com esse peso todo no lombo? Já vou dizendo: não vou carregar um deles na *minha* carona.

— Cuidamos disso mais tarde, Didric — ordenou Malik do outro lado da câmara. — Eles vão pousar em cinco minutos. Volte ao trabalho.

— Vou voltar ao trabalho quando eu bem... — começou a responder Didric, parando ao captar um vislumbre de alguma coisa perto da entrada.

Fletcher se virou e viu um torso cinzento saindo trêmulo de um ovo, rasgando com as garras o saco translúcido que o envolvia. Ao lado, outro ovo caiu de lado, e um punho cinzento socou a camada exterior e se agarrou ao chão.

Os olhos do goblin recém-nascido se viraram para eles, globos pálidos que giravam de um lado para o outro. A criatura abriu a boca e soltou um berro de rachar os ouvidos; um grito que ecoou pela caverna e pelo túnel. Cress lhe meteu uma seta no crânio.

Mais ovos começaram a tremer e se abrir, centenas deles, espalhados pelo chão em volta das equipes. Um grito de resposta veio pelo túnel; um tumulto de guinchos que fez Fletcher trincar os dentes. Os goblins adormecidos tinham acordado.

— Queime-os. Queimem todos eles! — urrou Otelo. Ele libertou um redemoinho de chamas que soprou pela pilha mais próxima de ovos. O fogo os destroçou, como se fossem papel de arroz, e os ovos encolheram e queimaram até que não passavam de sacos enegrecidos e murchos. O resto da tropa seguiu o exemplo. Relâmpagos estalaram pela caverna, com ovos explodindo por todos os lados, espirrando o conteúdo mutilado pelo ar.

— Sylva, seu frasco; estou sem mana! — gritou Fletcher, quando o primeiro goblin veio correndo do túnel, brandindo uma clava de guerra. Sylva jogou a poção do outro lado da câmara, e Fletcher a apanhou com as pontas dos dedos. No mesmo instante, aparou o golpe de clava do goblin.

Atena deu um rasante e cravou as garras na cabeça da criatura. Este girou para longe, guinchando, dando a Fletcher uma chance de engolir o elixir. Tinha um sabor extremamente doce, como água de lavanda com mel.

O mana se espalhou pelo corpo, como uma maré de luz branca, correndo pelas veias e pela conexão com Atena e Ignácio. Bem carregado, Fletcher disparou uma bola de fogo através do peito do goblin.

Quase imediatamente, os pulsos de mana começaram a se drenar a partir de Ignácio, mas Fletcher estava farto da Salamandra desobediente.

— Agora chega! Você vai sair daí. — Fletcher lançou um laço cinético ao lago e puxou o demônio para fora, fazendo-o voar em cambalhotas pelo ar até aterrissar aos pés dele.

Ignácio sacudiu a cabeça, como se quisesse desalojar um pensamento indesejável. Parecia maior, de alguma forma, mas não havia tempo para um exame completo. Mais goblins irromperam do túnel, e o rugido grave de orcs ecoou atrás deles.

— De volta à pirâmide — ordenou Fletcher, enquanto lançava um relâmpago contra a vanguarda. Conforme ele se virava, um goblin recém-nascido agarrou-lhe o tornozelo, derrubando-o ao chão. Ignácio cortou a cara da criatura até o osso com um golpe de garras, e o goblin girou para longe, guinchando.

Então eles estavam de pé, correndo. Ao se aproximarem da entrada, Fletcher viu que os outros estavam bem mais adiante, com Otelo e Sylva servindo de retaguarda.

Uma bola cinética passou borrando o ar sobre o ombro de Fletcher e derrubou um goblin que ganiu perigosamente perto. Otelo arqueou outra bola por sobre a cabeça de Fletcher, e a força explosiva lançou uma chuva de terra e gritos contra ele. O rapaz deu uma olhada para trás e viu a primeira onda de goblins imersa em caos, muitos deles berrando de agonia enquanto queimavam na lava em que foram atirados.

— Vamos lá — gritou Sylva, enquanto Fletcher passava correndo.

Os três seguiram em disparada pelo túnel, com Ignácio e Atena logo atrás. Adiante, Sariel e Salomão aguardavam na base do pilar. Os outros já estavam quase chegando ao topo da coluna, Jeffrey incluso.

— Subam, subam! — gritou Fletcher, e eles saltaram pelos degraus acima. Não demoraria muito para que os goblins se reorganizassem.

Salomão foi na frente, pois era o mais lento, e as perninhas atarracadas tinham dificuldade em vencer os degraus. Fletcher e Sylva protegiam a traseira enquanto Otelo tirava o bacamarte do coldre e o apontava para a entrada do túnel.

— O que você está vendo, Fletcher? — indagou Sylva, sem fôlego, conforme eles recuavam escada acima. — Vamos encontrar um comitê de recepção no alto?

Fletcher permitiu que a visão se focalizasse no cristal sobre o olho, que ainda mostrava o que Ébano via.

— Os orcs não estão entrando na pirâmide, e os xamãs estão longe demais — respondeu ele, aliviado. — Parece que Mason tinha razão.

— Bem, os goblins não terão esses escrúpulos — comentou Sylva, conforme os uivos de ódio ecoavam pelo túnel. — Cuidado, estão vindo.

Uma manada veio em disparada pelo túnel, brandindo dardos, lanças e clavas. O primeiro projétil assoviou por entre as pernas de Fletcher, e ele ergueu um feitiço de escudo depressa. Foi bem a tempo, pois uma dúzia de outros dardos acertaram a proteção no instante seguinte.

O primeiro punhado de goblins escalou os degraus, tropeçando uns sobre os outros em sua sede de sangue. Havia um veterano vociferante liderando a investida, o ombro marcado pela cicatriz de um ferimento a bala. Ignácio o derrubou com uma bola de fogo bem posicionada, atirando-o para trás contra os seguidores, fazendo-os se confundirem num emaranhado de pernas e braços.

Forçado a manter o escudo com o pulso esquerdo, Fletcher brandia o khopesh com uma só mão. Sylva lhe dava cobertura com golpes largos da falx, decepando os goblins e lançando-os para o poço abaixo.

— Atirando — berrou Otelo, e Fletcher se abaixou por reflexo.

Um trovão soou, seguido de uma baforada de fumaça sulfúrica. A nuvem de chumbo se espalhou contra a horda abaixo, uma manada de mortos lançados ao chão, como se um punho gigante os tivesse esmagado.

— Carregando — gritou Otelo, conforme as fileiras se cerravam e mais goblins se lançavam do túnel para tomar posição.

Uma seta azul de besta mergulhou contra os goblins ainda na escadaria, trespassando um deles no ombro. O monstrinho desabou, gritando e debatendo-se até atingir as massas frenéticas abaixo com um baque repugnante. Um segundo virote seguiu no rastro do primeiro, derrubando outro goblin do poleiro.

— Vocês estão quase lá — berrou Cress do alto. — Estou na cobertura.

Fletcher aproveitou o breve momento livre para avaliar o progresso deles. Otelo recarregava a arma freneticamente, as mãos tremendo enquanto despejavam pólvora cano adentro. Cress estava ajoelhada na ponte logo acima deles, disparando as setas com precisão mortal. Lisandro continuava ao lado da anã, incapaz de se juntar à luta. Era grande demais para escapar dos dardos que ainda eram arremessados de baixo.

— Cuidado — gritou Sylva.

Fletcher se virou bem a tempo, encolhendo a barriga para evitar uma lança que o teria estripado. Empurrou-a para baixo com o lado chato da lâmina e atacou com o pomo da espada. Acertou o inimigo bem na cara, e o goblin girou, tentando se equilibrar à beira do abismo. Atena deu um rasante com um guincho de fúria, puxando-o para o enorme vazio.

— Atirando — urrou Otelo de novo. Dessa vez, ele disparou em direção à escadaria, e a fumaça acre soprou por entre os rostos de Sylva e Fletcher. A devastação foi concentrada num cone crescente de fragmentos mortais, deixando uma carnificina em seu rastro. Os restos ensanguentados, que deixaram até Fletcher enojado, mandaram os sobreviventes gritando de volta para a base da escada, brigando para passar pelos goblins mais empolgados que vinham atrás.

Na pausa que se seguiu, a equipe subiu cambaleando os últimos degraus e alcançou a plataforma enquanto Cress mantinha o topo da escada limpo com a besta.

— Dane-se isso! — exclamou ela de repente, pendurando a arma pela alça. Tirou a rolha do frasco de mana e o bebeu. Estremecendo ao sentir o mana se espalhar pelo corpo, a anã apontou a manopla de batalha para a escadaria. Uma onda de chamas irrompeu, espiralando pela escada e varrendo-a dos goblins enfileirados. Era brutal de assistir, como uma onda arrastando os ratos de um destroço de navio. O inferno da manopla se acumulou no fundo do fosso, fervendo e revirando, como fogo líquido. Aqueles que não se atiraram de volta ao túnel foram incinerados, os guinchos de dor soando ásperos nos ouvidos de Fletcher.

Fez-se silêncio, rompido apenas pelo chiado dos cadáveres sendo fritos abaixo.

— Acabou meu mana — avisou Cress, espiando para baixo e estremecendo com a vista. — Mas eles não sabem disso.

— O meu também — disse Sylva, raspando o sangue da falx contra a beira da plataforma. — Usei tudo na queima daqueles ovos.

As reservas de Fletcher estavam baixas, mas ele reabsorveu o escudo pelos dedos para recuperá-las. Só o bastante para mais alguns feitiços.

— Eu guardei a minha poção — avisou Otelo, recarregando o bacamarte freneticamente. — E ainda tenho um restinho de mana. Os níveis de mana de Salomão aumentam com o tamanho dele.

O Golem ribombou ao ouvir o próprio nome, o rosto se abrindo num sorriso rochoso.

Então, quando os primeiros goblins começaram a se aventurar no poço novamente, um uivo ecoou na câmara. Vinha do corredor do outro lado da plataforma. Focalizando o cristal de visualização, Fletcher percebeu que Ébano pairava sobre a pirâmide. Abaixo dela, dezenas de criaturas passavam correndo pelos orcs e entravam pela porta da frente.

— Demônios — sussurrou Fletcher, arregalando os olhos de horror.

47

Eles recuavam pelo corredor conforme o rugido dos demônios ficava cada vez mais alto.

— O grupo de resgate chegou — afirmou Fletcher, espiando o cristal. — Estão nos esperando na saída dos fundos.

Ele via dezenas de orcs atacando o Corpo Celestial à espera, ainda que muitos jazessem mortos na terra entre o rio e a pirâmide. Arcturo e alguns outros cavaleiros eram os únicos ainda lutando, com a maioria dos outros salvadores já desaparecendo no horizonte com as outras equipes. Fletcher podia ver baforadas de fumaça e bolas de fogo riscando a imagem sobreposta enquanto eles batalhavam para manter a posição. Sob suas vistas, Ébano se virou e se afastou, seguindo a mestra de volta à civilização.

A equipe estava a meio caminho pelo corredor agora, e a antecâmara com os hieróglifos estava logo adiante. O uivo dos goblins se juntou à comoção geral, e, ao dar uma olhada para trás, Fletcher viu os primeiros deles seguindo pelo túnel.

Disparou uma bola de fogo, iluminando a longa passagem escura. Acertou o goblin mais próximo no peito, jogando-o de ponta-cabeça. Aqueles no encalço da criatura simplesmente a pisotearam, guinchando seus gritos de batalha.

A equipe continuou correndo, com Lisandro entrando à toda no salão adiante, enquanto o passo lento de Salomão os atrasava. Momentos depois, o restante chegou à antecâmara.

Uma tocha tremeluzente na parede oposta era a única fonte de luz, tendo sido acendida por Khan e seus orcs quando chegaram mais cedo. Rufus estava caído num canto, agarrando a barriga. O Lutra jazia ao lado, com a cabeça semidecepada. Jeffrey acalentava o menino nos braços enquanto lady Cavendish estava sentada encolhida num canto, oscilando para a frente e para trás.

— Me ajudem — implorou Jeffrey, erguendo as mãos. Estavam ensanguentadas até os cotovelos, onde tinha tentado estancar a ferida.

— É tarde demais — concluiu Otelo, ajoelhando-se ao lado do menino ferido. — Não podemos fazer nada por ele.

Lisandro grunhiu e, de súbito, desabou no chão.

— Mas que diabos?! — gritou Cress, correndo até o demônio. Não havia ferimentos, mas ele estava completamente inconsciente, com o bico aberto como uma galinha que teve o pescoço torcido.

— Salomão, pegue-o — ordenou Otelo, apontando o demônio inerte. — Eu carrego lady Cavendish.

— Atenção: temos companhia — berrou Sylva, dando uma flechada na direção do corredor. O trovejar de passos se aproximava, e os primeiros goblins chegaram correndo da penumbra.

— Pegue Bess — gritou Otelo, jogando o bacamarte para o outro lado da câmara.

Fletcher pegou a arma e atirou da altura de sua cintura. A força do disparo o fez cambalear conforme quase 300 gramas de chumbo ricocheteavam pelo corredor. O massacre foi instantâneo, ceifando os goblins como uma foice no trigo. Aqueles que evitaram o tiro inicial saíram correndo para voltar por onde tinham vindo.

Só que os goblins não estavam sozinhos. Dois Nanauês passaram correndo por eles, saltando do chão à parede e ao teto, usando garras que se cravavam na rocha, como se fosse casca de árvore.

Fletcher resistiu à vontade louca de atingi-los com o que lhe restava de mana, pois sabia que feitiços eram ineficazes contra demônios. Em vez disso, ele sacou a pistola, Chama, o longo cano único tremendo enquanto o rapaz fazia pontaria. Enquanto mirava num dos monstros, uma flecha de Sylva se cravou no ombro da criatura, derrubando-a ao chão.

Fletcher trocou de alvo e atirou, vendo a bala do mosquete acertar o outro Nanauê no peito antes que a fumaça do tiro lhe obscurecesse a visão. A criatura deslizou e rolou pelo chão com o impulso, batendo nas canelas do rapaz. Os olhos negros e úmidos lhe lançaram o olhar distante dos mortos, mas não havia tempo para ter certeza daquilo.

O Nanauê ferido arrancou a flecha do ombro. A enorme boca se abriu com um rugido, e ele continuou a investida. Seis metros. Três.

Fletcher sacou Ventania e disparou os dois canos em rápida sucessão. A primeira bala de mosquete atravessou o joelho, e o Nanauê seguiu numa corrida manca. A segunda errou completamente, resultando em nada mais que um espirro de poeira e reboco do teto acima.

Então Fletcher foi derrubado ao chão, com as pistolas lançadas para longe do alcance. Ele se afastou em pânico, socando para a esquerda e direita, acertando nada além de ar. Ao sentar-se, viu que Sylva se engalfinhava com o demônio, as fileiras de dentes cravadas no peito da elfa. Ela gritou de dor, mesmo enquanto Salomão espancava o monstro com os punhos de pedra.

Fletcher olhou em volta, procurando desesperadamente uma arma, mas se deparou apenas com Cress no chão ao seu lado, e os olhos da anã fitavam o nada. Tosk jazia ao lado, e os tremeliques da cauda eram o único sinal de vida do pequeno demônio.

Então Sariel apareceu e cravou as garras dos dois lados da mandíbula do Nanauê e a abriu. Sylva se libertou, e Sariel atirou a criatura de volta ao corredor, antes de segui-la para as trevas com um rosnado de ódio.

Enquanto os dois demônios se destroçavam na passagem, Otelo cambaleou até Sylva e pulsou energia curativa sobre ela. A fileira de ferimentos sangrentos de mordida se fechou lentamente, e Fletcher acrescentou o próprio feitiço de cura, dando todo mana que lhe restava enquanto Sylva ofegava de dor.

— Ela empurrou você para fora do caminho — explicou Otelo com voz embargada.

Os ferimentos estavam apenas meio sarados, mas o feitiço de cura do anão tremeluziu e apagou. Ele franziu o cenho de confusão.

— Há algo errado — murmurou, com a cabeça pendendo ebriamente sobre o peito. Os olhos dele se reviraram para trás, e ele desabou.

— Salomão, preciso de você — gritou Fletcher, arrastando Sylva para que ela ficasse sentada. — Tire-os daqui.

O Golem uivou diante da falta de destreza de suas mãos grosseiras enquanto lutava para erguer Cress do chão. Ignácio e Atena arrastavam Otelo pelos braços.

— Jeffrey, mexa-se! — gritou Fletcher, mas o alquimista só fazia se encolher no canto com lady Cavendish.

Sylva apontou para o corredor com espanto. Atrás de Sariel, dezenas de demônios vinham correndo até eles, as formas sombreadas iluminadas pelo elemental de fogo no meio deles; um Ifrit, um demônio de fogo humanoide que ardia em chamas trovejantes.

Sariel olhou nos olhos deles. O oponente dela estava morto, mas a corajosa demônia havia pagado caro pela vitória. Sangue escorria de um ferimento horrível na pata traseira, rasgada até o osso. Ela inclinou a cabeça e soltou um latido áspero e melancólico, os olhos suaves úmidos com lágrimas. Ignácio lambeu os ferimentos dela, mas o Canídeo empurrou a Salamandra para o lado.

— Não, Sariel — soluçou Sylva, sentindo a intenção da demônia.

O Canídeo se virou e mancou para as trevas, uivando um desafio aos demônios que se aproximavam. Ela estava querendo ganhar tempo para eles.

Fletcher ergueu a mão quando Sariel se chocou contra as fileiras de demônios, golpeando em todas as direções com as garras. Quando o Ifrit a pegou pela garganta e a jogou para o lado, Fletcher rugiu, soltando um imenso impacto cinético contra o teto do corredor. A poeira se espalhou e a rocha implodiu, espalhando fragmentos afiados. Uma avalanche de escombros se seguiu, enterrando o corredor e os habitantes com um estrondo.

Então ele sentiu. Ignácio e Atena, cheios de medo. Virou-se e se deparou com os dois demônios esparramados no chão, incapazes de se mexer. Cada um deles tinha um dardo cravado nas costas, que injetava toxina paralisante nas veias. Sylva gritou ao ser atingida, a cabeça tombando quando o veneno fez efeito.

Enquanto Fletcher procurava desesperado pelo culpado, uma pontada aguda de dor emanou do seu ombro, e o rapaz arrancou outro dardo.

No mesmo momento, ele sentiu a paralisia se espalhando gelidamente pelo corpo, deixando seu braço pendendo, inútil, ao lado do corpo. Teve tempo apenas de catar o frasco vermelho no cinto antes que o outro braço caísse em dormência, mas não consegui levá-lo aos lábios de Sylva. O estrondo do corpo de Salomão desabando disse a Fletcher que ele havia tombado também. Ficou caído ali, os olhos dardejando pela antecâmara em busca do inimigo oculto. Não teve que esperar muito.

— Eu não posso nem começar a dizer quanto tempo eu esperei por isso — riu Jeffrey, saindo das sombras. Ele confirmou que os olhos de Lisandro estavam fechados, depois se agachou ao lado de Fletcher e girou uma zarabatana diante da cara dele.

— Muito úteis, esses venenos — comentou ele. — Da planta curare, se não sabia. Consegui a zarabatana e os dardos com Azul, abençoado seja o coraçãozinho dele. Vocês confiam fácil demais; os dois.

— Por quê? — conseguiu dizer Fletcher, ofegante. Estava ficando difícil respirar, conforme o veneno se espalhava pelo peito.

— Eu sou um patriota, Fletcher — declarou Jeffrey. — Pura e simplesmente. Amo meu país e a minha raça; mais do que a minha própria vida. Mas veja só o que está acontecendo com Hominum. Anões e elfos se misturando aos humanos, corrompendo nosso sangue com mestiços. O rei os elevou à igualdade conosco, permitindo que participassem de nossas exaltadas forças armadas. Isso tudo me dá vontade de vomitar.

Ele cuspiu no corpo paralisado de Otelo, e a máscara de servo assustado caiu. Restava apenas o rosto de um fanático insano.

— Assim que você fez amizade com o anão, eu soube que seria um problema. É uma pena; nós nos demos tão bem no começo. Você nunca se perguntou por que eu passei a te evitar? Ou se esqueceu de mim assim tão rápido?

Na verdade, Fletcher mal tinha pensado em Jeffrey depois daquela primeira semana em Vocans, considerando tudo mais que tinha acontecido. Ele mal vira o rapaz pelo resto do ano.

Deu uma olhada em Sylva e ficou aliviado ao ver que os ferimentos dela tinham quase desaparecido. Ela sobreviveria, por enquanto. Jeffrey agarrou-lhe o rosto e o virou de volta para si.

— Tenho que admitir que não foi fácil. Entrar para os Bigornas, ficar ombro a ombro com aqueles amantes de anões, ganhar a confiança deles, beber aquela cerveja horrível. Eu não teria conseguido sem os Forsyth; foi ideia deles, afinal. Estamos trabalhando juntos há anos, desde que eu contei a eles o que tinha escutado sobre o conselho de guerra dos anões. Vocês nunca se perguntaram como eles souberam onde e quando aconteceria?

Fletcher se concentrou em respirar, a língua dormente demais para responder. Tentou um feitiço, mas o mana não reagia. O veneno fazia mais do que somente afetar os músculos. Apenas seus pés e o braço da espada pareciam ter algo parecido com controle; Fletcher ainda sentia a lisura do frasco nos dedos. Aquilo lhe deu uma ideia; ele só teria de ser paciente.

— Eu bem que gosto de armar para botar a culpa nos anões — continuou Jeffrey, sorrindo com a memória. — É tão fácil; todo mundo já os odeia mesmo. As pessoas só precisam de uma desculpa, que eu estava feliz em prover. Você ficaria chocado de saber como é fácil fazer uma bomba, e ninguém suspeita de um barril deixado à beira da estrada. Sequestrar a liderança dos Bigornas foi fácil também, com, é claro, um pouco de ajuda da Inquisição. Eles até plantaram a bomba no julgamento daquele moleque anão; o rei Alfric e o Triunvirato compartilham do mesmo ponto de vista no que toca às raças inferiores.

Tinha sido Jeffrey a sugerir que eles fossem às linhas de frente e também à barraca de jogatina. Tinha sido Jeffrey a convencer Electra a comprar um lugar para ele na equipe. Jeffrey que ficara para trás na emboscada, esperando uma oportunidade de atacar. Como ele não havia percebido?

Então o rosto do rapaz se alterou, e ele se virou para Fletcher com o lábio retorcido.

— Você quase estragou tudo, porém, correndo de volta para a barraca depois que eu acendi o pavio, mesmo comigo vomitando as tripas do lado de fora. Você não deveria morrer ali, meu bodezinho expiatório. Não antes que o mundo inteiro visse seu cadáver com a seta de besta de Cress na barriga. Ou a flecha de Sylva. Talvez até a machadinha de Átila nas costas de Serafim, caso você tivesse rejeitado a oferta de Electra.

Ele riu alto enquanto Fletcher se engasgava e gorgolejava de raiva.

— Eu tive tanta certeza de que conseguira daquela segunda vez. Se ao menos Electra não lhe tivesse dado aqueles frascos. Que mulher mais ingênua. Ainda assim, me contento com isso; a equipe das três raças, morrendo pateticamente no último obstáculo. Assim, mostra ao mundo que as raças não deveriam se misturar.

Fletcher tentou cuspir em Jeffrey, mas só conseguiu soltar um vestígio fraco de saliva pelo canto da boca, que Jeffrey limpou com a manga, usando sarcasmo para se dirigir a ele com sons ininteligíveis, como se faz a um bebê.

— Você estava tão preocupado com o pobre e doentinho Jeffrey. Não é nada difícil disparar uma besta, Fletcher, ou esconder uma numa mochila — continuou ele. — Não acredito que você tenha pensado que foi a equipe de Isadora. Eles jamais correriam esse risco; não com tanta gente assistindo. Não. Assumi a responsabilidade eu mesmo.

O alquimista deu uma olhada no corpo sem vida de Rufus e balançou a cabeça com tristeza.

— Foi uma pena que eu tenha sido obrigado a matar o menino, mas eu precisava de *algo* para distrair vocês. Ele tem um irmão mais velho para dar continuidade à linhagem, então não é tanto prejuízo.

Quando Jeffrey se virou, Fletcher abriu o frasco com o polegar, estremecendo quando a rolha rolou pelo chão. Jeffrey não pareceu notar.

— É melhor eu ir andando — comentou Jeffrey, olhando para trás quando o *pop pop* dos tiros que chegava pela entrada dos fundos se intensificou. — Eles não vão esperar mais muito tempo.

O rosto se transformou numa careta falsa de medo, e ele recurvou os ombros.

— Foi um acidente terrível, Arcturo! — exclamou, zombeteiro. — Teve um desabamento! Eles estão todos mortos; temos que sair daqui!

Ele riu de novo e deu um tapa na cara de Fletcher, só porque podia.

— Vou deixar os orcs terminarem o que eu comecei.

Então se virou e começou a correr para a saída. Era agora ou nunca. Com um esforço colossal, Fletcher levantou o frasco e o derramou nos lábios. Um filete conseguiu chegar até a boca, e ele engoliu o mais rápido que pôde.

Não foi suficiente. A paralisia se reduziu um pouco, mas ele mal podia mexer os dedos da mão tatuada. Lambeu desesperadamente a poção derramada no rosto, coletando-a com a língua.

A paralisia se reduzia a cada segundo, até que ele enfim conseguiu mover os dedos novamente. Cerrando os dentes, Fletcher grunhiu e ergueu a mão, apontando-a para as costas do rapaz que se afastava. Não hesitou. Jeffrey merecia a morte de um traidor.

Um relâmpago atravessou a espinha de Jeffrey, como uma lança, arremessando-o pelo corredor até se chocar com a parede. O garoto jazia esparramado no chão, olhos fitando o vazio, a boca escancarada numa paródia macabra de espanto. A morte não lhe caía bem.

Fletcher se forçou a ficar sentado e contemplou os corpos paralisados ao seu redor. Eles estavam tão perto. Arcturo e sua equipe estavam logo fora de vista, virando a curva do corredor.

Ele ficou de joelhos e começou a engatinhar. Os segundos se passaram conforme ele se arrastava até a saída da antecâmara, as pernas ainda incapazes de sustentar o peso do corpo. Mas ia devagar. Devagar demais.

O rapaz rosnou entre dentes e conseguiu cambalear alguns passos, antes de desabar novamente no chão. O corredor estava logo adiante... se ele pudesse ao menos alcançar a saída, Arcturo ajudaria a carregar os outros.

Mas então os uivos começaram de novo. Os demônios tinham encontrado outro caminho pela pirâmide. Sob suas vistas, o primeiro deles alcançou a esquina. Era um Oni, a pele vermelha reluzente sob os brilhos tremeluzentes da tocha. Ele agarrou a cabeça de Jeffrey tão facilmente como se fosse uma mera fruta, erguendo o corpo do rapaz... uma carcaça pendurada para secar.

Outro demônio chegou derrapando atrás dele, um Felídeo com manchas de leopardo. Não havia como Fletcher pudesse abrir caminho lutando. Só lhe restava uma opção.

Juntando o resto de seu mana, aninhou uma bola de energia cinética, ocultando-a atrás das costas. Esperou até que mais demônios saíssem do corredor. Eles não se apressaram, cientes de que ele estava encurralado.

Ainda assim, hesitaram, lembrando-se dos camaradas enterrados no outro túnel.

— Vamos lá! — gritou Fletcher, chamando-os para mais perto.

Um Kamaitachi sibilou e se apressou ruidosamente na direção dele; um demônio em forma de fuinha com placas ósseas serrilhadas no lugar das patas. Dois Canídeos malhados brigaram para serem os primeiros a entrar na câmara, rosnando e ameaçando morder. O suor fazia os olhos de Fletcher arderem. Ainda não. Só mais um pouco.

Então ele viu. O incandescer do Ifrit, abrindo caminho por entre as criaturas empolgadas. Sob a nova luz da carne flamejante da criatura, Fletcher via dúzias de demônios no encalço, desde Carunchos comuns até monstruosidades com tentáculos. Tinha chegado a hora.

Ele lançou o feitiço contra o teto do corredor, atacando a rocha com cada gota de mana que lhe restava. A explosão o atirou para trás, catapultando-o de ponta-cabeça. Fletcher viu estrelas ao cair de cabeça no piso.

Ele ficou ali, engasgado com o ar cheio de poeira que enchia seus pulmões. Sob a luz fraca, ele viu que o corredor tinha desaparecido, substituído por uma massa de escombros e reboco. Os gritos dos demônios soterrados ecoaram pela antecâmara, e Fletcher abriu um sorriso macabro. Levara a maioria deles consigo.

Enquanto ouvia os gritos cada vez mais fracos, ele percebeu que os tiros lá fora tinham parado. Ele conferiu o cristal de visualização, e este estava em branco; Verity tinha rompido a conexão.

A aceitação macabra do abandono se tornou desespero quando a tocha engasgou com a poeira e se apagou. Eles foram lançados à escuridão total.

Estavam presos.

48

Fletcher jazia nas trevas, com a nuca grudenta de sangue. Estava tudo acabado. Ele já ouvia os goblins nos corredores, escavando os escombros e guinchando uns com os outros. Poderiam chegar lá a qualquer minuto, mas talvez em alguns dias.

Ele se perguntou distraído se morrer de sede seria uma alternativa melhor à captura. Não que ele fosse decidir alguma coisa ali. Fletcher fechou os olhos e esperou pelo fim.

Horas se passaram.

Otelo foi o primeiro a se mexer, forçando um minúsculo fogo-fátuo a se materializar dos dedos congelados. A bola de luz se moveu determinada pela câmara, esvoaçando até cada um deles conforme o anão conferia se estavam todos vivos.

Um gemido de Cress anunciou a recuperação parcial e hesitante. A anã tentou falar, mas só emitiu um gorgolejo de língua dormente. O silêncio voltou enquanto a equipe aguardava paciente o fim da paralisia.

O tempo passou e, lenta, mas seguramente, os outros recuperaram as próprias faculdades. Otelo foi o primeiro a falar, suas palavras lentas e deliberadas.

— Muito bem — declarou. — Considerando as circunstâncias, as coisas poderiam estar muito piores.

— Muito piores? — resmungou Cress, com fala pastosa, mas se animando depressa com o assunto. — Fomos enterrados vivos, cercados pelo que parece ser um exército inteiro de orcs e goblins, a mais de 150 quilômetros do nosso território, e toda Hominum provavelmente pensa que estamos mortos. Temos tanta chance de escapar daqui quanto um perneta de ganhar um concurso de chutar traseiros.

Fletcher não conseguiu conter uma risada. Então ouviu um soluço de Sylva.

— Ei... você está bem? — indagou ele, rastejando até ela.

Ele emitiu luz da ponta do dedo, e viu que o ombro e colo semicurados ainda traziam as marcas da mordida de Nanauê, um semicírculo serrilhado de cicatrizes. Fletcher pousou a mão no braço da elfa, mas ela o puxou.

— Não toque em mim — sibilou ela.

— Sylva... eu lamento por Sariel — murmurou Fletcher.

— Você a matou — sussurrou a elfa, os olhos azuis cheios de lágrimas. — Eu salvei você, e você a matou. Eu senti as pedras caindo, a espinha se partindo. Demorou horas para ela morrer; você sabia disso, Fletcher? O corpo partido, quase nenhum ar para respirar. Sozinha, no escuro.

— Ela deu a vida dela para que você pudesse viver — disse Fletcher, ainda que o relato de Sylva o deixasse enjoado. — Ela sabia que era o único jeito.

— Não era uma decisão sua! — gritou Sylva, empurrando-o para longe.

— Você tem razão, Sylva. Foi de Sariel — respondeu Fletcher, simplesmente.

A elfa não respondeu; apenas se enrolou numa bola com os braços sobre a cabeça. Os ombros chacoalhavam com soluços silenciosos.

Ignácio, Atena! Onde estavam? Fletcher olhou em volta, desesperado, até que viu os corpos inertes no chão frio. Ignácio ainda estava paralisado sobre o piso; mas, para o alívio de Fletcher, seus olhos ambarinos se moviam de um lado para o outro, e ele não percebia nenhuma dor no demônio imóvel. Atena estava bem melhor, ainda que só tivesse conseguido girar sem jeito para ficar de barriga para baixo.

Otelo se levantou bruscamente e cambaleou até Cress e Lisandro, acenando para que Fletcher se juntasse a ele. O rapaz se arrastou pela câmara, ainda tonto demais para se pôr de pé. Uma bolsa de pétalas amarelas ficou no caminho, e Fletcher a afastou com um tapa, derramando o conteúdo no chão.

Otelo o ajudou a se arrastar pelos últimos metros, e eles encostaram as costas ao dorso do Grifo, exauridos pelo esforço.

— Melhor deixá-la em paz — comentou Otelo em voz baixa. — Eu estaria devastado se tivesse perdido Salomão.

— É mesmo — concordou Cress. — Não se preocupe; ela sabe que você fez o que tinha que ser feito. Ela só precisa culpar alguém agora, e você tirou o bilhete premiado.

Ela cutucou Tosk com a manopla. A criatura ainda estava completamente congelada, como Ignácio e Atena. Apenas Salomão parecia ser capaz de movimento, perambulando pelo aposento sem muita firmeza.

— A pele de Salomão deve ter evitado que o dardo afundasse muito — sugeriu Otelo, enquanto Cress puxava o Raiju para o colo. — Além disso, ele é maior que os outros.

— Lisandro também é grande, porém — observou Fletcher, espiando o Grifo estatelado. Estava imóvel como um cadáver; o único sinal de vida era o leve perturbar da poeira onde a respiração do demônio soprava.

Com um pensamento momentâneo, Fletcher passou o braço pelo flanco de Lisandro e derrubou vários dardos para o chão. As pontas estavam besuntadas de resíduo negro.

— Parece que ele recebeu uma dose grande, pois foi o primeiro a entrar nesta sala e tudo mais — disse Fletcher, enquanto erguia a pata do demônio incapacitado. Ele a soltou, e ela caiu para o chão. — Eu me pergunto se a capitã Lovett consegue ao menos nos ouvir.

Lisandro continuou sem reação. Na verdade, Fletcher mal ouvia as batidas do coração do Grifo quando encostava a cabeça no seu peito. Procurou mais dardos nos pelos e penas, mas não encontrou nada.

— Então, o que vamos fazer quanto a ela? — murmurou Otelo, mandando o fogo-fátuo flutuando até lady Cavendish. Ela ainda estava encolhida no canto, balançando desvairadamente para a frente e para trás.

Um halo de sangue jazia em torno do corpo do filho dela, e Fletcher estremeceu com a visão.

— Vou tirá-la daquele canto — decidiu Fletcher.

Caminhou, instável, evitando o corpo desamparado de Rufus. Ao erguer a mulher do chão, ficou surpreso por ela parar de se balançar e passar os braços em volta do pescoço dele. Fletcher a deitou ao lado de Cress e desabou de volta em seu lugar.

— Você está péssima — observou a anã, vendo o exterior imundo de lady Cavendish pela primeira vez. Molhou a manga da camisa com o cantil e começou a limpar o rosto da mulher. Lady Cavendish fechou os olhos, aceitando sem palavras os cuidados de Cress.

— Estamos ferrados, né? — sussurrou Otelo, indicando a saída com um aceno de cabeça. Houve um ribombar quando as pedras se deslocaram e um goblin gritou de dor. Então um baque do outro lado, e poeira choveu do teto quando o aposento tremeu. Os orcs estavam explodindo os destroços.

— Quando eles conseguirem entrar, matamos quantos deles pudermos — disse Fletcher, fechando os olhos. — Nós provavelmente teremos mais mana até lá; já recuperei o bastante para algumas bolas de fogo.

— É, e temos o último elixir. Um gole para cada um — disse Otelo, flexionando os dedos dormentes. — Vamos torcer para que os demônios já tenham se recuperado também.

Fletcher assentiu em concordância, cansado demais para responder. Deixou as pontas dos dedos traçarem a poeira no chão. A pedra era lisa ao toque, mas um entalhe estranho se curvava sob a poeira fina. Ele limpou a área coma manga e criou um fogo-fátuo para ver melhor.

Eles estavam sentados à beira de um pentagrama, bem como aquele na plataforma no centro do corredor. Era menor, pouco maior que uma roda de carruagem, mas funcional do mesmo jeito. O resíduo negro de sangue com séculos de idade permanecia ali, e as chaves órquicas estavam estampadas em cada canto da estrela.

— Olha só isso — comentou Otelo, espiando o pentagrama. Olhou para cima e viu um cano negro e curto embebido no teto acima; arrastou-se então, nervoso, para o lado.

— Se fôssemos orcs, poderíamos entrar no éter — comentou Fletcher. — Não que nossas chances fossem muito melhores por lá.

— Eu nunca pensei que fosse ouvir você falando que gostaria de ser um orc — disse Otelo, rindo. — Mas tem razão. Melhor que morrermos aqui ou sermos capturados.

— Talvez o ar na parte deles do éter não seja venenoso — sugeriu Cress, erguendo o olhar da própria tarefa de limpar a ex-prisioneira. — Talvez eles não sejam imunes, afinal.

O rosto de lady Cavendish era belo sob a sujeira, ainda que estivesse encovado e malnutrido. Ela parecia ter mais ou menos a idade de Arcturo, nos meados dos trinta, com algumas rugas aparecendo à beira dos olhos. Quantos anos tinha mesmo? Havia certamente alguma coisa familiar nela, como se ele a tivesse visto recentemente. Seriam aqueles os olhos de Rufus que o encaravam de volta?

Cress estalou os dedos.

— Alô? Eu disse que o éter pode não ser venenoso afinal — repetiu ela.

— Você pode testar se quiser — retrucou Otelo com secura. — Se quiser ser nossa cobaia, fique à vontade. Pessoalmente, prefiro levar alguns orcs comigo.

Cress deu de ombros e se virou de volta para lady Cavendish, desfazendo os nós nos cabelos dela com um pente.

Outro estrondo fez a caverna tremer, e um pedregulho solto desmoronou da pilha de escombros que bloqueava a passagem.

— Eles estão impacientes — comentou Fletcher.

— Será que eles vão nos amarrar àquela tal de mancenilheira? — indagou Otelo, mórbido. — Pior que ser queimado, não foi o que Jeffrey disse?

— Quem pode confiar no que aquele traidor falou? — A voz de Sylva cortou as trevas.

Fletcher ficou feliz em ouvi-la. Ela estava sentada agora, com o rosto gélido e furioso. Sylva tinha voltado a raiva contra a pessoa certa.

— Talvez seja bom mastigar algumas dessas, para diminuir a dor — disse Cress, pegando uma das pétalas espalhadas e limpando a poeira.

Ela a colocou na boca e mastigou, pensativa.

— Sabe, não é tão ruim assim — murmurou. — Faz a minha boca formigar.

— Tem certeza de que é uma boa ideia? — perguntou Otelo, pegando uma pétala ele mesmo e farejando. Franziu o nariz e a jogou para longe.

— Se vou morrer mesmo... — respondeu Cress, dando de ombros.

Fez uma pausa e ergueu as sobrancelhas.

— Humm — ruminou ela, balançando a cabeça de leve. — Isso está fazendo *alguma coisa*. Não faço ideia do quê, porém.

Fletcher franziu o cenho. Tinha ouvido alguém dizer isso antes. Electra.

— Espera — disse ele, olhando para as pétalas. Elas eram amarelas, assim como os frascos que Electra tinha mostrado. Algo se encaixou na cabeça dele.

— Essas pétalas vieram do éter — continuou Fletcher erguendo uma delas à luz. — Aposto cem soberanos que é isso que vai naqueles frascos amarelos que Electra nos mostrou. Aqueles que parecem não ter efeito.

— E daí? — perguntou Cress, mastigando mais uma.

Otelo lhe lançou um olhar de desaprovação.

— Quê? — respondeu ela, sorrindo. — Eu gosto do jeito que formiga.

Outro estrondo no corredor, alto a ponto de fazer o chão tremer. Fletcher ouvia a voz grave dos orcs gritando ordens guturais. Ele levantou a voz para falar:

— Isso *quer dizer* que não é só uma droga qualquer que os orcs usam para ficar embriagados, a julgar pela reação de Cress. Talvez ela simplesmente os deixe imunes ao veneno do éter?

Otelo o encarou por um momento, franzindo a testa ao ruminar as palavras do amigo. Então ele gritou de alegria e o segurou pelos ombros.

— Seu maldito gênio! — exclamou, chacoalhando Fletcher. — Só pode ser isso!

— Acho que você tem razão, Fletcher — admitiu Sylva a contragosto. Ela arrastou os pés até eles e examinou o pentagrama. — Agora só precisamos encher os sulcos do pentagrama com alguma coisa orgânica para podermos usar essa coisa maldita. Alguma ideia? Porque não estou vendo nenhum orc azul por aqui, esperando para ser sacrificado.

Fletcher esquadrinhou a antecâmara. Por um momento seus olhos pousaram na poça do sangue de Rufus, mas então ele balançou a cabeça, enojado consigo mesmo. Não isso. Nunca isso.

— O Khan não apertou algum botão da outra vez? — indagou Cress, limpando a grossa camada de poeira com as mãos.

Ela sorriu e apontou para um pequeno calombo no chão diante dela.

— Ainda bem que não pisei nisso aqui mais cedo, ou Otelo teria tomado outro banho de sangue.

— Certo. Todo mundo, coma — ordenou Fletcher, enfiando um punhado de pétalas na boca. O gosto era um tanto amargo, mas não completamente desagradável. Lembrava-o de uísque.

Fletcher observou Cress convencer gentilmente a mulher nobre a comer uma. Ela estava tão faminta que comeu a flor como se fosse um animal raivoso, mal mastigando antes de engolir.

— Muito bem, Cress — elogiou Fletcher, com um sorriso.

Uma detonação imensa estremeceu a câmara. Por entre os destroços da saída dos fundos, surgiu um pequeno fragmento de luz das tochas dos goblins do outro lado. As vozes dos orcs soavam distintas agora, a fala em monossílabos ásperos tão alta que era como se estivessem ali dentro também.

— É melhor nos apressarmos — urgiu Fletcher, afastando-se com Otelo do entalhe no chão. — Vá em frente, Cress.

Ela apertou o botão, sibilando entre dentes com o esforço até o mecanismo afundar no chão. Por um momento, nada aconteceu. Então, quando o pânico já começava a se estabelecer, a primeira gota de sangue pingou no pentagrama.

Os pingos se tornaram um filete, líquido vermelho tão escuro que parecia quase negro. Ele se espalhou lentamente, dividindo-se e juntando-se até que a estrela e as chaves foram completamente formadas.

— Me passe o frasco de mana, Otelo — pediu Fletcher, estendendo a mão. — A não ser que você queira fazer as honras?

— De maneira alguma — respondeu o anão, entregando o vidrinho. — Sua paralisia já quase acabou, graças àquela poção de cura. Não acho que Cress ou eu conseguiríamos abrir o portal no estado em que estamos.

Fletcher assentiu e bebeu o líquido enjoativo. Um momento depois, estava se deleitando na sensação do corpo pulsando com mana novamente.

— Escutem bem — disse Fletcher, tocando o sangue com a ponta do dedo. Ainda estava morno, e ele conteve um arrepio involuntário. — Sylva, preciso que você jogue o máximo que puder desses sacos de pétalas para o outro lado; não sabemos quanto tempo o efeito da planta vai durar.

Sylva fechou os olhos e assentiu.

— Ótimo. Agora, Cress. Quero que você junte o resto dos suprimentos, incluindo minhas pistolas, as mochilas de Rufus e Jeffrey e qualquer outra coisa que seja útil; vamos precisar de tudo. Passe tudo pelo portal e depois leve lady Cavendish, ela parece confiar em você mais do que nos outros. Salomão vai levar Lisandro para o éter, enquanto Otelo leva Tosk, Ignácio e Atena.

A mulher nobre se mexeu e ergueu o olhar.

— Lady Cavendish? — indagou Fletcher, esperançoso por mais uma reação.

Ela o encarou sem expressão, e ele suspirou e continuou.

— Eu terei alguns segundos depois que meu dedo deixar o sangue para pular pelo portal antes que ele se feche, então serei o último. Vão, agora!

Com essas palavras, Fletcher alimentou o pentagrama com mana, e o líquido se incandesceu com uma feroz luz violeta. Ele trincou os dentes e fez força quando o primeiro pontinho de um portal surgiu e cresceu até o tamanho de um melão.

— Não posso carregar todos eles, mas acho que Atena está quase recuperada — gritou Otelo.

— Agora não, Otelo — grunhiu Fletcher, lançando mais um pulso de mana para o pentagrama. O portal cresceu e girou até pairar no ar, como um sol miniatura, enchendo a câmara com um rugido surdo.

— Atena — repetiu lady Cavendish, tão baixinho que Fletcher achou ter somente imaginado o som.

Sylva começou a jogar os sacos de pétalas para o portal enquanto os outros lutavam com o peso das respectivas cargas. As mochilas logo se seguiram, e a de Rufus se abriu enquanto girava.

Salomão foi o primeiro a entrar no portal, cambaleando sob o peso de Lisandro. Ele investiu de cabeça para a luz, desaparecendo num instante.

Sylva entrou aos tropeços em seguida, com mais sacos de pétalas nos braços.

— Espero que isso dê certo — murmurou, então saltou para dentro a esfera brilhante, desaparecendo quando outra explosão se fez ouvir na câmara. Daquela vez, uma barragem de pedrinha choveu sobre eles, a pilha de destroços começando a desabar.

— Otelo, vai! — gritou Fletcher.

O anão correu portal adentro, com Tosk e Ignácio agarrados ao peito. Atena voou atrás dele, o voo incerto por conta da paralisia. Pelo mais breve momento, lady Cavendish ergueu a mão, como se quisesse tocar a Griforuja.

— Cress, leve lady Cavendish agora! — gritou Fletcher, quando outra explosão fez a câmara tremer. O primeiro goblin apareceu, enfiando a cabeça por um buraco no bloqueio. Ele guinchou enquanto tentava passar, tentando cravar as garras nas pedras.

Cress segurou a mão de lady Cavendish, mas a mulher estava consciente de novo. Ela lutou com a anã, afastando-se.

— Atena — gritou ela, roufenha. — Cadê Atena? Meu bebê!

Naquele momento, Fletcher entendeu. O rosto dela era igual ao de lady Forsyth, quando ele a vira no julgamento. E tinha visto a versão mais jovem daquela mulher no sonho, olhando por cima do berço.

— Mãe — sussurrou Fletcher, o coração batendo forte. — Alice Raleigh.

Ao ouvir o próprio nome, ela parou de lutar. Virou os olhos para Fletcher.

— Siga Atena — disse Fletcher, sorrindo dentre as lágrimas. — Cress levará você até ela.

Então o rapaz se viu sozinho, com Cress arrastando a mãe dele para dentro do portal.

Mais uma detonação estourou os destroços, e a onda de choque passou por ele como uma chuva de granizo. Fletcher deu uma última olhada no mundo.

E se atirou para o éter.

Demonologia

Donzela - Nível 3 - Verity Faversham
Um demônio-inseto; uma libélula gigante com carapaça iridescente e asas. Essas criaturas são velozes no ar, mudando de direção num piscar de olhos. Parentes dos Carunchos, têm ferrões até 3 vezes mais letais e são comuns no éter.

Kamaitachi - Nível 3
Demônio similar a uma doninha, com placas ósseas serrilhadas no lugar das patas. Comum nos domínios órquicos do éter, sempre atacam as linhas de frente de Hominum.

Vespe - Nível 4
Parecidos com uma vespa gigante, são demônios difíceis de capturar, porque voam em enxames. Dotados de um ferrão tão potente quanto o da Donzela e fortes mandíbulas, são um dos favoritos dos xamãs orcs.

Estirge - Nível 4 - Inquisidor Damian Rook
Bastante confundido com a Griforuja, o estirge se parece com corujas, mas tem quatro garras. As penas são vermelhas, dando a ele uma aparência amedrontadora. Comum em partes conhecidas do éter, raramente são capturados por conta de sua natureza agressiva. Estirges matam e comem seus irmãos quando atingem a maturidade.

Griforuja - Nível 4 - Fletcher Raleigh
É uma combinação de gato e coruja, próxima dos Grifos e dos Chamrosh, porém mais raro. O bico e as garras são sua maior arma, mas é a inteligência e agilidade que fazem dele um demônio tão desejado. Solitário por natureza, cria laços fortes com seu conjurador e demônios companheiros.

Raiju - Nível 5 - Cress Freyja
Tão raro que apenas cinco foram capturados até hoje. Um híbrido de esquilo, guaxinim e mangusto, tem olhos grandes e amarelos e pelos azul-escuros, com espirais e listras irregulares em cerceta. Tem um alto mana e seu ataque de eletricidade é capaz de matar um orc. Gosta de dormir na barriga de seu conjurador, se enroscando ao redor do umbigo do mestre.

Enfield - Nível 5 - Verity Faversham
É mais raro e menor que seu primo, o Vulpídeo, e é do tamanho de um grande cão. Tem cabeça de raposa, patas dianteiras de águia, tronco de galgo e quartos traseiros de lobo. Suas garras frontais são afiadas e as penas castanhas se misturam aos pelos vermelhos e cinza.

Chamrosh - Nível 5
Esse híbrido de cão e falcão é bem menor que seu parente, o Grifo. O Chamrosh é conhecido por sua lealdade e natureza amorosa. E se sentirá sozinho se separado do seu mestre. Um dos demônios mais utilizados pelo Corpo Celestial, ele também é um favorito entre os conjuradores.

Araq - Nível 6 - Didric Cavell
O Araq, ou Arach, é uma enorme aranha, quase do tamanho de um javali. Suas oito patas são habilidosas e permitem que o demônio salte até 3 metros. O Araq tem 3 fortes habilidades. A primeira

é o feitiço de seda; a segunda é o ferrão temível, com um veneno letal; finalmente, o Araq é capaz de lançar seu pelos das costas no ar, ferindo e até cegando seus oponentes. Apenas seu conjurador é imune ao Araq.

Caládrio - Nível 7- Átila Thorsager
Um dos pássaros elementais, o Caládrio é próximo da Fenix nascida nas chamas, a gélida Polárion e a relampejante Alcione. Com penas brancas de pomba, o alto mana desse demônio e seus poderes de cura são muito desejados, apesar de suas pequenas garras. Passam a maior parte do tempo acima das nuvens do éter, onde o ar é muito rarefeito para que outros demônios o encontrem.

Fênix - Nível 7
Um pássaro enorme com plumas alaranjadas e uma longa cauda de pavão. A Fênix é o mais raro das aves primas. Com um mana muito alto e capaz de lançar fogo como a Salamandra, esses demônios supostamente habitam as proximidades de vulcões ativos no éter.

Alcione - Nível 7
É a mais comum das quatro aves dos elementos, com penas brilhantes e metálicas que o fazem brilhar quando voa. Com garras muito afiadas, mana elevado e a habilidade de lançar um golpe de energia da cauda, sua única desvantagem é ser muito nobre.

Polárion - Nível 7
Voam sobre os mares no éter, usando suas habilidades congelantes para caçar qualquer presa que salta para fora d'água. Poucos avistamentos reportam que esse demônio tem plumagem azul-escura e barriga branca. Com mana alto e a habilidade raríssima de congelar seus inimigos, é uma ótima aquisição para qualquer conjurador.

Alicórnio - Nível 8
Um cavalo com asas de cisne e apenas um chifre. Esses demônios equinos dificilmente são capturados, graças a sua velocidade no ar e na terra. Seus rebanhos atravessam as áreas de Hominum do éter uma vez a cada década. E os que são lentos o bastante para serem capturados tendem a ser os que estão doentes, machucados, ou ainda são muito novos.

Hipogrifos - Nível 8
É um híbrido de águia e cavalo. Apesar de ser rápido na terra, não tem tanta força nas garras como o Grifo. Por isso, usa mais seus golpes com o bico e os cascos. É popular no Corpo Celestial, perdendo apenas para o Periton.

Nanauê - Nível 9
Esse tubarão humanoide é um dos demônios favoritos entre os xamãs orcs, graças a suas presas e mandíbulas ferozes, garras afiadas e agilidade impressionante. Com uma postura mais parecida com a de um chimpanzé do que a de um humano, é excelente em escaladas e pode pular grandes distâncias. Existe em diversas espécies, sendo os mais comuns o tubarão branco, o tubarão-martelo e o tubarão-tigre.

Periton - Nível 9
Favorito do Corpo Celestial, o Periton é como um veado grande com asas e majestosos chifres. As patas dianteiras terminam em cascos e as traseiras em garras como as de um falcão, mortais a ponto

de causar sérios ferimentos nos inimigos. No lugar da cauda dos veados, esses demônios têm uma elegante e longa cauda de penas. Como seus rebanhos atravessam as áreas de Hominum do éter, são as montarias aladas mais comuns para os conjuradores.

Oni – Nível 10
Onis têm corpos e estaturas parecidos com os de orcs e são um dos favoritos dos xamãs veteranos. Têm a pele carmesim, um par de grandes chifres e caninos superdesenvolvidos. Apesar de parecerem espertos, são menos inteligentes que carunchos.

Mantícora – Nível 12 – Charles Faversham
Esse raro demônio tem asas e membros anteriores de morcego, um rabo de escorpião e o corpo de leão, com seu pelo escuro misturado a espinhos afiados. A cabeça de leão aparenta ser quase humana e é capaz de expressar emoções complexas. Seu veneno é tão potente que apenas uma gota pode matar um humano. Dizem que os membros da família Raleigh são imunes a ele.

Ifrit – Nível 12
É um elemental aparentado do Golem, mas formado com fogo em vez de pedra. Parente próximo do Jotun, a pele parece lava. É incrivelmente forte e pode até lançar chamas da boca. É um dos demônios mais poderosos que os orcs são capazes de capturar em suas áreas do éter.

Jotun – Nível 13
Jotuns são conhecidos apenas por uma rápida menção num texto élfico muito antigo, apesar de acadêmicos sempre duvidarem da autenticidade do texto. Descritos como humanoides gigantes que parecem ser feitos de gelo e supostamente são capazes de congelar tudo o que tocam, é dito que esses demônios vivem nos mais altos picos gelados das montanhas do éter.

Wendigo – Nível 13 – Zacarias Forsyth
É um demônio raro, conhecido por seguir as baixas nas migrações pelo éter, comendo as carcaças de suas vítimas. Apesar da fama de comedor de carniça, é muito poderoso, com músculos definidos sob sua pele fina. Com mais de 2 metros de altura, galhadas e cabeça de lobo, tem braços longos que usa para bater no chão, como um gorila. A pele é manchada de cinza e fedorenta, por conta de seu hábito de comer carne podre.

Serpe – Nível 15
São as maiores armas contra os demônios do Corpo Celestial. Enormes, têm asas como as de um morcego, caudas espinhosas e cabeças de crocodilo, com chifres. Sua pele é tão firme que apenas armas muito afiadas podem lhe ferir. Além das presas, sua maior arma são os poderosos membros inferiores, que possuem grandes garras. São mais lentos do que a maioria dos demônios voadores, normalmente contando com a retaguarda de Picanços, Estirges e Vespes.

Fantauro – Nível 20
Com cabeças de elefante, grandes presas, punhos robustos e uma altura de mais de 3 metros, é uma grande força para se contar numa batalha. Sendo o mais raro e poderoso demônio disponível para xamãs orcs, apenas um foi visto. Sabemos muito pouco sobre seu comportamento e habitat. O único Fantauro já capturado passou pela posse dos xamãs orcs ao longo de suas gerações, e sua origem se perdeu no tempo.

Este livro foi composto na tipografia
Minion Pro, em corpo 11,5/15,6, e impresso em
papel off-set no Sistema Digital Instant Duplex
da Divisão Gráfica da Distribuidora Record.